JN110934

幕末紀

柴田哲孝

BAKUMATSUKI
Shibata Tetsutaka

角川春樹事務所

この物語は創作である。

だが、登場人物はすべて実在の人物であり、あらゆる挿話も歴史的な事実、資料、我が柴田家に残る過去帳や家系図、伝承、主人公でもある柴田快太郎の日誌や書簡に基いている。

それでもこの物語は、あえて創作である。

——著者

幕末紀

目次

装幀　芦澤泰偉
蛤御門合戦図屏風／所蔵者　会津若松市
写真　柴田哲孝

幕末紀

BAKUMATSUKI

序

金剛山大隆寺《こんごうさんだいりゅうじ》は、愛媛《えひめ》県宇和島《うわじま》市の東の山の手に所在する臨済宗《りんざいしゅう》の古刹《こさつ》である。建立《こんりゅう》は慶長《けいちょう》一三年（一六〇八年）。開基当時の寺名を正眼院《しょうげんいん》といった。だが伊達《だて》宇和島藩の第五代藩主、伊達村候《むらとき》（一七二五年六月～一七九四年一〇月）がここを自らの墓所と定めて入府したのを機に寺名も大隆寺と改められ、近隣の龍華山等覚寺《りゅうげざんとうがくじ》と共に宇和島伊達家の菩提寺《ぼだいじ》となった。

令和《れいわ》元年（二〇一九年）の初冬、〝私〟は二四年振りに金剛山を訪れた。山門を潜《くぐ》り、境内《けいだい》に入ると、凛《りん》とした霊気が全身を包み込む。温暖な宇和島にあってもこの季節になれば、あたりの樹木も鮮やかな紅葉に染まっていた。

本堂の右手を通り、苔《こけ》むした参道を上る。まもなく正面に初代藩主の正室、亀姫《かめひめ》の墓所があり、それを左へ迂回《うかい》してさらに奥へと進むと、積日の風雪と南国の陽射《ひざ》しに晒《さら》された墓石と石燈籠《いしどうろう》の一群が見えてくる。伊達家の墓所は、以前に訪れた時よりも、さらに深い森と厚い苔に呑《の》み込まれていくかのように見えた。

初代伊達宇和島藩主、伊達秀宗《ひでむね》が幕府直轄領の伊予《いよ》宇和島藩を拝領したのは慶長一九年（一六一四年）一二月二八日。板島丸串《いたじままるぐし》城（現・宇和島城）に入城したのは翌慶長二〇年三月一八日のことである。これを機に秀宗の正式な入部とされ、伊達宇和島藩が成立した。

元より秀宗は、東北の仙台《せんだい》藩の雄〝独眼龍〟伊達政宗《まさむね》の側室の子である。そのために政宗の正室、愛姫《めごひめ》との間に忠宗《ただむね》が生まれると、仙台藩の世《よ》嗣《つぎ》の資格を失った。これを不憫《ふびん》に思った政宗が秀宗と共に大坂《おおさか》冬の陣を徳川側に付いて戦い、武功の見返りに幕府から拝領したのが伊予国宇和島藩一〇万石であった。

以後、伊達氏は明治《めいじ》四年（一八七一年）七月の廃藩置県まで二五六年あまりに亘《わた》り、かつては海賊の巣窟《そうくつ》とまでいわれた僻地《へきち》伊予国宇和島に藩政を敷き、治めることになる。その間の藩主は初代秀宗から幕末期の宗徳《むねえ》まで、九代にわたった。内、金剛山大隆寺の墓所には五代村候、七代宗紀《むねただ》、九代宗徳と各夫人、初代と二代夫人、秀宗の次男宗時《むねとき》が祀《まつ》られている。

今回〝私〟が金剛山大隆寺まで足を運んだのは、伊予伊達家の由来や歴史についての探訪が目的ではない。自らの先祖代々への墓参のためである。

我が家は仙台の柴田《しばた》郡柴田村に発祥する伊達一門で、秀宗が伊予国宇和島に入部した際に伊達五七騎団の一騎として帯同した家臣の家柄である。元祖は柴田金右衛門《きんえもん》（？〜宝暦二年・一七五二年一〇月）という人物で、五代藩主村候の時に弓組頭として仕えたと家系図に残っている。〝私〟は、その本家一一代目に当たる当主である。宇和島から上京したのは三代前の曽祖《そうそ》父《ふ》のころで、それ以前の七代目までの祖先は金剛山大隆寺の伊達家の墓所の中に祀られている。

そうだ。〝私〟の家系、柴田氏の本家の墓は、〝伊達家の墓所の中〟にあるのだ。

我が柴田家は、謂《いわ》れの多い一族である。史実、風説を問わず、様々な伝承が代々にわたり残っている。

古くは柴田郡四保城《しほじょう》の城主、四万定朝《しまさだとも》がいる。その子、柴田宗義《むねよし》は安土桃山《あづちももやま》時代より伊達家の家臣として輝宗《てるむね》、政宗に仕え、相馬《そうま》の役（一五七六年）に出陣の折には須賀川城《すかがわじょう》攻略の先鋒《せんぽう》を務めた猛将として語り継がれている。姓の〝柴田〟は、豊臣秀吉《とよとみひでよし》に拝領したものであった。

三代後の柴田朝意《とももと》（一六〇九年〜一六七一年）も、歴史に名を残した一人である。奉行として仙台伊達家に仕えるも、お家騒動に巻き込まれ、幕府大老酒井忠清《さかいただきよ》邸内にて斬死《ざんし》。我が家の伝承では江戸の宇和島藩邸にて亡くなったとされている。

また伊達宇和島藩五七騎団の一騎に、柴田常弘《つねひろ》という武将がいた。その子、彦兵衛《ひこべえ》は剣の腕を買われ、亘理《わたり》伊達二代目の伊達宗実《むねざね》に小姓（側近、護衛）として仕えた。だが承応《じょうおう》二年（一六五三年）五月、宗実の荒浜《あらはま》での狩りに帯同した折に宴席に最上《もがみ》藩の足軽が乱入。柴田彦兵衛は、已《や》むなくこの狼藉者《ろうぜきもの》の一人を切り捨てた（承応事件）。

その後、宗実は小姓としての役を果たしたまでと彦兵衛を庇《かば》ったが、徳川一門の最上藩主松平《まつだいら》清良《きよよし》が強硬に下手人としての処罰を主張。父常弘は伊達家に難が及ぶのを恐れて切腹の範を示し、彦兵衛と共に親子で自刃して果てた。この時、彦兵衛は、弱冠《じゃっかん》一六歳であった。

柴田常弘と彦兵衛の墓は、いまも二人が自刃した宮城県亘理郡亘理町旭山《あさひやま》の称名寺《しょうみょうじ》に残っている。この柴田親子も〝私〟の直系ではないが、近縁の祖先の血筋である。

柴田氏の一族が伊予宇和島藩に定着し、柴田金右衛門の代で本家から新たな家督《かとく》が独立した後も、伝承は絶《た》えない。

親族の柴田作衛門《さくえもん》（直系の従兄弟《いとこ》）という武士が土佐《とさ》藩に士官し、坂本龍馬《さかもとりょうま》の次姉の栄《えい》と結婚したとする伝承。実はこの作衛門は八代藩主伊達宗城《むねなり》の密偵で、龍馬の脱藩を助勢し、宇和島の柴田一族の一人が手引きして迎え、これを匿《かくま》ったとされている。他《ほか》にも祖先の一人が宇和海の海賊の娘と結婚し、藩が水軍を組織する基盤となったというまことしやかな話もある。

明治になっても、柴田家の謎《なぞ》は続く。〝私〟の曽祖父の柴田震《しん》（一八七三年～一九二四年）は外務省の役人で、北米でサンフランシスコ領事館、中国の上海《シャンハイ》領事館、在タイ大使館などに在籍した。三菱《みつびし》の創業者の岩崎弥太郎《いわさきやたろう》の孫、澤田美喜《さわだみき》の夫の元外務事務次官澤田廉三《れんぞう》は北米担当時代の部下である。

宇和島の片田舎《かたいなか》出身の柴田震が、なぜ外務省に入省したのかは謎だ。だが宇和島藩八代藩主伊達宗城が、明治元年（一八六八年）に初代外国官知事、明治四年には清《しん》国との外交交渉にあたり全権大使として日清修好条規に調印したことに関連しているのかもしれない。確かに我が家には、震は伊達の殿様に召致されて外務省に入り、上海に赴任した、という伝承が残っている。

さらに時代は明治から大正、昭和へと移り変わる。ここでも柴田家に纏《まつ》わる伝承がある。祖父の柴田宏《ゆたか》（一九〇一年～一九七〇年）は戦時中に陸軍特務機関員、秘密結社『亜細亜《アジア》産業』の社員として大陸やインドネシアで暗躍。戦後はＧＨＱ（連合国軍最高司令官総司令部）のＧ２（参謀第二部）の協力者として様々な謀略に関与したことは、『下山《しもやま》事件　最後の証言』などにも書いている。

〝私〟は火のついた線香の束《たば》を手に、柴田氏の墓所へと向かった。正面に瓦《かわら》屋根の門があり、広い墓所の奥に、一対の苔むした石塔が並んでいる。右手が七代藩主宗紀の墓、左手が夫人の観《かん》の墓である。

一度、門を出て、さらに奥へと進む。左手に秀宗次男の宗時の墓を見て、その先に九代宗徳の墓。さらに厚い苔の絨毯《じゅうたん》のような参道を行くと突き当たりの石の台座の上に一対の石塔が並んでいる。これが五代藩主伊達村候と夫人の護姫《もりひめ》の墓である。

〝私〟はしばし、柴田家の墓所を探した。何しろ、金剛山大隆寺を訪れるのはこれが三度目だ。最後に墓参してからでさえ、二〇年以上の月日が流れている。確か伊達家の墓所の一画にあったはずだが、記憶が定かではない。

だが、柴田家の墓所は〝私〟が思っていた場所からそう遠くない位置に見つかった。ちょうど七代宗紀の墓所の西側に接して、それを見守るように、柴田家の墓所が広がっている。正面中央の石塔には〈――柴田氏歴代墓――〉と刻まれ、その周囲に先代個々の墓石と代々の夫人を合祀《ごうし》した石碑、石灯籠が整然と並んでいた。

石塔は総数一〇基。その石塔も百数十年から二百年は経ているようで、苔むし、風雨に曝《さら》されて削れている。そこに刻まれている文字は、ほとんど読むことができない。はっきりと読めるのは、おそらくこの半世紀の間に修復されたと思われる正面中央の主塔の文字だけである。

記憶が蘇《よみがえ》る。違うのは柴田家の墓石群が伊達家の墓所の敷地の中ではなく、いまは低い二段のブロック壁で区切られていることだ。以前に墓参に来た時には、こんなものはなかったのだが。ブロック壁は、それほど古いものではない。おそらくこの二〇年ほどの間に、新しく作られたものだろう。伊達家の墓所はすべて石工による石の外柵《がいさく》で囲まれていて、他にブロックの壁などどこにも存在しない。

誰《だれ》が、こんなブロックを積んだのか……。

現在、金剛山大隆寺と龍華山等覚寺の伊達家墓所は、すべて県もしくは宇和島市の史跡に指定されている。その史跡の中に別の家系の墓石が並んでいては不都合ということなのかもしれない。そう考えながらよく見ると、以前に墓参に訪れた時と石塔の位置も多少は動かされているような気がした。

我が柴田家の謎のひとつは、この先祖代々の墓所の位置である。なぜ柴田氏の墓は、伊達家の墓所の中に——もしくは隣接して——あったのか——。

普通、伊達宇和島藩の家老や奉行などの重臣、殉死者《じゅんししゃ》たちは、龍華山等覚寺の伊達家西墓所に隣接する家臣団の墓所に祀られている。だが柴田一門は宇和島の伊達五七騎の末裔《まつえい》ではあっても、藩の重臣といえるほどの名家ではなく、せいぜい百石取《こくどり》の上士《じょうし》格の家柄だった。等覚寺に墓所がなかったことは不思議ではないとしても、それならばなぜ、金剛山大隆寺の伊達家の墓所を見守る位置に祀られたのか——。

その謎を解く鍵《かぎ》となる人物がいる。〝私〟の四代前の祖先、高祖父に当たる柴田快太郎《はやたろう》(一八三七年～一八六九年?)である。

快太郎自身、謎と伝説の多い人物だった。我が家には、宇和海の海賊の女を母に持つ男、もしくは海賊の娘を娶《めと》った男として伝わる。この母（もしくは妻）の名は鞠《まり》といい、フェニキア人の血を引くともいう。確かに私の手元に残る快太郎のたった一枚の晩年の写真を見る限り、彫《ほり》が深く、日本人とは思えない非凡な顔容である。

祖先の中で坂本龍馬の脱藩を手引きし、自宅に匿ったとされるのも快太郎である。藩の役職は、弓組から改編された威遠《いえん》流蘭式銃陣の小隊長を務めた。藩内きっての射撃の名手で、その銃と剣の手腕を買われ、九代藩主伊達宗徳の小姓に任じられていたこともある。

だが、文久二年《ぶんきゅう》（一八六二年）ごろに坂本龍馬を追うように脱藩。その後は諸国を流浪《るろう》し、戊《ぼ》辰《しん》戦争（一八六八年〜一八六九年）の折には旧幕府勢力に義勇兵として加担し戦死したと伝えられる。その折に快太郎が使用したとされる銃が、いまも本家の末裔である〝私〟の手元に残っている。

奇妙なのは、この〝脱藩〟の部分である。知ってのとおり、幕末のころにおいても脱藩は重罪であった。時には死罪となったり、一族郎党にまで罪が及ぶこともあった。もし快太郎が本当に脱藩したのだとすれば、なぜ主君である伊達家の墓所の中に柴田家が祀られているのか――。

この快太郎脱藩説には、異説がある。快太郎は実は密偵で、表向きだけ脱藩したように見せかけていた。そして八代藩主伊達宗城の命令で全国を流浪し、激動する幕末の情報を集め、宇和島藩に報告していたというのである。

古い資料を調べてみると、確かにそれを裏付ける事実が浮かび上がってくる。たとえば坂本龍馬と田都味《たづみ》道場で他流試合をしたことで知られる宇和島藩士、土居通夫《どいみちお》（一八三七年～一九一七年）は勤皇の志《こころざし》をもって脱藩したが、王政復古後に宗城が大阪鎮台《おおさかちんだい》外国事務に任ぜられると、まず腹心の部下として土居を外国事務局大阪運上所に召致した。その後、土居は衆議院議員にまで出世している。

このことからも土居がただの脱藩浪士ではなく、宗城の命により藩を離れた隠密であったことがうかがえる。そして柴田快太郎と土居通夫は年齢も近く、藩内では坂本龍馬を通して昵懇《じっこん》の間柄であったこともわかってきた。さらに快太郎が、宇和島城下に住んでいた蘭学者の大村益次郎《おおむらますじろう》から蘭語や蘭学を学んでいた証拠もある。

元来、八代藩主宗城は、腹心の部下を脱藩に見せかけて藩籍を抜き、隠密として全国に放つ手法に長《た》けていた。こうして集めた情報を藩政や諸国との外交に生かし、福井《ふくい》藩の松平慶永《よしなが》、土佐藩の山内豊信《やまうちとよしげ》、薩摩《さつま》藩の島津斉彬《しまづなりあきら》らと共に、〝幕末の四賢侯〟の一人に数えられたことはよく知られている。土佐藩に任官して坂本龍馬の義兄になった柴田作衛門も、その一人だった。

元より宗城は、蛮社《ばんしゃ》の獄で幕府に捕らえられ、脱獄した蘭学者の高野長英《たかのちょうえい》（一八〇四年～一八五〇年）を宇和島に匿うなど、鷹揚《おうよう》なところがあった。フィリップ・フランツ・シーボルトの娘の楠本《くすもと》イネ（一八二七年～一九〇三年）も庇護《ひご》下に置き、一時は医師として城下に住まわせていたが、彼女が宗城の隠密であったことは最早《もはや》、歴史の定説である。

もうひとつの謎は、この柴田快太郎が戊辰戦争にて戦死したという点である。柴田家の過去帳には確かにそう記されているのだが、その後も写真や柴田震の日記など、生存していた証拠が残っているのだ。そして、その証拠が確かならば、快太郎は明治四〇年（一九〇七年）まで生存していたことになる。

〝私〟は柴田氏の墓所に佇《たたず》み、石塔の前に線香を供え、拝礼した。そして七代目の当主、柴田快太郎のものらしき墓石を見つけ、その前で手を合わせた。

目を閉じて、高祖父の快太郎に問い掛ける。あなたはいったい、何者だったのか……。

返事はない。だが伊達家の墓所一帯に一陣の風が吹き、〝私〟と柴田氏の墓所の頭上にも落葉が舞った。その時、〝私〟の心の中に高祖父、柴田快太郎の霊が降臨したかのようにその笑顔が浮かんだ。

〝私〟は眼《め》を開き、柴田家の墓所に深く一礼した。踵《きびす》を返し、振り返ることなく、元の参道を山門へと下った。

これから〝私〟がここに記す物語は、幕末の伊達宇和島藩と我が柴田家、そして高祖父柴田快太郎の伝説である。

さて、何から語ろう。そうだ。まずは幕末の歴史を大きく動かした、あの〝事件〟の現場から語ることとしよう。

一の章　桜田門外《さくらだもんがい》の変

一

三月だというのに、夜半から雪になった。

大きな牡丹雪《ぼたんゆき》は次第に強さを増して降り続け、夜が明けるころには春まだ浅い江戸の街を真っ白に染めた。

降りしきる雪の中に、男が一人、立っていた。ちょうどお濠端《ほりばた》の、杵築藩松平《きつきはんまつだいら》家の大名屋敷角のあたりである。その男の編笠《あみがさ》の上にも、重い雪が積もりはじめていた。

男は、身の丈が六尺（約一八〇センチ）近い偉丈夫だった。肩幅が広く、胸が厚い。まだ若いが、武芸で鍛《きた》えたことがひと目で見て取れる体軀《たいく》をしていた。

しかも異相である。編笠の下に隠れた顔は彫《ほり》が深く、目鼻立ちがはっきりとして眼光が鋭い。剃《そ》り残した髭《ひげ》が濃く、ともすれば南蛮人のようにも見えるが、大小二本の刀を腰に差す出立《いでた》ちは紛《まぎ》れもなく武士である。

男は名を柴田快太郎《しばたはやたろう》という。身分は伊達宇和島《だてうわじま》藩の藩士だが、この日は意図して浪人風情《ふぜい》を装《よそお》っていた。

辰《たつ》ノ刻（午前八時）ちょうど、快太郎は凍える指先に息を吹きかけながら、江戸城中で鳴った登城の時を告《つ》げる太鼓を聞いた。

正面右手の橋を渡った濠の対岸に、外桜田《そとさくらだ》門が聳《そび》えている。そこから左手に視線を移すと、門に渡る橋から二五間（約四五メートル）ほどのところに葦簀《よしず》張りの茶屋が二軒並んで店を出していた。さらに左手を見ると、降りしきる雪の彼方《かなた》に彦根《ひこね》藩の藩主、井伊直弼《いいなおすけ》の屋敷の豪壮な門が霞《かす》んでいた。

季節外れの雪のためか、江戸城の周辺に人出は少ない。太鼓が止《や》むと、深々《しんしん》と降る雪の音が聞こえてきそうなほど、静寂であった。それでも注意深く辺りを見渡すと、お濠端の柳の下や大名屋敷の壁際に、ひっそりと何人かの男たちが立っていた。

快太郎の右手の米沢《よねざわ》藩の屋敷の前に二人。同じく松平家の屋敷の角に二人。左手の壁の前に数人。正面右手の桜田門に渡る橋の袂《たもと》に一人。反対側の柳の木の下に三人。二軒の茶屋の前で、おでんを食っている者もいるし、葦簀の中にも何人かいるようだ。

総勢、十数人といったところか。橋の袂の若い武士と柳の下の一人以外は、ほとんどが町人の身なりで傘をさし、武鑑《ぶかん》（大名録）を手にしてこれから始まる大名行列の見物客を装っている。だが、町人風情の男たちも、その身熟《みご》しと目つきを見れば武士であることは明らかだった。

中には、快太郎の知った顔もあった。水戸《みと》藩の浪士、金子孫二郎《かねこまごじろう》。同じく関鉄之介《せきてつのすけ》と、黒澤《くろさわ》忠三郎《ちゅうざぶろう》。桜田門に渡る橋の袂、番所の陰に立つ森五六郎《もりごろくろう》と他《ほか》何人かは、快太郎よりも弱輩のはずである。

他に、薩摩《さつま》藩士が一名加わるという話も聞いていた。いずれにしても、快太郎とは志を同じくする尊皇攘夷《そんのうじょうい》派の志士たちである。町人風情を装っても、ひと目でそれと見て取れる。

やはりこの上巳《じょうし》の節句に斬奸《ざんかん》が決行されるという取沙汰《とりざた》は、本当だったのか……。

雪はいつの間にか、雨まじりの霙《みぞれ》に変わった。

快太郎は編笠に積もる重い雪の下で、息を殺して事の成り行きを見守った。


安政《あんせい》七年（一八六〇年）三月三日――。

この日は江戸幕府の祭礼に定められた年賀と五節句のひとつ、上巳の節句に当たる。祭礼には各藩の大名も江戸城に総登城し、祝宴に列席して賀詞を述べることが為来《しき》たりとなっていた。大老である彦根藩の井伊直弼も、必ず登城してこれに列席する。

その井伊直弼に対して暗殺の動きがあると噂《うわさ》が立ちはじめたのは一年以上も前、安政五年の年末ごろからであった。この年の六月一九日、幕府内で実権を握った井伊は諸国の尊皇攘夷派の大名の意見を無視し、孝明《こうめい》天皇の勅許《ちょっきょ》（天皇の命令）なきままにアメリカ全権大使タウンゼント・ハリスとの間で日米修好通商条約に調印。これがアメリカ側に領事裁判権を認め、幕府側に関税自主権のない不平等条約だったことから、反対派の怒りをかった。

さらに井伊は将軍継嗣問題でも一橋《ひとつばし》派（前水戸藩主徳川斉昭《とくがわなりあき》の七男・一橋慶喜《よしのぶ》を支持する一派）の反対を押し切り、自らの傀儡《かいらい》となる紀州《きしゅう》徳川家の徳川家茂《いえもち》を強行指名。大老として幕政の全権力を掌握して支配する動きを見せた。

この妄挙《もうきょ》に怒ったのが、継嗣問題で敗れた一橋慶喜の実父であり、一橋派の中心人物でもあった水戸藩前藩主の徳川斉昭と、幕政改革や公武合体を目指す同志でもあった薩摩藩藩主島津斉彬《しまづなりあきら》、伊達宇和島藩藩主の伊達宗城《むねなり》、土佐藩藩主の山内豊信《やまうちとよしげ》らである。

中でも島津斉彬は家茂の将軍就任を阻止《そし》するために腹心の西郷吉之助《さいごうきちのすけ》（後の隆盛《たかもり》）に命じ、藩兵五〇〇〇を擁《よう》して京に上洛《じょうらく》することを計画していた。だが七月一六日、斉彬は鹿児島城下で出兵の準備中に何者かに毒殺された。享年《きょうねん》五〇歳であった。

この斉彬の不慮《ふりょ》の死に勢いを得たのが、井伊直弼である。井伊は大老の地位を利用し、我が意を得たりとばかりに政敵に対する弾圧と粛清《しゅくせい》を開始した。一橋派の大名たちは謹慎、隠居、もしくは蟄居《ちっきょ》を命じられた。さらに京都で捕縛された尊皇攘夷派の志士たちは藩士、公家《くげ》を問わず投獄され、江戸に送られて切腹、斬首《ざんしゅ》、獄門、遠島などの極刑に処せられた。

中でも弾圧の標的とされたのが、一橋派の中心となった水戸藩である。前藩主の徳川斉昭は日米修好通商条約調印と将軍継嗣問題で江戸城に登城、井伊直弼に詰め寄った廉《かど》で水戸藩邸にて謹慎。さらに戊午《ぼご》の密勅《みっちょく》（孝明天皇が水戸藩に幕政改革を指示した勅書）が下されたことで井伊が憤慨し、水戸での永蟄居に処せられ、政治生命を完全に断たれた。

また水戸藩では家老の安島帯刀《あじまたてわき》が切腹、京都留守居《るすい》役の鵜飼吉左衛門《うがいきちざえもん》が斬首、息子の鵜飼幸吉《こうきち》が獄門、奥祐筆《おくゆうひつ》の茅根伊予之介《ちのねいよのすけ》が斬首など、多くの藩士が断罪された。これらの刑は形ばかりの詮議《せんぎ》、拷問《ごうもん》の上、すべて井伊直弼によって決められた。このほかにも福井《ふくい》藩士橋本左内《はしもとさない》が斬首、小浜《おばま》藩士梅田雲浜《うめだうんぴん》が獄死、長州《ちょうしゅう》藩の思想家吉田松陰《よしだしょういん》が斬首など、手当たり次第に粛清が断行された。大名では他に福井藩主の松平春嶽《しゅんがく》、宇和島藩主の伊達宗城などに隠居、謹慎の処分が下された。宇和島藩では家老の吉見左膳《よしみさぜん》も、重追放になっている。これらの弾圧は戊午の大獄（後の安政の大獄）と呼ばれ、処罰者は一〇〇人を超え、刑死者と獄死は一〇人以上にも及んだ。

そのころからである。いずれ水戸藩の徳川斉昭が、赤鬼井伊直弼を討つのではないか。どこからともなく、そのような噂を耳にするようになったのは――。

時刻は間もなく五ツ半（午前九時）になる。

すでにお濠端の道や大名屋敷の瓦《かわら》屋根の上には、三寸（約九センチ）ほどの雪が積もっていた。見上げれば江戸城の櫓《やぐら》も、綿を被《かぶ》ったようになっていた。沿道に立つ町人風情の男たちも、傘に積もる重い雪をしきりに払いながら凍《こご》えている。

年賀、五節句の折には、賀詞を述べに登城する大名行列の物見で大手門や桜田門の周辺が賑《にぎ》わうのを常とする。だが、春を告げる上巳の節句とはいえ、さすがにこの大雪では人出が少なかった。そろそろ諸藩の大名行列が着くころになってやっと見物客が集まりはじめたが、それでも人影は疎《まば》らだった。

間もなくどこからか、錫杖《しゃくじょう》を突く音が聞こえてきた。見物客に紛《まぎ》れた男たちが、色めき立ったのがわかった。

快太郎は、音の方に目をやった。ちょうど松平家と井伊家の屋敷の間の通りから、大名行列の徒士《かち》が姿を現したところだった。

行列がお濠端に差し掛かる。先頭が錫杖を鳴らし、片寄れ……片寄れ……と低い声を響き渡らせながらこちらに進んでくる。その後ろを挟箱《はさみばこ》を担《かつ》いだ奴《やっこ》が歩き、さらに両側に毛槍《けやり》を持った二人の徒士が続く。

毛槍の形を見て、どこの藩かがわかった。井伊大老の彦根藩のものではない。尾張《おわり》藩の行列である。

大小の刀を腰に差した供廻《ともまわ》りの一〇人ほどの徒士が長棒駕籠《ながぼうかご》を守り、槍を持つ足軽や草履《ぞうり》取りを従えて、ゆっくりとこちらに進んでくる。背後からゲベール銃を肩にした六人の銃隊が続いた。総勢、五〇人ほどの行列である。

もしや。この雪が水戸様の味方をするやもしれぬ……。

快太郎は尾張藩の行列を見て、そんなことを思った。

徒士は全員が雨合羽《あまがっぱ》を着て、刀には柄袋《つかぶくろ》を被せていた。腰の差料《さしりょう》を雪に濡《ぬ》らすまいとしてのことであろう。これでは、いざという時に刀は抜けまい。

ゲベール銃も、飾りだけだろう。銃口に布袋を被せてある。おそらく、雷管も付けていないに違いない。

大名行列の供揃《ともぞろ》えの数は、幕府の規律と慣例に従い各藩が申し合わせている。おそらく彦根藩は、尾張藩以上の数になるだろう。

たかが十数人の刺客《しかく》で数十人もの大名行列を襲っても、常ならば水戸藩の藩士は斬奸の目的を果たすどころか、一人残らず討ち果てることになろう。まして彦根藩の随伴の徒士は、武芸に秀でることで天下に知られている。だが、この時ならぬ大雪が、もしかすれば水戸の志士の味方をしてくれることになるやもしれぬ。

「片寄れ……片寄れ……」

尾張藩の行列は錫杖の音と徒士の声を雪の中に響かせ、疎らな物見客の中を進み、杵築藩邸の壁際に立つ快太郎の前を通り過ぎていった。そして三〇間（約五五メートル）ほど先の橋を渡り、濠の向こうの外桜田門の中に消えた。

あたりに、静寂が戻った。大名屋敷の壁際や橋の袂、柳の木の下の町人風情の男たちも、一旦《いったん》は肩の力を抜いて息をついた。

だが、それも束《つか》の間、雪に烟《けぶ》る彦根藩邸の門が開き、錫杖の音が響き渡った。

記録によると、この日、彦根藩の行列が藩邸を出たのは五ツ半ちょうどであったとされている。いつもならば藩邸を出ると目の前に見える桜田門が、この日は降りしきる雪に霞んでいた。下駄を履《は》いた徒士が、積もる雪に足を取られるほどの降りであった。

一行は供廻りの徒士二六人。その他槍持ちの足軽、馬夫《ばふ》、鉄砲隊、草履取りなどを合わせ、総勢六十余人の大所帯であった。

四人の輿夫《よふ》が担ぐ大名駕籠《かご》の中の井伊直弼は、すでに大老である自分を襲う謀《はかりごと》があるという噂を知っていた。この日の未明にも龍野《たつの》藩主の老中脇坂安宅《わきさかやすおり》が井伊の元に書状を届け、〈――水戸藩の浪士らが上巳の節句の登城を狙《ねら》い襲撃を企《くわだ》てているとの情報あり――〉と警告した。

だが井伊は、この警告を一笑に付した。武士として豪胆であることを美徳とし、自らの居合の腕への自信も手伝って、為《な》すべき用心を怠《おこた》った。

もしこの不穏者ありとの噂に惑わされて必要以上に警護を増強でもすれば、井伊大老は失政を認めて怖気《おじけ》付いたと悪評が立つであろう。それに江戸幕府の開城以来、城下で大名行列が襲われたことは一度の前例もなく、まして江戸城の目の前で上巳の節句の登城を狙うなどとは常識的に有り得ないという油断もあった。結果として井伊は書状のことを家臣にも告げず、行列の編成を強化すべきを見送った。雪に濡らすまいと腰の物に柄袋を被せる供廻りの者たちも、好きにまかせていた。

彦根藩の徒士の中で、唯一警戒を怠らなかったのが、井伊直弼の大名駕籠を守る供目付の河西《かさい》忠左衛門《ちゆうざえもん》であった。忠左衛門は藩邸の門を出てしばらくしたところで一度、刀の柄袋を外した。登城の前日から、水戸藩浪士に不穏の動きありと噂を耳にしていたからである。

だが、桜田門に向かうお濠端に、不審者の姿はなかった。沿道に並んでいるのは、登城の折にいつも見かけるような、武鑑を手にした町人風情の見物客ばかりである。まして、この時ならぬ大雪である。忠左衛門は、まさかこの行列が桜田門までのわずか四町たらず（約四〇〇メートル）の間に襲われることはなかろうと判断し、再び柄袋を付けなおした。

「……片寄れ……片寄れ……」

彦根藩六十余名の大名行列は、降りしきる雪の中に立つ見物客の中を、静々と進んだ。

水戸藩の浪士関鉄之介は、お濠端の松平大隅守《おおすみのかみ》邸の角に立っていた。

右手に桜田門を見て、左の彦根藩邸の方に視線を移すと、いま正に豪壮な門扉が開いて井伊大老の大名行列が姿を現した。供頭と錫杖持ちを先頭に、挟箱を担ぐ奴、槍持ちが続く。その後ろにも続々と徒士、馬、井伊直弼の乗る長棒駕籠が連なり、ゆっくりと門を出てくる。

鉄之介は、さらに周囲の同士の様子に気を配った。桜田門の橋の袂に若手の森五六郎がいる。左手の松平邸の側には薩摩藩士有村次左衛門《ありむらじざえもん》、水戸藩の黒澤忠三郎以下全八名。濠側には同じく水戸藩の稲田重蔵《いなだじゅうぞう》、佐野竹之介《さのたけのすけ》以下全六名。他に見届役の斎藤監物《さいとうけんもつ》の姿も見えた。

すべて、鉄之介が指示した布陣である。全員が、極度に張り詰めているのが見て取れた。雪が溶けるほどの、並ならぬ殺気である。目を血走らせ、すでに震える手で刀の柄を握る者もいる。

まだ早い……。

鉄之介は、自分の心の臓が早鐘《はやがね》を打つのに気が付いた。

行列は屋敷からお濠に沿って右に折れ、外桜田門へと向きを変えた。揺れる大名駕籠の周囲を、六人の徒士が守っている。背後に馬夫と見事な馬が付き、その後ろにも六人の徒士、さらに六人の銃隊が続く。何も知らぬ彦根藩の行列は、大雪の中、殺気立つ水戸の志士の間を静々と進んでくる。

「……片寄れ……片寄れ……」

先頭の供頭が、鉄之介の前を通過する。

天佑《てんゆう》……。

彦根藩の徒士も、全員が雨合羽を着込んでいた。雪で刀を濡らさぬために、柄袋を被せている。

誰《だれ》も、戦う態勢が整っていない。心構えもできていない。完全に、不意を突いた。

鉄之介は、勝った……と思った。

懐《ふところ》の短銃の銃把《じゆうは》を握り、火蓋《ひぶた》の切られる瞬間を見守った。

その時、橋の番所の陰に立っていた森五六郎の体が、すっ……と動いた。


快太郎は、冷静だった。

一方で、心に迷いがあった。

今日、この時に斬奸が決行されると知った以上は、義士の一人として水戸藩に加担すべきか。

それとも、ここは自らの使命を果たすべきか――。

快太郎は宇和島藩の前藩主、伊達宗城より密命を帯《お》びていた。

〈――桃の節句に椿《つばき》の花（井伊直弼の首級《しゆきゆう》）の落つるを見届けよ。蓮《はす》の花（水戸藩）が咲く時、蓮《れん》根《こん》（蓮根銃・回転弾倉式の洋式銃）の効能（威力）を見極めて知らせよ――〉

今回の斬奸に際して、水戸の浪士は新型短銃を使うという噂があった。横浜《よこはま》の火薬商、中居屋《なかいや》重兵衛《じゆうべえ》がアメリカのコルトＭ１８５１ネービーリボルバーの仕様書を元に複製した、管打《かんう》ち式の連発銃であると聞いていた。その銃が五挺《ちょう》、水戸藩の浪士の手に渡っている。

快太郎もいま、懐の中に短発式のドンドル銃を忍ばせていた。だが、アメリカ式の新型連発銃は、これまでのドンドル銃とは比べものにならぬという。その威力は、いかほどのものなのか。

ここはやはり、伊達宗城様の密偵として使命を果たし、斬奸のすべてを見届けるべきか……。

行列の先頭が、快太郎の前を通過していく。

出し抜けに、橋の袂の森五六郎が動くのが見えた。

まるで直訴《じきそ》でもするかのように、番所の陰から行列の前に進み出た。先頭の供頭と思《おぼ》しき二人が、足を止めた。森は躊躇《ちゅうちょ》せずに腰の刀を抜き、無言で二人に斬《き》りつけた。

二人の供頭は刀に柄袋を被せていたので、ひとたまりもなかった。刀を抜くこともできずに一人は頭を割られ、一人は腕が飛んだ。血飛沫《ちしぶき》を上げ、二人の体が前のめりに雪の中に倒れた。

行列の後方では、先頭に何が起きたのかわからないようだった。何事もなかったかのように、進み続ける。

そこにもう一人、商人風の身なりをした浪士が斬り込んだ。血飛沫が上がり、彦根藩の徒士の一人が雪に倒れた。

「……狼藉者《ろうぜきもの》……狼藉者……」

彦根藩の誰かが、叫んだ。行列は一瞬の内に、混乱に陥《おちい》った。

井伊直弼を守っていた徒士が、駕籠を離れて斬り合いの中に駆けつけた。その後方の徒士や足軽、槍持ちも先頭に走った。

大名駕籠の周囲が、手薄になった。待っていたかのように、松平邸の前から回転式短銃を持った黒澤忠三郎が進み出て、駕籠に向けて一発、撃った。

時を揺るがすほどの轟音《ごうおん》が鳴った。

それを合図に、行列のお濠側と大名屋敷側から水戸浪士が一斉に斬り込んだ。

駕籠を放り出した輿夫が、逃げ惑う。濠側からは浪士が一人、刀を槍のように体の脇《わき》で構えて体ごと駕籠に突っ込んだ。

駕籠かきや草履持ちが、雪の中を這《は》うように遁走《とんそう》した。馬が嘶《いなな》き、暴れている。足軽や、大老を守るべき役目の徒士の多くも雪の中に算を乱して逃げ惑った。

大名駕籠が、混乱の最中に捨て置かれた。主君を守ろうとする徒士は三人か四人。そこに水戸の浪士が襲いかかる。敵も味方もわからずに、同士討ちする者もいた。

彦根藩の藩士は、柄袋を被せているために抜刀できない。鞘《さや》に入ったままの刀で水戸浪士の攻撃を防御する者、腕で刀を止めて切り落とされる者、刃を手で摑《つか》んだ者は指が飛び、耳が切り落とされた。

その中で唯一冷静だったのは、彦根藩随一《ずいいち》の使い手と謳われる二刀流の河西忠左衛門だった。忠左衛門は一度その場を引き、合羽を脱《ぬ》ぎ捨てて柄袋を外すと、右手に大刀、左手に小刀を構えて斬り合いの渦中《かちゅう》に飛び込んだ。そしていま正に大名駕籠に襲いかかろうとする一人の水戸浪士――稲田重蔵――に上段から斬り下ろした。

稲田の面を割った大刀は肩まで達し、切り落とされた顔半分が雪の上に落ちた。倒れた重蔵は手で庇《かば》おうとしたが、横に払われた刀で手首が飛んだ。

だが、剣豪河西忠左衛門も多勢に無勢ではかなわなかった。浪士の一人と鍔《つば》迫《ぜ》り合いの最中に背中を斬られ、あとは四方八方から滅多切りにされてその場に倒れた。もがきながらさらに刺され、自らの血で雪を赤く染めた。

もう一人の彦根藩士、やはり若手の二刀流の使い手、供廻りの永田《ながた》太郎《たろう》兵衛《べえ》正備《まさとも》も獅子《しし》奮迅《ふんじん》の立ち回りを見せた。太郎兵衛は赤備えの甲冑《かっちゅう》姿で自らの持ち場を一歩も引かず、次々と駕籠に襲いかかる水戸浪士と斬り合った。だが、黒澤忠三郎が撃った二発目の銃弾を胸に受け、倒れたところを四方から斬られ、突かれて、動かなくなった。

快太郎は、足が竦《すく》んだようにその場を動けなかった。ただ、成行きを見届ける以外に術《すべ》がなかった。

斬り合いとは、かくも凄惨《せいさん》なものなのか。そしてこの斬り合いの中で、はたして井伊直弼はどうなるのか……。

だが、この時すでに井伊直弼は、黒澤忠三郎が撃った一発目の銃弾が太股《ふともも》から腰にかけて貫通。駕籠の中で動けない状態になっていた。

見物の町人たちは蜘蛛《くも》の子を散らすように四散した。

彦根藩の供廻りの者はほとんどが逃げ、戦った者は斬り倒されて、あたり一面の雪景色を血の色に染めた。水戸の浪士も大半が深手を負《お》い、刀は曲がり、ある者は雪に跪《ひざまず》き、肩で大きく息をしながら生き残った者と斬り合った。豪華な大名駕籠だけが守る者もなく、雪の中につくねんと取り残された。

濠の方から二人の浪士――薩摩藩の有村次左衛門と水戸藩の広岡子之次郎《ひろおかねのじろう》――が、抜き身のままの大刀を持って大名駕籠に歩み寄った。二人は無造作に、刀で駕籠を突いた。その時、快太郎は、降りしきる雪の中に井伊大老の断末魔の呻《うめ》きを聞いたような気がした。

大兵の浪士――有村次左衛門――が駕籠の戸を開けた。髷《まげ》を掴み、中から長裃《ながかみしも》を着た井伊直弼を引きずり出した。白い礼服はすでに血で真っ赤に染まり、井伊は瀕死《ひんし》の有様だった。

井伊直弼が、雪の上に這いつくばった。引きずり出した浪士が、刀を振り上げた。

「きえーっ！」

薩摩自顕《じけん》流の猿叫《えんきょう》と共に、首の後ろに斬り下ろした。刀は頸椎《けいつい》に喰《く》い込み、血が吹き出したが、首は完全には落ちなかった。浪士はさらに動かなくなった井伊直弼の髷を掴み、一方の手で刀を咽元《のどもと》に差し入れてこれを斬り取った。

浪士は切り落とした首を刀で刺し、それを雪の降りしきる天にかざした。薩摩弁で、意味不明の言葉を絶叫した。返り血を浴びて絶叫を繰り返すその形相《ぎょうそう》は、正に鬼相に他ならなかった。

快太郎は、人が斬り合うのを見るのも、首が落とされるのを見るのもこれが初めてだった。奈落に至れば、人はこれほどまでに残忍になれるものなのか。これが、武士というものなのか。

水戸の浪士たちが、仲間が振りかざす井伊直弼の首級を呆然《ぼうぜん》と見守る。斬奸が成ったことに気が付き、周囲に集まりはじめた。誰からともなく、勝鬨《かちどき》が上がった。

皆が、泣いている。哭《な》きながら、笑っている者がいる。

激しく斬り合い、鍔迫り合いをしたためか、肩や背中を裂かれ、額を大きく割られている者がいる。鼻や耳、指をすべて切り落とされている者もいる。そんなことにも気付かずに、全員が鬼の形相で笑いながら勝鬨を上げている。

振りかざされた井伊大老の首級が、雪で白く染まりはじめた。首級の顔もまた、口を大きく開いて笑っているように見えた。

「引き上げろ！」

誰かがいった。それを合図に、井伊の首級を刺した刀を担いだ浪士を囲み、全員が彦根藩邸とは逆に歩きはじめた。

快太郎はこの時、奇妙なことに気が付いた。合戦中に失ったのか、水戸の浪士たちは誰も下駄を履いていない。雪の中に血を滴《したた》らせ、跣《はだし》の足を引き摺《ず》りながら、倒れて呻く彦根藩士の中を立ち去っていく。

突然、顔面を割られて倒れていた彦根藩士の一人が、刀で体を支えて起き上がった。そのままよろめきながら、立ち去る水戸浪士たちを追った。

前方には、井伊の首級を担いだ大兵の浪士を含め、四人が歩いていた。彦根藩の徒士が、主君の首級を取り戻そうとしていることは明らかだった。気付かずに歩く一行に米沢藩の上杉弾正大《うえすぎだんじょうだい》弼《ひつ》屋敷の前で追いつき、背後から大兵の浪士に斬りつけた。

叫喚《きょうかん》が上がった。首級を担いだ浪士が倒れた。

彦根藩士は、その場で仲間の水戸の浪士に滅多斬りにされた。その血飛沫が、米沢藩邸の白壁にまで飛んだ。

浪士たちは倒れた仲間を助け起こし、肩を貸して再び歩きはじめた。やがて降りしきる雪の中に、刀の先に刺された井伊直弼の首と共に消えた。

あたりの騒ぎがおさまった。

快太郎は松平邸の壁の陰から、お濠端の通りに進み出た。

あたりには雨合羽を着た彦根藩士の屍《しかばね》が累々と倒れ、一面の雪を赤く染めていた。中にはまだ、息のある者もいた。腸《はらわた》を撒《ま》き散らして七転八倒する者、肩から腕を切り落とされて泣き叫ぶ者、頭と顔の半分を失って呻きながら痙攣《けいれん》する者もいた。

藩士の回りには、柄袋が被せられたまま鞘を割られた刀が落ちていた。刀を抜けずに、鞘で敵の斬り込みを止めようとしたのだろう。他にも誰のものかわからぬ切り落とされた腕や、指や、鼻や、顔半分などの肉片が無数の下駄と一緒に雪の上に点々と散じていた。

快太郎は、雪の中に取り残された大名駕籠に歩み寄った。近くに唯一人、顔半分と手首を斬り落とされた水戸浪士——稲田重蔵——の屍が倒れていた。

大名駕籠の前には、白い長裃を着た首のない軀《むくろ》がころがっていた。短銃で撃たれたのか、刀で突かれたのか、太股と腰のあたりから多量に出血して裃を赤く染めていた。この深手では、首級を取られるまでもなくいずれ絶命したであろう。

礼装を身に付けていることからして、この軀が井伊直弼であることに間違いはなかった。斬奸は成ったのだ。快太郎は確かに、井伊大老の死を見届けた。

この報《しら》せを一刻も早く、宇和島で待つ伊達宗城様の元に届けなくてはならない。

見れば彼方の彦根藩邸の門が再び開き、何十人もの藩士がこちらに向かってくる。足元では深手を負った二人の藩士が体を起こし、首のない主君の軀に、必死でにじり寄ろうとしていた。

快太郎は踵《きびす》を返し、足早に降りしきる雪の中に姿を消した。

二

南国、宇和島は、麗《うら》らかな春であった。

江戸の城下で桜田事変が起きた一九日後の万延《まんえん》元年（一八六〇年）三月二二日——。

伊達宇和島藩の八代藩主伊達宗城は、戎山《えびすやま》にて鹿狩《しかが》りに興じていた。

宗城は、この時四一歳（数えで四三歳）。すでに将軍継嗣問題で井伊直弼大老と対立し、隠居謹慎の身となってはいたが、その端整な顔立ちと愛馬を駆る長身の姿は武士としていかにも颯爽《さっそう》としていた。

宗城は、馬の西洋式の鞍《くら》に最新式のミニエー銃を差していた。フランスのC・E・ミニエーが開発した軍用銃で、宇和島藩が蘭学者として召し抱える村田蔵六《むらたぞうろく》（後の大村益次郎《おおむらますじろう》）の進言で長崎出島《ながさきでじま》のオランダ商館から購入したものである。

ミニエー銃はこれまでの銃とは違い弾底拡張式の円錐《えんすい》形ミニエー弾を使う前装銃である。銃身内部に施条《しじょう》（ライフリング）が切ってあるので、射程距離も威力もこれまでのゲベール銃の三倍以上といわれた。この銃ならば、一〇〇間（約一八〇メートル）先の鹿でも狩ることができる。

だが、この日は好天にもかかわらず、生憎《あいにく》の不猟で、お目当ての鹿は一頭も獲《と》れなかった。仕方なく宗城は猟を遠乗りに切り換え、何人かの家臣を引き連れて狩場に馬を駆った。

戎山は宇和島と九島《くしま》の間に、北西に突き出た半島の山である。宇和島藩では代々この風光明媚《ふうこうめいび》な戎山を、鹿や熊《くま》のお狩場として使っていた。

見晴らしの良い丘の上まで出ると、宗城はそこで馬を止めた。

好天であった。春の風を胸いっぱいに吸い込み、碧《あお》い宇和海に点々と浮かぶ絶景にしばし見惚《みと》れた。

「左衛門《さえもん》、この景色をどう思う」

宗城は馬で傍《かたわ》らに追いついてきた家老の桑折《こおり》左衛門に訊《き》いた。

「いつ見ても見事な風景でございますな」

左衛門はおっとりとそういったが、宗城はその答えにいささか不満があるようだった。

「そうではない。この島々の間に進んでくる外国船団の姿を、想像できぬかということだ」

アメリカ合衆国海軍の四隻の黒船が神奈川の浦賀《うらが》沖に来航。マシュー・ペリー代将が久里浜《くりはま》に上陸し、フィルモア大統領の国書を幕府に手交して開国を迫ったのが嘉永《かえい》六年（一八五三年）六月。以来、日本の藩主は例外なく、いつ自分の領海に黒船が現れるのかと戦々恐々として日々を過ごしていた。宇和島藩も例外ではなかった。

「砲台でございますな」

「そうだ。ここに砲台を据えれば、湾に入ってくる外国船をすべて狙い撃つことができよう」

宗城は若輩《じゃくはい》のころから江戸の水戸上屋敷に出入りし、藩主の徳川斉昭にただならぬ知遇を受けていた。一八歳上の斉昭は夫人の宝樹院《ほうじゅいん》と共に宗城の凜々《りり》しい若武者振りを気に入り、お抱え絵師にその馬上の武者姿を描《か》かせた。宝樹院などは宗城を源九郎義経《げんくろうよしつね》に喩《たと》えるほど惚《ほ》れ込み、溺愛《できあい》する娘の賢姫《さかひめ》を宗城に嫁《とつ》がせようと考えたほどだった。

そんな思惑を余所《よそ》に、宗城は賢姫と上屋敷で会い、お互いに恋に落ちた。天保《てんぽう》一〇年（一八三九年）、宗城が二二歳の春のことである。五月には両家の間で結納の儀が執り行われ、婚礼の日取りも父宗紀《むねただ》の参勤交代明けを待ってその年の八月に決まった。

だが、婚礼の間近になって賢姫が流行《はや》り病のために急逝。無常にも恋は悲恋に終わった。その心の傷は、あれから二〇年以上経《た》った今も宗城の胸に深く残っていた。

その後も宗城は、斉昭を兄のように慕《した》った。江戸に出た折には水戸藩の上屋敷に通い、斉昭から水戸学を学び、日本の国体のあり方についての思想の影響を受けた。宗城が尊皇攘夷を唱え、将軍継嗣問題では一橋派につき、これからの日本はまず軍備を整えることが重要と考えるようになったのも、すべて敬愛する斉昭の影響であった。

中でも宗城は、外国式の軍備にこだわった。宇和島藩では薩摩藩に続き、日本で二番目に早く蒸気船を完成。弘化《こうか》年間（一八四四年〜一八四八年）には威遠《いえん》流砲術にゲベール銃を導入し、蘭式銃陣を編成。大砲に関しても嘉永三年（一八五〇年）には幕府の追及から匿《かくま》っていた蘭学者高野《たかの》長英《ようえい》の設計により御荘久良《みしょうひさよし》に砲台を築き、安政二年（一八五五年）には五門の砲を据えた樺崎《かばさき》砲台が完成していた。そしていま正に宗城は、外国船の湾内への侵入を防ぐために、戎山のこの丘の上に第三の砲台を築くことを考えていた。

「左衛門、あの木が見えるか」

宗城が馬上から入江の奥を指さした。

「あの大きな檜《ひのき》でございますか。あの木は、ここから一五〇間（約二七〇メートル）はありますぞ」

「かまわん。届くかどうか、試しに撃ってみよう」

宗城は、馬から下りて鞍からミニエー銃を抜くと、丘の先端まで歩み寄った。膝《ひざ》を突き、蘭式の構えを取り、撃鉄を起こして遥《はる》か前方の檜を狙った。

重い引き鉄を、引いた。

轟音が一発鳴り響き、あたりに黒色火薬の白煙が上がった。

一瞬の後、彼方の檜の葉が飛び散り、枝が一本落ちるのが見えた。

「当たったぞ」

宗城が得意そうに、背後を振り返る。供の家臣たちが手にしていた銃を掲げ、喚声を上げた。

「今日は戎山に鹿はおらぬようだ。ここらで昼飯にしよう」

宗城がいった。

猟隊の本隊が着くのを待って、丘の上に陣幕が張られた。

この日の鹿狩りは軍事演習を兼ねたもので、一銃隊と良民の勢子《せこ》十数名が参加する大掛かりなものであった。宗城は陣幕の中に敷かれた熊皮の上に座り、折敷《おしき》の上に出された弁当を食った。家臣たちも思いおもいの場所で弁当を広げ、鹿狩りや宗城が撃った新型銃の話に花を咲かせていた。

麗《うら》らかな春の日である。この戎山の丘の上で、海を眺めながらのんびりと弁当を食っていると、浮き世のしがらみも迫り来る諸外国の脅威も、しばし忘れていることができる。井伊直弼の下した謹慎の令など糞食《くそく》らえ、だ。

宗城はこの時、江戸で井伊直弼が討たれたことをまだ知らなかった。

その時、麓《ふもと》から早駆けの馬が一頭、上がってきた。馬は猟隊の中に止まり、使いの者がそこで下りると、陣幕に向かって走ってきた。そして宗城に、慌てた様子で書状を差し出した。

「誰からの書状か」

宗城が訊いた。

傍らの左衛門が書状を受け取り、表書きを確かめた。

「江戸の宗徳《むねえ》様から、至急の親書でございますな……」

宗徳は宗城の嫡男、井伊大老から隠居を命じられた後に家督を継いだ宇和島藩九代目の藩主である。いまは参勤交代で江戸の宇和島藩邸に詰めている。

至急の親書とは、何事か……。

「どれ、見せてみよ」

宗城は左衛門から親書を受け取った。中を開く。書状は、三月七日に江戸から出されたものだった。

「何ということだ！」

宗城は一読して、歓呼の声を上げた。

「いかがなさいました」

「思い掛けぬ獲物《えもの》だ。左衛門、お前もこれを読んでみよ」

書状には、このように書いてあった。

〈――去る三月三日の上巳の節句の折、大老井伊直弼様が水戸と薩摩の一八烈士により登城の途中で討たれ申し候。手下の者、薩摩の烈士が大老の首級を上げるを見届け候――〉

「しかし、これは……」

書状を読み、左衛門は戸惑った表情を見せた。伊達家に養子に入る前の宗城と彦根藩の井伊家は、親戚《しんせき》関係に当たることを知っていたからである。だが当の宗城は、そんなことなど意に介さずに井伊直弼の死に歓喜した。

なぜなら宗城は、各地に伏した手下の隠密からの報告により、志を同じくする盟友の一人、島津斉彬が病死ではなく、井伊大老の企てで暗殺されたことを知っていた。しかも井伊大老は自分と、敬愛する水戸の斉昭公を隠居、謹慎、蟄居に追い込んだ張本人である。さらに顔見知りでもあった何人かの水戸藩士を切腹、斬死、獄門に処したことを、腹に据えかねていたのである。

「今日の思い掛けぬ獲物とは、鹿や熊ではない。井伊直弼の首級に勝る獲物はないであろう」

宗城は思う。井伊直弼の死は、暗殺ではない。天罰なり。これで日本は、良い方向に動きはじめるであろう。

「今日は良き狩りになった。早々に引き上げるとしよう」

宗城はさっさと弁当を食ってしまうと、銃を草履取りにまかせ、自分は馬に乗った。


翌日、宇和島城の伊達宗城の元にもう一通の書状が届いた。江戸藩邸付きの家臣、柴田快太郎からの密書である。

密書には、次のように書かれていた。

〈――中居屋重兵衛の新型短銃の威力、恐るべし――〉

宗城はこの密書により、井伊直弼が新型短銃によって暗殺されたことを知った。そして家老の左衛門に、快太郎にさらなる密命を与え江戸から宇和島に呼び寄せるように命じた。

これが桜田事変、後に歴史上にて〝桜田門外の変〟として語り継がれる大老井伊直弼暗殺事件の顚末《てんまつ》である。

二の章　唐人《とうじん》お吉《きち》

一

安政《あんせい》七年から万延《まんえん》元年にかけて（一八六〇年）は、それまで頑《かたく》なに鎖国を続けてきた日本が後の開国に向けて大きく舵《かじ》を切った年であった。

一月一八日には日米修好通商条約の批准書《ひじゅんしょ》交換のために、遣米使節団が乗船したアメリカ軍艦ポーハタン号が横浜《よこはま》港を出航。護衛艦として幕府海軍の勝海舟《かつかいしゅう》が艦長を務める咸臨丸《かんりんまる》がこれに随《ずい》行《こう》した。

三月八日、遣米使節団がアメリカ合衆国のサンフランシスコ港に到着。三月一八日、万延に改元。万延元年閏《うるう》三月二五日、アメリカ軍艦ローノック号に乗り換えた遣米使節団がワシントン海軍造船所に入港。閏三月二八日には日本側の遣米使節団の正使（代表）新見正興《しんみまさおき》、副使村垣範正《むらがきのりまさ》、立会小栗忠順《おぐりただまさ》らが米ホワイトハウスにてジェームズ・ブキャナン大統領に謁見《えっけん》し、国書を奉呈。四月三日には国務省内において、日米修好通商条約の批准書交換が行われた。

三月三日の大老井伊直弼《いいなおすけ》暗殺は、こうした日米交渉の最中に起きた事件であった。水戸《みと》や薩摩《さつま》、土佐《とさ》、宇和島《うわじま》の尊皇攘夷《そんのうじょうい》派がいくら抵抗を試みても、すでに日本を取り巻く世界は大きくころがりはじめていたのだ。

この年、柴田快太郎《しばたはやたろう》がいつ江戸を発《た》ったのかについては定かな記録が残っていない。だが、おそらく初夏の風が吹きはじめるころまでには旅支度《たびじたく》を整え、伊達宗城《だてむねなり》からの密命を帯《お》び、陸路で宇和島に向かったことは確かであろうと思われる。

江戸を発った快太郎が最初に立ち寄ったのは、横浜であった。編笠《あみがさ》に木綿《もめん》の着物、裁着袴《たつつけばかま》という一風変わった旅支度で、懐中には短銃と藩から預かった五〇両という大金を忍ばせていた。

前年に日米修好通商条約が締結されて開港されたことで、横浜の街は活気に溢《あふ》れていた。通りには商店の大店《おおだな》が軒を並べ、商人や外国人船員が闊歩《かっぽ》する。飯屋や土産物屋《みやげものや》の店先には、エゲレス語やアメリカドルで金額が書かれた看板まで見かけた。

快太郎は横浜の街を歩きながら思う。水戸様や薩摩、我が宇和島藩の宗城様は尊皇攘夷を提唱して開国を拒《こば》もうとするが、はたしてこの大きな流れを止めることができるのだろうか。

大きな鈴の音と蹄《ひづめ》の音に振り返ると、外国風に飾り付けた馬が引く荷馬車が雑踏《ざっとう》を分けて通り過ぎていった。

快太郎は少し道に迷い、人に訊《たず》ねながら、吉田橋《よしだばし》の関門から本町《ほんちょう》四丁目の生糸商、中居屋《なかいや》を捜した。井伊直弼斬奸《ざんかん》の折、水戸藩浪士にコルト型新型短銃三挺《ちょう》（五挺という噂《うわさ》もある）を提供したとされる中居屋重兵衛《じゅうべえ》の商店である。

店は、横浜本町の一等地に構えていた。敷地は千坪以上はあろうかという大名屋敷のような大店で、総銅葺《あかがねぶき》屋根の豪奢《ごうしゃ》な建物だった。だが、もう四ツ半（午前一一時）だというのに揚戸《あげど》が閉じられたままで、〈――支度中――〉と書かれた札が下げられていた。

やっていないようだ。中に人がいる様子もない。

中居屋は生糸を外国商船に売って、莫大《ばくだい》な利益を上げているという噂《うわさ》だったが……。

こうしている間にも快太郎の周囲を商人や武士、華やかな着物を着た女や外国人が足早に通り過ぎていく。横浜は江戸の街よりも賑《にぎ》やかで、活気があるように見えた。

路地を入った所に手頃《てごろ》な煮売り屋があった。ちょうど腹も減っていたので、快太郎は暖簾《のれん》を潜《くぐ》って編笠を脱《ぬ》ぎ、葦簀《よしず》の中の縁台に座った。

まだ昼までには時間があるので、店は混んでいなかった。外国人の船員風情《ふぜい》の男が二人、酒を吞《の》んでいるだけだ。この早い時間から酩酊《めいてい》しているのか、顔を赤らめて大声で話している。

「いらっしゃいませ……」

たすき掛けをした女が注文を取りにきた。この店も品書きは日本語の他に、エゲレス語でも書かれていた。

「拙者《せっしゃ》にも酒をくれ。それと、唐汁《からじる》と飯を所望《しょもう》したい」

快太郎が〝拙者〟といったのがおかしかったのか、女が少し笑って戻っていった。

酒と料理を待つ間に、快太郎は外国人の話に耳を傾けた。エゲレス語らしい。オランダ語なら宇和島で蘭学者の村田蔵六《むらたぞうろく》から学んでいたのでだいたい聞き取れるが、エゲレス語はあまりわからなかった。

酒と料理が運ばれてきた。快太郎は猪口《ちょこ》を手にし、酌《しゃく》をしてくれた女にさり気なく訊《き》いた。

「ところでお女中、そこの大通りの中居屋さんは何で店を閉めているのかね」

女は我が意を得たりとばかりに、それでいて周囲を憚《はばか》るような振りをしながら、快太郎の耳元に顔を近付けた。

「お上のお咎《とが》めがあったんですよ。それで、ご主人の重兵衛さんと番頭さんが江戸にしょっ引かれて、店は営業禁止になったんでございます……」

女が、声を潜《ひそ》めていった。

「生糸の商いで儲《もう》かっていると聞いたが、なぜまた営業禁止に？　はいこれ、釣りはよい……」

快太郎は酒と料理の値段よりも多めに、五〇文を折敷《おしき》の上に置いた。女はそれを素早く取ると、またあたりを憚るようにいった。

「ほら、お侍様、あの中居屋さんの銅葺の屋根、見ましたでしょう。あのあかがね御殿が、お上の怒りに触れたようですよ。それに重兵衛さんは水戸様のご贔屓《ひいき》で、桜田門《さくらだもん》で大老様を殺した短銃は中居屋さんから出たものだとか……」

「短銃を。それは物騒な話だな」

「何でも中居屋さんは、その短銃を山下町《やましたちょう》のマセソン商会という外国人の店から買って、水戸様に献上《けんじょう》したとか……」

女はそこまでいうと、話しすぎたと思ったのか帳場に引き上げていった。

そうか、マセソン商会か……。

ジャーディン・マセソン商会は、日本初の外資商社である。

スコットランド人のウィリアム・ジャーディンとジェームス・マセソンが東インド会社から独立して中国の澳門《マカオ》に設立。その後は上海《シャンハイ》に進出して中国への阿片《あへん》の密輸と英国への茶の輸出で荒稼ぎして成長し、日本の米、英、露、蘭との和親条約締結を切っ掛けに一八五九年、山下町居留地一番地に横浜支店を設立した。

同年にトーマス・グラバーが長崎《ながさき》の出島《でじま》に開設したグラバー商会は、ジャーディン・マセソン商会の代理店である。一八六〇年の夏にはすでに営業しており、日本では英国製の毛織物、服、薬品、材木、銃器や火薬などを販売。英国には日本製の生糸、石炭、米、干し魚などを輸出していた。

快太郎は、井伊直弼の斬奸に水戸浪士が使ったのは、中居屋重兵衛が作ったアメリカ式新型銃だと聞いていた。だが、マセソン商会は中居屋の得意先だったはずだ。重兵衛ならば生糸を売るかわりに、マセソン商会から〝本物〟のアメリカの新型銃が手に入ったであろう。その方が、話が早い。

異郷にて風聞を得るには、やはり女に限る。女は男よりも噂話が好きで気軽に話す。そしてこれは快太郎の同郷の密偵、清水真一《しみずしんいち》から習った知恵である。

快太郎は飯を食い終えて煮売り屋を出ると、山下町の居留地に向かった。目の前に、横浜港があった。港には、巨大な外国商船が碇泊《ていはく》していた。

ジャーディン・マセソン商会は、すぐに見つかった。入母屋《いりもや》屋根に似ているが、木造二階建ての奇妙な建物である。快太郎が洋館というものを目にしたのは、これが初めてだった。

店の入口には〝英一番館〟という看板が掛けられ、上にもエゲレス語で社名が入っていた。快太郎は多少はエゲレス語を学んでいたので、読むことくらいはできた。

入口には番頭のような男が二人、立っていた。どちらも南蛮服を身に付けているが、一人は日本人、一人は髪を辮髪《べんぱつ》に結《ゆ》っている。これも初めて見るが、中国人のようだ。

快太郎が店に入っていこうとすると、両側から二人の男に止められた。

「お侍様、どちらへ参られますか」

日本人の男がいった。目付きからして、町人ではない。武士のようだ。

「探し物がある。店の中を拝見したい」

入口から中を覗《のぞ》くと、広い部屋に華やかな南蛮服や織物、見たこともないような機械や器具が並んでいるのが見えた。

「お待ちくだされ」

「私は伊予《いよ》の宇和島藩の遣いの者だ。アメリカ製か、エゲレス製の新型短銃があれば所望したい」

快太郎は、隠さずにいった。伊達宗城様から中居屋重兵衛より新型短銃を買い求めてくるように言付かってきたのは本当のことである。そのための代金も預かってきていた。だが、中居屋が閉まっているのであれば、他で買い求めるしかない。

「当店は紹介状をお持ちでない方とのお取引はお断りさせていただいております。それに当店では、新型短銃などは取り扱っておりませぬ。小売りもいたしませぬ」

男がいった。もう一人の中国人らしき男は、頭を下げて睨《ね》めるような視線をこちらに向けているだけだ。取り付く島もない。

仕方なく快太郎は、店の前から立ち去った。

海岸通りを渡り、横浜港まで歩いた。とても日本とは思えない風景だった。湾内には何隻《せき》もの外国船が碇泊している。中には、船体に大きな水車を付けた蒸気船も見える。

快太郎は絵心がある。胴乱《どうらん》から矢立《やたて》と懐紙を取り出し、蒸気船と横浜港の風景を描《か》いた。しばらくして海岸通りまで戻ると、ジャーディン・マセソン商会の洋館も写した。

このままだと本当に、日本は外国の列強に奪い取られてしまうのではないのか。もしくは、これも時代の流れなのか。

快太郎は数枚の絵を描き終え、それを畳《たた》んで胴乱に仕舞うと、また横浜の街を歩き出した。

遠くで外国船の汽笛が、ぽうっぽうっ……と鳴った。

二

次に快太郎の足跡が確認されるのは五日後、伊豆国《いずのくに》の下田《しもだ》である。

〈——伊豆の下田に長居はおよし
　縞《しま》の財布が空になる

下田の沖に瀬が四つ
　思い切る瀬に切らぬ瀬に
取る瀬にやる瀬が
　　　ないわいな――〉

かつて伊豆国の先端にある下田は、陸の孤島だった。だが元和《げんな》年間（一六一五年～一六二四年）以降、菱垣廻船《ひがきかいせん》（江戸と上方を結んだ貨物船）など太平洋岸を行き来する商船の数が多くなると、湾内に良港を持つ下田は寄港地として急速に発展した。これに各地の漁船も加わり、一七世紀以降、下田は年間に入津廻船三千艘《そう》以上、港に上陸する船頭や船員、商人、漁師の数は一万五千人以上にもなるといわれた。

人が増えればそこに港街ができる。旅籠《はたご》や飯屋が軒を並べ、男が落とす金を目当てに芸者や遊女が集まり、商売をはじめる。いつしか、港街の一画に、色街の明かりが灯《とも》るようになる。

快太郎は初めて見る下田の街に、なぜか懐かしさを覚えた。

この街はどこか、郷里の宇和島に似ていた。地勢の険しい山々が海まで迫る港街で、川沿いに広がる僅《わず》かな平地に民家がひしめくように軒を並べている。

街の前には山に囲まれた静かな湾が広がり、船が碇泊する。湾に突き出た山の上からは下田城が蒼《あお》い海と城下町を見下ろしていた。

だが、かつて後北条《ごほうじょう》氏が築城し、伊豆《いず》衆の清水康英《しみずやすひで》、徳川家康《とくがわいえやす》の家臣戸田《とだ》忠次《ただつぐ》らが城主となった下田城も、慶長《けいちょう》六年（一六〇一年）に廃城。いまは江戸幕府の直轄領として、下田奉行がこの地を治めていた。

快太郎は天城峠《あまぎとうげ》を越えて下田に入り、街を歩いた。

この街にも宇和島と同じように、仏閣が多い。だが、行き交《か》う人々の姿はどこか垢抜《あか》けていて、街には活気があった。

嘉永《かえい》七年（一八五四年）に日米和親条約が調印され、日本の事実上の鎖国体制が終わると共に、下田は箱館《はこだて》（函館）と共に開港した。さらに安政《あんせい》元年（一八五四年）一二月に日露和親条約、安政五年に日米修好通商条約、日蘭修好通商条約、日露修好通商条約、日英修好通商条約、日仏修好通商条約（以上、安政五カ国条約）と世界の列強と立て続けに通商条約が締結されると、下田は次々と日本を訪れる外国商船や捕鯨船の物資補給、貿易の玄関口となった。

下田もそうだし、横浜もそうだった。開港すればその港街は人が集まって急速に発展し、豊かになり、人も街並みも日本とは思えぬほどに華やかになる。

街を歩いていると、了仙寺《りょうせんじ》や長楽寺《ちょうらくじ》などの寺の前を通った。了仙寺は嘉永七年三月に幕府とアメリカのペリー提督《ていとく》の間で日米和親条約の付属条約——下田条約——が締結された場所、長楽寺はその年の一二月に日露和親条約が調印された場所である。このような小さな寺で日本と列強との重要な条約が結ばれたのかと思うと、どこか案外な事のように思えた。

さらに街を散策すると、面白い店を見つけた。入口の柱に〈——下田奉行　欠乏所《けつぼうしょ》——〉と書かれた看板が掛かっていた。

快太郎はしばし考え、店を訪《おとの》うた。

「御免《ごめん》つかまつる……」

店に入ると、奉行所の役人のような男が顔を出した。

「何用か」

「ここは、何の店であろうか」

店の中には貝細工や塗物、瀬戸物、反物《たんもの》などが並んでいる。だが、どこか普通の店とは雰囲気が違う。品物の説明書きや値段も、すべて蘭語やエゲレス語で書かれていた。

「この店は日本人には売らぬ。外国船専用の欠乏所じゃ。田舎侍《いなかざむらい》は帰った帰った」

にべもなく店を追い出されてしまった。

だが、それで合点《がてん》がいった。そういうことか……。

欠乏所とは、外国の商船、貨物船、捕鯨船、軍艦などに水や食料、石炭、薪《まき》などの欠乏品を供給するための店である。欠乏品売込人世話役と呼ばれる役人が取り仕切り、貿易が許される以前から土産物品も売られていた。しかも品物は日本の相場の倍以上の高値で売られ、幕府は三割の税金を徴収《ちょうしゅう》していたので、かなりの利益が上がっていた。

快太郎は石畳の道を港に下った。嘉永七年三月にペリーが下田に上陸した折、銃を持った三〇〇人の部下と共に了仙寺まで行進したといわれる道である。右手には小さな川が沿って流れ、柳が水に影を落としている。曲がりくねった道の両側には、旅籠や煮売り屋、居酒屋、反物屋、芸者の置屋までが軒を並べ、賑やかだった。

その中の一軒に、よろず屋があった。外国商から買ったランプや奇妙な履物《はきもの》――靴というらしい――や、鯨の歯で作った置き物などを並べている。品書きや値段が日本語なので、日本人にも売るのだろう。

訪《おとな》うと、今度は愛想のいい婆《ばば》あが出てきた。

「はい、お侍様、何かお探しで……」

「うむ、つかぬことを尋ねるが、この店に短銃は置いておらぬか」

「たんじゅう、でございますか……」

婆あが怪訝《けげん》な顔をした。

「そうだ。このような物だ。できれば外国製の物がよいのだが……」

快太郎はそういって胴乱から日本製のドンドル銃を出した。婆あが驚いて、目を丸くした。

「うちでは、そのようなものは売らんずら……」

婆あが後ずさる。快太郎は慌てて短銃を胴乱に仕舞った。

「すまぬことをした」

店を出ていこうとすると、婆あが呼び止めた。

「もし、お侍様。もしそのような物をお探しでしたら、金指屋《かなさしや》さんに行くとよろしいずら」

快太郎が足を止めて振り返る。

「かなさしやとは？」

「ああ、金指屋さんは質屋ずら。そこの路地を入ってちょっくり行けば、すぐにわかるずら」

「かたじけない」

婆あにいわれたとおりに路地に入っていくと、三〇間ほど先のなまこ壁の土蔵の軒下に〝質〟と書かれた将棋の駒《こま》の看板が掛かっていた。質屋の看板は、どこも同じだ。将棋の駒の形をしているのは、たとえ歩でも香車でも、敵陣に入れば裏返って金になるという趣意である。

訪うと、土蔵の中は店になっていた。一段上がった畳に帳場があり、そこで羽織《はおり》を着た主人が仏頂面《ぶっちょうづら》で座っていた。周囲には預かり物なのか、売り物なのか、簪《かんざし》や着物、槍《やり》や大刀、脇差《わきざし》や鎧《よろい》、火縄銃まで置いてある。

「何かお預け物で」

主人が快太郎を値踏みするようにいった。

「いや、そうではござらぬ。実は探し物あって参った。ここの品物は、売り物にござるか」

「左様にございます。ここにございますのは流れた物ですので、ご入用の品があればお値段は勉強いたしますが……」

「実は、このような品を探しておるのだが。できれば外国製の物を……」

快太郎は胴乱の中からドンドル銃を出した。主人は特に驚く様子もなく、しばらく快太郎の手の中の短銃を見ていたが、やがて小さく頷《うなず》いた。

「ございます。外国製のものは、お高《たこ》うございますが……」

「拝見したい」

「お待ちくださいませ」

主人が帳場を立ち、奥に行くと、船簞笥《ふなだんす》の鍵《かぎ》を開けて中から布に包んだものを一つと、小さな箱を持って戻ってきた。それを、畳の上に置いた。

「こちらにございます」

「失礼つかまつる」

快太郎も畳に座り、布の包みを手に取った。

小さな包みだが、ずしりと重い。これも外国製なのか、油の染みた麻布のようなもので包んである。布を解《ほど》くと、ちょうど快太郎が持つドンドル銃と同じほどの大きさの短銃が出てきた。

奇妙な短銃であった。ドンドル銃は真鍮《しんちゅう》でできているが、この洋銃は細工が細かいにもかかわらず鉄製である。その黒く艶《つや》のある地肌に、唐草と花のような緻密《ちみつ》な紋様が彫《ほ》られていた。

快太郎はしばしその美しさに見とれた。柄（握り）は黒檀《こくたん》のような固い南洋材でできていて、ここにも唐草のような紋様が浮き彫りにされている。握った時に、手が滑らぬようにとの配慮であろう。

あらぬことに、この短銃には銃身が二本ついていた。撃鉄も、二つある。にもかかわらず、引《ひ》き鉄《がね》とおぼしきものが見当たらぬ。それに、雷管を被《かぶ》せる突起もなく、ただ銃身の後端に小さな穴が開いているだけである。

「これは……どのようにして使うのか……」

「撃鉄を起こしてみなされ。弾は入っておりませぬ」

いわれたとおりに二つの撃鉄を起こすと、短銃の下から引き鉄が二本、下りてきた。

「これは……」

「引き鉄を引いてみなされ」

主人にいわれたとおりにすると、引き鉄をひとつ引くごとに片側の撃鉄が交互に強く落ちた。

「弾と火薬はどこから込めるのか」

快太郎が訊いた。

「銃の下に、鍵のようなものがありましょう。それを左に回してみてくださいまし」

「こうか」

主人にいわれたとおりにすると、二本の銃身が根元の蝶番《ちょうつがい》から折れた。

「銃身に尾栓《びせん》が入っていないではないか」

二本の銃身は、ただの二本の鉄の筒である。ドンドル銃や火縄銃のように、尾栓が詰まっていない。

「はい、その短銃にはこのような弾を使いまする……」

主人がそういって、箱の中から銅と鉛でできた小さな小芥子《こけし》のようなものを取り出した。快太郎はそれを手に取った。

「はてさて、これは……」

「それが弾でございます。鉛の部分が弾で、その下の銅の筒の中に火薬が仕込まれております。小さな釘《くぎ》のようなものが出ておりますが、それが雷管にございます。その釘の頭の部分が銃身の小さく欠けたところに納まるように入れて、元のように閉じて撃鉄を起こせば撃てるようになります」

「こうか……」

快太郎が短銃に弾を込めようとすると、それを主人が止めた。

「お侍様、ここではおやめくださいまし。暴発でもしたら大変でございます」

「うむ、左様か……」

快太郎は手にした弾を、まじまじと見つめた。鉛の弾は円錐形《えんすいけい》をしていて、その下の銅製の筒の中に火薬が入っている。このようなものを見るのは初めてだった。

だが、これならば弾を込めるのが早い。これまでのように銃身の先から火薬を入れ、鉛弾を押し込み、さらに雷管を被せるという面倒な作業がいらなくなる。

快太郎は、銃身を開いたまま光にかざして中を覗いてみた。内側に、螺旋《らせん》のような溝《みぞ》が彫られていた。

この螺旋——旋条——は、伊達宗城様が長崎出島のオランダ商館から買ったミニエー銃でも見たことがある。水戸の浪士が使った新型短銃にも、旋条が彫ってあったと聞く。ならばこの小さな二連式の短銃の威力も、幾何《いくばく》のものであろうか。

主人によるとこの短銃はフランス国のもので、オランダの商船の船員から買い取ったのだという。以前には蓮根《れんこん》のような形をした弾倉のついた回転式の連発銃もあったのだが、そちらの方は売れてしまった。いまあるのは、この二連式短銃だけだという。

「主人、この短銃をぜひ所望したい」

快太郎がいった。

「お高うございますが」

「かまわぬ。ご主人、値段を申されよ」

「それでは、弾ひと箱を付けて金一〇両をいただきたく存じます」

一〇両と聞いて、快太郎は慮外《りょがい》なことをと驚いた。何しろ一両もあれば一カ月は暮らせたし、ドンドル銃なら三挺は買える。一〇両出せば、武士の魂といわれた刀、それもそこそこ著名な刀工が作った大刀が手に入った時代である。それをこのドンドル銃ほどの大きさのフランス国の短銃は、一挺の値段が一〇両だという。

「もう少し安くはならぬのか」

「こればかりは。もしこれを売ってしまったら、次はいつ手に入るやもしれぬ品でございます故……」

快太郎は短銃を畳に置き、懐手に腕を組んで考えた。

主人がそれだけ強気なのだから、この短銃には値に見合う価値があるということであろう。それにこの短銃を、洋式銃がお好きな宗城様にお見せしたい。そして何よりも、自分の手でこれを撃ってみたくもあった。

「いただこう」

快太郎は、懐から手を抜いた。その手には、一両小判が一〇枚握られていた。それを畳の上に置いて差し出すと、こんな田舎侍が大金を持っていることに驚いたのか、今度は質屋の主人が目を丸くした。

「これはこれは、ありがとうございます……」

主人が両手を突き、深々と頭を下げた。


快太郎は買った二連銃を胴乱に納め、質屋を出た。

一刻も早く、撃ってみたかった。

下田の街から南に下ると、やがて人家が疎《まば》らになり、大浦八幡宮《おおうらはちまんぐう》の前を通って海に出た。岩場で囲まれた、静かな入江である。荒れた納屋があり、その前に漁師の舟が二艘ほど舫《もや》ってあるが、人の影はない。

ここでよい。

快太郎は胴乱から二連式短銃を出し、布の包みを解いた。

先ほど、質屋の主人にいわれたとおりに操作した。撃鉄を半分起こし、銃の下の鍵のようなもの――質屋の主人によるとレバーというらしい――をひねる。留金《とめがね》が外れ、銃身が折れて開く。

二本の銃身の弾倉に、二発の弾を込める。そして銃身を閉じ、またレバーをひねって固定する。手順さえ心得てしまえば、ドンドル銃に一発弾を込めるよりもはるかに簡単で、よほど素早くできる。

あとは撃つだけだ。快太郎はもう一度周囲に気を配り、誰《だれ》もいないことを確かめた。撃鉄を完全に起こすと、下から引き鉄が出てきた。

何か、狙《ねら》うものはないか。静かな波打際に、ちょうどよい流木が漂着していた。距離は一〇間（約一八・二メートル）以上はあろう。ドンドル銃ならば狙っても当たらぬ距離である。

快太郎は、流木の枝の根本あたりを狙って引き鉄を引いた。

入江に銃声が続けざまに二発、轟《とどろ》いた。銃口から火焔《かえん》と白煙が噴き出し、一瞬視界が閉ざされた。だが、確かに狙った場所に当たった感触があった。

快太郎は、胸が高鳴った。撃った流木に歩み寄る。やはり、狙ったとおりの場所に穴が二つ開いていた。

驚いたのは、その後だった。流木の逆側を見ると、弾丸は太さが七寸（約二一センチ）ほどもある幹を貫通して裏に大きな穴を開けていた。

これは、凄《すご》い……。

この短銃ならば、一〇間離れた場所に立つ敵を瞬時に、しかも確実に倒せるであろう。

気がつくと納屋の陰から漁民が二人、何やら怖ろしげにこちらの様子を窺《うかが》っていた。どうやら、人がいたらしい。

快太郎は編笠を深くし、その場を足早に立ち去った。

※追記

快太郎が下田の質屋で手に入れた短銃は、フランスのルフォーショー（Lefaucheux）が一八三〇年に取得したピン打ち式（ピンファイヤー）カートリッジのパテントを使用して作られた二連銃であろう。金属製のカートリッジから飛び出した雷管を打つピンが特に二連銃では蟹《かに》の目のように見えることから、後に日本で蟹目打ちと呼ばれるようになる。ルフォーショー社は一八五四年にはこのピンファイヤー式のリボルバー（回転式弾倉銃）のパテントを取得し、翌五五年から軍用銃を生産した。これらの二連銃やリボルバーは民間にも販売され、画家のフィンセント・ファン・ゴッホ（一八五三年〜一八九〇年）が自殺に用いた拳銃《けんじゅう》としても知られている。

安価な二連銃は街の小さな銃器工場などでも大量に作られ、フランスやオランダの外国航路のマドロスたちも護身用として好んで持ち歩いた。アメリカにも輸出され、カウボーイたちの間ではブーツガン（ブーツに隠す小型拳銃）として親しまれた。

三

下田の夜は賑やかだった。

だが、江戸や横浜の街とはまた趣《おもむき》が違う。

かつてペリー提督が三〇〇人の部下と共に行進したという川沿いの小径《こみち》を中心に、色街の明かりが灯《とも》る。旅籠や居酒屋、煮売り屋の提灯《ちょうちん》に火が入り、その宙に浮くような温《ぬく》もりのある光の中を商人や町人、漁師や芸者、どこの国とも知れぬ外国人の船員たちが行き来する。

街に新しい建物が多いのは、数年前の安政の大地震の津波で街が一度流されたためである。下田大橋も、まだ修復されていなかった。

小さな街だが、活気があった。

その日、快太郎は安い旅籠に宿を求め、原町《はらまち》の湯屋で風呂《ふろ》を浴びた。洗い場では街の男も女も、物珍《ものめずら》しそうに快太郎をじろじろと見ていた。体が大きく、顔も異相なので、裸になった快太郎を南蛮人とでも思ったのであろう。

さっぱりとして、暮れ六ツ（午後六時）ごろから街に繰り出した。夜の下田は、まるで異国であった。快太郎は宗城様のお役目のために全国津々浦々を訪ね歩いてきたが、これほど異な街は他に見たことがない。

腹が減っていた。

快太郎は煮物の匂《にお》いと提灯の火に誘われて、居酒屋の葦簀《よしず》を潜《くぐ》った。店は混み合っていたが、酒樽《さかだる》に板を渡した席に座ることができた。壁に貼《は》られた品書きを見ていると、仲居が注文を取りにきた。

金目鯛《きんめだい》の煮つけに天ぷら、それに酒を注文した。

「つかぬことを聞くが、この店に吉田松陰《よしだしょういん》殿は来られたことはないか」

立ち去ろうとした仲居が振り返る。

「よしだしょういん……知らんずら……」

不思議そうに、首を傾《かし》げた。無理もない。松陰がこの下田に伏していたのは、もう六年も前のことになる。

「それならよい」

快太郎がいうと、仲居は急ぎ足で立ち去った。

吉田松陰は、長州《ちょうしゅう》藩出身の山鹿《やまが》流兵学師範、尊皇攘夷派の思想家で、佐久間象山《さくましょうざん》に師事した討幕派としても知られた。嘉永七年にペリーが日米和親条約締結のために来航した折には下田に伏し、ポーハタン号への密航を試みるなど世間を騒がせた。この時は国許蟄居《くにもとちっきょ》ですんだが、後に討幕を企《くわだ》てた廉《かど》で捕縛され、安政六年（一八五九年）一〇月に井伊直弼による安政の大獄で斬首《ざんしゅ》となった。

快太郎は伊達宗城より、下田に寄る折あらば吉田松陰やペリー、初代駐日領事としてこの地に駐留したタウンゼント・ハリスについて評判を聞き及んで参れと命を受けていた。宗城は特に、なぜ井伊直弼が無勅許《むちょっきょ》にてハリスと日米修好通商条約を締結してしまったのか、吉田松陰はペリーの船への密航をなぜ失敗したのかなど、アメリカの下田における風評を欲していた。そこで仲居に吉田松陰について訊ねてみたのだが、女でも地元の噂を知らぬこともあろう。

料理と酒がきた。腹が減っていたこともあり、金目の煮物も天ぷらもこの上もなく旨《うま》かった。それでもまだ腹は足りず、湯漬けでも食うかと思っていたところ、斜め前の渡し板に座っていた男が立った。

商人風情の初老の男である。男は帳場に向かおうとして、快太郎の前でふと足を止めた。

「お侍さん、先刻、仲居に吉田松陰がどうのと尋ねておりませんでしたかな」

「いかにも。訊いてはみたが、仲居は知らぬようであったが……」

「それでしたら蓮台寺《れんだいじ》村《むら》の村山行馬郎《むらやまぎょうまろう》先生をお訪ねなされ。吉田松陰を匿《かくま》われていたと聞いております。では」

男はそれだけいうと、会釈《えしやく》をして店を出ていった。

翌朝、快太郎は旅籠を引き払い、蓮台寺村に向かった。

蓮台寺村は下田の街から稲生沢《いのうざわ》に沿って、一里（約四キロ）ほど上流に行った所にあった。このあたりでは知られた湯治場で、小さな宿と〝上の湯〟という共同湯があった。

村山行馬郎の家は、尋ねるまでもなくすぐにわかった。共同湯の目の前にあり、このあたりでは庄屋と旅籠に次いで大きな家だった。家の門には、医師の看板が掛けられていた。

刻《とき》は六ツ半（午前七時）になったばかりのころだが、家の中に人の気配がある。

訪うた。しばらく待つと、束髪《そくはつ》に結った齢《よわい》七〇ほどの老人が現れた。

「御免つかまつる。拙者、伊予国宇和島藩藩士、柴田快太郎と申す者……」

快太郎は本名を名告《なの》った。

「何用でございますかな」

老人は温厚そうだが、眼光は鋭い。

「この地に吉田松陰先生が立ち寄られたと聞き、村山行馬郎殿にお話を伺いたく参り申した」

「私はいかにも村山行馬郎だが、さて吉田松陰とな。何のお話やら……」

どうやら快太郎を警戒《けいかい》し、そ知らぬ振りをしているらしい。

「これを」

快太郎はそういって、帯に結んであった宇和島藩発行の通行手形を見せた。行馬郎はそれを一《いち》瞥《べっ》したが、にべもなかった。

「これから診療がございます。お引き取りくださいませ」

行馬郎はそういって玄関の戸を閉め、奥に下がってしまった。

快太郎は仕方なく、家の外で待った。

しばらくすると、再び玄関が開き、薬箱を担《かつ》いだ若い男が現れた。次に黒鴨《くろかも》仕立ての装束の行馬郎が出てきて、外に立つ快太郎に目礼し、若い男を連れて下田の街の方に下っていった。

さて、どうしたものか。ここはひとつ、出直すか。それとも、ここで湯にでも浸《つ》かって待つか。幸い湯治客を見越してか、茶屋が店を出す支度をはじめた。退屈《たいくつ》はしまい。

村山行馬郎が薬持ちの若者を連れて戻ってきたのは、昼八ツ（午後二時）を過ぎたころだった。家の前にまだ快太郎がいるのを見ると、少し驚いたようだった。

「まだおいでででしたか」

行馬郎は穏やかに笑みを浮かべた。

「はい。どうしても吉田松陰先生のお話を伺いたく……」

快太郎が編笠を取って頭を下げると、行馬郎は少し迷っていたようである。そして、いった。

「どうやら奉行所の遣いの方ではなさそうだ。お上がりくだされ」

行馬郎は薬持ちと共に家に入った。快太郎も我に返り、その後に続いた。

中の間に通され、先程の薬持ちの若者が茶を運んできた。茶をすすり、外を行く湯治客の姿を眺めながら、しばらく待った。四半刻（約三〇分）ほど待つと、風呂でも浴びたのか小ざっぱりとした行馬郎が部屋に入ってきた。

「辱《かたじけ》なく存じます」

快太郎が改めて頭を下げた。

「お楽に。それで小生は何をお話しすればよろしいのですかな」

行馬郎が快太郎の前に座った。

「吉田松陰先生について、どのようなことでも……」

それが正直なところであった。伊達宗城様より松陰についての風評を集めて参れと言いつかってきたが、それだけではない。快太郎自身が、思想家としての松陰の思わくに興味があった。攘夷を唱える松陰が、なぜ外敵に他ならぬアメリカの船に、しかも斬首となる危険を冒《おか》してまで密航を企てたのか――。

「なるほど。それでは何からお話しすればよいか……」

行馬郎は茶をひと口すると、邂逅《かいこう》を懐かしむように語り始めた。


村山行馬郎が吉田松陰と初めて出会ったのは六年前、嘉永七年（一八五四年）の春、三月二〇日の夜であった。

時刻は五ツ半（午後九時）を過ぎていた。一日を終えて、そろそろ床《とこ》に着こうかと思っていた時である。向かいにある共同湯の方から何やら怪しげな音が聞こえてきた。

何事だろうと思って外を見ると、共同湯に明かりが灯っている。誰かいるらしい。行馬郎は不審に思い、外に出て、湯場を覗いてみた。

若い男が二人、湯に浸かって何事か話していた。このあたりでは見かけぬ青年である。戸を開けると、驚いたように振り返った。事情を訊けば一人は疥癬《かいせん》にかかっていて、治療がてらここで一夜を明かすつもりだという。

何か事情があるらしい。怪しい者にも見えぬので、自分の家に泊まるようにいうと、二人はしばらく警戒していたが、そのうちに荷物を持って行馬郎についてきた。

二人は瓜中萬二《かのうちまんじ》と市木公太《いちきこうた》と名告った。教養はあるが、訳あって役人に追われている風でもあったので、二階の隠し部屋に匿った。その二人が長州藩士の吉田松陰と金子重輔《かねこじゅうすけ》であった。

それから数日間、二人は日中は下田に出向き、夜は蓮台寺村に戻って行馬郎の家の隠し部屋で過ごすという生活を続けていた。朝夕は行馬郎と一緒に飯を食い、酒も飲んだ。やがて、時間が経《た》つにつれて、二人はいろいろなことを話すようになってきた。

――自分たちは下田港沖に碇泊しているマシュー・ペリー艦隊のポーハタン号に乗り込み、アメリカ国に密航する計画を企てている――。

行馬郎は、驚いた。密航は、悪くすると死罪である。なぜそこまでしてアメリカに渡るのか。

すると松陰は、こう答えた。

――広く世界を見てみたく候ゆえ――。

松陰は自分でしたためた投夷書《とういしょ》を柿崎《かきざき》海岸で出会ったアメリカ人の船員に手渡し、翌二八日の未明にポーハタン号への密航を決行。小舟で下田湾の弁天島《べんてんじま》に渡り、さらに艦隊のミシシッピ号、旗艦のポーハタン号へと行き着くが、ペリーは密航を拒絶。アメリカ艦隊のボートで陸に送り返された。もはやこれまでと思った二人は柿崎村の名主に自首し、江戸に送られた。

これが行馬郎が知る限りの、吉田松陰ポーハタン号密航事件の顚末《てんまつ》であった。


わからぬのは、なぜ攘夷を主張していた松陰が、――広く世界を見てみたく候ゆえ――という理由で外敵であるアメリカ国に密航を試みたのか。攘夷は名目にすぎず、胸中はただアメリカ国を羨望《せんぼう》していたにすぎぬのか。

「そこに文机《ふづくえ》がありましょう。松陰様は、あの机でペリーへの投夷書を書かれておりました。読みやすいようにと漢字にはふりがなを振り、それは念を入れておいででした。お二人共、志に溢れていたご様子。しかし重輔様は郷里で獄死なされ、松陰様も昨年江戸で斬首されたと聞きました。哀れなことでございます……」

行馬郎は六年前に思いを馳《は》せるように、訥々《とつとつ》と話す。

「ひとつ、お尋ねいたす。松陰様は、尊皇攘夷についてては何かいっておりませんでしたか」

「そのようなことは、何も。ただ松陰様は、こういっておられました。一年前に浦賀《うらが》に来航した黒船を見た時には、肝をつぶすほど仰天《ぎょうてん》したと。これまでの日本の兵法では、とても太刀《たち》打ちできぬことがわかったと。いずれ列強に勝つためには、今後は西洋のことを学ばなくてはならないのだと。だから自分は、アメリカ国に行くのだと……」

快太郎は行馬郎の話を聞いて、何かがわかったような気がした。

吉田松陰も、迷っていたのではないか。攘夷は唱《とな》えども、その術《すべ》がない。列強を相手に戦わば、いまの日本は必ず敗《ま》ける。中国と同じように、列強に分割されて喰《く》い尽くされることであろう。伊達宗城様もいっていた。外敵と戦うためには、まず西洋を知るべしと。

快太郎がいま胴乱の中に持つドンドル銃とフランスの二連銃を比べても、日本と西洋の兵力の差は瞭然《りょうぜん》である。短銃の差は大砲の差に同じく、大砲の差は軍艦の差に同じく、軍艦の差はすなわち国力の差に等しい。

だからこそ、松陰は——広く世界を見たく……といったのだろう。それは松陰の、嘘《うそ》いつわりのない本心であったに違いない。

快太郎は思う。自分ならばどうであろう。尊皇攘夷は元より、まずは世界、西洋を広く見てみたいと願うであろう。

「すると松陰先生が自首されてからは、一度もお会いになっていないのでございますか」

快太郎が訊いた。

「いかにも。一度も会ってはおりませぬ」

「他に、誰かおりませぬか。マシュー・ペリーか、アメリカ公使のタウンゼント・ハリスに直接会った方が。そのような方がおられれば、ぜひお話を伺いたいのですが」

「さて、下田奉行の井上清直《いのうえきよなお》ならばハリスをよく知っていましょうが、何も話さんでしょう……」

「玉泉寺《ぎょくせんじ》の御住職ならいかがでしょうか」

ハリスは日本の初代公使として、下田の玉泉寺に領事館を構えていたと聞く。だが昨年、安政六年（一八五九年）六月以降は、江戸の元麻布《もとあざぶ》の善福寺《ぜんぷくじ》に公使館を移している。

「翠岩眉毛《すいがんび》和尚《もうおしょう》でございますか。和尚も話さんでしょう。ペリーやハリスのことは、幕府から固く口止めされます故……。いや、お待ちください。一人だけ、ハリスをよく知る者がおりますな。その女性《にょしょう》ならば、もしかすれば……」

「女性、でございますか」

「左様。お吉《きち》という下田の芸者で、ハリスの愛妾《あいしょう》であったことからこのあたりでは〝唐人《とうじん》お吉〟と呼ばれておりますが……」

快太郎は、ハリスに日本人の愛妾がいたことを初めて知った。

「ぜひ、そのお吉という方にお引き合わせ願えませんでしょうか」

行馬郎はしばらく腕を組んで考えていたが、やがて頷いた。

「いまでも下田にいるはずです。叶屋《かのうや》という置屋を訪ねてみれば、すぐに見つかりましょう。私に聞いたといえば、ハリスのことを話してくれるやもしれません」

「かたじけない」

快太郎は深く頭を下げた。

四

下田の街に戻り、行馬郎にいわれた叶屋という置屋で訊くと、お吉の所在はすぐにわかった。

「はい、お吉ならうちにおりますですよ」

お構いに出てきた女将《おかみ》はお歯黒に染めた歯を見せて、意味深に笑った。

「呼んではもらえぬか」

快太郎が一朱銀を握らせてそういうと、女将はまたお歯黒を見せて笑った。

「よございますよ。お待ちくださいませ」

そしてこう付け加えて立ち去った。

「お侍様もお好きでございますねぇ……」

上がり框《かまち》に座って、しばらく待った。畳に着物の裾《すそ》を摺《す》る音が聞こえたので振り返ると、背後に若い芸者が立っていた。

快太郎は自分も立って、芸者を見上げた。その美しさに、目を見張った。これほどの美形は、あまり見たことがない。

女が畳に三つ指をつき、艶《つや》のある声でいった。

「吉でございます。私を、お呼びでございますか」

快太郎は一瞬、まごついた。

「拙者、柴田快太郎と申す者。村山行馬郎殿にお聞きして参り申した。ぜひ、お吉殿にお話を伺いたく……」

無粋《ぶすい》な口上に、お吉が笑った。

「それなら私をお揚《あ》げ下さいまし」

快太郎はこのようなことは不慣れで、お吉が何をいっているのかわからなかった。

「上がってよいのか」

そういって草鞋《わらじ》を脱《ぬ》ごうとすると、お吉がまた笑った。

「そうではございません。どうせ今夜もお吉はお茶っ引き。もしよろしければ、私と遊んでくださいという意味にございます。もしお酒をご馳走《ちそう》してくだされば、お吉は何でもお話しいたします」

それで合点がいった。

「承知した。如何程《いかほど》お払いすればよろしいか」

快太郎が胴乱から鹿革《しかがわ》の巾着《きんちゃく》を出した。

「女将に一分お渡しくださいまし」

お吉が笑いながらいった。


快太郎は叶屋を出て、お吉の馴染《なじ》みの金屋《かなや》という旅籠に揚がった。

このころの下田にはまだ遊郭《ゆうかく》のようなものはなく、旅籠が揚屋を兼ねていた。

快太郎は宿の二階に部屋を取り、お吉のいうがままに料理を注文した。料理は一介の田舎侍の快太郎には贅沢《ぜいたく》なもので、刺身、煮物、天ぷらなどが次々と運ばれてくる。それを肴《さかな》にお吉の酌で飲む酒は、慣れぬ伽羅《きやら》の香りにも惑わされて何とも落ち着かない。

「三味線《しやみせん》でも弾きましょうか」

落ち着かぬ様子の快太郎を見て、お吉がいった。

「いや、それよりも訊きたいことがあるのだが……」

「そうでございましたね。どんなお話ですか」

「うむ、お吉殿はタウンゼント・ハリス領事と親しかったとのこと。どのような人物だったかをお訊きしたく……」

お吉はハリスと聞いて一瞬、表情に陰《かげ》が差したが、猪口《ちょこ》の酒をくいっと空《あ》けるとおかしそうに笑った。

「やはりコン四郎《しろう》さんのことですか……」

「こんしろう?」

快太郎は、首を傾げた。

「はい。アメリカの言葉で領事さんのことをコンスルというんですよ。それで私はハリスさんのことを、コン四郎さんと呼んでいたんです。お侍さま、矢立はお持ちですか」

「うむ、これに」

快太郎が胴乱から矢立を出して渡すと、お吉は筆を取り、懐紙《ふところがみ》を取るとそこにこう書いた。

〈――領事　CONSUL――〉

「字が書けるのか。それにエゲレス語も……」

「私、元は武家の夫人の養女でございました。そこで踊りも読み書きも習いました。でもその方が亡くなって、実家に戻ったら家が地震と津波で流されて。それで芸妓《げいぎ》になったのでございます。でも、そんなことは忘れましょう。コン四郎さんのことでしたね……」

お吉はまた手酌で猪口に酒を注《つ》ぎ、それを呷《あお》ると、言葉を探すように話しはじめた。

お吉によると、最初に声を掛けてきたのはハリスの通訳のヒュースケンという男だった。

時はハリスが下田に入港してから一〇カ月後、安政四年（一八五七年）の五月のことである。お吉の妹のお福《ふく》が原町の湯屋から出てきたところを、ヒュースケンが片言の日本語で話しかけてきた。

お吉は西洋人が嫌いだったが、お福が誘いに乗ってついていってしまった。その何日か後のことである。お吉とお福の元に、下田奉行所から、ハリス領事の元に看護婦に行くようにとのお達しがあった。

支度金はお吉に二五両、年俸として一二〇両。お福には支度金二〇両、年俸九〇両という破格の待遇だった。しかも二人のために、領事館に通うための専用の駕籠《かご》まで用意してくれるという。

この条件を見ても、ただの看護婦でないことは明らかである。日本とアメリカの交渉のための人身御供《ひとみごくう》である。断りたかったが、お上の命には背《そむ》けない。お吉は結局、この奉行所のお達しを受けることにした。

「お侍さま、昨日、原町の湯屋においでだったでございましょう。私とお福がヒュースケンに声を掛けられたのは、あの湯屋でございますよ」

「なぜ、拙者が湯屋にいたことを知っておる」

「私も昨日、あそこにおりました。お侍さまが偉丈夫で異人さんのようなお顔をしてたから、てっきり外国船の船員さんだと思っておりました」

快太郎は、江戸でも異人のようだとよくいわれた。

「そのようなことはどうでもよい。それで、ハリス領事の元へは行ったのか」

「はい、行きましたよ……。その前に、お酒をもう少し……」

お吉がそういって空になった徳利《とつくり》を折敷の上に横にした。


最初にお吉がハリスの元に上がったのは、その年の五月二一日だった。

七軒町《しちけんちょう》の家まで駕籠が迎えにきて、当時アメリカ領事館が置かれていた柿崎村の玉泉寺まで運ばれて、引き渡された。

初めて会ったハリスは、まだ一七歳だったお吉から見れば正に南蛮人に他ならなかった。赤ら顔の大男で、年齢は自分の父親や母親よりも上の五二歳。銀髪で、揉上《もみあ》げから大きな鼻の下にかけて達磨《だるま》さんのような濃い髭《ひげ》を生《は》やしていた。

領事館の中も、奇妙だった。寺の部屋の中に異教のキリストを祀《まつ》る祭壇があり、そこに十字架が架かっていた。お吉は、自分は生《い》け贄《にえ》にされたのだと思った。

ハリスは通訳のヒュースケンや中国人の給仕の少年を外に出し、お吉と二人だけになった。お吉に三味線を弾かせ、踊らせて、自分はラムという火酒を飲みながら、それを眺めて楽しんだ。

その日はハリスが酔い潰《つぶ》れ、暮れ六ツにはまた駕籠が呼ばれて返された。

お吉は次の日も玉泉寺に呼ばれた。前日と違ったのは、お吉もギヤマンの瓶に入った火酒を呑むように勧《すす》められたことだった。元々、芸妓になったころから酒は好きで飲み馴《な》れてはいたが、ラムはまるで薬のように苦くて甘く、本当に火が付くように強い酒だった。

お吉は酔った。酔うとハリスがお吉の体を抱き寄せて、着物の中に手を入れてきた。何とか躱《かわ》してその日も六ツ半には返されたが、火酒を飲まされたので酷《ひど》く吐いた。

三日目、もう領事館には行きたくなかったが、五ツ半（午前九時）には駕籠が迎えに来た。この日はハリスに来客があったらしく、昼九ツ（午後〇時）ごろまで別の部屋で待たされた。

ハリスの寝屋に呼ばれて中国人の給仕で食事をし、またあの火酒を飲まされた。無理に飲まされ、酔わされて、気が付くと裸のハリスとお吉だけになっていた。

お吉も着物を脱がされて、ハリスの大きな体で押さえつけられた。酔って朦朧《もうろう》としていたが、必死で抗《あらが》った。するとハリスは突然怒りだし、お吉を部屋から放《ほう》り出した。

その日も駕籠で家に送り返された。翌日、奉行所から支配頭の伊佐新次郎《いさしんじろう》が使いに来て、ハリスの看護婦は御役御免になったので、玉泉寺には行かなくてよいと告げられた。理由は、お吉が病気持ちだからだという。

お吉はハリスの話をしはじめてから、猪口を空けるのが早くなった。

「病気持ちだなんて酷い話でございましょう。私がいうことを聞かないからといって、ぽいと放り出す……。看護婦だなんて嘘っ八で、最初から私を愛妾にするつもりだったんですよ……」

そういってまた、猪口を空けた。

「それではハリスの元には三日しか通わなかったのか」

快太郎も猪口の酒を空けた。

「そのつもりだったんですよ。でも今度は本当に、コン四郎さんが病み患《わずら》いましてね……」


お吉によると、妹のお福が通訳のヒュースケンの元に引き渡されたのは、三日後の五月二七日のことであった。

ヒュースケンはまだ若く、異人としては容姿も悪くなかったので、お福は最初から愛妾になる気で喜んでいた。翌日そのお福が家に戻ってきて、意外なことを聞かされた。お吉が御役御免になって以来、ハリスがずっと床に伏せっているという。

お吉は居ても立ってもいられなくなった。ハリスは確かに横暴で好色な南蛮人だが、不馴れな日本に来て寂《さび》しい思いをしている。可哀相《かわいそう》だと思ったら悲しくなってしまい、お吉は自分の意志で玉泉寺に駆け付けた。

ハリスは食欲もなく、数日の間に別人のようにやつれ、床に伏していた。そしてお吉の顔を見ると、子供のように喜んだ。

以来、お吉は、ハリスに看護婦として仕えた。そのうちごく自然に、男と女の関係にもなった。そのころからである。お吉がハリスをコン四郎さんと呼ぶようになったのは。ハリスはもうお吉に横暴な態度を取ることもなく、やさしくなった。お吉さんと呼んで甘え、大切にしてくれた。


「行こうか柿崎〜

　　帰ろか下田〜

　思い惑うよ〜

　　　間戸《まど》が浜《はま》〜」


お吉が快太郎の肩にしなだれ、空になった徳利をゆらしながら唄《うた》った。

快太郎はしばらくその唄声に聞き惚《ほ》れた。唄が終わるのを待って、訊いた。

「異なことであったな。それでお吉さんは、ハリスといつまで一緒におったのか……」

「ずっとですよ。何カ月か間は空きましたけど、お江戸にも行ったし、あちらの元麻布の善福寺の公使館にもしばらくおりましたし……。その間は看病したり、食事のお世話をしたり、口喧嘩《くちげんか》をしたり、いろいろありましたよ……」

そして安政五年（一八五八年）六月に江戸で日米修好通商条約が締結され、翌安政六年六月に元麻布の善福寺が正式にアメリカ公使館となった直後、お吉は奉行所から突然御役御免を告げられて下田に連れ戻された。ハリスに、別れの挨拶《あいさつ》をするいとまもなかった。以来、ハリスには一度も会っていない。

「ですから、二年とちょっとのお付き合いになりますか……」

お吉はそういって、どこか懐かしそうに微笑《ほほえ》んだ。

「つかぬことを訊くが、お吉さんはアメリカの言葉を話せるのか」

快太郎がいった。

「最初はからきしわかりませんでしたよ。でもね、数カ月……二年も男と女が一緒にいれば、少しはわかるようになるもんです……。私はアメリカの言葉を話したし、コン四郎さんも日本の言葉を話してたし……」

下田やお江戸では、お吉がハリスと役人の間に入って通訳のようなこともしていたという。

「それなら訊くが、ハリス殿はなぜ日本に来たのか。日本をどうするつもりなのか。そんなことを話したことはござらぬか」

タウンゼント・ハリスは何を考えているのか。アメリカの真意はどこにあるのか。日米修好通商条約が締結されて二年が経ついまとなっても、幕府にしろ攘夷派の諸藩にしろ、そこがわかりかねるところであった。

「話したことはありますよ。奉行所のお役人にも訊かれましたけど、それをお侍様にお教えしてもよろしいものなのか……」

「聞かせてくれぬか」

「それならお酒をもう一本……」

お吉がそういって笑った。

お吉によると、ハリスの第一の目的は日本の小判であったという。

ペリーが日本側と結んだ下田条約で日本の一両小判はメキシコの銀貨四枚の価値と決められたが、これを中国や西洋に持っていくと四倍の値で売れた。その利益はハリスのアメリカのボス——親方——のリンカーンという人に貢《みつ》がれる。リンカーンはそれを、アメリカでやがて起きる戦争の軍資金にする——。

快太郎はお吉の話に驚いた。日本の小判が西洋で四倍もの価値があるとは、何とも慮外なことである。確かに伊達宗城様もいっていた。井伊直弼は、アメリカに有利なように条約を結んだと。

「つまり、日本はペリーやハリスに謀《はか》られたということか……」

快太郎は苦々しい面《おも》もちで猪口の酒を空けた。

「それはどうでございましょう。私は一度、コン四郎さんに訊いたことがあります。アメリカは日本と戦争をして、滅ぼすのですかと……」

「ハリスは、何と答えた」

「コン四郎さんは、こういっておりました。我々アメリカは日本の友人として自由、平等、友愛、寛容、人道を説《と》き、ただ平和的な開国を望むだけだと……」

「ゆうあい?」

「はい。アメリカの言葉で〝フラタニティ〟といいます」

お吉はまた矢立の筆を取ると、懐紙にこう書いた。

〈——友愛　Fraternity——〉

「友愛……この訳はそなたが……?」

「いえ、中国人の給仕が漢字を書けましたので、いつもコン四郎さんの言葉を訳してくれていました……」

〝友愛〟という意味は通ずるが、日本ではあまり使わぬ言葉である。

「キリスト教の経典か……」

だが、お吉は首を傾げた。

「コン四郎さんは、違うといっていた……。私は、よくわからない……。コン四郎さんも、リンカーンも、ペリーも、アメリカの将軍様も、みんな家族なんだって……」

お吉は酒に酔って、眠そうだった。だんだん何をいっているのか、わからなくなってきた。だが快太郎は、酔ったお吉の口から日本の行く末の天運に係《かかわ》る重要なことを聞かされているような気がしていた。

酒を飲みながら、お吉の四方山話《よもやまばなし》に耳を傾ける。そのうちに、お吉は酔い潰れて、快太郎の膝《ひざ》枕《まくら》で寝息を立てて眠ってしまった。

部屋の奥には蒲団《ふとん》が敷かれていた。だが快太郎は料理を下げにきた仲居に、駕籠を呼ぶようにいった。

駕籠が着くと、快太郎がお吉を担いで二階から下ろし、それに乗せた。駕籠かきに一朱銀を握らせ、お吉を叶屋に送り届けるようにいいつけた。

部屋に戻り、もう一本、酒を飲んだ。

五ツ半（午後九時）には床に入ったが、その夜は夢の中にお吉が何度も出てきて、深く眠れなかった。

五

翌朝、快太郎は早朝に金屋を発《た》った。

その足でまず、下田の街の背後に壁のように聳《そび》える寝姿山《ねすがたやま》に登った。

山の姿が女性の寝姿に似ることから、寝姿山の名が付いたという。高さは一〇〇間（約一八〇メートル）と少しとそれほどではないが、地勢の険しい山である。だが、故郷では山城の宇和島城に登城する日々を送ってきた快太郎には、訳もない道程《みちのり》であった。

山頂まで登ると下田奉行所の黒船見張所があり、そのあたりから下田の街と下田湾を一望できた。ここからは昨日歩いた稲生沢川沿いの道も、蓮台寺村も、ペリーが行進した道と了仙寺の場所も、下田の地形が手に取るように見て取れた。北の空には雲の上に富士山《ふじさん》が浮かび、手前には天城の山々が奥深く連なっていた。

三つの岬に囲まれた下田湾には、いまも何隻かの西洋の商船が碇泊している。この湾にペリーの黒船が現れた時には、下田の民はさぞかし驚いたことであろう。もし黒船が湾内から砲撃すれば、下田の街はひとたまりもなく火の海に包まれたに違いない。

湾にはいくつかの島が浮かんでいた。その中のどれが弁天島なのかは、快太郎にはわからなかった。だがその島のいずれかに吉田松陰が潜み、小舟で湾に漕ぎ出てポーハタン号に密航を試みたことを想像すると、感慨深いものがあった。

快太郎は思う。もしあの時に松陰殿がアメリカに行っていたとしたら、日本はどうなっていたのだろう。おそらくこれからの長きにわたり、日本と西洋との関係はさらに平等となっていたに違いない。

黒船見張所には奉行所の役人がいたが、目の届かぬところで矢立を出し、紙に下田湾の風景を描いた。ここから見る景色は、古郷宇和島の戎山《えびすやま》からの宇和島湾の眺めにどこか似ていた。宇和島湾にいつか黒船が現れることを想像すると、それは怖ろしくもあり、この上もなく胸の躍ることでもあった。

快太郎は宇和島を思い出し、郷愁《きょうしゅう》に駆られた。いまごろ父上や母上、弟や妹たちはどうしていることであろう。

寝姿山を下り、ハリスが領事館を置いていた玉泉寺に向かった。

下田の街から海沿いに歩いていく途中、柿崎村を通った。お吉が駕籠に揺られて、ハリスの元に連れていかれたあの道である。

海辺に、島があった。潮《しお》が引けば、陸続きになってしまうような小さな島である。村人に訊くと、あれが弁天島だと教えてくれた。

玉泉寺は村の山際に寄りすがるように建つ、荒れた古刹《こさつ》であった。

石段を登って山門を潜ると、猫の額ほどの境内《けいだい》の正面に銅葺屋根の本堂があった。いまは、人が居るのかどうかもわからない。このような古寺にアメリカの領事館が置かれていたとは、意外であった。

左手の山の上に、奇妙な形の墓石が数基並んでいた。近くに行ってみると、墓石にはアメリカの文字が刻まれていた。どうやらペリー艦隊の、日本で死んだ船員の墓であるらしい。

名前は読めぬが、年齢を見ると、まだ若い者が多かった。ロシアの船員の墓もある。遠い国から日本にやってきて、この地で亡くなり、このような寂しい古寺に埋葬されるとは異人とはいえ哀れなことである。快太郎はそうすることが正しいかどうかも思わずに、ただ手を合わせて成仏を祈った。

快太郎は本堂に下りて、訪うた。

誰もいない。そう思ったが、しばらく待つと作務衣《さむえ》を着た和尚らしき老人が現れた。

「拙者、伊予宇和島藩の藩士、柴田快太郎と申す者……」

快太郎は本名を名告った。

「何用でございますかな」

和尚が訊いた。

「この寺にアメリカの領事館があったと聞き知り、ぜひハリス殿がいたお部屋を拝見したく参り申した」

だが、和尚は首を横に振った。

「奉行所から止められております故、それはなりませぬ……」

「江戸から伊予への帰り道、三島《みしま》より遠路をこの下田まで歩いて参り申した。そこを曲げて、何とか……」

快太郎が頭を下げると、和尚は弱った顔をした。しばらく考えていたが、そのうちに小さく頷いた。

「ハリス殿の部屋には入れませぬ。しかし、お堂の前から覗くだけならよろしいでしょう……」

快太郎はもう一度、深く頭を下げた。

「かたじけない」

和尚が本堂の戸を開けると、正面に仏壇と本尊の釈迦《しやか》如来《によらい》像が見えた。さらに左奥へと進み、襖《ふすま》と雨戸が開かれると、差し込む光の中に奇妙な部屋の風景が浮かび上がった。

畳の上に、西洋の机と椅子《いす》が並んでいた。壁際に、おそらく鋳鉄《ちゆうてつ》製の、大きな窯《かま》のようなものが置かれ、その上から太い筒が突き出ていた。部屋の一方に置かれた仏壇のようなものは、バテレンの祭壇だろうか。白い土壁に、薄《うつす》らと十字架の跡が残っていた。

快太郎にとって、それはこの上もなく神秘的な空間だった。まるで手の届く所に、西洋が存在するかのように。

「あの鉄の窯のようなものは？」

快太郎が訊いた。

「あれは西洋の火鉢で、〝ストーブ〟と申します。あの鉄の窯の中に薪《たきぎ》を入れて火を焚《た》きますと、部屋の中が真冬でも春のように温《ぬく》もります。さて、もうよろしいでしょうか」

和尚はそういうと、ハリスの部屋の襖を引いた。快太郎が一瞬、垣間《かいま》見た西洋の世界は、また静かに閉ざされてしまった。

「お世話になり申した」

快太郎は和尚に礼をいい、玉泉寺を後にした。山門を潜る時にもう一度、振り返る。高台に並ぶ異人の墓の墓石が、遠い母国を懐かしむように朝日に染まっていた。

下田の街に戻った時には、もう五ツ半（午前九時）を過ぎていた。

さて、これからどうするか。洋式短銃は手に入ったし、吉田松陰やハリスの話も聞いた。もう下田には用はない。

そう思った時に、ふと小間物屋が店を開けているのが目に入った。思い立って、藍染《あいぞめ》の軒のれんを潜る。

「すまぬが、櫛《くし》や簪などの髪飾りはあるか」

応対に出てきた番頭らしき男に訊いた。

「はい、こちらに……」

案内された一角に、いろいろな髪飾りが並んでいた。だが、このようなことには疎《うと》い快太郎が見ても、どれを選べばよいのか皆目《かいもく》わからなかった。

「つかぬことを訊くが、このあたりの若い芸者衆ならばどのようなものを喜ぶか……」

快太郎が訊くと、番頭は我が意を得たりと揉《も》み手《で》した。

「そうでございますね。柘植《つげ》や桐《きり》の櫛も喜ばれますが、若い娘さんでしたらこちらの鼈甲《べっこう》の櫛か、そちらの真鍮の簪などはいかがでしょう。中でもこのあたりのメノウや水晶、赤い珊瑚《さんご》玉《だま》の付いたものなどが流行《はやり》のようでございますが……」

快太郎は少し考えて、赤い珊瑚玉の付いたものを手に取った。

「これを所望したい。包んでもらえるか」

そういって簪を番頭に渡した。

簪の包みを持って小間物屋を出た。その足で、一軒先の叶屋に向かった。

訪うと、昨夜の女将が顔を出した。

「これはお侍様、昨夜はお吉をお送りいただきありがとうございました」

そういって、上がり框に指を突いて頭を下げた。

「お吉殿は」

「まだ寝ておりますが、起こして参りますか」

「いや、それには及ばぬ。お吉殿が目を覚ましたら、これを渡して、昨夜は世話になったとお伝え願いたい。拙者は伊予に帰り申す……」

快太郎は女将に簪の包みを差し出した。

「はい、かしこまりました……」

「では、失礼する」

快太郎は叶屋を出て、空を見上げた。西から雲行きが怪しくなりはじめていた。

草鞋の紐《ひも》を締めなおし、下田街道へと向かった。


お吉は女将の呼ぶ声で目を覚《さ》ました。

「お吉、もう五ツ半を過ぎましたよ。起きなさい」

「はぁい……」

酷い宿酔《ふつかよい》だった。頭が痛く、胃の腑《ふ》が焼けるようで、吐き気がした。

布団を被ったまま、考えた。私はどうして、ここにいるんだろう。昨夜は伊予のお侍さまに揚げられて、金屋さんに行ったはずなのに……。

そのうちに少しずつ、思い出してきた。あのお侍さんに訊かれるままに、コン四郎さんの話をしたんだっけ。調子に乗って猪口を空けて、ちょっと飲みすぎた。

でも、あのお侍さんに袖《そで》にされた。気が付いたら駕籠に乗っていて、叶屋に送られ寝かされた。

「お吉、起きなさい。昨夜のお侍さまから届け物ですよ。ここに置いておくからね」

女将がそういって、階段を下りていった。

お侍さまから、お届け物……。

お吉はそう聞いて、布団から飛び起きた。畳の上を這《は》っていくと、敷居の手前に小さな千代紙《ちよがみ》の包みが置いてあった。

手に取って、開けた。中から赤い珊瑚玉の付いた、綺麗《きれい》な簪が出てきた。お吉が前から欲しいと思っていた簪だった。

あの人……。

お吉は慌てて着物を着ると、顔を洗い、歯磨き粉と房楊枝《ふさようじ》で歯を磨いた。そうする間に乱れた髪に櫛を入れ、もらった珊瑚玉の簪を差した。勝手口から出ていこうとして、ふと思い出して自分の部屋に戻り、鏡台の抽出《ひきだ》しから何かを手にすると、それを摑《つか》んでまた階段を駆け下りた。

勝手口に向かう途中で、女将と顔を合わせた。

「女将さん、あの方、どちらに行きましたか」

「さて、伊予に帰るといってらしたから、街道の方だと思うけど……」

「ちょっと出てきます」

お吉はそういうと、下駄を突っ掛けて叶屋を飛び出していった。

快太郎は下田街道を北に向かっていた。

街を抜けて、稲梓川《いなずさがわ》沿いの道に出ようとした時である。後方から、下駄の鳴る音が聞こえてきた。

「お侍さま！　柴田さま！　お待ちくださいませ！」

女の声に、振り返る。若い女が着物の裾をたくし上げてこちらに走ってくるところだった。快太郎は、立ち止まった。

「そなたは……」

「お吉でございます……」

追い付いてきた女は息を切らしながら、そういって髪の簪を見せた。化粧《けしよう》をしていないので、わからなかった。昼間見るお吉は、どこにでもいるような町娘だった。

「いかがいたした」

快太郎が訊いた。

「簪のお礼を……。もう行ってしまわれるのですか……」

「うむ。急ぎ、郷里に戻らねばならぬ」

「それでしたら……。筆をお貸しくださいまし……」

「うむ」

快太郎が矢立を出すとお吉は筆を取り、昨夜と同じように懐紙に何やらしたためた。

「これをお持ちくださいまし。お吉は間もなく、京都に上ることになりました。これが、置屋の名前です。もし京にお出でになることがありましたら、お訪ねくださいまし。今年の秋にはここにおりますので……」

お吉がそういって〝祇園富岡《ぎおんとみおか》〟という茶屋の名を書いた紙を渡した。

「覚えておく」

「それから、これを。柴田様がお持ちくださいまし」

今度はお吉が、銅《あかがね》のボタンのようなものを快太郎に渡した。

「これは？」

「コン四郎さんの上着についていたボタンです。取れて落ちたので、私が縫《ぬ》い付けてさしあげようと思っていたのですが、急に下田に帰るようにいわれましたので、持ったままになってしまいました……」

奇妙なボタンであった。直角に折れ曲がった形の定規と根発子《こんはっす》を組み合わせた四角の中に、〝G〟というアルファベットが入っている。オランダ語を学んでいる時に西洋のいろいろな印章を見たことがあるが、このような図柄は初めてであった。

「大切なものではござらぬのか」

「コン四郎さんの記念にと思ったのですが、もういいんです。それよりも、柴田さまがお持ちになっていてくださいまし。その方が、いつかお役に立つ時がございましょう」

「かたじけない。大切にいたす」

「道中、お気を付けてくださいませ。次にお会いする時には、ゆっくりと。お達者にお過ごしくださいませ……」

お吉が娘のように恥じらい、笑みを浮かべた。

「そなたも達者で。では、これにて」

快太郎は編笠に手を添えて会釈し、踵《きびす》を返した。そして下田街道を北へと向かった。

背後ではお吉が、いつまでも快太郎の姿を見送っていた。

季節は、初夏であった。

※追記
柴田快太郎が諸国を回り、お役目を果たし、いつ帰郷したのかは定かではない。

だが、万延元年（一八六〇年）七月の和霊《われい》神社の和霊大祭のころまでには宇和島に戻っていたことはわかっている。

そしてその一カ月後、大老井伊直弼暗殺から僅か六カ月後の八月一五日、水戸で永蟄居中の徳川斉昭《なりあき》が彦根藩士の小西貞義《こにしさだよし》によって刺殺された。水戸藩はこの暗殺を秘匿《ひとく》し、幕府に斉昭の死を急性の心臓発作と報告した。だが、精神的支柱を失った各地の尊皇攘夷派は、これを機に暴走をはじめることになる。

同年一二月五日、初代アメリカ総領事タウンゼント・ハリスの通弁官ヘンリー・ヒュースケンが、赤羽接遇所《あかばねせつぐうしょ》（外国人宿舎）から善福寺（アメリカ公使館）への帰路、浪士組攘夷派によって惨殺された。さらに年が明けて文久《ぶんきゅう》元年（一八六一年）五月二八日、水戸藩浪士一四名によるイギリス公使館襲撃事件（第一次東禅寺《とうぜんじ》事件）が発生した。

時代は一段と、混沌《こんとん》としていくことになる。

三の章　海賊の娘

一

青空に轟音《ごうおん》が鳴った。

白煙が上がり、五七七口径（直径一四・六ミリ）の円錐形《えんすいけい》プリチェット弾は銃身内の施条《せじょう》によって回転を与えられ、深い谷を飛び越えていく。そして一七〇間（約三〇〇メートル）先の別の山の中腹に備えられた的に吸い込まれていった。

もちろん、弾丸が見えるわけではない。だがプリチェット弾の動きは、手に取るようにわかる。一瞬間の後、彼方《かなた》の標的に命中したことを知らせる小さな土煙が上がった。

柴田快太郎《しばたはやたろう》は膝《ひざ》を突いたまま銃を立てた。次弾のプリチェット弾の紙製薬莢《やっきょう》の後端を食い千切《ちぎ》り、中の火薬を銃口から流し込み、鉛の弾丸を槊杖《さくじょう》で銃身の奥まで押し込む。撃鉄《げきてつ》を起こし、火入口の突起に雷管を取り付け、照門を調整する。

威遠《いえん》流の膝射ちの姿勢で銃を構え、一七〇間先の標的を狙《ねら》う。照星と照門、標的が一直線になったところで引《ひ》き鉄《がね》を引く。

轟音！

白煙が上がり、右肩を凄《すさ》まじい反動が襲う。五七七口径のプリチェット弾は回転しながら谷を飛び越え、標的の中央に吸い込まれていく。

当たった！

洋式銃、恐るべし……。

快太郎はこの日、宇和島藩《うわじま》丸穂村《まるほむら》の猪越《いのこし》の射撃場で英国製エンフィールド銃M1853の試射を行っていた。銃身長三九インチ（九九〇ミリ）、全長五五インチ（一三九七ミリ）もある管《かん》打ち式小銃である。

この時、宇和島藩が所有していたエンフィールド銃は僅《わず》か五梃《ちょう》。すべて西洋好き、新しい物好きの前藩主伊達宗城《だてむねなり》が長崎《ながさき》の商人、有田屋彦助《ありたやひこすけ》を通じて購入したものである。長崎に蔵屋敷を持たぬ宇和島藩は、出島《でじま》のオランダ商館から西洋商品を買う時もすべて藩御用達商人の有田屋に一任していた。宗城愛用の西洋式の鞍《くら》やミニエー銃を探してきたのも、宇和島藩が蒸気軍艦を製造した件に一役買ったのも有田屋彦助である。

快太郎はその五梃のエンフィールド銃の内の一梃を任されていた。理由は柴田家が代々藩の弓組頭を務め、弘化《こうか》四年（一八四七年）に弓組が鉄砲組に改編された後も威遠流の流派の師範的立場にあったこと。快太郎の父、柴田金左衛門知定《きんざえもんともさだ》が先々代伊達宗紀《むねただ》公の信任厚く、中見役《なかみやく》（毒見役）と合わせて英式銃隊の組頭の一役を担《にな》っていたこと。その銃隊の若手の中で組頭総領の快太郎が最も文武両道に優れ、身《み》の丈《たけ》五尺八寸（一七四センチ）の偉丈夫だったことなどによる。西洋人の体格に合わせて作られたエンフィールド銃は、小柄な日本人には扱いにくい強力かつ大型の小銃であった。

文久元年（一八六一年）当時、日本にごく少数輸入されていたエンフィールド銃は一梃およそ二〇両。五梃で百両。宇和島藩ではすでに藩内にてゲベール式小銃の製造をはじめていたが、軍事に明るい伊達宗城はいずれ銃隊のすべての小銃をイギリスのエンフィールド銃、もしくはフランスのミニエー銃に入れ換えることを考えていた。快太郎は、そのための試射を行っていた。

快太郎はエンフィールド銃に次弾を込め、前方の山腹の標的を狙う。引き鉄を引く。撃鉄が落ち、轟音と共に銃弾が一七〇間の谷を飛び越えていく。標的に命中し、土煙が上がる。

これまでの藩製造のゲベール銃では、考えられぬ性能であった。おそらくこの三分の一ほどの距離、六〇間（約一〇九メートル）でもほとんど標的に当たらぬであろう。届かぬかもしれぬ。つまり、もしいまの宇和島藩の銃隊がイギリスの銃隊と戦えば、絶対にかなわぬということでもある。

西洋の列強、恐るべし……。

この丸穂村猪越の射撃場も、ミニエー銃やエンフィールド銃のために新しく作られたものである。日本と西洋列強とでは、何もかも尺度が違うのだ。攘夷《じょうい》などと戯《たわむ》れたことを論じていても、絵空事である。

いくら剣の腕が達者《たつしゃ》でも、所詮《しょせん》銃にはかなわぬ。あの居合の達人と謳《うた》われた井伊直弼《いいなおすけ》も、たった一発の銃弾に屈したのだ。武士は銃を卑怯《ひきよう》というが、そんな戯言《ざれごと》は西洋人に通じない。

快太郎は、次弾を撃った。轟音と同時に、強い衝撃が右肩を襲う。その威力は脅威でもあり、また憧憬《どうけい》でもあった。

この日、快太郎は、五七七口径のプリチェット弾を三〇発、射撃した。これだけ撃つと、さすがに右肩が痛くなる。

快太郎は耳当てを外し、エンフィールド銃を肩に掛けた。猪越の山を下って橋を渡り、谷の向こうの丸山に登る。

的場に行き、畳《たたみ》に掛けてある標的を手に取った。三〇発中、二七発が直径二尺の的の中に当たっていた。もしこれが実戦ならば、敵は一七〇間先から撃った相手の顔も知らず、頭や心の臓を撃ち抜かれて命を落とすことになろう。

谷に涼しい風が吹いた。

快太郎は汗を拭《ぬぐ》い、振り返った。

遠くの板島《いたじま》の上には宇和島城の天守閣が朝日に輝き、眼下には慎《つつ》ましくも豊かな城下町の家々が肩を寄せ合う。

その彼方には海鳥の舞う、静かな宇和島海が広がっていた。

二

伊予《いよ》国宇和島藩一〇万石の歴史は、慶長《けいちょう》二〇年（一六一五年）三月一八日、初代藩主伊達秀宗《ひでむね》の宇和島城への入城に始まった。

秀宗は東北の雄、仙台藩の藩主伊達政宗《まさむね》の庶長子である。側室の子であるが故に仙台藩を継《つ》げぬ秀宗を哀《あわ》れに思った独眼竜政宗が大坂《おおさか》冬の陣（一六一四年）で徳川家康《とくがわいえやす》に付いて東軍に参戦。これに秀宗も従軍し、武功の見返りに拝領したのが伊予宇和郡の一〇万二一五四石三斗八升六合、一七郷二七三カ村の藩領であった。

宇和島への入部には城主秀宗の他に家老の桑折左衛門《こおりさえもん》、侍大将の桜田玄蕃《さくらだげんば》、惣奉行《そうぶぎょう》の山家清兵衛《やんべせいべえ》、御境目押《おさかいめおし》の山崎式部《やまざきしきぶ》、江戸定御供役の神尾勘解由《かみおかげゆ》らの他に、父政宗が自ら選んだ伊達五七騎団の家臣団が帯同した。その五七騎団の一騎に、快太郎の祖先であり、承応《じょうおう》事件（一六五三年）の責任を取って切腹した柴田常弘《つねひろ》がいた。以来宇和島城は代々の伊達宇和島藩の城主の手によって改築、増築の手を加えられ、二〇〇年以上にもわたり藩庁の役を担ってきた。

宇和島城は、美しくも一種異様な城である。

戦国時代の名将、築城の名手とも称された伊予今治《いまばり》藩の領主藤堂高虎《とうどうたかとら》が板島の丸串《まるぐし》城跡に築いた城で、標高四四間（約八〇メートル）の島の山頂に本丸を置いたことから山城の体を成す。一方で五角形平面の縄張りの東側半分を海水の外堀で囲い、西側半分が宇和島湾の海に面していることから、海城と見立てることもできる。

天守や城郭は後に入部した伊達氏によって改築、増築されたものである。寛文《かんぶん》六年（一六六六年）には二代宗利《むねとし》が高虎創建の望楼型天守を解体。これを総塗籠《そうぬりごめ》式、三重三階の層塔型に再建した。屋根に意匠《いしょう》を凝《こ》らした破風《はふ》や懸魚《げぎょ》を設《しつら》えた御殿建築の優美な城で、ちょうどこの前年（万延元年）に大修理を受けたところであった。

本丸には天守の他に御台所や御弓矢倉《やぐら》があり、北側に一段下りた所に二ノ丸、北東側に藤兵衛《とうべえ》丸がある。天守西側の下に代右衛門《だいえもん》丸、北東の麓《ふもと》に三ノ丸、内堀の外に重臣の武家屋敷と外郭を巡らせた梯郭《ていかく》式になっている。

さらに本丸から西側の海に抜ける間道が何本かあり、舟小屋や隠し水軍の基地へと通じていた。城というよりも、板島の自然の地形に手を加えたひとつの要塞《ようさい》であった。

快太郎が丸穂村の射撃場から戻ったのは、五ツ半（午前九時）ごろである。搦手門《からめてもん》から上り立ち門を潜《くぐ》って城中に上がり、調練場の武器庫に寄った。ここでエンフィールド銃を肩から下ろし、洗矢《あらいや》と鯨油《げいゆ》で手入れをして自分の銃架に掛けた。

その時ふと、銃の撃鉄の後ろにある彫金の紋様を見つめた。このような緻密《ちみつ》な図柄を、焼入れした鉄の地肌に鏨《たがね》でいかにして彫ったのか。しかも五梃のエンフィールド銃には、寸分の狂いもなく同じ紋様が入っている。

藩の蘭学者、大野昌三郎《おおのしょうざぶろう》によると、この紋様は西洋の家紋のようなもので、イギリス王室の王冠を表すという。

快太郎は懐《ふところ》から鹿革の巾着《きんちゃく》を出し、紐《ひも》に付けてある銅の根付《ねつけ》と見比べた。昨年、下田《しもだ》にてお吉《きち》からもらったハリスのボタンである。

この根発子《こんはつす》と定規《じょうぎ》を組み合わせ、中に〝G〟の文字が入った図柄も何らかの家紋のように見える。いったい、何を意味するのか。西洋のことに詳しい大野昌三郎も、このような紋様は蘭書の中にも見たことがないという。

「おお快太郎、やはりここにおったぞな」

声に振り返ると、矢倉の戸口の外に同輩の土居彦六《どいひころく》（通夫《みちお》）が立っていた。快太郎と同じ、木綿の筒袖《つつそで》に裁着袴《たつつけばかま》という軽装で、何やら慌ただしい様子である。

「彦六、どうした。何事か」

快太郎が訊《き》いた。

「昨夜の颶風《ぐふう》で城下の村々に被害が出ておる。家老の桑折様から湾内を見回れとのお達しぞな。一緒に参れ」

「承知した。これを片付けたら、すぐに参るぞな」

「舟着場で待つ」

彦六はいうが早いか、間道を海に向かって駆け下りていった。


舟着場に下りていくと、すでに二丁櫓《ろ》の番船が用意されていた。

舟には二人の船頭の他に、彦六と児島五郎兵衛《こじまごろべえ》（惟謙《これかた》）が乗っていた。

快太郎、彦六、五郎兵衛の三人は、同じ宇和島藩の天保《てんぽう》八年（一八三七年）生まれの同門である。この年、数えで二五歳。子供の時から兄弟のように遊び、剣の道に励《はげ》み、藩校明倫館《めいりんかん》にて肩を並べた仲である。

三人はよき友であり、何事においても好敵手であった。剣の道では彦六が他に一歩抜きん出て、藩内の若手随一《ずいいち》の使い手と評された。学文では同期で五郎兵衛の右に出る者なく、藩の重臣にも一目置かれた。快太郎は剣と学文では二人に一歩譲《ゆず》るが、弓道と射撃、腕っ節では藩に比ぶる者なき兵《つわもの》としてその名を知られていた。

総じて三人は、歳《とし》は違うが蘭学者の大野昌三郎を含め、陰で二の丸の四人衆と呼ばれた。隠居した伊達宗城が上下にこだわらぬ人柄で、二の丸に私室を持ち、よくここに四人を呼び集めては密議を交《か》わしていたからである。この日の見回りも、宗城直々のお達しであった。

この年の夏から秋にかけて、宇和島は度重《たびかさ》なる颶風に襲われた。まず八月に一度、三日ほど大荒れの日が続き、九月に入ってからはこれが二度目である。彦六と五郎兵衛の二人によると、今回の颶風は特に西風が強く、宇和島湾沿いの漁村や離島の村々に大きな被害が出ているという。

「快太郎、おぬしまたそのようなものを持ってきたのか」

彦六が快太郎の腰の洋式短銃嚢《たんじゆうのう》を指さし、笑った。

この春に宇和島藩が長崎の有田屋彦助からエンフィールド銃を買い付けた折、快太郎も検分役として藩船天竜丸《てんりゆうまる》に乗り同行した。この時にフランスのルフォーショー式回転弾倉短銃も五挺購入したのだが、内一挺を前年からの働きの報奨《ほうしよう》として快太郎の私物とすることを許された。フランス製ではなく、ベルギー国のリエージュという町で作られた回転式短銃だが、性能は本物のルフォーショーと何ら変わらない。

「颶風の後だ。海賊が出るやもしれぬではないか」

快太郎がいうと、彦六と五郎兵衛が笑った。

「おぬしも変わり者よのう。海賊など、このあたりにおるものか。もし出たとしても、これがあれば十分ぞな」

彦六がそういって、腰の刀をぽん……と叩《たた》いた。

かつて宇和島湾は、海賊の巣窟《そうくつ》であった。

伝承は承平《じょうへい》年間（九三一年～九三八年）以前にまで遡《さかのぼ》る。

そのころの瀬戸内、宇和海、南は紀伊《きい》から土佐《とさ》にかけての海は、海賊の横行が往来する船に怖れられていた。正体は各地の豪族やその水軍が下野した者、南海から流れ着いたクメール人、地中海の海上交易商人として知られるフェニキア人の末裔《まつえい》など様々であった。

これに業《ごう》を煮やした時の朱雀《すざく》天皇は、藤原《ふじわら》北家の藤原純友《すみとも》を伊予掾《じょう》として伊予国に送り込み、宇和海と瀬戸内の海賊退治の任に当たらせた。だが、腐敗する朝廷に腹を据《す》えかねていた純友は現地の海賊衆をまとめ上げてその頭目となり、宇和島の沖合七里にある日振島《ひぶりじま》を根城として叛乱《はんらん》を起こした。いわゆる純友の乱である。

日本紀略《にほんきりやく》の承平六年の条に、以下のような一文が残っている。

〈――南海の賊徒の首領藤原純友、党を結びて伊予国日振島に屯聚《とんしゅう》し、千余艘《そう》を設け、官物私財を抄劫《しょうごう》す――〉

純友は盟友として敬する平将門《たいらのまさかど》の死を機に、天慶《てんぎょう》三年（九四〇年）八月に蜂起《ほうき》、伊予、讃岐《さぬき》国府、備前《びぜん》、備後《びんご》を襲撃した。だが翌天慶四年五月、大宰府《だざいふ》を攻めた折に小野好古《おののよしふる》らの追討軍に追われ、博多津《はかたのつ》で惨敗。船八百余艘、兵五百余人を失って伊予に敗走するも、純友は橘 遠保《たちばなのとおやす》に捕らえられて斬死。以後、海賊の残党も宇和海に浮かぶ幾多の小島に隠伏し、宇和海は清平したとされている。

だが、その後九百年に及ぶ今日も、宇和海に海賊の噂《うわさ》が絶《た》えたことはない。事実、日振島やその周辺の小島の漁村には、日本人とは思えぬ風貌《ふうぼう》、体格の男女が多い。

快太郎自身も、宇和海の海賊の存在を信じていた。なぜなら自分の実の母、父金左衛門知定の先妻のトラ（虎）は元々日振島出身の家系で、純友海賊の末裔といわれ、実際に南蛮人《なんばんじん》のような容姿をした美しい女性であったといわれる。快太郎の偉丈夫と、時に異人に見間違われる風貌も、母トラの血を濃く引いたためである。

トラは快太郎を産み落としてすぐに亡くなった。二四年前に写真がある由もなく、快太郎は一度も実母の顔を見ていない。

空は青く晴れわたっていた。

だが、普段は静かな宇和島湾も、颶風の後でまだ海面にうねりが残っていた。

三人を乗せた船は戎《えびす》が鼻《はな》を回り、西の白浜《しらはま》から堂崎《どうざき》の方面に向かった。左手の入江の奥に坂下津《さかしづ》の村が見え、右手に宇和島湾の最大の島、九島《くしま》が浮かんでいる。

伊予本土と島の間の水道を、船は波に揺られながらゆっくりと進む。水道は、最も狭いところで一八〇間（約三三〇メートル）ほどである。本土側には点々と人家が続き、右手の九島側にも蛤《はまぐり》、百之浦《ひゃくのうら》の集落が見える。

このあたりは九島の島影になり、西風が通らぬためにそれほどの被害は出ていない。様子が変わったのは船が堂崎を回り、水道を出たあたりからだった。海辺に点々と続く人家が倒壊し、船が流され、切り立った山肌に土砂崩れの跡が目立つようになってきた。

「小浜《こはま》のあたりはだいぶやられておるようだ。土砂で家が潰《つぶ》れとるぞな……」

五郎兵衛が望遠鏡を覗《のぞ》きながらいった。

「このあたりは西風をまともに受ける。無理もない……」

快太郎は遠目が利《き》いたので、望遠鏡がなくとも陸の様子がよく見えた。潰れた家の前で、呆然《ぼうぜん》と立ち尽くす村人たちの姿が哀れであった。

「さて、この後はどこに向かうか。平浦《ひらうら》から、三浦《みうら》に行くか……」

五郎兵衛がいった。

宇和島湾の地形は入江や岬《みさき》が深く入り組み、山も切り立っている。陸伝いに行くとはいっても、たやすくはない。

「平浦や三浦は、岬の影だ。被害は出ていまい」

快太郎はあのあたりをよく知っている。

「それならば三浦の岬の水荷浦《みずがうら》鼻を回って、津《つ》ノ浦《うら》から嘉島《かしま》、戸島《とじま》の方はどうか。あのあたりは西風をまともに受けるぞな」

彦六が二人の船頭に津ノ浦に向かうようにいった。

小浜から津ノ浦へは、岬から岬へと湾を横切ることになる。陸を離れると、海面のうねりは一層大きくなって船が揺れた。

だが、宇和島の男は皆、子供のころから海と船に親しんでいる。飛沫《しぶき》を含む潮風の冷たさが、心地《ここち》好《よ》い。

「快太郎、あれを見よ」

彦六が指さす方を眺めれば、遠い波間に海豚《いるか》の群れが跳びながら、船を追い越していった。

正面に見える三浦の山々が、少しずつ近付いていくる。二並島《ふたならびじま》という小さな離れ小島を過ぎたあたりから、行く手の水荷浦の段畑や遊子村《ゆすむら》の様子もよくわかるようになってきた。このあたりは岬の南東側なので、村にも段畑にも被害が見られない。

だが、水荷浦鼻を回って岬の北側に出ると、風景が一変した。山の地肌が、至る所で崩れていた。この分では津ノ浦の村でかなりの被害が出ていることだろう。

「どうする。津ノ浦まで行くか。もう八ツ半（午後三時）になるぞ」

五郎兵衛がいった。うねりが高く、船が思ったように進まない。

「戻ろう。日が暮れる前に戻れなくなる。帰って、桑折様に報告するぞな」

「それならば高島《たかしま》の南側を回って戻らぬか。あの村にも小さな集落がある」

快太郎がそういって、背後に見える島影を指さした。

舟が波間で方向を変えた。うねりを受けて、大きく揺れた。

高島の周辺は海流が速く、船が流される。うねりがある時には、二丁櫓《ろ》の番船でもあまり島には近付けない。

海流に乗って、船の速度が上がった。沖合から、彦六が望遠鏡で島の様子を窺《うかが》う。

「人家、異変なし。地滑りなし。村人がこちらに手を振っておる。何事もなきように見えるが……」

快太郎は手で目の上に庇《ひさし》を作り、島の周囲を眺めた。島の手前に点々と続く岩根に目をやった時である。根と根の間に、何かが見えた。

「あそこに船があるぞ。岩根に、小船が座礁《ざしょう》してるぞな」

快太郎の声に、彦六がそちらに望遠鏡を向けた。

「本当だ。昨日の颶風で流されたようだが、どこの船だ。あまり見掛けぬ小船だが……」

「もっと近寄れ。調べてみよう」

船頭が声を掛け合い、海流を横切って船を岩根に寄せた。上空には、何かを狙《ねら》うように海鳥が舞っていた。

船に近付くと、様子がわかってきた。このあたりの、漁民が使う船ではない。見たこともない変わった小船である。

「人がいるようだぞ」

望遠鏡を持つ彦六がいった。見ると、岩根に座礁して波に揺れる小船の縁《へり》から、確かに人の手のようなものが出ていた。海鳥は、それを狙っているらしい。いま正に一羽の海鳥が小船に舞い降り、その人の腕を突きはじめた。

「まずいぞな。間に合わぬ……」

彦六と五郎兵衛が刀の柄《つか》を握り、鯉口《こいぐち》を切った。だが船までは、まだ二〇間ほどの距離がある。

「拙者《せっしゃ》にまかせろ」

快太郎が腰の銃嚢からルフォーショーを抜き、撃鉄を起こし、船の縁《へり》に止まる海鳥を狙って一発、撃った。

轟音が、海に鳴った。船が揺れたために海鳥には当たらなかったが、銃声と弾が掠《かす》めた気配に驚いたのか、海鳥が飛んで逃げた。

「短銃の面目躍如《めんぼくやくじょ》ぞな。我らの腰の物ではとても届かぬ」

彦六と五郎兵衛が笑った。

「それより、どうする。この船ではこれ以上、近付けまい」

小船が座礁するあたりには、大小の岩根が波間に頭を出している。このうねりの中を近付けば、自分たちの番船も座礁してしまうだろう。

「よし、拙者が泳いで参ろう」

快太郎はこの三人の中では最も泳ぎが上手《うま》い。腰の短銃を外し、着物を脱《ぬ》いで褌《ふんどし》一丁になると、船の曳《ひ》き縄を腰に結び付けて海に飛び込んだ。

水はさほど冷たくなかった。

快太郎は波間で抜き手を切り、座礁する小船に向かった。見る間に、岩根に泳ぎ着いた。波の打ち寄せる潮合いを見計らい、岩根に上がった。

変わった小船だった。日本のものではないかもしれぬ。

小船の中を覗き込む。船底に、腰に更紗《さらさ》を巻いただけの若い女が倒れていた。体が濡《ぬ》れて、顔色に血の気がない。

快太郎は、女の体に触れた。冷たかった。死んでいるやもしれぬ。だが、小船の縁に掛かった手首を取ると、まだ脈があった。

——どうした……誰《だれ》かおるのか——。

遠くから、彦六の声が聞こえた。

「女がおる。生きている！」

快太郎は、番船に向けて叫んだ。

腰の縄をたすき掛けに結びなおし、快太郎は半裸の女を抱き上げた。岩根から下りて海に入り、潮合いを待って波間に浮いた。

「縄を引けー！」

快太郎が叫ぶ。

胸に女を抱き、仰《あおむ》向けでうねりに漂いながら、快太郎は縄に引かれて番船に戻った。

彦六と五郎兵衛に女を預け、船に引き上げる。快太郎も船に上がり、たすき掛けにした縄を解《と》いた。

「まだ娘ではないか」

「それに、日本人ではない。異人の女か……」

彦六と五郎兵衛も筒袖の着物を脱ぎ、濡れた女の体を拭《ぬぐ》って包んだ。

「どうだ、助かりそうか」

快太郎が訊いた。五郎兵衛は、多少の医学の心得がある。

「わからぬ。体温が低くて、呼吸も少ないぞな……」

だがその時、女がかすかに目を開けた。怖ろしげに、周囲の男衆の顔を見つめている。

「もうだいじょうぶだ。助かるぞな」

快太郎が冷たい手を握ると、女はかすかな笑みを浮かべ、また目を閉じてしまった。

「とにかく、城に戻ろう。急げ」

彦六が命ずると、二人の船頭が掛け声と共に二丁櫓を漕《こ》ぎ出した。

三

女は宇和島城の船着場から大八車に乗せられ、富澤町《とみざわちょう》の蘭医、楠本《くすもと》イネの家に運ばれた。

この家は神田川《じんでんがわ》沿いの小さな角地に立っていることから、〝オランダおイネの三角屋敷〟と呼ばれていた。その仇名《あだな》のとおり、楠本イネはオランダ人（実際はドイツ人）医師フィリップ・フランツ・フォン・シーボルトの娘である。

イネはシーボルトが長崎の出島《でじま》にいた文政《ぶんせい》一〇年（一八二七年）五月に丸山町《まるやまちょう》の遊女お滝《たき》との間に生まれた。父はその翌年にシーボルト事件（シーボルトが国禁の日本地図などを国外に持ち出そうとした事件）が発覚し、文政一二年に国外追放となったが、イネはその後も母楠本滝の元で育てられた。成長と共にシーボルト門下の二宮敬作《にのみやけいさく》、石井総謙《いしいそうけん》などから医学を学び、このころは伊達宗城公の厚遇《こうぐう》を受けて宇和島藩の城下で娘の高子《たかこ》と共に蘭医として暮らしていた。

「その娘をこっちの部屋に運んで。高子、たらいにお湯を沸《わ》かして」

イネは快太郎や彦六、五郎兵衛、娘の高子に指図し、てきぱきと動く。

快太郎は大八車から女を抱き上げて部屋まで運び、イネが敷いた布団の上に寝かせた。

「イネ殿、いかがぞなもし。助かりましょうか」

彦六が訊いた。

三人は、イネをよく知っている。宗城公の元に集まり、よく密談を交わす蘭学仲間の一人である。

「まだ診《み》てみぬうちにはわかりませぬ。でも、この娘、日本人ではない。外国人ではありませんか……」

イネがそういって娘を包んだ着物の胸を開き、聴診器を当てた。

「やはりそうか……」

快太郎と他の二人が顔を見合わせた。

「それに、まだ年端《としは》もいかぬ娘ですよ。うちの高子よりも少し上くらいかもしれませぬ。いったいこの娘に、何があったのですか……」

「今日、船で湾内を見回っておった時に、高島の岩根に小船で漂着しているのを助け申した。昨日の颶風で西の方から流れてきたとしたら、宇和海の海賊の娘なのかもしれんぞな」

快太郎は真面目《まじめ》な顔でいったが、イネは相手にしなかった。

「それよりも、これから治療《ちりよう》をはじめます。さあさあ、殿方は邪魔にございます。部屋を出てくださいまし」

イネはそういって、三人を部屋から追い出し、襖《ふすま》を閉めた。しばらくするとまた襖が開き、娘を包んでいた三人の筒袖の着物を放《ほう》り出した。

「さて、我々はどうするか……」

三人は着物に袖を通しながら、相談した。

「我らがここにいても、仕方あるまい」

「それならば、ひとつ参ろう」

酒の好きな五郎兵衛がそういって、猪口《ちよこ》を傾ける仕草をした。

結局、他の二人も異を挟む理由もなく、神田橋の近くの居酒屋に繰り出すことになった。

※追記
柴田家の過去帳に、次のような記述がある。

〈――その年の九月の颶風の明ける日、快太郎湾の高島まで漕ぎ出《いで》た折、島に漂着した海賊の娘を助けて連れ帰る。名をマルヤという。父の金左衛門知定これに鞠《まり》と名付け、養女とする――〉

記述にはこれが何年の九月のことなのかが明記されてなく、前後の流れから万延元年から文久《ぶんきゆう》元年――おそらく文久元年――の秋の出来事だと思われる。鞠は、過去帳のその他の頁《ページ》や家系図にも記載があり、それによると、助けられた時に一五歳から一六歳。日本語はまったく話せなかったという。
鞠はこの後も快太郎の人生に、深く係《かかわ》っていくことになる。

四の章　坂本龍馬《さかもとりょうま》

一

宇和島《うわじま》藩の南、土佐《とさ》藩の郷士《ごうし》に、才物ありという。

剣は江戸に遊学して千葉《ちば》道場に学び、北辰一刀流《ほくしんいっとう》の免許皆伝《かいでん》。土佐藩では前藩主、山内容堂《やまうちようどう》（豊信《とよしげ》）の志を継いで土佐勤王党《きんのうとう》に加盟し、維新の大志を抱くともいう。

その者、名を坂本龍馬《さかもとりょうま》という。

快太郎《はやたろう》が龍馬の名を知ったのは、三年ほど前のことであった。父、柴田金左衛門知定《しばたきんざえもんともさだ》の従兄弟《いとこ》の柴田作衛門《さくえもん》が土佐藩に士官し、郷士坂本家の次女、栄《えい》を嫁に迎えた。その作衛門が知定への手紙に〈――義弟に面白い男あり――〉と書いてきた。それが坂本龍馬であった。

元より宇和島藩と土佐藩は領地境界を接するだけでなく、浅からぬ因縁のある間柄であった。いまを遡《さかのぼ》ること一三年、嘉永《かえい》元年（一八四八年）のことである。土佐藩の藩主、山内豊熙《とよてる》が病死し、襲封した実弟の豊惇《とよあつ》も二五歳の若さで急死して、山内家に時ならぬ世襲問題が持ち上がった。この時、山内家をお家断絶の窮地から救ったのが、既に名君としての評判が高かった宇和島藩の伊達宗城《だてむねなり》であった。

宗城は薩摩《さつま》藩の島津斉彬《しまづなりあきら》より相談を受け、幕府の老中首座、阿部正弘《あべまさひろ》に直接掛け合った。その結果、阿部正弘の信任厚い宗城は豊惇の死に眼《め》をつぶることを説得し、従兄弟の豊信を一五代土佐藩主としてお家を存続させることを幕府に認めさせたのである。

以来、豊信は宗城を恩人、兄として敬慕し、公私を問わず頼るようになった。柴田作衛門は元より宇和島藩の密偵の一人であったが、その土佐藩への士官も宗城と豊信の仲があればこそ成ったものである。

その後、宗城と豊信は将軍継嗣《けいし》問題の折にも一橋慶喜《ひとつばしよしのぶ》を支持する一橋派に付き、井伊直弼《いいなおすけ》による安政《あんせい》の大獄に連座して隠居。水戸《みと》藩の徳川斉昭《とくがわなりあき》、福井藩の松平春嶽《まつだいらしゅんがく》と共に謹慎の身となった。だが宗城と豊信は隠居後も藩政に勤《いそ》しみ、実権を維持。宗城は諸藩の藩主と親しく交友して情報を集め、豊信は藩政改革を断行し、薩摩の島津久光《ひさみつ》、松平春嶽らと共に時代の四賢侯と称されるようになる。

さて、件《くだん》の坂本龍馬に関して作衛門から一通の手紙が届いたのは、宇和島の山々も紅葉《もみじ》に色付きはじめた文久《ぶんきゅう》元年（一八六一年）の一〇月も末のことである。

手紙には、次のように書かれていた。

〈――来る一一月某日、義弟の坂本龍馬、土佐勤王党の間者として才谷梅太郎《さいたにうめたろう》を名告《なの》り宇和島に立ち寄る故、つきましては松丸村《まつまるむら》への出迎えと兄者の家に取り計らいをお願いいたしたく候《そうろう》これに困ったのが手紙を受けた快太郎の父の金左衛門知定である。

土佐勤王党などとは得体の知れぬ結社である。従兄弟の作衛門の義弟とはいえ、その間者の坂本龍馬なる者を迎えろといわれても、いかに計らうべきか。

「父上、いかがなさいましたか」

窮《きゅう》した顔をする金左衛門知定に、快太郎が訊《き》いた。

「この手紙を読んでみろ。土佐の作衛門が、また厄介《やっかい》なことをいってきたぞな」

快太郎は父から手紙を受け取り、読んでみた。なるほど厄介なことである。だが、土佐藩にこの才物ありといわれた坂本龍馬という男に、会ってみたくもあった。

「ならば父上、この件は宗城様の指示を仰《あお》いでみてはいかがでしょう。私どもだけではどうにも判断がつきかねます故……」

「そうだな。それが賢明かもしれぬ……」

この時、金左衛門知定は、文化《ぶんか》八年（一八一一年）生まれの五一歳。宗城の中見《なかみ》役《やく》、銃隊の小隊長として藩内の信望は厚かったが、家の中では嫡男の快太郎の意を訊くことが多くなっていた。

快太郎が進言したとおりに金左衛門知定が宗城公に手紙の件を相談すると、存外にも面白いではないか……ということになった。

元より柴田作衛門は、間者として土佐に置いている。盟友の山内容堂も、それを承知で任官させた。ならば土佐勤王党の坂本龍馬なる間者も、手厚く歓迎するのが人の世の義理というものである。

それに土佐勤王党の坂本龍馬なる者が何を考え、何を志すかについても宇和島藩としては知っておくに越したことはない。相手がこちらを探るなら、こちらも相手を探る。それが世相の情報を重んじる宗城ならではの考えであった。

金左衛門知定が坂本龍馬の一件を報告した翌日、快太郎は土居《どい》彦六《ひころく》、児島《こじま》五郎兵衛《ごろべえ》と共に宇和島城二ノ丸の宗城の部屋に呼ばれた。

幾度か来たことはあるが、見る度に奇体な部屋である。畳《たたみ》には蘭国製の絨毯《じゆうたん》が敷かれ、その上に英国製の〝テーブル〟と六脚の椅子《いす》が並んでいる。銃架には仏国のミニエー銃や英国のエンフィールド銃、それらに装飾を施《ほどこ》した猟用の銃が立て架けられている。

壁には額縁に入った西洋の油絵や写真が飾られ、ガラスの蓋《ふた》が付いた箱の中には快太郎が下田《しもだ》から持ち帰った二連短銃や、長崎《ながさき》で買ってきたルフォーショー式回転短銃が並んでいた。その他にも地球儀や西洋式の置き時計、〝オルゴール〟という西洋の音楽を奏《かな》でる機械や蒸気船の大きな模型など、ここに来ると目を奪われる品々が山のようにある。

「どうだ。この新しい英書はエゲレスの銃と銃陣について書かれたものだ。これを大野昌三郎《おおのしようさぶろう》に訳させて、もしよければ藩の銃と銃隊をすべて英国式に切り替えようと思っておる」

大野昌三郎は、宇和島藩お抱えの蘭学者である。英語も、訳すことができる。本来ならばこの仕事は村田《むらた》蔵六《ぞうろく》がやるべきところだが、数年前に江戸に出たまま帰らずに、いまは長州《ちようしゆう》藩に仕官したと聞く。

「構わぬ構わぬ。まあ、そこに座れ」

宗城は、気さくな人である。隠居したとはいえ、事実上の藩主でありながら、若い快太郎や彦六、五郎兵衛に対しても偉ぶるところがない。三人を椅子に座らせ、テーブルの上にギヤマンの器を並べると、貴重な葡萄酒《ぶどうしゅ》を振舞った。みな、葡萄酒を飲むのはこれが初めてだった。

「さて、坂本龍馬とか。快太郎、その土佐の郷士について、彦六と五郎兵衛に申せ」

「承知つかまつりました……」

快太郎は坂本龍馬について、従叔父《いとこおじ》からの手紙に書かれていたことを述《の》べた。

歳《とし》は我ら三人よりも二歳上であること。土佐藩では土佐勤王党に属し、尊皇攘夷《そんのうじょうい》を志すこと。藩内では元は豪商として知られる才谷屋の分家で、家は裕福であること。嘉永《かえい》六年（一八五三年）に江戸に遊学して千葉定吉《さだきち》道場に入門し、免許皆伝《かいでん》を称していること。自分と同じ、身長五尺八寸（約一七四センチ）の偉丈夫であること――。

「その男か。その坂本龍馬ならば、拙者も噂《うわさ》を耳にしたことがあり申す」

彦六がいった。

「ほう、どこで知った」

宗城が訊く。

「拙者が江戸にいた折、伊達屋敷に剣術師範として通っていた千葉道場の娘の千葉佐那《さな》殿を覚えておいでですか」

「おお、宗徳《むねえ》（宇和島藩九代藩主）と試合をして勝ったあの鬼小町か。美しい娘であったな」

「はい。その佐那殿と恋仲になり、婚約したとかしないとかの色男が土佐の坂本龍馬にございます。拙者が知る限り、北辰一刀流の免許皆伝というのも怪しいものかと」

彦六が皮肉るようにそういった。

「しかし、その色男の世話を何故に我ら三人が……」

五郎兵衛が訊いた。

「坂本龍馬は別名を才谷梅太郎といって、土佐勤王党の間者ぞな……」

快太郎がいうと、彦六と五郎兵衛が驚いた顔をし、それに宗城が頷《うなず》いた。

「そのような訳だ。相手がこちらを探ろうというならば、こちらも相手を探ればよい。もし土佐勤王党が何を考えているのかがわかれば、それを儂《わし》が山内容堂に教えてやろう」

「しかし、どこに匿《かくま》いますか。他の藩士に内密に事を運ぶならば旅籠《はたご》は不都合。従叔父は我が家で取り計らうようにと申しておりますが、ご存知のように当家は訳あって手狭な故……」

柴田家は、城下の御持弓町《おもちゆみちょう》に家があった。元々は弓組の徒士《かち》や足軽の多く住む一角である。代々が弓組頭の家系ではあったが、宇和島藩は一〇万石の小藩で、文政《ぶんせい》八年（一八二五年）には藩士に五カ年の厳略（奢侈《しゃし》禁止、倹約奨励《しょうれい》）を命じたほど質素たることを美徳とした。

故に、いまの柴田の家も、さほど広くはない。そこに快太郎は、父金左衛門、後妻の母悦子《えつこ》、長女房《ふさ》、次男修知《のぶとも》、三男知行《ともゆき》、次女貞子《さだこ》、三女孝子《たかこ》、四女暢子《ようこ》と同居している。しかもただでさえ手狭な上に、この九月からは宇和島湾で助けた鞠《まり》という娘を引き取った。とても坂本龍馬なる者を寝泊まりさせる余裕はない。

「それならば町会所の二階を使え。あそこならば目立たなくてよい。儂から桑折左衛門《こおりさえもん》に申しつけておく」

富澤町《とみざわちょう》の町会所の二階には、宗城が客人を匿う時に使う隠し部屋がある。弘化《こうか》元年（一八四四年）、蛮社《ばんしゃ》の獄で捕らえられていた高野長英《たかのちょうえい》が伝馬町《てんまちょう》の牢屋敷《ろうやしき》から脱獄した折にも、宗城はこれを庇護《ひご》。藩医二宮敬作《にのみやけいさく》の案内で宇和島に呼び寄せ、町会所二階の隠し部屋に匿ったことがある。

「それで、我々は何をすればよろしいのでござるか」

「その坂本龍馬なる者をいかにいたせば……」

彦六と五郎兵衛が訊いた。

「好きにさせればよい。藩の中を案内するもよし。蒸気船を見たいと申せば見せるもよし。剣術修行がしたいと申せば相手をするもよし。酒を飲ませて歓待するもよし。それでその坂本龍馬なる者の本音が聞き出せるならば、安いものであろう」

宗城の大らかな無頓着《むとんちゃく》さには、さすがに快太郎も驚いた。

この時、宇和島藩は、全国でも珍しい国産の蒸気船を所有していた。八幡浜《やわたはま》の商家に生まれた嘉蔵《かぞう》という提灯《ちょうちん》張りの細工師《さいくし》を宗城が取り立てて長崎に留学させ、西洋の造船技術を学ばせて作らせたものである。

宗城は、藩の門外不出の蒸気船を、坂本龍馬に見せてもよいというのである。

「いまの時代、誰《だれ》が何を考え、何をやろうとしているかを知ることが一番であろう。中でもその坂本龍馬なる者やお主ら若い者の言《げん》に耳を傾けねば、先を見誤る……」

宗城は葡萄酒の器を傾けながら、上機嫌《じようきげん》であった。そして、こう続けた。

「お主らは、どう思う。世界の列強が次々と難題を突き付けるこの時代に、日本はどちらに舵《かじ》を切るべきか。我が宇和島藩は、どちらに付くべきか」

突然、大義を問われ、三人は顔を見合わせた。しばらく考えた後、まず五郎兵衛が応じた。

「某《それがし》は水戸学を支持いたす故、やはり皇《おう》を尊《たつと》び夷《い》を攘《はら》うべきかと……」

いわゆる尊皇攘夷論である。

次に彦六が続いた。

「しかしそれにはまず西洋の列強に対抗しうる軍備を整えるは必定。その上で皇を尊び新政府のあり方を模索しつつ、時を待つのが我らの取る道かと……」

宗城は若い二人の言葉に楽し気に耳を傾けていた。そして、いった。

「快太郎、お主はどのように考える」

快太郎は瞬時、戸惑《とまど》った。

「はい、恐れながら、拙者は攘夷は及び難《がた》きかと……」

「ほう、及び難いか。それならば何とする。開国か。苦しゅうない、申してみよ」

「はい、拙者、昨年に江戸、横浜《よこはま》、下田《しもだ》、そして今年は長崎と諸国を巡覧し、各地の光景に驚嘆すること頻《しき》り。特に開港した港町はどこも繁栄著《いちじる》しく、伊豆国《いずのくに》の果ての我が宇和島と同じ程の下田でさえ商人町人の活気のあること都のごとし。各地の港に投錨《とうびよう》する西洋の商船、軍艦を見ても、それに備わる大砲や、拙者が長崎から買い求めてきたエンフィールド銃やルフォーショー短銃を比べても、日本の軍備が一朝一夕には列強に追い付かぬことは必定。ならば軍備を整えながら各国と平等の条約を結び、さらに開国の道を進めるが得策かと……」

快太郎はそれまで胸に秘めていた自論を夢中で話し続けた。宗城は、それに頷きながら耳を傾けていた。

「なるほど、開国か。それも一理ある。もはや攘夷にこだわる時代ではないかもしれぬな……」

かねてから尊皇攘夷論者として知られる宗城が話の流れの中であれ〝開国〟を否定しなかったことに、彦六と五郎兵衛が驚いた顔をした。

「ならば、恐れ乍《なが》ら。もし明日にも西洋列強の黒船がこの宇和島藩に姿を現しましたれば、宗城様はいかがいたしますか」

五郎兵衛が訊いた。

「痛快至極。歓待して、列強の提督《ていとく》とこのように葡萄酒を酌《く》み交《か》わそうではないか」

宗城がそういって、楽しそうに笑った。

二

快太郎が弓町の家に戻ったのは、暮れ六ツ（午後六時）を過ぎたころである。

「ただいま戻り申した」

内玄関から板敷きに上がり、たらいの水で足の汚れを落としていると、弟や妹が兄さま兄さまと纏《まと》わりつきながら出迎える。これもいつものことである。

兄弟たちは快太郎とは腹違いで、年も離れている。すぐ下の長女の房がこの時一六歳。次男修知が一五歳。次女貞子が一二歳。三男知行は九歳になったばかりである。下の二人の妹は五歳と三歳で、みな長兄の快太郎を若い父親のように慕《した》っていた。

この日、快太郎は葡萄酒のほかにも酒を飲んで少し酔っていたので、干物と湯漬けで軽い夕食を摂《と》った。その間にも弟や妹たちは快太郎の膝に乗り、江戸や下田、新しい銃の話をせがみ、離れようとしない。

食事の支度は、鞠がしてくれた。

颶風《ぐふう》の翌日に高島《たかしま》の岩根で助けられてから、早二カ月。いまは健康を取り戻し、目映《まばゆ》いほどに美しく、常に屈託《くったく》なく明るい。弟や妹たちも、実の姉のように懐《なつ》いている。

最初は日本の言葉をまったくわからぬようであったが、最近は少しずつ話せるようになってきた。快太郎のことをハヤタロウサマと呼び、父金左衛門をチチウエサマ、母悦子をハハウエサマといって敬している。兄弟たちの名前もすべて覚えている。

快太郎は鞠に蘭語や少しばかりの英語で話しかけてみたが、これもまったく解さぬようである。日本語も、漢字も、アルファベットも読めない。数字もわからない。

鞠は時々、文字のようなものを書いて何かを説明しようとする。だが快太郎も、楠本《くすもと》イネも、蘭学者の大野昌三郎に見せても誰もその文字を読めなかった。

わかったのは彼女の本当の名前がマルヤというらしいことと、年齢が一五歳であること。そして大きな船に乗って遠い国から来たが、颶風で遭難し、小船で流されたこと。快太郎と同じように両親や兄弟がいたことくらいである。

鞠という名前はマルヤに字を宛《あ》てて、父の金左衛門知定が付けた。年齢は鞠が自分の両手の指を折り、父の碁石を数えて並べた。船に乗って遠い国から島々を渡ってきたことは、鞠が筆を手にして絵を描《か》いて説明した。

鞠は頭が良い。顔つきは西洋人のようだが、髪は日本人のように漆黒《しっこく》で、肌は琉球人《りゅうきゅうじん》のように淡い褐色《かっしょく》である。どこの国から来たのかはわからぬが、もしかしたら本当に海賊の娘なのではないかと思うことがある。

歳が近いせいか、鞠は妹の房や貞子、次男の修知と仲が良い。だが、時折、故郷を思い出すのか一人で泣いていることがある。そのような姿を見ると、快太郎は鞠を実の妹のようにいとおしく思う。

歳も同じなので、いずれ修知と女夫《めおと》にでもなればよいのだが。

快太郎が食事を終えるころには弟や妹たちはみな寝支度《ねじたく》をすませ、母の悦子と共に寝所に入った。その後で鞠が淹《い》れてくれた茶を飲みながら、父の金左衛門と少し話した。

「坂本龍馬の件、宗城様は何といっておられたぞな」

金左衛門が訊いた。

「はい、好きなようにさせて歓待せよと。酒を飲ませるもよし、蒸気船を見せるもよし。それで坂本龍馬なる者の本音が聞き出せれば、安いものであると……」

快太郎がいうと、金左衛門が我が意を得たりとばかりに笑った。

「さすがは宗城様ぞな。よく心得ておられる。それで、その男をどこに匿う」

「町会所の二階に」

「おお、高野長英殿を匿ったあの隠し部屋か。それで安心いたした。それならば、儂ももう寝るぞ」

金左衛門が寝てしまうと、快太郎と鞠だけになった。鞠は湯呑《ゆの》みを片付け、快太郎の前に座った。じっと、快太郎の目を見詰めている。

「どうした。鞠ももう寝てよいぞ」

そういうと鞠は畳に指を突いて深くお辞儀をして、自分の寝所に下がった。

快太郎も行灯《あんどん》の火を消し、燭台《しょくだい》をひとつ持って自分の寝所に戻った。この家で自分の部屋を持っているのは当主の金左衛門と嫡男の快太郎だけである。

快太郎は燭台を文机《ふづくえ》の上に置き、揺れる炎を見つめながらふと息を吐いた。

坂本龍馬なる者、いかなる男であろうか。

理屈ではなく、その男が平穏な宇和島藩と自分を禍《わざわい》に巻き込むような良からぬ予感がしてならなかった。

三

坂本龍馬は、豪放磊落《ごうほうらいらく》な男であった。

天保《てんぽう》六年（一八三五年）一一月一五日、土佐藩郷士坂本八平《はちへい》の次男として生まれた。坂本家は元々郷士の豪商として知られる才谷屋の分家で、莫大《ばくだい》な財産を持ち、藩の郷士《ごうし》としてはきわめて裕福な家柄であった。

母の幸《さち》は龍馬が一〇歳の時に早世したが、次男として後妻の伊与《いよ》、それに千鶴《ちづる》、栄、乙女《おとめ》の三人の姉に甘やかされ、我情放題に育てられた。武芸は三姉の乙女に習い、嘉永《かえい》元年（一八四八年）には藩内の小栗《おぐり》流道場に入門。嘉永六年四月には剣術修業のために自費にて一年間江戸に遊学し、土佐藩下屋敷に寄宿して、桶町《おけちょう》の千葉道場に入門した。この年の一二月には佐久間象山《さくましょうざん》の私塾にも入学し、砲術、蘭学などを学んでいる。

安政二年（一八五五年）一二月に父の八平が他界。翌安政三年九月からは、家の財に飽かして二度目の剣術修行に江戸に遊学した。この時も桶町千葉道場に入門して長刀兵法目録――薙刀《なぎなた》術――を得ている。

だが、龍馬の本来の目的は剣術修業は扨置《さてお》いて、千葉道場の道場主千葉定吉の二女、鬼小町と誉《ほま》れも高い北辰一刀流長刀師範の千葉佐那であった。龍馬が男だてらに薙刀術を修業したのも、佐那への恋慕があってのことである。それでも元来が見栄《みえ》っ張りの龍馬は、帰郷した後は北辰一刀流の剣術免許皆伝、佐那は婚約者と嘯《うそぶ》いた。

文久元年三月の井口村刃傷《いぐちむらにんじょう》事件（土佐藩内で起きた上士と郷士の刃傷事件）では下士の代表として立て籠《こも》り、藩の上士らと対立。江戸で土佐勤王党が結成されれば国元の筆頭としてこれに加盟し、藩論の公武合体に反して尊皇攘夷を高唱した。

万事がこのような男なので郷里では変わり者、才物として名を知られ、一方で土佐藩内では郷士の厄介者と疎《うと》んじられていた。

その龍馬が土佐を発《た》ったのは、その年の一一月一一日の早朝のことであった。当日は芝巻《しばまき》の田《た》中良助《なかりようすけ》から路銀二両を借り、多《おお》ノ郷村《ごうむら》で一泊し、翌一三日は土佐街道を茂串町《しげくしちよう》まで足を伸ばして三七番札所の岩本寺《いわもとじ》に一泊。一四日は四万十川《しまんとがわ》沿いに街道を上流に向かい、松丸村を目指した。

気ままな一人旅である。腰には大小二本の刀を差していた。大刀は土佐鍛治久国の二尺四寸五分、一尺七寸三分の脇差《わきざし》は父八平から贈られたもので、〈備前国住長船《おさふね》次郎左衛門尉《じろうざえもんのじよう》勝光《かつみつ》〉と銘の入る、郷士には不相応な名刀であった。

今回の宇和島行きは丸亀《まるがめ》藩に剣術詮議《せんぎ》に赴くとの許可を得たもので、通行手形も所持している。藩内の街道を歩くのに、後ろ暗いことは何もない。

表向きの旅の目的は、土佐勤王党の遣いとして宇和島藩の視察である。藩主の伊達宗城は元は一橋派の尊皇攘夷提唱者として知られ、土佐藩の家督《かとく》問題に采配《さいはい》を払って解決した名君として知られるが、城下での噂《うわさ》はどれほどのものなのか。

だが、実のところ龍馬は、尊皇攘夷などはどうでもよかった。土佐勤王党の、前藩主山内容堂の意志を継ぐという思想にもあまり興味はない。

それよりもいまは倒幕を目指し、新政府を作って、西洋列強と攘夷ではなく対等に付き合うことを考えていくべきだ。そのための、藩という枠《わく》を超えた同志を募《つの》る。それが龍馬の、この旅の本当の目的であった。

義兄の柴田作衛門もいっていた。宇和島藩は土佐藩ほど封建的でなく、下士の若手も蘭学に勤しむことを奨励し、自由の風潮があると。親族に快太郎という者がおるので、一度会ってみるがよいと。

それに宇和島は、飯が美味《うま》いとも聞く。古《いにしえ》に、宇和海に漂着したフェニキア人の末裔《まつえい》の海賊の血を引く者がおり、美しい女が多いとも聞く。何とも楽しみであった。

その日は四万十川の辺《ほとり》の江川村《えかわむら》に着き、土佐勤王党の同士の親族の家に一夜の宿を世話になった。歓待され、牡丹鍋《ぼたんなべ》と地酒を振舞われて少し飲み過ぎた。翌一五日はいよいよ宇和島に着くので早出するはずであったが、少し寝坊した。

かまわん、のんびり行けばよいぜよ。

四

柴田快太郎と児島五郎兵衛は、松丸村の関所にいた。

宇和島藩の支藩、伊予吉田《よしだ》藩の小さな関所である。快太郎と五郎兵衛は前日の夕刻に松丸村に入り、村に一軒の宿に投宿した。そこで坂本龍馬——才谷梅太郎——なる者が着くのを待った。

土居彦六は宇和島に残り、町会所の二階の部屋を掃除するなど、龍馬を迎える準備をしている。

「遅いな。まだ来ぬのか……」

五郎兵衛が、あくびをした。

「もう少し待とうではないか……」

五日前に届いた柴田作衛門からの二通目の手紙には、坂本龍馬は一一月一五日の六ツ半（午前七時）に松丸村に着くと書いてあった。まだ薄暗いうちに宿を出て関所の前で待ったが、五ツ半（午前九時）を過ぎてもまだ来ない。

「本当に今日なのか」

五郎兵衛が寒さに手を擦《こす》りながら、またあくびをした。

「間違いない」

快太郎は懐《ふところ》から手紙を出し、見せた。五郎兵衛が頷き、首を傾《かし》げる。

体が冷えてきたので、近くに見える茶屋で甘酒でも飲もうかといっていた時だった。街道を、土佐の方から編笠《あみがさ》を被《かぶ》った男が一人、歩いてくるのが見えた。

背が高い。見た所、土佐の郷士らしき風体である。腰に大小の刀を差して、右手を懐に入れている。おそらくあの男が、坂本龍馬であろう。

男は腰から通行手形を取り、定番人にそれを見せると、関所を通ってきた。そして、二人の前に立った。

「土佐の郷士、才谷梅太郎殿にござるか」

快太郎が訊くと、男が頭を掻《か》いた。

「いかにも。それで、おんしらは」

「拙者、宇和島藩の柴田快太郎と申す」

「同じく、児島五郎兵衛」

「宇和島まではまだ遠い。では、参りましょうか」

快太郎がいうと、龍馬はどこ吹く風とあたりを見渡した。

「朝から何も食ってないので腹が減った。あそこに茶店があるきに、団子でも食おうぜよ」

悪怯《わるび》れもせずに、そういった。


道中、道草を食いながら休みやすみ歩き、宇和島に着いたのは昼八ツごろだった。

冬至《とうじ》までひと月あまりとはいえ、まだ明るかった。

だが、坂本龍馬は風呂《ふろ》に入り、酒を飲んで飯を食うと、町会所の二階の部屋にごろりと横になり、そのまま高鼾《たかいびき》で寝てしまった。

五

翌朝、快太郎は妹の房と鞠に、坂本龍馬の元に飯を運ばせた。

二人が洗濯物《せんたくもの》を持って戻り、彦六と五郎兵衛が家に立ち寄るのを待って、三人で町会所に出掛けた。

「それにしても坂本龍馬という御人、飄々《ひょうひょう》とした男ぞな。何を考えているのか、皆目《かいもく》見当もつかん」

五郎兵衛が歩きながら首を傾げる。

「お主の従叔父殿のいうように、あの男は本当に土佐勤王党の間者なのか。俺にはどうにもそのようには見えんぞな」

彦六も首を傾げる。

「まあ、しばらく様子を見てみようではないか」

そうはいったが、実のところ快太郎も坂本龍馬という男の処遇には考えあぐねていた。

龍馬は、上機嫌だった。

房によると、朝から焼き魚と香の物で飯を三膳《ぜん》も食ったらしい。

三人が町会所の二階に上がっていくと、龍馬は部屋の中で大きく伸びをして、大小を腰に差してのそりと低い鴨居《かもい》を潜《くぐ》ってきた。

「気分の良い朝ぜよ」

前日に風呂に入り、着物を着換えて髭《ひげ》を剃《そ》り、こざっぱりした風体になっていた。

「さて、才谷殿。今日は何をいたしましょうか」

快太郎が訊いた。宇和島に逗留《とうりゆう》中は、龍馬の名は才谷梅太郎で通すことになっていた。

「そうだな、旅で体が鈍《なま》っているので、汗を流したい。田都味《たづみ》道場に参って道場破りでもいたしたく候」

道場破りと聞いて、快太郎と彦六、五郎兵衛は唖然《あぜん》として顔を見合わせた。

宇和島藩の田都味道場は、藩の内外に名の通った名門であった。師範の田都味嘉門《かもん》は窪田《くぼた》派田《た》宮《みや》流の免許皆伝を受けた使い手で、弘化《こうか》四年（一八四七年）に江戸の江川英龍《えがわひでたつ》の屋敷で行われた他流試合に参加して名を上げ、帰藩した後に道場を開いた。藩士、下士の子息に分け隔《へだ》てなく教えることで定評があり、快太郎や彦六、五郎兵衛も少年時代にこの道場に入門し、剣を合わせた仲であった。

三人は龍馬を土佐藩の名人才谷梅太郎として師範に紹介し、他流試合を願い出ている旨《むね》を伝えた。

嘉門は自分も他流試合にて名を上げた剣術家なので、これを歓迎した。だが、嘉門はこの時すでに四八歳。自分が相手をするには荷が重い。そこで快太郎、彦六、五郎兵衛の中から誰かが相手をせよと許しを出した。

「よし、それでは拙者がお相手を致そう」

彦六がこの役を買って出た。

「大丈夫か」

「何の。北辰一刀流免許皆伝が本当かどうか、お手並拝見といこう」

土居彦六は一六歳で窪田派田宮流の初伝目録を授与、弱冠二二歳にして免許皆伝となった逸材《いつざい》である。もちろんこの三人の内では一番の使い手であり、田都味道場においても師範の嘉門以外には右に出る者はいない。

彦六と龍馬が防具を付けて股立《ももだ》ちを取り、竹刀《しない》を選ぶ。長身の龍馬は三尺七寸、彦六は扱い慣れている三尺三寸を手にした。ちょうど朝稽古《あさげいこ》が終わった時間なので門弟の姿は少なかったが、他流試合が始まると知って騒《ざわ》めきだし、師範の嘉門を中心に道場を車座に囲んだ。快太郎と五郎兵衛も、師範の右手に腰を下ろした。

「さて、いかが成るか……」

「まさかあの彦六が負けはしまい……」

ここ数年、快太郎も五郎兵衛も彦六から稽古で一本を取った覚えがない。

彦六と龍馬はしばらく竹刀の素振りを繰り返し、体を温めた。二人にさほど気負った気配は見えなかった。むしろ固唾《かたず》を呑んで見守る門弟たちの方が気が張り詰めていた。

二人が道場の中央に向かい合って立ち、一礼した。

「拙者、土佐の郷士、北辰一刀流、才谷梅太郎と申す。お手合わせお願いいたす」

「拙者は当田都味道場師範代、田宮流免許皆伝、土居彦六にござる。お手合わせ、慎《つつし》んでお受け致す」

型通りに挨拶《あいさつ》を交わし、蹲踞《そんきょ》の姿勢を取った。竹刀を合わせ、立ったところで師範の嘉門が声を掛けた。

「はじめ！」

両者、間合いを取り、腰を落とした。

龍馬は北辰一刀流の極意である星眼《せいがん》の構えを取り、そこから上段へと徐々に竹刀を上げていく。体が、大きく見えた。

一方、彦六は田宮流の極意である居合の構えを取った。自由に動く龍馬に対し三尺三寸の短い竹刀を腰に納めて待つ姿は一見不利だが、動ずる気配はない。

「どちらが勝つと思う」

五郎兵衛が、快太郎の耳元で訊いた。

「わからぬ……」

快太郎は正直なところ、わからなかった。師範の嘉門からは、以前、江戸の他流試合で北辰一刀流の四天王の一人、稲垣定之助《いながきさだのすけ》と試合をした時のことを聞かされたことがある。その時は、接戦の末に敗れたという。

「あの龍馬という男、できるな……。しかし俺は、彦六が勝つと見た……」

最初に動いたのは、龍馬の方だった。右上段に構えた竹刀が揺れ、誘いを掛けた瞬間に大きく踏み込んだ。

「せいやー」

彦六はそれを待っていた。頭上から降り下ろされた竹刀を逆に躱《かわ》すと、右に踏み込んで龍馬の胴を狙った。

両者の発気《はっき》が交錯《こうさく》した。龍馬の竹刀が彦六の右肩を掠《かす》め、彦六の先革が龍馬の胴を捉《とら》えた。

「どうだ、決まったか」

「いや、どちらも浅い……」

両者が体勢を立て直し、道場の中央で向かい合う。

龍馬は星眼に構え、息を整える。彦六の竹刀の早業《はやわざ》を見て、上段からでは不利と判断したのだろう。彦六は変わらずに、田宮流居合の構えを崩さない。

龍馬が掛け声と共に、左右に動く。だが彦六は息を整え、動じない。

「せぃやー」

龍馬が気合と共に踏み込んだ。中段からの攻撃なので、太刀筋《たちすじ》が速い。彦六は一歩も引かず、その竹刀を居合で受けた。

竹刀が打ち合わされ、互いに鍔《つば》で受け止め、迫《せ》り合った。二人が左右に動き、体が目まぐるしく入れ換わる。この体勢では、体が大きく長い竹刀を使う龍馬の方が有利だ。

彦六が引き技に出た。龍馬はこれを見逃さず、一気に踏み込んだ。だが彦六は待っていたかのように体を反転させ、逆に龍馬の懐に飛び込んだ。

龍馬は外した竹刀を払い上げた。彦六の先革が龍馬の喉元《のどもと》を突いた。

龍馬の竹刀がそれを払おうとする寸前に師範の声が上がった。

「それまで！」

彦六の竹刀が、龍馬の喉元の寸前で止まった。

両者が竹刀を納めた。一礼し、試合が終わった。

二人の元に戻ってきた彦六に、五郎兵衛がいった。

「なぜ突かぬ。突けばお主が勝っていた」

「いや、そうはいかぬ。いずれにせよ、実戦では俺も手傷を負っていたであろう……」

快太郎は彦六と五郎兵衛の話に耳を傾けながら、あの桜田門外《さくらだもんがい》での出来事を思った。いかなる使い手であったとしても、お互いに力の伯仲する者同士が斬《き》り合えば、どちらかが無傷ということはない。お互いが傷付き、命を落とす。それが剣の定めというものだ。

六

龍馬は終始、上機嫌であった。

「久々に良い汗を流し申した。実に痛快ぜよ」

道場を出て宇和島の街を歩きながら、何度もそういって笑った。彦六との競《せ》り合いがよほど楽しかったらしく、勝ち負けはどうでもよいという様子であった。

「さて、次は何をいたすか」

快太郎が訊いた。宗城様から、龍馬には好きなようにさせろといわれている。

「ならば、まずは和霊《われい》神社に参らせていただきたい。それに村田蔵六先生が設計された砲台もあると聞くので、それも見たいぜよ」

神社を参拝すると聞いて、三人がまた顔を見合わせた。

和霊神社は、宇和島城下町の北端、鎌江城《かまえじょう》跡に鎮座する藩随一の神社である。

主祭神は元宇和島藩筆頭家老の山家清兵衛《やんべせいべえ》公頼《きんより》である。清兵衛は租税軽減や産業振興によって藩の財政を立て直した功労者であったが、元和《げんな》六年（一六二〇年）、時の藩主秀宗は対立派の家臣の讒訴《ざんそ》を鵜呑《うの》みにして激怒。清兵衛とその一家を殺害するという事件があった（和霊騒動）。

その後、清兵衛の政敵たちが金剛山《こんごうさん》本堂の梁《はり》の落下や落雷、海難事故によって次々と不審死を遂《と》げ、秀宗も病床に伏し、藩には飢饉《ききん》や颶風、大地震が相次いだ。これを清兵衛の怨霊《おんりょう》の為《な》せる業と信じた秀宗は、承応《じょうおう》二年（一六五三年）神社を建立《こんりゅう》。清兵衛を主祭神に祀《まつ》ってその霊を慰《なぐさ》めた。それが和霊神社のはじまりである。

快太郎はなぜ龍馬が和霊神社に参りたいといったのか、不思議であった。訊けば土佐の龍馬の故郷の神田《こうだ》にも同じ和霊神社があり、これは坂本家の祖先が宇和島から勧請《かんじょう》したもので、代々の守り神になっているという。

「ご先祖はなぜ宇和島の和霊神社を分霊したのか……」

和霊神社は宇和島藩のお家騒動を発端《ほったん》に建立された神社で、主祭神は元筆頭家老の山家清兵衛である。他藩に分社を勧請する謂《いわ》れが理解できなかった。

「わからんぜよ……」

龍馬も、その謂れは知らなかった。ただ子供のころから、ありがたい神様が祀られていると聞いていた。宇和島にはその本社があると知って、武運長久を祈願するためにいつか参じることを願っていたという。

龍馬は広い境内を横切り、社殿の前に立つと、二礼して二拍手を打った。手を合わせ、目を閉じて、長く念じた。何を祈っているのかは、わからなかった。

やがて、ふと息を吐いて目を開け、深く一礼した。

「さて、砲台に行こうぜよ」

振り返って、いった。

宇和島湾を望む樺崎《かばさき》の砲台には、常に砲台守がいる。

いくら快太郎や彦六、五郎兵衛などの藩士でも、用もなくおいそれとは近付けぬ。

だが樺崎は城下町から海に突き出た岬で、周辺の浜や宇和島城、干拓された来村川《くのむらがわ》河口の堤《つつみ》の上からでも見通せる。

龍馬は樺崎の浜に立って腕を組み、遠方の砲台を眺めた。

樺崎砲台は一時宇和島藩が厚遇していた蘭学者の村田蔵六が設計、安政二年（一八五五年）一二月に竣工《しゅんこう》したもので、総面積五一三坪、海を埋め立てた石垣の台場の上に五門の大砲を設置した砲台である。大砲はすべて自藩の反射炉で製造した青銅製で、湾内に入ってくる外国船を正面から迎え撃つことができる。宇和島藩が誇る藩内最大、最新の砲台であった。

「この五門の砲は金剛山の大筒鋳立場《いたてば》により鋳造《ちゅうぞう》された四貫目（約一五キログラム）モルチール砲で、射程はおよそ一二〇〇間（約二・二キロメートル）。高野長英殿設計の御荘久良《みしょうひさよし》砲台の二門と合わせて、すでに一〇〇〇発を超す試射を終えており申す……」

快太郎は、砲台について説明する。

龍馬は初冬の冷たい海風に吹かれながら頷き、時折、首を傾げる。そして快太郎の説明が終わると、こういった。

「エゲレス国のアームストロング砲は鉄でできていて、五〇〇〇間（約九キロ）以上も先の的に命中すると聞く。この大砲では、黒船には届かんぜよ……」

龍馬がいった。

快太郎も彦六も五郎兵衛も、返す言葉がなかった。わかっているのだ。ここにある青銅のモルチール砲が日本のかつての火縄銃だとすれば、英国のアームストロング砲はエンフィールド銃に等しい。足元にも及ばぬことは明らかである。

「ならば、土佐藩はいかがか」

五郎兵衛が訊いた。

「須崎《すさき》に砲台を作るとは聞いている。しかし、無策ぜよ。話にならん……」

龍馬は砂浜の上で踵《きびす》を返し、城下町の方に歩きはじめた。快太郎とあとの二人も、その後を追った。

干拓された新田の向こうに、宇和島城が聳《そび》えていた。

宇和島藩の蒸気船は、八幡浜の嘉蔵という一人の細工職人が設計、造り上げたものである。弘化《こうか》元年（一八四四年）に藩主となった伊達宗城は早い時期から蘭書によって外国式の軍事を学び、少なくとも黒船が来航する五年以上も前から洋式軍艦を藩内で造ることを考え、蘭学者の高野長英や村田蔵六に計画や研究の話を持ち掛けていた。だが知識や図面は得ても現場の技術者がいなければどうにもならず、苦慮《くりょ》の末に取り立てたのが藩内一の器用者と噂のある、〝提灯張りの嘉蔵〟であった。

宗城は嘉蔵を長崎に三度にわたり留学させ、すでに国産初の蒸気船を完成していた薩摩藩にも学ばせて、安政六年（一八五九年）正月に外輪式蒸気船の試運転に成功。これが国内二番目、純国産としては日本初の蒸気船となり、〝伊達の黒船〟と呼ばれて全国に知れわたり評判になっていた。

西洋の大型軍艦とは比べるべくもない小さな船である。いまその伊達の黒船は、宇和島湾の入江の奥の、六艘堀《ろくそうぼり》に繋留されていた。試運転に成功してから二年、近海への数回の航行を経《へ》て、いまも必要があらばすぐにでも出航できるように整備がなされていた。

「この宇和島丸は長さ九間（一六・三六四メートル）、幅一丈（三・三三メートル）、深さが四尺四寸（一三二・六センチ）あり申す。前進も後進も自在にて、波が静かなれば宇和海も渡れ申す……」

龍馬は目の前の堀に浮かぶ宇和島丸を食い入るように見つめながら、五郎兵衛の話に耳を傾ける。

樺崎の砲台は鮸膠《にべ》もなく切り棄てたが、さすがにこの黒船には感心している様子であった。図面を引いた嘉蔵が手本にしたのはオランダの海軍が長崎に持ち込んだ小型蒸気船であり、大きさはペリーの黒船とは比べるべくもない。だが、いまここにあるのは、実際に蒸気汽鑵《きかん》で外輪を回して進む、紛《まぎ》れもない純国産の蒸気船なのである。

だが、それでも龍馬は首を傾げた。

「この蒸気汽鑵は鉄ではなく、銅でできておるのか……」

「いかにも。鋳鉄では重すぎ、蒸気が吹き出してしまう故……」

五郎兵衛が説明する。

「カラクリはよくできているぜよ。しかし、この船では外洋を航海はできまい。大砲も積めんぜよ……」

「確かに。しかし我が藩では、この技術を元に大型の軍艦を造る意向があり……」

彦六がいい訳をした。

「それならば、エゲレスかオランダから買った方が早いぜよ」

龍馬は蒸気船を見切ったように、歩きはじめた。

「才谷殿……」

三人は、龍馬の後を追った。

「少し、城下を一人で歩いてみたくなった……」

龍馬はそういうと、堀を回って城下町の方に歩き去った。

七

夕刻、鞠が洗濯物を届けると、龍馬は部屋に戻っていたという。

快太郎はそれを聞き、彦六、五郎兵衛と誘い合わせて町会所に向かった。

二階に上がって部屋を訪《おとの》うた。龍馬は畳の上にごろりと横になっていたが、大きなあくびをして起き上がってきた。

「さて、一ついこうぜよ」

龍馬は腰の物を二本差すと、またあくびをしながら狭い階段を下りていった。

神田川《じんでんがわ》に沿ったあたりは、宇和島の城下でも風情《ふぜい》のある一角である。

澄《す》んだ川の水には柳の木の枝が映り、夏になれば蛍《ほたる》が舞う。両岸には小船が舫《もや》われ、その上の小径《こみち》には小禄《しょうろく》の藩士の小さな家が軒を連ねている。かつてはこの一角に、蘭学者の高野長英や村田蔵六も住んでいた。

下流から上流に向かっていくと左手が賀古町《かこちょう》で、藩医の賀古朴庵《ぼくあん》の邸《やしき》があり、近くには蘭医の楠本イネも住んでいる。その手前に架かる小さな土橋は、〝お通り橋〟と呼ばれている。これは宗城公が、美しい楠本イネの元に、城からお忍びで通うために作らせた橋である。

季節は初冬である。七ツ半（午後五時）にもなれば日も暮れて、居酒屋や鰻《うなぎ》屋の店先に明かりが灯《とも》り出す。道行く人の提灯の火が川面《かわも》に映り、揺れる。

「さて、何を食うぞな」

今夜は宗城様のお墨付《すみつき》なので、五郎兵衛は気が大きくなっているようである。

「池屋《いけや》でよかろう」

快太郎がいった。池屋は、いつも三人で飲む煮売り茶屋である。

「かまんかまん（構わん）、才谷殿もおることだし、もっと美味《うま》い物を食おうぞな」

彦六も、上機嫌だった。

その時、道の向こうから、提灯を下げた女が歩いてきた。楠本イネである。

「あら、今晩は。今宵《こよい》は皆様お揃《そろ》いで、どちらに参られますの」

立ち止まって、イネが訊いた。

「これから客人と一献仕《いっこんつかまつ》る……」

五郎兵衛が龍馬を、才谷梅太郎殿とイネに紹介した。

「ところで柴田殿、その後、鞠殿はいかがですか」

イネが快太郎に訊いた。

「鞠は我が家にも馴《な》れて、元気にしており申す」

「それはようございました。うちに遊びに来るようにお伝えくださいませ。高子《たかこ》が家で待ってますので、私はこれで。お楽しみくださいませ」

イネと別れると、龍馬が訊いた。

「いまのお女中は異人のようにお見掛けしたが、どなたぜよ……」

「オランダ人医師のフォン・シーボルトはご存知か。あのお方はシーボルトの娘の楠本イネ殿にござる」

彦六が説明すると、龍馬が感心したように頷いた。

「快太郎殿や妹の鞠殿もそうだが、宇和島には異人のような顔をした者が多いぜよ」

「こいつの家系には宇和海の海賊の血が流れてるぞな」

五郎兵衛が笑いながらいった。

結局、神田川のほとりにある牛鬼屋《うしおにや》という料理屋の暖簾《のれん》を潜《くぐ》った。このあたりでは高級な座敷のある店で、宗城公もお忍びでここをよく使っている。

座敷に上がり、鯛《たい》の刺身、じゃこ天、フカの湯ざらし、はしりんどうなどの料理を注文し、それを肴《さかな》に酒を飲んだ。

四人は歳も近い。快太郎、彦六、五郎兵衛の三人が同い歳で、龍馬はそれより二つ上である。酒が入ればお互いの気負いも抜けて、古くからの友のように打ち解ける。

「ところで龍馬殿は、なして宇和島に参ったぞな。快太郎からは、間者である故、聞いておるが」

五郎兵衛が不躾《ぶしつけ》に訊いた。〝間者〟といわれて、龍馬が笑った。

「藩の方には剣術詮議と届を出してきたぜよ。本当の目的は諸藩探索、まあ間者といえば間者にござろう」

龍馬は悪びれることもなく、自分の旅の目的を隠さない。

「それで、宇和島はどうじゃろうか」

快太郎も酒を飲み、場が和《なご》むにつれて伊予の言葉が出はじめた。

「さすがは天下に賢侯として知られた伊達宗城公、蘭学の宇和島藩といわれるだけのことはある。砲台にしても、あの蒸気船にしても、僅《わず》か一〇万石の藩でよくぞここまでと思うぜよ。我が土佐藩は、残念ながら足元にも及ばん。しかし……」

龍馬は酒を飲み、腕を組む。これが何かを考える時の龍馬の癖《くせ》であるらしい。

「我らも宗城様も、いまの藩の軍備で西洋の列強を打ち負かせるとは考えておらんぞな」

彦六がいった。

「しかし、いまの段階ではどもこもならん」

「どこの藩も変わらぬ。尊皇攘夷と偉そうに旗を振ってみたところで、アメリカやエゲレスの黒船に勝てるわけがないぜよ」

龍馬がそういってフカの湯ざらしを口に放《ほう》り込み、茶碗《ちゃわん》の酒を空けた。

「そういえば先程、龍馬殿は面白いことをいっておられたな。軍艦は、エゲレスかオランダから買えばよいと……」

快太郎がいった。

「いかにも。作るよりは早い。それに性能も日本の船とは比較にならん」

龍馬には、何か考えがあるようであった。

「買うとはいえ、幕府ならまだしも我ら一〇万石の小藩ではどうにかなるものではないじゃろう」

幕府がオランダに一〇万ドルという大金を支払って軍艦咸臨丸《かんりんまる》を建造したことは、遠く離れたこの宇和島にも聞こえてきている。

「旧型の軍艦ならば、安いぜよ。金がなければ、借りればよい」

龍馬がいとも簡単にいった。

「借りるって、どこからぞな……」

「商人じゃろが……」

彦六と五郎兵衛が首を傾げる。

「日本の商人はいかんちゃ。西洋の商人から借りる」

龍馬がそういって、笑った。

西洋の商人といわれても、三人は何のことなのか皆目わからなかった。

龍馬が続けた。

「おまさんたち、今年、オロシア国の軍艦が対馬《つしま》に上陸して狼藉《ろうぜき》を働いたのを知っちょうか。日本は、もう少しでオロシア国に領土を盗《と》られるところだったぜよ……」

対馬は対馬府中《ふちゅう》藩の領地である。

日本の九州と朝鮮《ちょうせん》半島の間の対馬海峡に浮かぶこの島は、古来から日本の領土であり、大陸の外敵から本土を守る防衛線であり、日本海の海上交通の要所でもあった。

文久元年二月三日のことである。ロシア帝国の軍艦ポサドニック号が突如、対馬の尾崎浦《おさきうら》に来航した。艦を率いるビリリョフ中尉は日本の許可を得ずに浅茅湾《あそうわん》内などを測量し、対馬藩に資材や食料、遊女などを要求。藩主の宗義和《そうよしより》がこれを退《しりぞ》けると、三月四日に芋崎《いもざき》に無断で上陸して兵舎を建設し、周辺で猟をしたり村を荒らすなどの狼藉を働いた。

対馬府中藩は武力をもって追い返すこともできず、穏便な退去を要求したが、ビリリョフ中尉はこれを拒絶。対馬府中藩側に対島の租借権《そしやくけん》を強引に認めさせようとした。宗義和がこれを断ると、ポサドニック号側はさらに藩側の警備兵松村安五郎《まつむらやすごろう》を銃殺、郷士二名を連行、番所を襲撃、大船越村《おおふなこしむら》を襲って略奪、婦女を暴行するなどの蛮行を繰り返した。

これに対して幕府は、何も手を打てなかった。ただ長崎奉行の岡部長常《おかべながつね》に平和的に解決するように指示し、佐賀《さが》、筑前《ちくぜん》、長州の各藩に実情を調査するように命じて手を拱《こまね》いていただけである。

「知らんじゃったが……」

快太郎は日本の領土である対島がオロシア国の軍艦に侵略され、番所や村、村人たちが蹂躙《じゅうりん》されたと聞かされて、寒心に耐え難い思いがした。そんな重大なことが、半年以上が経《た》ったいまもこの宇和島に知られていないことも恐ろしかった。

「それで、対馬はどうなったぞな」

五郎兵衛が訊いた。

「腰抜けの幕府は、なんちゃできんかった。エゲレス国が、助けてくれたぜよ……」

このロシア軍艦対馬占領事件が急展開を見せたのは、発生から四カ月以上が経った七月中旬のことだった。イギリス公使のラザフォード・オールコックと海軍中将ジェームズ・ホープが幕府を訪ね、ロシア海軍に対しイギリス艦隊が圧力を掛けることを提案。戦艦二隻を対馬に向かわせ、ポサドニック号を威嚇《いかく》し、ホープ中将自らがビリリョフ中尉に厳重抗議した。イギリスの干渉を見て形勢不利と見たロシア側はビリリョフに退去を指示。ポサドニック号は八月一五日に対馬から去っていった。

「もしエゲレス国が助太刀《すけだち》してくれなければ、いまごろ対馬はオロシア国に奪われていたぜよ……」

龍馬が酒を飲む。

酒が切れたので、徳利と肴を追加した。四人は若く、体も頑健なので、酒も飯もよく入る。時刻もまだ、六ツ半（午後七時）になったばかりであろう。

「しかし、なぜエゲレス国がオロシアと交渉して日本を助けるぞな……」

快太郎にはそのあたりの列強の思わくがわからない。

「俺も知らんぜよ。ただ、エゲレスも日本を狙《ねら》っている。アメリカも狙っている。オランダも狙っている。鳶《とんび》に油揚げを攫《さら》われる前に、ただ追い払っただけなのかもしれん。いずれにせよいまの幕府は、列強に対して何もできん腰抜けぜよ」

一理ある。

安政五年（一八五八年）に幕府が不平等と知りつつアメリカとの日米修好通商条約に調印してから、同様の条約がイギリス、フランス、オランダ、ロシアとも結ばれた。

井伊直弼は、わかっていたのではないか。日本はけっして西洋の列強にかなわぬことを、攘夷などは、成らぬ妄想《もうそう》であることを。だから不平等を承知の上で、日本を守るために日米修好通商条約を結んだのではなかったのか――。

「しかし、おかしいではござらぬか。アメリカは日米修好通商条約を結んだ折、日本に他国が攻め入れば守ると約束したと聞くが、なぜオロシア国が対馬を盗ろうとした折、指をくわえて見ていたのか……」

五郎兵衛が猪口の酒を空けた。

「アメリカは、日本を守ったりはせん。時勢は、利によって動くものぜよ」

「ならば、ペリーと結んだ和親条約は……」

「そんなものは絵空事よ。列強が興味があるのは、日本の小判だけぜよ。西洋人は口では〝友愛〟などというが、そんなものはただの建前ぜよ」

「龍馬殿、いま確か〝友愛〟と申されたが……」

快太郎がその言葉を耳にするのは、これが二度目である。

「いかにも申したが、それがいかがしたぞな」

「〝友愛〟とはもしや、これではござらぬか」

快太郎は懐から巾着《きんちゃく》を出し、その根付を外して龍馬に見せた。

「これは……どこで手に入れたぜよ……」

龍馬が手に取り、驚いたようにいった。

「昨年、伊豆国の下田にて手に入れ申した。下された方によると、これはアメリカ公使タウンゼント・ハリスの上着のボタンであるとのこと……」

快太郎の説明に、龍馬が頷いた。

「定規《じようぎ》に根発子《こんはつす》、英文字の〝G〟か……。俺もこのようなものを、見たことがあるぜよ……」

龍馬によると、最初にこのような印を見せてくれたのは継母《ままはは》の伊与であるという。

伊与は再婚で、前夫の実家が下田屋《しもだや》という外国商品を扱う商店を営《いとな》んでおり、幼少のころによく遊びに訪れていた。その輸入品の中に、同じ印が刻まれたものがいくつかあったという。

龍馬も銀貨のようなものをひとつもらい、それを持ち歩いていた。何年か前に土佐の画人の河《かわ》田小龍《だしようりよう》に西洋学を学んでいる折、その銀貨を見せたことがあった。河田はジョン万次郎《まんじろう》が嘉永五年（一八五二年）にアメリカより帰国した折、自宅に招いて寝起きを共にしながら事情聴取した人物である。

銀貨を見せると、河田は甚《いた》く驚いていたという。そして龍馬に、こう説明した。この定規と根発子、〝G〟の重なった印章はアメリカやイギリスに広く会員を募《つの》る秘密結社のもので、その結社の名を〝フリーメイソン〟――友愛団体――という――。

「〝フリーメイソン〟か……。その河田殿は、どこから知ったぞな……」

彦六が訊いた。

「ジョン万次郎殿から聞いたといっておったぜよ」

「その友愛団体に関しては、拙者もこのボタンをくれた者から聞いたことがある。ペリーも、ハリスも、ハリスの親方のリンカーンという人物もすべて家族、つまりその団体の会員であると……」

「リンカーンならば、もう今年の一月にアメリカの大統領になったぜよ。しかもそのリンカーンが国を南北に分けて、戦争を始めちょる……」

お吉《きち》が酒に酔っていっていたことは、本当だったのだ。しかも戦争を始めたとは……。

「フリーメイソンとやら、知らんじゃったが……。するとその秘密結社が、日本を狙っているということじゃろか……」

彦六が訊いた。だが、龍馬は、首を傾げる。

「俺にもわからん。何でも下田屋がいうには、長崎の外国人居留地にグラバー商会なるものが店を構えたらしい。これが秘密結社と関係があるのではないかと思うぜよ」

快太郎は長崎にエンフィールド銃とルフォーショー式短銃を買い付けに行った時に、グラバー商会という武器商人のことは耳にしていた。

「ほたらその長崎のグラバー商会というのが、例の軍艦を買う金を貸すという西洋の商人か」

五郎兵衛が訊いた。

「いかにも。土佐藩に岩崎弥太郎《いわさきやたろう》という男がおるのだが、藩吏として長崎におった折、エゲレスやオランダの商人と丸山《まるやま》花街で遊び呆《ほう》けた放蕩者《ほうとうもの》でな。これがグラバーのことも知っちょったが。その弥太郎によると、グラバーは倒幕を志す者には軍艦でも大砲でも銃でも、いくらでも資金を貸すといっちょったそうぜよ」

「龍馬殿、まさか倒幕を……」

彦六が訊いた。

「そうなれば愉快だという話ぜよ。だが、弥太郎に紹介状を書かせて出島《でじま》に行き、一度グラバーに会ってみようと思うとる」

西洋の秘密結社の商人から金を借り、軍艦や大砲、銃を買って幕府を倒す……。

いくら酒の上での戯言《ざれごと》とはいえ、あまりにも荒唐無稽《こうとうむけい》な話である。大風呂敷も、甚《はなは》だしい。

だが、この坂本龍馬という男の話に耳を傾けていると、いつしかそんなことも夢ではあるまいと思えてくる。そんな、妙な説得力がある。

「ところで龍馬殿……」

快太郎がいった。

「何だ」

「先刻、このボタンと同じ印章の西洋銀貨をお持ちと申しておられたが、もしあれば拝見できぬか」

そのようなものがあるのなら、見てみたかった。

「ああ、あれか。あの銀貨は千葉道場の佐那殿が所望いたしたので、やってしもうたぜよ」

龍馬が頭を掻《か》き、笑った。そして、続けた。

「いずれにせよ日本はこの先、動乱の時代に入るぜよ。その前に日本をいま一度、洗濯いたしたく申し候」

「洗濯、ぞな……」

五郎兵衛が感心したように頷いた。

「おんしたち、この宇和島藩にいて満足なか。何の志もなき所にぐずぐずして日を送るは、実に大馬鹿者なり。人として生まれたからには、でっかい夢を持つべきぜよ」

「龍馬殿は、ええことといよらい。だが、拙者ら藩の下士には、どもこもならんぞな」

「どもこもならんのならば、欠落《けつらく》すればよいぜよ」

欠落……。

快太郎も、彦六も、五郎兵衛も、欠落と聞いて驚いた。

欠落とはつまり、脱藩である。家臣が主君を裏切り勝手に領地を出る行為で、家名は断絶の上に欠所《けっしょ》（財産領地没収）となる。武士としては最も重い罪のひとつで、捕縛されれば死罪となる場合もある。

「しかし、欠落は……」

「人間、好きな道によって世界を切り開くもの。もし志あるならば、欠落もひとつの方法という意味だぜよ」

龍馬がそういって、おかしそうに笑った。


四人の話は尽きなかった。

酒を飲み、魚を食らい、話はとめどなく続いた。話はいつしか天下世相と志の本筋を逸《そ》れて、剣術や刀、銃、津々浦々の酒や名物、女との秘め事にまで及んだ。

料理屋が閉まるころには徳利の酒を一本と共に追い出され、町会所の二階の部屋に戻って飲みなおした。

愉快な夜であった。

八

翌朝、快太郎は彦六、五郎兵衛と共に、龍馬を見送った。

一番鶏《どり》が鳴くころには宇和島を発ち、伊予街道の法華津峠《ほけつとうげ》へと向かった。

昨夜は酒が過ぎたせいか、難所の峠道を上るのが辛《つら》かった。龍馬も、付いてきた彦六と五郎兵衛も、いつになく体が重そうであった。それでも宇和島の湾を見下ろす峠に出るころには、汗も抜けた。

ここで朝飯にした。房と鞠がこしらえた握り飯の弁当を開く。冷たい海風を吸い込み、飯を頬《ほお》張《ば》ると、やっと体に力が漲《みなぎ》った。

「さて、ここで試すぞな」

快太郎は、ルフォーショー回転式短銃を持ってきていた。昨夜、このベルギー製の新型短銃の話をしたところ、龍馬がぜひ撃たせてほしいと所望したからである。

左腰の短銃嚢《たんじゆうのう》から、ルフォーショーを抜いた。撃鉄《げきてつ》を半分起こして弾倉の蓋《ふた》（ローディングゲート）を開ける。弾倉を一段ずつ回転させながら、薬室に一発ずつ銅製の銃弾を込めていく。

「その腰に付けた、革の鞘《さや》のようなものは何というぜよ」

龍馬が訊いた。

「これはホルスターと申す。西洋の短銃の鞘ぞな」

快太郎が説明する。

「この短銃は、弾《たま》を銃口から込めるのではないのか」

「左様。これはピンファイヤーというフランス国の新しい様式で、このように弾倉の後ろから込め申す。雷管も不要。この回転式弾倉のことをイギリス語でシリンダー、銃身はバレル、撃鉄をハンマーというぞな」

龍馬だけでなく、彦六と五郎兵衛も興味深げに見入っている。

長崎からこのルフォーショーとエンフィールド銃を持ち帰ってから、快太郎は一緒に入手した英語の洋書で西洋の銃器の研究を続けていた。今後、宇和島藩の銃隊が順次洋式銃に切り換えていくにしても、部品の名称がわからねば壊れても修理のしようがない。

「では、手本を見せるぞな」

快太郎は短銃を一度ホルスターに戻すと、居合のように構えた。銃を左腰に差すのは、彦六や五郎兵衛と共に幼少のころから修業した田都味道場の窪田派田宮流の業を応用するためである。

峠に、朽《く》ちた道標《みちしるべ》の杭《くい》だけが残って立っていた。快太郎はその杭を狙って左腰のルフォーショーを一閃《いっせん》、引《ひ》き鉄《がね》を引いた。

峠に、銃声が鳴った。

同時に、一〇間（約一八・二メートル）離れた杭の先端が消し飛んだ。他の三人が、驚きの声を上げた。

「このようにルフォーショーは、引き鉄を引くだけでも弾倉が自動で回転して撃てるぞな。もちろん撃鉄を先に起こせば、遠くも狙いやすいぞな」

快太郎は撃鉄を起こすと、遠くの柿《かき》の木を狙って撃った。

轟音が大気を裂いた。

熟《う》れた柿の実に命中し、吹き飛んだ。

「これは凄《すご》いぜよ……」

龍馬が目を丸くした。

「まだ、四発残っとるぞな。やってみなされ」

快太郎が手の中でルフォーショーを回転させ、台尻を龍馬に差し向けた。

「こうか……」

龍馬が慣れぬ手つきでルフォーショーの銃把《じゅうは》を右手で握り、左手で撃鉄を起こした。前方の柿の木を狙い、撃った。

轟音と共に、反動で短銃が大きく跳ね上がった。だが、柿の実には当たらなかった。

「凄い……」

龍馬が、手の中のルフォーショーをまじまじと見つめた。

「もう一度、次はもっと近くから撃ってみなされ」

快太郎がいうと龍馬は一〇歩ほど柿の木に歩み寄った。撃鉄を起こし、狙い、撃った。今度は柿の実に命中し、微塵《みじん》に吹き飛んだ。

「凄い、凄い。こいつは本当に、痛快ぜよ」

「今度は我々にも撃たせてくれ」

龍馬が短銃を彦六に渡した。柿の木を狙い、撃った。弾はどこにも当たらなかったが、満足そうに頷いた。

次に、五郎兵衛が撃った。弾は、柿の木の枝に当たった。さすがの五郎兵衛もその威力に驚きを隠さず、何がおかしいのか、突然笑い出した。

龍馬も笑った。彦六も笑った。快太郎も笑った。四人ともしばらく、笑いが止まらなかった。

「これがあれば、どんな使い手にも負けけん。俺もいつか回転式短銃を手に入れるぜよ」

龍馬がいった。

時が経つのは早い。

法華津峠から宇和島湾を見下ろす石の上に座り、しばし語り合った後、龍馬が立った。

「さて、俺はもう行くぜよ」

「これからどちらに」

彦六が訊いた。

「松山《まつやま》から、丸亀に向かう。その後は長州まで足を伸ばすつもりぜよ」

「また、剣術詮議に道場破りぞな」

五郎兵衛が囃《はや》して笑った。

「それもある。しかしいまは万事、見にゃわからん。人の道は一つにあらず。道は百も千も万もあるぜよ」

「お達者で。ご武運、お祈りいたすぞな」

快太郎がいった。

「世話になり申した。おんしらも、達者でな。いつかまた、時勢の大きな舞台で会おう。さらばぜよ」

龍馬が拳《こぶし》を握り、それを天に突き上げ、峠から北へ向かう街道を下っていった。

「坂本龍馬、面白い男ぞな……」

「何の志もなき所にぐずぐずして日を送るは、実に大馬鹿者なり、か……」

「あの男、いつか、本当に欠落するつもりぞな……」

三人は、いつまでも坂本龍馬を見送った。
やがてその後ろ姿が、紅葉に染まる森の中に消えた。

※追記
坂本龍馬が宇和島から去った数日後、快太郎の元に一通の手紙が届いた。
その手紙は宇和島に滞在中に世話になったことに対する礼状であったが、最後に以下のような一文が記されていた。

〈――世の人は我を何とも言わば言え。
我が成すことは我のみぞ知る。
おまさん方三人、お待ち申し候――〉

五の章　脱藩

一

文久《ぶんきゅう》二年（一八六二年）の正月が、静かに明けた。

この年の元旦、柴田《しばた》快太郎《はやたろう》は父金左衛門《きんざえもん》と共に宇和島城《うわじまじょう》に登城して年頭の拝謁《はいえつ》をすませた。二日には母や弟、妹らも連れて、この年の恵方《えほう》に当たる八幡《はちまん》神社に参拝。三日には金剛山大隆寺《こんごうさんだいりゅうじ》の先祖代々の墓にも墓参し、恙無《つつがな》い新年を過ごした。

だが、平穏な宇和島の正月に比べ、日本の各地では波瀾《はらん》の年を予感させる険悪な出来事が相次《あいつ》いだ。

まず松の内も明けぬ一月一五日、江戸城の城下門外にて老中安藤信正《あんどうのぶまさ》の襲撃事件が起きた。二年前の桜田門外《さくらだもんがい》の変と同様に、斬奸《ざんかん》趣意書を携《たずさ》えた水戸《みと》藩の浪士ら六人が、井伊直弼《いいなおすけ》の後を継《つ》ぎ幕府内にて開国、公武合体を推進する安藤信正の登城行列を回転式短銃（コルトＭ１８５１ネービーリボルバー）にて銃撃。斬《き》り込んだのである。

この襲撃事件により信正は背中を負傷。実行犯側は水戸藩浪士の平山兵介《ひらやまひょうすけ》、黒沢五郎《くろさわごろう》など六人全員がその場で斬死《ざんし》した。暗殺は失敗に終わったものの、信正は老中を免官となり、公武合体を目論《もくろ》む幕府の権威をさらに失墜《しっつい》させた（坂下門外《さかしたもんがい》の変）。

宇和島は、時代の流れから取り残されたように長閑《のどか》だった。だがその長閑さが、却《かえ》って不安であった。

快太郎はこの新年を、新型銃の英書を読み、研究することに没頭して過ごした。年末から年始にかけて彦六《ひころく》や五郎兵衛《ごろべえ》と顔を合わすことはあったが、宗城公《むねなり》とは坂本龍馬《さかもとりょうま》の一件を報告して以来、一度も会っていない。

思い出すのは、その時の宗城公の言葉である。龍馬が快太郎と彦六、五郎兵衛の三人に欠落《けつらく》（脱藩）せよと誘ったことを伝えると、宗城は笑いながらこういった。

――ならば欠落すればよい。儂《わし》は許すぞ。路銀もやろう――。

主君に許されたのでは欠落にならぬ。快太郎は、宗城の真意が読めなかった。

さらに思うのは、あの縮毛の、黒子《ほくろ》だらけの人懐っこい龍馬の笑顔である。

あの男、いまごろ何をしているのか……。

二

龍馬はそのころ、萩往還《はぎおうかん》（萩街道）を山陰《さんいん》の萩に向かっていた。

長州《ちょうしゅう》藩の尊皇攘夷《そんのうじょうい》派の主導者の一人、久坂玄瑞《くさかげんずい》に会うためである。

龍馬は土佐勤王党《とさきんのうとう》の党首、武市半平太《たけちはんぺいた》（瑞山《ずいざん》）の書状を携えていた。前年の秋に土佐を出立し、宇和島、松山《まつやま》、丸亀《まるがめ》、瀬戸内《せとうち》を渡って安芸《あき》、長州の萩に至る長旅の最終目的は、この書簡を玄瑞に手渡し、盟友半平太の心慮《しんりょ》を伝えることにあった。

一月一四日、萩の城下町に入ると、龍馬はまず松下村塾《しょうかそんじゅく》を訪ねた。

松下村塾は、安政《あんせい》の大獄で刑死した吉田松陰《よしだしょういん》が指導していたことでも知られる私塾である。久坂玄瑞も門下生の一人であり、同じ長州の攘夷派の高杉晋作《たかすぎしんさく》、吉田稔麿《よしだとしまろ》、入江九一《いりえくいち》らと共に松門の四天王といわれた俊才であった。中でも玄瑞は松陰の信任厚く、妹の文《ふみ》を娶《めと》らせたほどである。

龍馬は松陰に会ったことはない。だが、一方《ひとかた》ならぬ因縁があった。

龍馬と松陰は、松代《まつしろ》藩の偉才と称された兵学者、佐久間象山《さくましょうざん》の兄弟弟子である。松陰は嘉永《かえい》三年（一八五〇年）に江戸に遊学した際に象山に弟子入りし、龍馬もまたその三年後の嘉永六年に江戸に武術修行に出た折に、象山主宰の木挽町《こびきちょう》の五月塾《さつきじゅく》にて兵法や砲術を学んでいる。

だが、翌嘉永七年三月に松陰が下田《しもだ》からペリー艦隊のポーハタン号に密航を企《くわだ》てて失敗し、相談を受けていた象山も連座して蟄居《ちっきょ》の身となった。結果として龍馬は僅《わず》か数カ月象山に学んだだけで五月塾は消滅し、志《こころざし》半《なか》ばにて土佐に帰るという経緯《いきさつ》があった。

吉田松陰は、龍馬がこれまで最も会ってみたかった人物の一人である。ペリーが浦賀《うらが》に来航した折には師の佐久間象山と連れ立ってこれを眺め、黒船の大きさに感嘆し、攘夷論者としての意を新たにしたという話を五月塾にて聞かされて、高揚したものである。だが、ついぞ会う機会もなく、松陰は三年前に伝馬町《てんまちょう》の牢屋敷《ろうやしき》にて刑死した。

人間、死ねば誰《だれ》も野辺の石ころに同じ。生きたるうちに会って酒を酌《く》み交《か》わし、話し合い、時に意見を戦わしてこその人である。
松下村塾を訪ねて久坂玄瑞の所在を訊《き》くと、塾生が自宅に案内してくれた。だが、応対に出たのは妻――松陰の妹――の文で、玄瑞は家を留守《るす》にしていた。使いをやらせたが多忙らしく、代わりに駆けつけた亀太郎《かめたろう》（松浦松洞《まつうらしょうどう》）という男に世話を託《たく》されることになった。
この日のことを、玄瑞は日記〝江月斎日乗《こうげつさいにちじょう》〟にこう綴《つづ》っている。

〈――一四日、曇《くも》り、土州坂本龍馬、武市書簡を携えて来る。松洞に託す。夜前《やぜん》街道の逆旅《げきりよ》（旅籠《はたご》）に宿せしむ――〉

さらに翌日の日記に、次のようにある。

〈――一五日、晴れ、龍馬来話、午後文武修業館《ぶんぶしゆぎようかん》へ遣《つか》わす――〉

龍馬が玄瑞を家に訪ねたのは、正に江戸で坂下門外の変が起きた一月一五日の朝であった。
久坂玄瑞は身長六尺（約一八〇センチ）の偉丈夫《いじょうぶ》だった。体は龍馬よりも大きく、歳《とし》は若いが、いかにも意志の強そうな好漢であった。
前年、江戸に遊学した折に、すでに武市半平太から龍馬の名は聞き知っていたようであった。その龍馬が半平太の書簡を土佐より遠路はるばる携えてきたことを知り、破顔して出迎えた。

「人目につくといけん。ささ、奥へ奥へ。これは、妻の文じゃ。吉田松陰先生の、妹じゃ」

応対に出た妻を紹介され、奥の自室に通された。長州は攘夷思想の強い土地柄とはいえ、あくまでも松下村塾の松陰門下の若手志士たちの中での話で、藩の重鎮の中には幕府に忠心を尽くし公武合体を唱《とな》える者も多かった。その時世に土佐より攘夷派の客人を迎えることは、いかに玄瑞であろうとも人目をはばかることであったに違いない。

「では、これを」

龍馬が半平太からの書簡を差し出すと、玄瑞は一礼して両手で頂戴《ちょうだい》し、それを開いた。

「謹《つつし》んで拝見いたす」

龍馬はこの手紙を読んでいない。だが、郷士《ごうし》の幼馴染《おさななじ》みであり、いまとなっては尊皇攘夷の盟友でもある半平太が玄瑞に何を伝えたいのかは、おおよそ察していた。

半平太は土佐藩の藩論を尊皇攘夷に転換させ、最終的には武力をもってしても倒幕へと動こうとしている。その思いを長州藩の攘夷派筆頭である玄瑞に伝え、いま何をすべきかを問い、できるならば土佐勤王党との共闘の道を探りたいに違いない。

玄瑞は書簡を読みながら、何度も頷《うなず》いた。時間を掛けて熟読し、読み終えると書簡を丁寧《ていねい》に畳み、こういった。

「なるほど、武市半平太殿の趣意はわかり申した」

「半平太は、何とゆうちゅうか」

龍馬が訊いた。

「ひとつはこれより先、いかに攘夷を進めるか。いかに米英の公使を討ち取るか。そう書きよった」

「他には」

「使いの坂本龍馬君は傑物であるので、腹蔵《ふくぞう》なく話してみればよいといいよります」

それを聞いて、龍馬は頭を掻《か》いて笑ってしまった。半平太とは子供のころより〝アゴ〟（半平太の顎《あご》が出ていた）、〝アザ〟（龍馬は黒子が多かった）とからかい合った仲である。その半平太が書簡に、自分のことを傑物と書いたことがおかしかった。

「わかり申した。ならば、腹を割って話そうやか」

「では、今夜は一酌《いっしゃく》いこう」

土佐人も長州人も酒は好きである。

龍馬は人と話す折に酒に誘われ、これを断ったことがない。今回の旅では宇和島でも飲んだし、丸亀でも飲んだし、安芸でも飲んだ。人と天下を論ずる時には酒が入った方がお互いに本音が出て話が早い。

玄瑞は夜のためにと、妻の文を酒屋と魚屋に使いに行かせた。萩では鯖《さば》が美味《うま》い季節だと聞いて、腹が鳴った。鯖の刺身は、龍馬の大好物である。

龍馬は昼九ツ（午後〇時）ごろに一旦玄瑞の家を辞して、前日の松浦松洞の案内で文武修業館に出向いた。ここで松洞や他の松下村塾生たちと竹刀《しない》を交え、お互いの刀を比べ合い、巻藁《まきわら》を斬って汗を流した。その後、皆で連れ立って風呂《ふろ》に行き、夕七ツ（午後四時）ごろに修業館に戻ってきた。

玄瑞、松洞、さらに寺島忠三郎《てらしまちゅうざぶろう》や佐世八十郎《させやそろう》ら長州藩の攘夷派の主軸らが集まり、土州の客人龍馬を囲んで時ならぬ酒宴となった。皆、顔は知らねど、一度ならず名を耳にしたことはある者ばかりである。徳利《とっくり》を回し、茶碗《ちゃわん》で酒を酌み交わしながら、皿に盛られた鯖や甘鯛《あまだい》の刺身を頬張《ほおば》った。

話が天下に及んだ時に、龍馬は玄瑞にまずこう訊かれた。

「坂本殿は、なして尊皇攘夷に賛同するか」

龍馬はこれに、こう答えた。

「尊皇は思う所だが、攘夷はさしてこだわってはおらんぜよ」

本音である。だが尊皇攘夷派として知られる松下村塾門下生に囲まれてのこの一言は、周囲の振盪《しんとう》を呼んだ。それまで和《なご》んでいた場が、しんと静まった。

玄瑞が、さらに訊いた。

「ならば目の前にアメリカやエゲレスの特使、幕府公武合体派の老中安藤信正がおったとしたら、いかがいたす。斬るか、それとも斬らぬか」

龍馬は、こう答えた。

「斬らぬ。異人の一人や二人を斬る小攘夷に意味はない」

場が凍りついた。だが、玄瑞が笑った。

「龍馬殿は、正直なお方じゃ。確かに松陰先生も、同じことをいっておった。自分も昔はアメリカの使いを斬ろうとしたことがあるが、無益であると悟《さと》って止《や》めたとな。ならば龍馬殿、攘夷を志さずに何といたすか」

「西洋の列強から軍艦、大砲、銃を買う。土佐、長州、水戸、薩摩《さつま》、宇和島あたりが力を合わせて国軍を持ち、まず倒幕を致す。王政復古の新政権を立てて強い軍を持てば、その時は攘夷でも何でも好きにやれるぜよ」

大言壮語であることは、龍馬も承知の上である。だが、元より腹を割って話すと約束の酒席である。

玄瑞がどう出るか。一笑に付すのか真に受けるのか。龍馬にすれば人を見る意味もあっての話である。

玄瑞は龍馬を見据《みす》えながら、口元に笑いを浮かべた。

「ならば攘夷はさしあたり我らと武市殿が引き受け申そう。坂本殿には、ぜひ軍艦の手配を願いたい」

一介《いっかい》の下士《かし》に軍艦を手配せよとは、これもまた荒唐無稽《こうとうむけい》な話である。もちろん玄瑞も、龍馬の人を読むためにそれをわかっていっている。だが、龍馬はその言葉を受けた。

「軍艦、大砲、銃の件、確かに承知いたし申した」

そういって茶碗を目の高さに揚《あ》げた。玄瑞も茶碗を手にした。

「西洋ではこのような時に杯を合わせて酒を飲み干すと聞いちょる」

「知りゆう。西洋を飲み干しちゃろうや」

二人は茶碗を合わせ、酒を飲み干した。

場が和み、笑い声が上がった。

「坂本殿は痛快なお方じゃ」

松浦松洞がそういって、自分の茶碗の酒を空《あ》けた。

龍馬はこの席で、玄瑞から様々な攘夷論を聞いた。

玄瑞はいま長州、水戸、薩摩、土佐の若手の攘夷派をひとつにまとめ、尊攘派同盟を結成することを考えていた。土佐勤王党の武市半平太、薩摩の西郷吉之助《さいごうきちのすけ》（隆盛《たかもり》）もその一人である。その上で玄瑞は、自分の考えをこう説明した。

「いま長州の藩論は長井雅楽《ながいうた》（長州藩直目付《じきめつけ》）の航海遠略策を基《もと》に、公武合体に傾きよります。しかし、そりゃいけん。いずれ我が国が万里の外に乗り出す策を立てるは当然としても、それが幕府を助け天朝を抑えることになってはならん。昨年、露国に対馬《つしま》を占拠されてあれだけの凌辱《りようじよく》を受けながら、幕府はその罪も正さず頭《こうべ》を垂れるのみ。戦を恐れて航海を唱えるなど笑止千万。そんな幕府に忠義を尽くす公武合体に一片の意義なし」

酒の上での話だが、龍馬は象山や松陰の言葉に直々に接するように聞き入った。

玄瑞が続けた。

「我らは藩の枠に囚《とら》われることなく、自分たち草莽《そうもう》の志士が起ち上がり、攘夷の義挙に出る以外に道はなし……」

すなわち、吉田松陰の草莽崛起《くつき》である。

「して、その手段は」

龍馬が訊いた。

「我ら、まずは佐幕の長井雅楽を討って長州の藩論を尊皇攘夷へと導く所存。ついては土佐勤王党も藩内にて公武合体を唱える吉田東洋《よしだとうよう》を討っていただくように、武市半平太殿にお伝え願いたい。その上で、各藩の志士と尊攘同盟を結び、挙兵して上洛《じょうらく》（京に上る）いたしたく申し上げ候」

玄瑞の言葉は端的に本質を突き、すべからく重みがあった。

「承知した。土佐に帰った折には、半平太にそのように伝え申そう」

龍馬はまた、茶碗を目の高さに掲げた。

三

龍馬は萩に、九日間滞在した。

その間に龍馬は幾度となく玄瑞と会い、腹を割って話した。そして同時期に萩の玄瑞の元を訪ねた薩摩の志士らと、交流を重ねた。

龍馬にとって、自分よりも若い玄瑞の印象は鮮烈であった。長州ではかの吉田松陰をはじめ、噂《うわさ》に聞く高杉晋作、桂小五郎《かつらこごろう》、そしてこの久坂玄瑞と、なぜ次々と若き傑物が生まれるのか。

関ヶ原《せきはら》で敗れたために領地を失った長州は、藩内の上下の身分の差が小さい。そのために出自や年齢に拘《こだわ》らず、優れた人物を取り立てる独特の風土があった。

対して土佐は、身分差、差別の大きな土地柄である。郷士の龍馬がいくら正論をぶつけても上士は聞く耳を持たぬ。ならば、挙国の海軍を実現するためにも、一刻も早く欠落すべきか。

一月二一日、龍馬は玄瑞より武市半平太への書簡を受け取った。

その書簡を手に、二日後の二三日、龍馬は萩を発《た》って土佐へと向かった。

龍馬が半平太の元に持ち帰った玄瑞の手紙には、次のように書かれていた。

〈――竟《つい》に諸侯、恃《たの》むに足《た》らず。公卿《くげ》、恃むに足らず。在野の草莽糾合《きゅうごう》、義挙の外《ほか》にとても策無き事と、私共同志中申し含みおり候事にござ候――〉

つまり、いまは大名も公家《くげ》もあてにはならず、在野の志士が力を合わせて立ち上がるしかほかに策はない、という意味である。その上で玄瑞は、こう書いている。

〈――失敬ながら尊藩（土佐藩）も弊藩（長州藩）も滅亡しても大義なれば苦しからず――〉

土佐藩も長州藩も、大義のためならば滅びてもかまわない――。

そして玄瑞は、手紙の最後にこう綴った。

〈――坂本龍馬君来たり、腹蔵なく話し合う。後は坂本君より伺いたく申し上げ候――〉

書簡を読み終えた武市半平太は、表情に動揺を隠さなかった。

なぜなら半平太は、これまで一藩勤皇、つまり土佐藩の藩論を勤皇攘夷に統一することに固執《こしつ》していたからである。ところが久坂玄瑞の書簡で〈――在野の志士が力を合わせて立ち上がるしかほかに策はない――〉と説かれ、さらに土佐藩も長州藩も〈――滅亡しても大義なれば苦しからず――〉と崇高《すうこう》な覚悟を突きつけられて、自らの甘さを思い知ったのである。

半平太は、目の前で表情を見守る龍馬にこう訊いた。

「久坂殿は、あとは龍馬に訊けとゆうちゅう。何とゆうちょったか」

龍馬は頷き、玄瑞から聞いたままに伝えた。

「玄瑞殿は、まずは直目付の長井雅楽を討って長州の藩論を尊皇攘夷へ向けるとゆうちょった。ついては土佐勤王党も、吉田東洋を討てと伝えろと。その上で長州、土佐、水戸、薩摩各藩の志士で尊攘同盟を結び、挙兵して上洛するとゆうちょった」

吉田東洋の暗殺、尊攘同盟、挙兵して上洛と聞いて、また半平太の表情が揺らいだ。

「吉田東洋を討て、か……。いかがいたすべきか……」

龍馬はこれに少し驚いた。

吉田東洋は、土佐藩公武合体派の主唱者である。精神的な支柱といってもよい。その吉田東洋をいずれ討たねばならぬといっていたのは、半平太自身ではなかったのか。

「おぬしの好きにすればよいぜよ」

半平太は、土佐藩一の英傑であった。それは、盟友の龍馬も認めていた。だが、残念なことに、久坂玄瑞とは人の器が違った。

このまま土佐にいても、自分の志は成らぬだろう。いずれはこの半平太と、一蓮托生《いちれんたくしょう》の命運を辿《たど》ることになるに違いない。

この時である。龍馬は本当の意味で、脱藩を決意することになった。

長州から土佐に戻ってまだ間もない三月二四日――。

龍馬は一時帰藩していた土佐勤王党の沢村惣之丞《さわむらそうのじょう》と連れ立ち、土佐藩を欠落した。

時代が、動きはじめた。

四

柴田快太郎が坂下門外の変を知ったのは、その年の二月も半ばになってからのことである。すでに事件から、一カ月近くが経《た》っていた。

水戸の浪士が、今度は幕府老中の安藤信正を襲撃した。襲撃には、またしてもアメリカ製の新型回転式短銃が使われた。だが、斬奸は成らず、老中安藤信正は軽傷、水戸の浪士たち六人はその場で闘死したという。

井伊直弼の死を目の当たりにした時もそうだったが、今回の安藤信正襲撃の風説を耳にした時も同じだ。たとえ尊皇攘夷の大義ありとはいえ、この虚無感はいったい何なのか。同時に、自分がこの宇和島の片田舎《かたいなか》で無為《むい》に時を過ごすことに、居た堪《たま》れない焦燥を覚えた。その虚無と焦燥は、いくら仲間の土居《どい》彦六や児島《こじま》五郎兵衛と尊皇攘夷論を戦わせても拭《ぬぐ》えぬものであった。

「兄サマ、ナニ思イマスカ？」

快太郎が家で考え事をしていると、いつも鞠《まり》が心配して側《そば》に寄ってくる。そして鳶《とび》色の大きな瞳《ひとみ》で、快太郎の顔を見つめる。

「案ずるな。大したことではないぞな」

快太郎が笑うと、鞠も安心して笑みを浮かべる。

「アソボウ……」

鞠がそういって快太郎の手を引いた。

「何をして遊ぶぞな」

「神社……イクゾナ……」

「和霊《われい》神社か。よし、貞子《さだこ》も誘うて行くか……」

貞子は快太郎の妹である。だが、あいにく使いに出ていた。次男の修知《のぶとも》は道場に行き、三男の知行《ともゆき》はまだ藩校の明倫館《めいりんかん》から帰っていない。結局、末の妹の世話を母に頼み、快太郎は鞠と二人で和霊神社に出掛けることになった。

正月に一度、居合の奉納に連れてきてから、鞠は和霊神社を気に入っていた。もちろん、鞠が神を崇敬しているわけではない。門前に並ぶ、参拝客のための茶店や物売りの出店を覗《のぞ》くのが楽しいのであろう。

社殿に形ばかりに参拝し、桜の咲く門前町を歩いた。考えてみると鞠を助けてそろそろ半年になるが、こうして二人だけで歩くのはこれが初めてだった。

鞠は楽しそうだった。快太郎の手を引きながら街を歩き、出店を覗きながら、時折顔を見上げては笑う。そして、指を絡ませる。

年が明けて鞠は一六になったはずだが、その振る舞いはまだ子供だった。それでいて、ふとした刹那《せつな》に、美しい顔に大人びた艶《つや》のある表情を浮かべることがある。

快太郎は鞠にねだられ、出店で御守袋と安物の櫛《くし》を買った。それでも鞠は、心躍《おど》るかのように喜んでいた。

甘酒売りを見つけて甘酒を呑《の》み、茶店でおでんを食った。おでんに無心にかぶりつく鞠を、快太郎は心から愛《いと》おしく思う。

快太郎は、鞠が自分のことを好いていることをわかっていた。だが、その気持ちを、素直に受け入れられぬもう一人の自分がいた。

鞠と自分とは、歳が一〇も違う。それに自分には、やらねばならぬことがある。

快太郎は、あの坂本龍馬という男に会って以来、ずっと藩を欠落することを考えていた。

彦六や五郎兵衛にも、その胸の内を打ち明けている。もし欠落すれば、二度と宇和島には戻れぬやもしれぬ。

「兄サマ、鞠ハ……兄サマヲ好キゾナ……」

鞠が、快太郎を見つめた。

好きだといわれたのも、この時が初めてであった。

「ああ……俺《おれ》も鞠が好きぞな……」

そういっておきながら、戸《と》惑《まど》いを覚えた。

その日は弟や妹たちに飴《あめ》を買い、家に戻った。

帰り道、鞠はずっと快太郎の手を握っていた。

五

土佐の柴田作衛門《さくえもん》から父金左衛門に一通の手紙が届いたのは、宇和島の桜も散るころであった。

金左衛門はその手紙を一読すると、傍《かたわ》らにいた快太郎に差し出した。

「作衛門から、お前にだ。読んでみよ」

快太郎は手紙を受け取り、読んだ。短い挨拶《あいさつ》の後に、次のように書かれていた。

〈――先般、兄者に世話になりし件の義弟才谷梅太郎《さいたにうめたろう》なる者、土州を出奔《しゅつぽん》いたし候。同行関雄之助《せきゆうのすけ》（沢村惣之丞の変名）一名。つきましては三月二六日昼四ツ（午前一〇時）快太郎伊予《いよ》の韮《にら》ヶ峠《とうげ》にて待ち、二名を宿間《しくま》村まで案内していただきたく申し上げ候――〉

坂本龍馬が、脱藩した……。

三月二六日といえば、三日後である。もう、時間がない。

「父上、ちょっと出て参るぞな」

快太郎はそういって、手紙を握ったまま家を飛び出した。

最初に、彦六の家に寄った。彦六は前年に婿《むこ》養子となり、藩士中村茂兵衛《なかむらもへえ》の元に妻と身を寄せていた。

作衛門の手紙を見せると、彦六は眉間《みけん》に皺《しわ》を寄せた。

「そうか、あの男、欠落しょったか。やるというとったけんな」

「どうするぞな」

快太郎が訊く。

「どもこもないぞな。いま、俺は動けん。事情はわかるじゃろう」

彦六の妻の安子《やすこ》は、結婚して間がないのに重い病に伏せていた。

「そおじゃのぉ。五郎兵衛に話してみるか……」

「五郎兵衛なら、明倫館におるはずぞな」

「わかっとる」

快太郎は玄関先で彦六の家を辞して、明倫館に向かった。五郎兵衛は今年の春から、明倫館で講師を務《つと》めていた。

ちょうど、会読《かいどく》の輪講を終えたところだった。五郎兵衛は作衛門からの手紙を読むと、何度か頷き、溜息《ためいき》をついた。

「快太郎、おぬし、どうするつもりだ」

「拙者《せっしゃ》は韮ヶ峠に行くつもりぞな」

宇和島藩内の峠道は、他藩からの侵略を防ぐためにあえて迷路のように作られている。道案内がいなくば、抜けられぬ。

「俺は行かぬ。江戸行きの準備をせなならん……」

そうであった。五郎兵衛も、間もなく江戸への遊学に発つことになっていた。

「わかっとるぞな……」

「だが快太郎、いかに他藩の者とはいえ、欠落の手引きをしたとなると、詮議を受けることになるぞな」

「それも、わかっとる……」

「ならば、宗城様に報告してから行け。いま、城におるはずだ。宗城様なら、いけんとはいわんじゃろう」

「それがええかもしれんな……」

快太郎がいった。


翌日、快太郎は宗城公の鹿狩《しかが》りの供をした。

夜明け前に家を出て、宇和島城に上がり、馬とエンフィールド銃を用意して宗城の猟隊と共に戎山《えびすやま》のお狩場に向かった。

元来、宇和島藩の鹿狩りは、銃隊の訓練の一環として行われる。この場合は小隊一〇名が参加し、勢子《せこ》が山に鹿の群れを囲んでこれを追い、射手が待ち伏せて撃つ。いわゆる巻き狩りである。

鹿を撃った者には、報奨《ほうしょう》が与えられる。

だが、宗城がミニエー銃、さらにエンフィールド銃を手に入れて以来、銃隊ではなく少人数で馬を駆って鹿を撃つ流し猟を楽しむことが多くなった。それでも十分に鹿が獲《と》れるからである。

この日も宗城と家老の桑折左衛門《こおりさえもん》、同じく松根図書《まつねずしょ》、清水真一《しみずしんいち》、快太郎の僅《わず》か五名での出猟であった。快太郎がいつも鹿狩りに呼ばれるのは、藩で随一の銃の腕前と遠目が利くことを買われてのことである。

この日は朝から風があったが、鹿狩りは猟果に恵まれた。

戎山のお狩場は所々の木が伐《か》られ、銃隊の訓練のための陣場になっている。鹿狩りの時にはその陣場に出てくる鹿を見つけ、それを撃つ。不思議なことに馬を駆っていると鹿はそれを仲間だと思うのか、あまり近付かなければ逃げたりはしない。

最初の陣場で、快太郎は遠方の森に鹿の群れを見つけた。牡《おす》が一頭に、牝《めす》が三頭ほど従っている。宗城も、望遠鏡でそれを確認した。距離は、一三〇間（約二四〇メートル）以上はあろう。日が正面にあり、狙《ねら》いにくい。

ミニエー銃やエンフィールド銃を手にしているのは宗城と快太郎だけなので、二人がこれを撃つことになった。

「儂は角の大きな牡鹿を狙おう。快太郎、お前は牝鹿を一頭撃て」

宗城が声を潜《ひそ》めて指示を出した。

「承知いたし申した」

快太郎は宗城と共に馬を下り、西洋式の鞍《くら》から銃を抜いた。

弾は、すでに込めてある。撃鉄を起こしてニップルキャップを外し、快太郎は膝射《ひざう》ちの構えを取った。北西からの風を計算し、群れの大きな牝鹿を狙った。

「では、撃つぞ」

「いつでも」

宗城の銃が轟音《ごうおん》を発し、一拍遅れて快太郎も引《ひ》き鉄《がね》を引いた。一瞬の後、快太郎が撃った牝鹿の体が跳ね上がり、崩れるように倒れた。他の鹿は、一目散に逃げ去った。

牡鹿を外した宗城は、天を仰《あお》いで悔しがった。そして、いった。

「外したか……。それにしても快太郎の銃の腕前は見事なものよ。どうしてこの風の中で、あの遠くの鹿に当たるのか……」

「はい、左後方からの風を計算に入れて、牝鹿の少し左上を狙い申し候」

アメリカ国の銃に関する洋書には、あらゆる風向きの折の銃の照準の調整の仕方がすべてこと細かく書いてあった。それを試したまでである。

「なるほど、ますます天晴《あっぱれ》じゃ。よし、獲った鹿を見分しようではないか」

皆で、撃ち獲った牝鹿の元に走った。鹿は、頸《くび》を撃ち抜かれて絶命していた。それを見て、宗城はさらに感嘆の息を洩《も》らした。

二頭目の鹿も、快太郎が見つけた。

丘の上の陣場に風下側から近付くと、牡鹿が一頭、出てきていた。狙いやすい場所にいる。快太郎は一度その場を離れて猟隊に知らせ、宗城を連れて牡鹿のいる陣場に戻ってきた。

「これは儂が撃とう」

宗城が馬を下り、ミニエー銃を抜いた。木の陰に身を隠し、牡鹿を狙う。

「風が右手後ろより吹いております。風が止んだ時か、鹿の体半頭分ほど右手をお狙いくだされ」

快太郎が傍らに膝を突き、小声で助言した。

「承知した……」

距離は五〇間（約九〇メートル）ほどである。牡鹿は、地面に生えはじめた草の新芽を食《は》むことに懸命である。昔の火縄銃やゲベール銃で撃つのは無理だが、ミニエー銃ならば外さぬ距離である。

牡鹿が気配に気付き、頭を上げ、体を横に向けたところで宗城が撃った。

轟音が、あたりの静けさを裂いた。

弾を受けた鹿は数歩よろめくように歩いたが、そこで倒れ、動かなくなった。

「当たったぞ」

宗城が銃を下げて立ち、笑った。

「お見事にございます」

快太郎も、笑った。

自分で鹿を撃つよりも、宗城様が獲って喜ぶ姿を見る時の方が遥《はる》かに嬉《うれ》しかった。

朝のうちに鹿を二頭、さらに快太郎が弓で雉子《きじ》を一羽獲ったので、早目に昼飯にした。いつもの宇和島湾を見下ろす丘の上まで馬を走らせると、すでに雑用の下男が陣幕を張り、弁当が用意されていた。

海を眺めながら弁当を食い、猟や銃の話で盛り上がった。

今日は、獲物《えもの》に恵まれた……。

しかし、ここ数年はこの戎山にも鹿が少なくなったものだ……。

そういえば熊《くま》を最後に獲ってから一〇年になるが、もう死に絶えてしまったのか……。

それにしても宗城様と快太郎の銃の腕前は大したものだ……。

春の日射《ひざ》しの中で弁当を食いながら屈託《くったく》のない話をしていると、江戸をはじめ各地で苛烈《かれつ》な攘夷運動が起きていることなど忘れそうになる。

「ところで快太郎、遠慮なく意見を申せ。この先、我が宇和島藩の銃隊が正式に装備するとなれば、フランス国のミニエー銃とエゲレス国のエンフィールド銃とどちらがよい。お前ならば、どちらを選ぶ」

快太郎は少し考え、こう答えた。

「拙者はやはり、エンフィールド銃を選び申す。この銃は大きくて重いが、その分精度が高く、堅牢《けんろう》にできている故、軍用には適しているかと……」

確かに日本人には大きすぎる銃だが、兵を鍛《きた》え、銃床《じゅうしょう》を少し切り詰めれば何とかなる。

「しかしエンフィールド銃は、もう長崎でも手に入らぬと聞くぞ。それに、手に入ったとしても高価であろう……」

宗城のいったことは事実だった。

文久元年（一八六一年）四月、アメリカで南北戦争が勃発《ぼっぱつ》。以来、アメリカ製の新型銃だけでなく、エンフィールド銃など洋式銃のほとんどが日本に入ってこなくなった。昨年の五月に快太郎が長崎《ながさき》の出島《でじま》に洋式銃を買いつけに行った時には、すでにエンフィールド銃は五挺《ちょう》しか手に入らず、しかも一挺二〇両もした。もしいま手に入ったとしても、一挺五〇両には値が上がっているであろう。

「本当は藩内でエンフィールド銃を造れればよいのじゃが……」

だが、いまの日本でエンフィールド銃を造ることは難しい。宇和島藩ではすでにゲベール銃を製造した実績があるので機関部は何とかなるが、この三尺三寸（九九〇ミリ）もある銃身の内部に施条《しじょう》を彫《ほ》ることは不可能であろう。施条がなく、弾が回転しないのであれば、見た目はエンフィールド銃でも射程や威力はゲベール銃と変わらない。

「快太郎、その銃を撃たせてみよ」

「承知いたしました」

宗城が快太郎と銃を撃ちに行くというので、家老の左衛門が冷やかした。

「殿もお好きにございますなぁ」

左衛門は宗城が隠居したいまも、殿と呼ぶ。

二人で陣幕を出て、皆と少し離れた丘に上った。間もなく、新しい砲台の工事が始まる場所である。

快太郎がエンフィールド銃に弾を込め、宗城に渡した。

「まさか、九島《くしま》までは届かぬであろう」

宗城が銃を手にし、対岸に見える九島を指さした。距離は二五〇間（約四五五メートル）はある。

「届き申す。あれに見える船の残骸《ざんがい》をお狙いくだされ」

村の右手に続くごろた浜に、旧《ふる》い船の残骸が漂着していた。人は、誰もいない。

「相わかった」

宗城は膝射ちの姿勢を取り、照門の高さを調整し、打ち上げられた船を狙った。

引き鉄を引く。轟音と同時に、眼下の海鳥の群れが一斉に飛び立った。

五七七口径のプリチェット弾は二五〇間の海峡を越えて、船の残骸に見事に命中した。

「当たったぞ！」

「確かに。お見事にございます」

「良い銃だ。儂もこのエンフィールド銃で新しい猟銃を作らせるとしよう」

宗城がエンフィールド銃を返し、その場に腰を下ろした。快太郎も、傍らに座った。

「良い天気じゃ……」

宗城が空を見上げた。快太郎は、この時しかないと思った。

「宗城様。実は、お話があり申す……」

快太郎が、意を決していった。

「話か。何なりと申してみよ」

宗城が、何かを察したように応じる。

「実は昨日、土佐の柴田作衛門よりこのような手紙が届き申した……」

快太郎はそういって、懐《ふところ》より作衛門の手紙を出し、宗城に差し出した。

宗城は手紙を受け取り、一読すると、小さく頷いた。

「儂のところへも、作衛門より同じ手紙が参っておる」

驚くことではなかった。作衛門は、元より宗城が命じて土佐に送った諜者《ちょうしゃ》である。

宗城が続けた。

「しかし快太郎、いくら他藩の者とはいえ、わが藩の者が欠落を手引きすることは断じてならぬ」

「承知いたしており申す……」

宗城の判断は、至極当然のことである。もし藩士である快太郎が龍馬の欠落に手を貸せば、宇和島は土佐に借りを作ることになる。

「それでも、行きたいのであろう」

宗城が、遠く九島を眺めながらいった。

「はい……」

「それならば快太郎、おぬしもその龍馬と共に欠落すればよい」

「欠落、にございますか……」

快太郎は、驚いた。慮外《りょがい》なことに宗城は、家臣である快太郎に脱藩せよといっているのである。

「欠落した者が何をしようが、儂は知らぬ。その才谷……坂本龍馬と申すか……その者の手引きでも何でも好きにすればよい」

「しかし宗城様……」

「快太郎、案ずるな。お前の父の金左衛門と家族のことは儂にまかせておけ。悪いようにはせぬ。お前にも多少の路銀と、手形を出そう」

「しかし、それでは……」

藩主が路銀と通行手形を出す欠落など、聞いたことはない。つまり、お前も諜者になれということか……。

「明日、左衛門に欠落届を出せ。儂から申し伝えておく」

宗城がそういって、腰を上げた。快太郎も、立った。

「宗城様、誠にかたじけなく……」

それ以上の言葉が出なかった。

「申さんでよい。それにしても快太郎、これがお前との最後の鹿狩りになるやと思うと、寂《さび》しいぞ。いつか、無事に帰れよ。待っておる」

宗城は踵《きびす》を返し、陣幕に向かって歩きだした。

快太郎も、涙を拭い、その後を追った。

六

翌日、快太郎は家老の桑折左衛門に欠落届を出した。

左衛門は特に驚くでもなく、万事心得た様子でこれを受け取った。

「これは、宗城様からである」

そういって、快太郎に胴乱《どうらん》をひとつ、手渡した。

胴乱の中には、いろいろな物が入っていた。通行手形、路銀五〇両の為替《かわせ》手形、和霊神社の札と御守、手紙が一通——。

手紙には、次のように書かれていた。

〈——柴田快太郎殿。
才谷某を見送った後に上洛せよ。これから京が佐幕、勤皇の勢力が鬩《せめ》ぎ合う表舞台となろう。京で起きたることの逐一を見届け、報告せよ。武運を祈る——〉

手紙の最後には、伊達宗城の花押が記されていた。

「快太郎、明日、発つのか」

左衛門が訊いた。

「はい、夜明け前には」

「達者でな」

「お世話になり申した」

快太郎は、左衛門に深々と頭を下げた。

本丸を出て武器庫に寄り、愛用のエンフィールド銃に最後の手入れを施《ほどこ》した。この銃も、二度と撃つことはないかもしれぬ。

城山を下り、搦手門《からめてもん》より外に出た。豊後橋《ぶんごばし》を渡る途中で立ち止まり、振り返った。板島《いたじま》の山頂に、大修理を終えたばかりの総塗籠式《そうぬりごめ》、望楼《ぼうろう》型の優美な天守閣が、曇り空に聳《そび》えていた。快太郎は城に向かってもう一度、深く頭を下げた。

家に戻り、自室にいた父、金左衛門に挨拶をした。

「行くのか」

「はい、明日、未明に発つ所存にて」

金左衛門はそれ以上何も訊かず、ただ一度、頷いた。

「ならば、これを持て」

快太郎の前に、大小二本の刀を置いた。

大刀は肥前吉貞《ひぜんよしさだ》の二尺四寸六分、脇差《わきざし》は備中大与五国重《びっちゅうおおよごくにしげ》の一尺六寸二分である。天下に轟《とどろ》く名刀ではないが、いずれも柴田氏に代々伝わる大切な刀である。

「もったいなく存じます」

「いや、よい。大切なお役目ぞな。持って行け。何よりも、達者《たつしゃ》に過ごせよ」

「では、ありがたく頂戴いたし候。父上様も、お達者にて……」

快太郎は二本の刀を両手に持ち、深々と辞宜《じぎ》をした。

その夜は家族揃《そろ》って食事をした。

明日未明に出奔することは、父以外の家族には誰にも話していない。だが母の悦子《えつこ》は父から聞いているのか、快太郎の膳《ぜん》にだけは鯛《たい》の焼き物が添えられた。

夜は早めに自室に戻り、行灯《あんどん》の火の元で家族全員に向けた遺書を認《したた》めた。次男の修知には父母と家督《かとく》を恃むと書き、鞠には修知と一緒になって幸せになれと願いを綴った。それを洋書や明倫館の修業書、紋付《もんつき》や上等の着物と共に行李《こうり》に納め、部屋の隅《すみ》に置いた。

編笠《あみがさ》に木綿《もめん》の藍染の着物、裁着袴《たつつけばかま》、合羽《かっぱ》を用意し、二つの胴乱に旅支度《たびじたく》を整えた。それとルフォーショー短銃一式、弾丸二〇発、父から拝受した大小二本の刀を枕元《まくらもと》に置き、行灯の火を消して床《とこ》に着いた。

夜はなかなか寝付けなかった。

目を閉じれば様々な人の顔が脳裏《のうり》に浮かび、闇《やみ》を見つめてはいろいろなことを考えた。夜九ツ（午前〇時）ごろになって少し寝たが、眠りは浅く、自分が何者かに斬られて指や腕が飛ぶ夢に魘《うな》されて目が覚《さ》めた。

外はまだ暗かった。それでも八ツ半（午前三時）は過ぎていよう。快太郎は床を出て蒲団《ふとん》を畳み、物音を立てぬよう身支度を整えた。左腰に大小二本の刀とルフォーショーを差した。

家族を起こさぬように忍び足で居間を横切り、玄関に向かった。履《は》き慣れた草鞋《わらじ》を結び、そっと戸を開けて外に出た。

三月だというのに大気は凛《りん》として冷たく、吐く息が白い。東に連《つら》なる鬼《おに》ヶ城山《じようざん》から権現山《ごんげんやま》までの稜線《りようせん》が、まだ明けやらぬ曇り空に高く聳えていた。

快太郎は住み馴《な》れた家に一礼した。踵を返し、寝静まる城下町を街道へと向かった。

ひたひたと夜道を歩きながらも、様々な思いが去来した。

自分はもう、伊達《だて》家の家臣ではない。そう思うと胸に穴が開いたように空虚でもあり、一方でこれまでになく悠々として、伸びやかな気分でもあった。

しばらく行くと、後ろから下駄《げた》の鳴る音が追ってくるのに気がついた。立ち止まり、振り返った。夜道を、女が走ってくる。

女は快太郎に追いつき、抱きついた。

「鞠ではないか。いかがいたした」

「兄サマ……ドコニイク……」

鞠が息を切らし、快太郎を見上げた。

「案ずるな。すぐに戻る」

「ウソ……。兄サマ、モドラナイ……」

雲が流れ、暁月夜《あかつきづくよ》が鞠の鳶《とび》色の目の中に映っていた。

「鞠、父と母に孝行せよ。俺は必ず、鞠の元に戻るぞな」

快太郎は、鞠の体を抱きしめた。涙に光る目を見つめ、淡い唇を吸った。そしてまた、細い体を抱きしめた。

「兄サマ……イカナイデ……」

鞠が、腕の中でいった。だが、その体温が、快太郎の腕から少しずつ離れていった。

「鞠、達者でな……」

「兄サマ……」

快太郎は鞠の体を突き離し、踵を返した。あとは振り返ることなく、脱藩の道へと向かった。

東の空が、白々と明けはじめた。

※追記
その後、快太郎と龍馬が出会えたのかどうか定かな記録はない。

だが、柴田家に残る伝承によると、快太郎は韮ヶ峠にて坂本龍馬、沢村惣之丞と合流し、大洲《おおず》の先の長浜《ながはま》まで送ったことになっている。龍馬側の記録を調べてみると、二人は三月二五日に土佐を出奔し、二六日に韮ヶ峠を越え、二七日に宿間村（現内子町《うちこちょう》）に到着。ここから川を下り、二八日より二日を要して瀬戸内海を渡って長州の三田尻《みたじり》に着いたとある。柴田家の伝承と、ほぼ一致する。

快太郎は長浜で龍馬一行と別れた後は伊予の松山《まつやま》に出て船で丸亀、大坂へと渡り、京都を目指した。上洛を一日も早くと急いでのことだろう。

快太郎、二六歳の春の一頁《いっページ》である。

六の章　上洛《じょうらく》

一

文久《ぶんきゅう》二年（一八六二年）四月——。

京都《きょうと》は群雄割拠の様相を呈《てい》していた。

水戸《みと》、長州《ちょうしゅう》、土佐《とさ》、薩摩《さつま》をはじめ、諸藩の尊攘《そんじょう》派の志士や浪士、有象無象《うぞうむぞう》が一旗上げようと京に集結。治安維持に当たる京都所司代や町奉行と睨《にら》み合い、一触即発の機運が高まっていた。

この中で時の主役となったのが、薩摩藩尊攘派の志士たちである。名君として知られたいまは亡き島津斉彬《しまづなりあきら》の弟、久光《ひさみつ》が率兵し、兄の無念を晴らして尊攘倒幕の意を遂《と》げるために京に上るという噂《うわさ》が流れたためである。事実、久光は側役の小松帯刀《こまつたてわき》、大久保一蔵《おおくぼいちぞう》（利通《としみち》）、納戸役《なんどやく》の中山尚之助《なかやまなおのすけ》らを含む一千余人の士卒を従え、三月一六日に薩摩を出立。四月一〇日の時点で、大坂《おおさか》の薩摩藩邸に入っていた。

だが、この時、久光の頭の中に討幕、尊攘の意志などまったくなかった。久光の考えはあくまでも公武合体を建前とした尊皇であり、朝廷と京都の守護を目的としての上洛《じょうらく》、参府であった。

快太郎《はやたろう》が京都に着いたのは、翌四月一一日のことである。丸亀《まるがめ》から大坂に向かう船の中で島津久光の挙兵の噂を知り、その大坂藩邸入りを見届けた上での上洛であった。京都はすでに、薩摩の進軍の噂で持ち切りだった。

久光は軍勢を引き連れて入京し、先に潜伏《せんぷく》する薩摩の尊攘過激派と合流して京都に焼き討ちを掛けるのではないか――。

そのような憶測《おくそく》が流れ、町人や町奉行、他藩の志士や浪人の間にも只《ただ》ならぬ空気が張り詰めていた。

快太郎はまず伏見《ふしみ》に入り、京の薩摩藩邸に向かった。思ったとおり、周辺は久光の軍勢を待つ藩士たちが慌ただしく走り廻《まわ》り、殺気立っていた。

藩邸の周囲を歩いていると、ひと目で薩摩藩士とわかる三人連れと出会った。三人共、腰の差料《さしりょう》の鞘《さや》に左手を添え、いつでも鯉口《こいぐち》を切る構えで歩いてくる。その異様な気迫に畏《おそ》れをなして、街を行く町人や奉行所の同心までも道を譲る。

快太郎も屋敷の壁に身を寄せ、三人をやり過ごそうとした。無益な諍《いさか》いは好まぬ。だが、行き違うや否や、後ろの一人が立ち止まり、快太郎を呼び止めた。

「見かけん奴《やつ》じゃな。わい、どこん藩の奴や。佐幕か、攘夷《じょうい》か。きさんは、だいや」

まだ二十歳《はたち》そこそこの若い武士である。いかにも不躾《ぶしつけ》である。だが、快太郎は、堪《こら》えてこう応じた。

「拙者《せっしゃ》、宇和島《うわじま》の者ぞな」

若い武士が、柄《つか》に手を掛け、詰め寄ってきた。

「きさん、名前はないちゅうか！」

快太郎の左手も、合羽《かっぱ》の下でルフォーショーのホルスターに触れた。だが、先を行くもう一人の武士が立ち止まり、若い男にいった。

「宇和島の者なら、攘夷じゃろう。行っど」

若い武士は目上の者にいわれて思い止《とど》まり、快太郎を睨みつけると、悔しそうに立ち去った。

快太郎も、肩の力を抜いた。だが、あの若い武士の気は尋常《じんじょう》ではなかった。近い内に薩摩藩が何かを起こすという噂は、本当なのであろう。

二年前の桜田門外《さくらだもんがい》の変の折にも、薩摩は井伊《いい》大老の斬奸《ざんかん》に合わせて率兵するという話があったと聞く。だが島津久光は水戸を裏切り、率兵上洛を見送った。結果として水戸の浪士は首謀の関《せき》鉄之介《てつのすけ》までもが斬首《ざんしゅ》され、念願の勅書《ちょくしょ》を得ることは叶《かな》わなかった。

にもかかわらず、なぜいまになって島津久光が動いたのか。今度こそ、尊攘派の願いは叶うのか。もしくは今回もまた、幕府に寝返るのか。

そしてあの熱《いき》り立つ薩摩の討幕派の志士たちをどう押さえ込むつもりなのか……。

快太郎の頭に、あの二年前の、雪の桜田門外の光景が浮かんだ。あの時、井伊直弼《なおすけ》の首級を斬《き》り落とした薩摩の浪士、有村次左衛門《ありむらじざえもん》の決死の形相《ぎょうそう》と猿叫《えんきょう》が、いまだに脳裏《のうり》から離れない。薩摩の志士の尊攘への想《おも》いは、尋常ではない。

無理だ。久光だとて、押さえられるわけがない。

快太郎は、嫌な予感がした。

だが、いまは、ともかく見届ける以外に策はなかった。


京都は、どこも宿が混み合っていた。

薩摩が動くという噂を聞きつけ、各地から佐幕派、攘夷派の志士や浪士が続々と集結しているためである。特に薩摩藩邸に近い伏見の宿は、ほとんどが満員であった。

快太郎は仕方なく伏見に泊まることを諦《あきら》め、京都河原町《かわらまち》の枡屋《ますや》に向かった。

枡屋は筑前福岡《ちくぜんふくおか》藩御用達《ごようたし》の薪炭《しんたん》商である。炭や薪だけでなく馬具や武器も扱う。主人の湯浅喜《ゆあさき》右衛門《えもん》は攘夷に理解が深く、諸藩の浪士を匿《かくま》うと、龍馬《りょうま》の連れの沢村惣之丞《さわむらそうのじょう》から聞いていた。

暮れ六ツ（午後六時）をとうに過ぎて、すでに店は閉まっていた。訪《おとな》うと、番頭らしき男が顔を出した。

「何のご用どすか」

男が訊《き》いた。

「拙者、伊予《いよ》国宇和島の浪士、攘夷を志《こころざ》し上洛いたした柴田《しばた》快太郎と申す者。つきましては御主人にお取り継《つ》ぎいただき、今宵《こよい》の宿をお願いいたしたく申し上げ候」

男は快太郎を急いで招き入れ、木戸を閉めた。

「私が当家の主人の湯浅喜右衛門でございます。しばらく、お待ちやす……」

男がそういって店の奥に姿を消した。

まだ若いので番頭かと思ったが、主人であったらしい。しばらくすると喜右衛門が、自分でたらいの水と手拭《てぬぐ》いを持って戻ってきた。

「上がっとぉくれやす。伊予の伊達《だて》様のお身内どしたら、この喜右衛門がお世話させていただきます……」

宇和島藩の伊達宗城《むねなり》が一橋《ひとつばし》派に付き、安政《あんせい》の大獄に連座して隠居を余儀なくされたことは京にも知れ渡っている。

「かたじけない……」

快太郎は板敷きに腰を下ろし、長旅で溜《た》まった息を吐いた。

蠟燭《ろうそく》を手にした喜右衛門に、二階に案内された。奥に二部屋、隠し部屋のように設《しつら》えてあった。

「そちらには長州のお客様がお一人おいでどす。柴田様はこちらのお部屋へ……」

喜右衛門がそういって、手前の部屋の襖《ふすま》を開けた。部屋に入り、行灯《あんどん》に蠟燭の火を移すと、小さな明かり取りの窓があるだけの狭い室内がぼんやりと浮かび上がった。

「気楽にお過ごしとぉくれやす。いま、食事をお持ちいたしますさかい」

「かたじけない……」

腰の差料を外し、ふと息を吐いた。

壁を見ると、かつてこの部屋に宿した何者かが残したものなのか、一編の和歌が認《したた》められていた。

〈――我が胸の

燃ゆる思ひに　くらぶれば

烟《けむり》はうすし

櫻島山《さくらじまやま》

平野国臣《ひらのくにおみ》――〉

自分の心の内の、尊皇攘夷への熱い思いに較《くら》べれば、あの桜島山の煙などまだまだ薄いものよ……。

そんな意味にでもなるのであろう。

間もなく主人の喜右衛門が、夕食を持って戻ってきた。

「お食事でございます。つまらぬものですが、お上がりぉくれやす」

がんもどきの煮物に香の物、飯に酒が一本付いていた。ありがたかった。

「この壁の和歌は、どなた様が」

快太郎は、平野国臣という名を耳にしたことがなかった。

「平野様でございますか。福岡藩の志士の方でございます。数日前までここにお泊まりでございましたが、いまは大坂に行かれております……」

〝大坂〟と聞いて、通ずるものがあった。

「昨日、大坂の藩邸に島津久光公の軍勢が着き申したが、何か関係が……」

快太郎が訊いた。

「はい。平野様は薩摩の西郷吉之助《さいごうきちのすけ》様と庄内《しょうない》藩の清河八郎《きよかわはちろう》様にお会いになるとかで、お出掛けになられました。では、私はこれで失礼いたします……」

喜右衛門がそういって部屋を下がった。

西郷吉之助に清河八郎か……。

どちらも志士としては著名な男である。しかし大坂では、西郷吉之助は薩摩藩に捕縛されたという噂が流れていたが……。

どうも薩摩藩と大坂藩邸に集まる諸藩の間で、何かいざこざが起きている気配がある。

まあ、良かろう。いずれ、何かわかるだろう。

快太郎は酒を飲み、飯を頬張《ほおば》った。甘い出汁《だし》で炊《た》いたがんもどきの煮物が、身に沁《し》みるほど美味《うま》かった。

二

上洛して二日目、快太郎は改めて主人の湯浅喜右衛門と言葉を交《か》わした。

本名、古高俊太郎《ふるたかしゅんたろう》。攘夷派の宮部鼎蔵《みやべていぞう》（肥後《ひご》藩）、長州の浪士一派と深く交流し、公家《くげ》の有栖川宮《ありすがわのみや》や諸大名にも信頼が厚い。攘夷派を名告《なの》る者には詭弁家《きべんか》、偏人《へんじん》、気性の荒い者が多いが、喜右衛門は口数少なく穏やかで、至極真っ当な人間という印象であった。

結局、快太郎は、喜右衛門に勧められてしばらく枡屋に逗留《とうりゅう》することになった。

「ところで柴田様、そのお腰の物は洋銃にございますか」

喜右衛門にも、腰のルフォーショーのことを訊かれた。

「いかにも。ルフォーショーという回転式短銃で、これはベルギー国にて作られたものに候」

快太郎がホルスターから抜いて見せると、喜右衛門はそれを手にし、感心したように頷いた。

「素晴らしい。当店でも短銃を取り扱っておりますが、これはどちらで手に入れられましたか」

喜右衛門が、銃を返した。

「昨年、長崎《ながさき》にて」

快太郎が銃を受け取り、ホルスターに仕舞った。

「やはり、長崎ですか。宇和島の伊達様にもルフォーショーが入っているとは、思いもよりませんでした。柴田様に、良い物をお見せしましょう。こちらに……」

喜右衛門に付いていくと、商店の倉庫に案内された。その奥が、小さな隠し倉になっている。

「中にお入りくださいませ」

快太郎は、目を見張った。

「これは……」

「当店の武器庫にございます」

三畳間ほどの小さな部屋だが、壁一面に銃架を設え、隙間《すきま》なく銃が立て架けてあった。すべて、エンフィールド銃やミニエー銃などの洋式銃である。奥の一面には棚があり、そこにも多数の回転式短銃などが飾られていた。

「どうぞ、ご自由に手に取ってご覧くださいませ」

喜右衛門が自慢気にいった。

「これは、まさかスペンサー銃では……」

快太郎は、正面にある少し短い騎兵銃を手に取った。

「よくご存知で。確かにこれは、アメリカのスペンサー連発銃にございます」

アメリカの銃の書で写真は見たことがあるが、実物を目にするのは初めてだった。これまでの先込め式のライフルとはまったく違う。機関部が大きく、複雑で、見るからに重厚な銃であった。

「弾倉はこの銃床《じゆうしよう》の中にあります。抜くと、この中に七発の銃弾が入ります。あとはこのレバーを下げて戻し、この撃鉄《げきてつ》を起こして引《ひ》き鉄《がね》を引けば、七発連続で撃て申す」

喜右衛門も同じスペンサー銃を手にして、快太郎に説明した。

「しかし、このスペンサー銃はアメリカで二年前に発売されたばかりでござろう。よく手に入り申したな」

快太郎は手の中のスペンサー銃を惚《ほ》れぼれと見つめた。

「然様《さよう》にございます。当店でもまだ、二挺《ちよう》しか手に入れておりません。アメリカ国で南北戦争が始まったいまとなっては、もう長崎でも入手は困難でございましょう。しかし、アメリカ国の戦争が終わればまた大量に日本に入ってきます。このスペンサー銃は正に一騎当千。先に手に入れた者が、天下を取るといっても過言ではなきかと存じます」

それは佐幕派であれ、攘夷派であれ、このスペンサー銃を先に配備した側が新政府を立てるという意味であろう。

「柴田様、こちらへ……」喜右衛門がスペンサー銃を銃架に戻し、倉の奥へと向かう。「こちらに短銃もございます。このコルト銃は水戸様が井伊直弼斬奸の折、桜田門外にて使用した短銃と同型のものにございます。これが同じくアメリカのレミントン銃。コルト銃よりも頑丈で、威力も大きゅうございます。そしてこちらに並ぶ三挺が、フランス製のルフォーショー軍用銃。どうぞ、手に取ってご覧くださいませ」

快太郎はまず、コルトM1851ネービーを手に取った。桜田門にて聞いた斬奸の銃声が、まだ耳の奥に残っている。万感の思いがあった。

次に、レミントンM1858リボルバー。これもアメリカの銃の書に、新型銃として紹介されていた。確かにコルトより口径も大きく、頑丈そうであった。

そしてルフォーショーM1854軍用銃。快太郎の銃と同じピン打ち式の銃弾を使う回転式短銃だが、軍用だけあってひと回り大きく、武骨である。だが、それでもフランス国の銃は、アメリカ国の銃に比べどこか優雅で美しい。

他にもイギリス国のアダムス回転式銃、六本の銃身が付いた回転式銃（ペッパーボックス）、掌《てのひら》の中に納まるほどの小型拳銃（デリンジャー）など、様々な短銃が置かれていた。

「勉強になり申した……」

快太郎は一挺ずつ手に取り、構造を確かめ、それを棚に戻した。

「これらの短銃を、西洋でピストールと申します。いずれ日本も、武士は大小の刀ではなく、柴田様のようにピストールを腰に吊《つ》るして歩くようになりましょう。これをお持ちください。このルフォーショーの弾ですが、柴田様の銃にも使えるはずでございます」

喜右衛門がそういって、ピン打ち式の弾が二四発入った紙の小箱をひとつ、快太郎に差し出した。

「これは、かたじけない……」

ピン打ち式の銃弾は、日本では貴重品である。手持ちの弾が切れてしまえば、いまは手に入らぬであろう。

「では、ゆっくりお過ごしとぉくれやす」

喜右衛門は倉を出て鍵《かぎ》を掛け、一礼して立ち去った。


朝のうちに、隣室の長州浪士とも顔を合わせた。

小柄だが目つきが鋭く、寡黙《かもく》な若者である。歳は、快太郎よりも若い。名を訊くと、風萍軒《ふうひょうけん》と名告った。これは偽名か雅号《がごう》であろう。

後に喜右衛門に聞いたところによると、この若者は吉田栄太郎《よしだえいたろう》(稔麿《としまろ》)。萩《はぎ》の松下村塾《しょうかそんじゅく》の門下生の一人で、久坂玄瑞《くさかげんずい》、高杉晋作《たかすぎしんさく》と並び、〝松陰《しょういん》門下の三秀〟と称されるほどの才器であるという。

昼過ぎから、快太郎は薩摩藩邸の様子を見に出掛けた。

藩邸の周辺は前日と同じように物々しい気配である。藩邸の周囲には薩摩藩士のみならず諸藩雑多の浪士や志士、京都所司代や奉行所の役人が屯《たむろ》し、お互いに睨みを利《き》かせて腹を探り合う。

早駆けの馬が藩邸の門に駆け込み、しばらくするとまた出ていった。何とも騒がしい。だが、島津久光と千余人の軍勢は、今日も着かぬ様子であった。

快太郎は、藩邸の向かいの角に立つ浪士風の男に声を掛けてみた。

「久光公の軍勢は、今日はこんのじゃろうか……」

「今日は来ねぇべ。まだ大坂を動かんらすい」

お互いに手を袖にしたまま、名告るでもない。だが言葉使いと身なりを見る限り、福島《ふくしま》か山形《やまがた》あたりの志士らしい。

「薩摩は関白九条尚忠《くじようひさただ》の首級を取って上奏《じようそう》するという噂があるが……」

すでに京都中がその噂で持ち切りになっている。

「やんねべぇ。それより、長州の大物が京に向がってると聞いたが……」

「長州？」

「んだ。気いつけっぺ……」

男はそれだけいうと、何気ない素振りで立ち去った。

長州の大物とは、誰のことなのか。吉田松陰の門下なら、思いつくのは久坂玄瑞か高杉晋作もしくは桂小五郎あたりだが。萩に向かった龍馬《りようま》は、そのようなことは何もいっていなかった。

この日は、それで終わった。

京の情勢が動き出したのは、翌四月一三日のことであった。

三

朝から何やら騒がしい。

時刻はまだ五ツ半（午前九時）を過ぎたばかりである。

隣の長州の浪士の部屋に誰《だれ》かが入ってきた様子で、何やら話し声が聞こえてくる。そのうちに、おお……という声が沸《わ》いた。

快太郎は文机《ふづくえ》に向かい、古郷宇和島への手紙を認めているところであった。そこに、隣の部屋から、使いが廻ってきた。枡屋の主人、湯浅喜右衛門である。

「柴田様、大事にございます……」

襖を開くなり、慌ただしくそういった。

「いかがいたしましたか」

「ほんのいま仕方、土佐《とさ》より急ぎの飛脚が着き申した。信書によりますと、土佐勤王党《きんのうとう》の武市《たけち》瑞《ずい》山《ざん》（半平太《はんぺいた》）様が、佐幕派の吉田東洋《よしだとうよう》を討ったとのこと……」

「何と！」

快太郎は思わず声を出した。

喜右衛門によると、事件が起きたのは五日前の四月八日。城から帰邸する途上、武市瑞山の命を受けた土佐勤王党の刺客《しかく》三人が吉田東洋を待ち伏せ暗殺したという。

「そうか、殺《や》ったのは土佐勤王党の那須信吾《なすしんご》他二名か……。あの大石神影流《おおいししんかげりゅう》の使い手の東洋をよくぞ……」

快太郎が、喜右衛門から見せられた信書を読みながらいった。

那須信吾のことは、よく知っている。快太郎が龍馬脱藩を助けた折、土佐側から韮《にら》ヶ峠《とうげ》まで送ってきたのが那須信吾であった。あの時、龍馬の案内をよろしく頼むといわれてから、まだ二〇日しか経《た》っていない。

「これで尊皇攘夷の機運は一気に高まりましょう。あとは島津久光様の進軍が楽しみどすなぁ」

喜右衛門が嬉々《きき》として戻っていった。

だが……。

吉田東洋といえば土佐藩の重臣である。藩内の公武合体派の思想的支柱として知られるが、尊攘派の前藩主、山内容堂《やまうちようどう》にも信任が厚かったと聞く。

その東洋を藩内で暗殺し、ただですむものなのか。土佐勤王党と武市瑞山、そして那須信吾らの処遇はどうなるのか。土佐藩はこのまま難なく、藩論を尊皇攘夷に一本化できるのか。

そして、あの坂本龍馬は、この一件に関与しているのか……。

それにしても、やはり京は西の都だけのことはある。四国の果《は》ての土佐の出来事が、僅《わず》か五日ほどで知ることができるとは……。

二つ目の大事の知らせが入ったのは、その日の午後のことであった。

東洋暗殺の報を受けて伏見に様子を見に行っていた湯浅喜右衛門が、慌てて戻ってきた。

――吉田様、柴田様、大事にございます。島津久光の軍勢が、入京して参ります。いま、伏見に向かっております――。

階下からの声を聞き、部屋を出ると、隣の長州浪士と顔を合わせた。

「我らも見に行こう」

快太郎がいうと、長州浪士も頷《うなず》いた。

二人で差料を腰に差し、枡屋を飛び出した。

伏見はすでに、島津久光の軍勢入京の噂で持ち切りであった。

久光が京を焼討するという風説を信じて逃げまどう者、薩摩の千余人の軍勢をひと目見ようと集まる野次馬、諸藩の尊攘派の志士や浪士、京都所司代や町奉行の役人まで走り廻り、大騒ぎになっていた。

先に行って見てきた者が、走って戻ってきた。

「島津久光様の入京や。もうそこまで来てるで!」

走りながら、大声で触れ回る。街道の沿道には野次馬の人垣ができ、茶店やおでん屋まで出ていた。

快太郎と長州の浪士も、京街道の沿道に駆け付けた。野次馬の前に出て大坂の方を見ると、街道の彼方に島津久光率いる軍勢の先頭が見えた。

「来たで」

「来た来た！」

「島津様の軍勢や！」

街道の群衆が騒《ざわ》めき立った。

息を呑《の》む者、声を掛ける者、手を叩《たた》く者、それぞれの思いで軍勢を見守った。だが薩摩の軍勢は声を上げる者もなく、話す者もなく、ただ黙々と足並を揃《そろ》えて京街道を進んでくる。近付くにつれて、騒いでいた群衆も静まり返った。

軍勢が、快太郎の前に差し掛かった。その数、確かに一千余名。先頭の二〇騎ほどが騎兵、後方にゲベール銃や槍《やり》で武装した歩兵が、尖笠《とがりがさ》に藍染《あいぞめ》の着物、武者袴《むしやばかま》という兵装で行進してくる。

その光景は壮観であり、またある意味では不気味でもあった。

「あの先頭を行く陣羽織《じんばおり》姿の騎馬武者が島津久光じゃ……。すぐ後ろに付く三騎の内の真中が側近の小松帯刀……。その両側が大久保一蔵（利通）……もう一人が海江田信義《かいえだのぶよし》じゃろう……」

長州の浪士が声を潜《ひそ》めて快太郎に耳打ちする。

小松帯刀の名は、薩摩随一の切れ者として宇和島にも聞こえていた。まだ若い。快太郎と歳は変わらぬであろう。

だが、意外であった。西郷吉之助は久光に粛清《しゆくせい》されたと聞いているが、なぜその盟友として知られる大久保一蔵が島津久光の軍勢の中にいるのか――。

軍勢は整然と快太郎の前を通り過ぎていった。快太郎は他の野次馬や他藩の志士、長州の浪士と一緒にその後を追った。

一千余名の大軍勢は、敷地およそ一五〇〇坪の伏見薩摩藩邸に入っていき、門が閉じられた。

京の不穏な空気は、その後も尾を引いた。

薩摩藩邸に入った島津久光は、動かない。

一方、大坂に残った有馬《ありま》新七《しんしち》、柴山愛次郎《しばやまあいじろう》、橋口壮介《はしぐちそうすけ》らの尊攘過激派は、虎視眈々《こしたんたん》と斬奸の機会を待っていた。その数、薩摩藩誠忠組《せいちゅうぐみ》の藩士二九名、他藩尊攘派志士の田中河内介《たなかかわちのすけ》が率いる浪士など一〇余名のおよそ四〇名。さらにこの動きに同調しようとする長州藩も大坂藩邸に数百名、豊後《ぶんご》の岡《おか》藩も二〇名の兵を控えさせていた。

有馬ら尊攘過激派の狙いは京の公武合体派筆頭の関白九条尚忠と、若狭小浜《わかさおばま》藩主の酒井忠義《さかいただあき》を暗殺。その首級を島津久光に献上し、討幕の盟主に担ぎ上げることにあった。

だが久光は、討幕の意志などさらさら持っていなかった。率兵の目的はあくまでも公武合体であり、自らの幕府内政への進出である。誠忠組過激派らの暴発を怖《おそ》れた久光はすでに尊攘派の精神的支柱である西郷吉之助、村田新八《むらたしんぱち》、森山新蔵《もりやましんぞう》を捕縛して国元に送還。さらに誠忠組穏健派の側近、海江田信義、奈良原喜左衛門《ならはらきざえもん》らを大坂に送り、尊攘派の懐柔《かいじゅう》を試みた。だが、有馬新七らは、頑《がん》としてこれに応じない。

久光が動いたのは、軍勢が伏見の藩邸に入った三日後のことである。

四月一六日早朝、入京——。

島津久光はまず京都所司代の酒井忠義邸に赴いて挨拶《あいさつ》。だが忠義は久光の謀反《むほん》を怖れ、病を理由に面会を拒んだ。

　仕方なく事前に来書を送り届けてきた朝廷の大納言《だいなごん》（近衛《このえ》）忠房《ただふさ》、中山忠能《なかやまただやす》、正親町三条《おおぎまちさんじょう》実愛《さねなる》らに接見して国事建言を開陳。忠房は即日、久光の建言を奏上《そうじょう》。さらに久光に対し、京に滞在して浪士鎮撫《ちんぶ》（浪士の反乱を鎮める）の勅命《ちょくめい》を下した。この時点で大坂に残る尊攘過激派の志士たちは、朝廷への夷賊《いぞく》という汚名を着せられたことになる。

　快太郎は毎日のように薩摩藩邸の周辺に通い、藩士の動きを監視、風説を収集した。その情報を、隣室の長州浪士とも交換した。

　京の庶民は、江戸の町人と同じように噂好きである。久光が一六日に朝廷に入ったこと。その後は錦小路《にしきこうじ》の薩摩藩邸に居を移したこと。薩摩の誠忠組過激派の狙《ねら》いが関白九条尚忠らしいこと。島津久光が動けば、長州もそれに追従するのではないかという噂も、早い段階から流布《るふ》されていた。

　あとは大坂に残る誠忠組の有馬新七らがいつ動くのか。その時に久光は、長州はどう出るのか。いずれにしても、京で近く大事が起こることは火を見るより明らかであった。

　こうした中で快太郎は、隣室に潜伏する若い長州浪士と次第《しだい》に親しくなった。

　例の吉田松陰の門下生の一人、吉田栄太郎である。

　久光が入京した一六日の夕刻、珍しく栄太郎が早く部屋に戻ってきたので、主人の喜右衛門を交えて一献《いっこん》参ろうということになった。栄太郎はまだ二十歳そこそこだが、長州人の例に洩《も》れず酒は好きである。普段は寡黙な栄太郎だが、酒が入るにつれて少しずつ饒舌《じょうぜつ》になった。

快太郎が土佐勤王党の坂本《さかもと》龍馬をよく知っていること。龍馬の長州行きの出奔《しゅっぽん》を手引きしたこと。一昨年に伊豆国《いずのくに》の下田《しもだ》に立ち寄り、アメリカへの密航を企《くわだ》てる吉田松陰を匿った村山行馬郎《むらやまぎょうまろう》という医者を訪ねたことを話すと、栄太郎は驚いて目を輝かした。

「松陰先生が下田でそんなことがあったとは、いっこも知らんだった。それで、先生のご様子はいかがじゃったと……」

栄太郎が訊いた。

「松陰殿は瓜中萬二《かのうちまんじ》、同行の金子重輔《かねこじゅうすけ》殿は市木公太《いちきこうた》と名告っておった。村山殿がなぜポーハタン号に密航するのか、なぜ死罪を覚悟してまでアメリカに渡るのかと問うと、松陰殿は〝広く世界を見てみたく候故……〟といったそうぞな……」

「そうか、〝広く世界を見てみたく候故〟か……。いかにも松陰先生らしきお言葉じゃ……」

松陰の下田での様子を聞くと、栄太郎も喜右衛門も感慨深げであった。

栄太郎は、快太郎よりも若い。歳を訊くと、まだ二二だという。

だがこうして酒を飲みながら話していても、その言は揺らぐことなく、自身の論にも芯《しん》が通っていて隙《すき》がない。尊攘論者として名の通る者の中にも、栄太郎よりも考えが荒唐無稽《こうとうむけい》な者はいくらでもいる。どうりで栄太郎は、長州では久坂玄瑞、高杉晋作と共に〝松陰門下の三秀〟と称されただけのことはある。

栄太郎は、好奇心の強い若者であった。むしろ朴訥《ぼくとつ》な快太郎に親しみを覚えたようで、長州にも名の通った坂本龍馬のことや、宇和島の蒸気船のことをいろいろと訊いてくる。さらに快太郎が銃に対して並ならぬ知識を持つことを知ると、興味津々といった様子で問いかける。

この夜の酒席を機会として、快太郎はよく栄太郎と二人で話すようになった。栄太郎は快太郎を兄のように慕《した》い、快太郎はまた栄太郎を弟のように可愛《かわい》がった。このような若者の元に妹の房《ふさ》か鞠《まり》が嫁《とつ》げばよいのにと、そんなことを想《おも》ったこともある。

栄太郎は快太郎の持つルフォーショー銃と、巾着《きんちゃく》の根付《ねつけ》に使っているタウンゼント・ハリスの上着のボタンが気になって仕方がない様子だった。二人でいる時には、何度も見せてくれとせがまれた。

「この定規《じょうぎ》と根発子《こんはっす》、〝G〟の印章のフリーメイソンという秘密結社が、アメリカ国やエゲレス国、オランダ国などの夷敵を陰で操る黒幕なのかもしれん……」

ボタンを眺めながら、栄太郎がいった。

ひとつの秘密結社が大国を操るというのは、若い栄太郎ならではの大胆な発想だった。だが、意外とその発想が真実を突いているのかもしれない。

「来月、高杉晋作殿が藩命で清《しん》国の上海《シャンハイ》に参られる。現地でキリスト教と太平天国《たいへいてんごく》の乱について調べてくると申しているので、そのフリーメイソンとやらのことも探り、ピストールも買ってくるようにいうちょこう……」

栄太郎は脱藩した後も、松陰門下の兄弟弟子の高杉晋作や桂小五郎とは定期的に信書をやり取りしているという。晋作はいま長崎にいて、来月には幕府使節随行員として上海に渡航することになっている。

「ピストールを買ってくるなら、管打ち式ではなくこのルフォーショーのような元込め式（カートリッジ式）の方が良い。管打ち式は弾が尽きれば装弾に時間が掛かるし、雷管が雨や雪に濡《ぬ》れれば不発になるぞな」

あの桜田門外の折、水戸の浪士は三挺（もしくは五挺）もコルト式新型短銃を持っていながら、二発しか発射できなかった。快太郎はそれを、雷管が雪で濡れたためと考えている。いずれピストールもライフルも、近い将来には管打ち式の時代を終えて、すべて弾丸と火薬が一緒になったカートリッジ式になるであろう。

「なるほど、そう伝えちょこう。高杉殿は、いずれ攘夷で大きなことをやるお方じゃ。拙者は、その時には命運を共にするつもりでおる」

栄太郎は、目を輝かして高杉晋作を語る。快太郎は高杉に会ったことはないが、よほど尊敬できる男なのだろう。

だが、この時、快太郎はひとつ奇妙なことに気が付いた。栄太郎は高杉晋作についてはよく語るが、同じ松陰三秀の一人、久坂玄瑞の名は話の中に出そうとしない。久坂については、あの坂本龍馬をして〝長州一の傑物〟と評せしめていたのだが。

そこで、唐突にこう訊いてみた。

「ところで栄太郎殿、長州の攘夷派には久坂玄瑞殿と申す傑物がおると聞くが、いまどうしておられるぞな」

久坂の名を出すと栄太郎は一瞬快太郎から目を逸《そ》らした。そして、こういった。

「久坂殿は、萩におるはずじゃが……」

快太郎は、栄太郎の表情を見逃さなかった。

「萩におるんか。今回の薩摩の率兵に合わせて長州も動くという噂があるが、拙者はてっきり久坂殿が絡んでいると思っておったぞな」

快太郎がいうと、栄太郎はさらに表情を強張《こわば》らせた。

「まさか。久坂殿は萩じゃ。わしゃあ用があるけぇ、これで……」

栄太郎はもう一度、久坂玄瑞は萩にいると念を押して快太郎の部屋から立ち去った。

だが、これでわかった。

長州では、久坂玄瑞が策を講じておるのか……。

実はこの時、長州の久坂玄瑞はすでに京都に入り、前原一誠《まえばらいっせい》、中谷正亮《なかたにしょうすけ》、寺島忠三郎《てらしまちゅうざぶろう》らの志士と共に伏見の長州藩邸に潜伏していたのである。

快太郎は島津久光が入京した後も、伏見の薩摩藩邸の様子を探った。だが、先に動いたのは長州だった。快太郎が栄太郎と酒席を楽しんでいた一七日、すでに長州藩家老の浦靱負《うらゆきえ》が先発隊の百余人を率兵し、大坂から伏見の藩邸へと上がっていた。

一方、島津久光と誠忠組の穏健派は、大坂に待機する尊攘過激派に懸命の説得工作を続けていた。

二〇日、久光は切札ともいえる大久保一蔵を大坂に送った。大久保は早朝まず船宿魚太《うおた》に泊まっている柴山愛次郎と橋口壮助を訪問し、さらに大坂薩摩屋敷の二八番長屋に待機する有馬新七、田中謙助《たなかけんすけ》、田中河内介、小河一敏《おごうかずとし》にも会い、説得を試みた。だが、久光の権力に屈し、西郷と誓《ちか》った尊攘の決意を捨てた大久保の言葉にもはや説得力はなく、すべての工作は失敗に終わった。

有馬新七は大久保が船で京に戻った後、尊攘派の志士を集めてこういったという。

――もはや、大久保は頼みにならん。じゃどん、良かことに、長州が一緒にやっちゅうちょる。この際には、我らと長州だけでやりもんそう。我らの志は功業になく、天下に魁《さきがけ》て源三位《げんざんみ》頼政《よりまさ》の挙を成すのでごわす――。

有馬新七と尊攘過激派の志士たちは、この時点で大久保一蔵と島津久光を完全に見限った。

四

翌二一日――。

田中河内介を筆頭に二八番長屋止宿の浪士、大坂藩邸の長州藩士らが続々と姿を消し、静かに京を目指した。

この時点で討入りは二一日夜と決定。長州藩の堀真五郎《ほりしんごろう》も連絡のために上京して長州伏見藩邸に入った。連絡を受けた久坂玄瑞は伏見から河原町の田中河内介の留守邸に移り、所司代屋敷を襲撃して酒井忠義を討取る準備に入った。

ところが当の薩摩藩の有馬新七らが藩邸の留守居《るすい》に怪しまれて二八番長屋を出ることができず、決行は二三日に延期された。すでに京に入っていた諸藩の浪士や長州藩士らは、出鼻をくじかれたかたちとなった。この企ての延期が、命運の分かれ目となった。

翌二十二日未明のことである。

快太郎は隣室の物音に目を覚ました。

襖一枚を隔《へだ》てて衣擦《きぬず》れと差料を腰に差す気配が伝わってくる。

しばらくすると廊下側の襖が開き、階段を下りる足音が聞こえた。まだ暁《あかつき》七ツ（午前四時）にもならぬというのに、隣室の吉田栄太郎がどこかに出掛けて行くらしい。

どこに行くのだろう……。

快太郎は気になり、自分も急ぎ支度《したく》を整えて部屋を出た。そして夜が白々と明けはじめた京の街に、栄太郎を追った。

栄太郎はほどなく、同じ河原町にある長州藩の京屋敷に入っていった。奇妙である。栄太郎は長州藩を出奔した浪士の身であると聞いていたが、これはどういうことなのか……。

藩邸の中でも人が動く気配があった。これは、何かがある。

快太郎は、物陰に隠れて京屋敷の門を見張った。一番鶏《どり》の鳴くころに、門から人が出てきた。一人は栄太郎、もう一人は知らぬ顔である。

二人は早足で歩き去っていく。物陰から出て、その後を追った。しばらくすると、二人はある屋敷の前で立ち止まり、門の横の通い口からその中に消えた。

快太郎は離れた場所から様子を窺《うかが》った。それほど大きな邸《やしき》ではないが、長屋門の構えからして武家屋敷であろう。少し待って門に歩み寄ると、門札に田中と書かれていた。

ここ数日、京都の町で田中河内介という男の噂はよく耳にしていた。もしかしたら、その田中か。だが枡屋の主人の湯浅喜右衛門によると、田中河内介は大坂の薩摩藩邸に入り、尊攘派の有馬新七らと合流したとのことであったが……。

それからまた、しばらく待った。すでに夜も明け、そろそろ六ツ半（午前七時）になろうかというころである。快太郎が一度、枡屋に戻って出直そうかと思っていると、また屋敷の通い口が開いて人が出てきた。

栄太郎と、もう一人。先程の男とは違う。大柄で、目鼻立ちのはっきりし、威風堂々とした若い男である。それまでに耳した風説から、その男が久坂玄瑞であろうことはひと目でわかった。

二人は片言隻語《へんげんせきご》を交わすと、お互いに辞儀をしてその場を別れた。栄太郎は南に走り去り、玄瑞らしき男は屋敷の中に消えた。

快太郎は、考えた。栄太郎を追うか。このまま屋敷を見張るか。迷った末に、栄太郎の後を追った。

栄太郎は、京街道を急ぎ足で下っていく。行先は、伏見であった。薩摩藩邸のあたりも通り過ぎ、伏見城外堀の濠川《ほりかわ》沿いにある寺田屋《てらだや》という船宿の前に立った。

寺田屋の前には、ひと目で薩摩藩士や九州諸藩の浪士とわかる男たちが屯し、辺りを警戒していた。栄太郎は宿の入口に立つ男に挨拶をして何かを話すと、そのまま宿の中に入っていった。

川沿いに立っていた男が、訝《いぶか》し気にこちらを見ている。快太郎は何食わぬ顔で歩き続け、寺田屋と男の前を通り過ぎた。そのままひとつ目の角を右に曲がり、河原町に戻った。

これで、薩摩藩尊攘派の京の潜窟《せんくつ》先は読めた。おそらく大坂から船で淀川《よどがわ》、宇治川《うじかわ》と伏見に上がってくるのだろう。あの警戒の様子だと、事が起きるとすれば今夜か、明日か……。

快太郎は枡屋への道を急いだ。


有馬新七らの薩摩藩尊攘派が動いたのは、決行当日の四月二三日早朝だった。

仲間と共に「朝風呂《あさぶろ》に行く……」といって大坂藩邸の二八番長屋を出た。それまでも早朝に湯屋に行くことはよくあったので、藩邸の留守居も怪しまなかった。

有馬新七と仲間は、そのまま柴山愛次郎、橋口壮介らが待つ中之島《なかのしま》の船宿魚太に向かった。全員が集まったところで四艘《そう》の船に分乗し、堂島川《どうじまがわ》を曳《ひ》き子に曳かれて伏見の寺田屋に向かった。

このころ、久光の命を受けた薩摩藩の海江田信義と奈良原喜左衛門の二人は、有馬新七ら尊攘派の浪士を説得するために京都から川沿いの陸路を歩いて大坂藩邸に向かっていた。途中で川を遡上《そじょう》する四艘の船を見つけ、何とか引き止めようとしたが、ひと悶着《もんちゃく》の末に説得に失敗。船は京へと行き去ってしまった。

二人が慌てて大坂に向かうと、藩邸は大騒ぎになっていた。有馬新七らの尊攘派が脱走して二八番長屋が蛻《もぬけ》の殻《から》になり、その責任を取って什長《じゅうちょう》の永田佐一郎《ながたさいちろう》が切腹して果てていたのである。

これで誠忠組過激派と浪士らの暴発は、決定的なものとなった。海江田と奈良原は急を知らせるために、早馬を京に走らせた。

これがすべての始まりであった。

一方、四艘の船に分乗した尊攘派の志士と浪士は、堂島川から宇治川へと順調に伏見へと向かっていた。

一番船に乗る有馬新七と橋口壮介は前方右手に聳《そび》える男山《おとこやま》を仰《あお》ぎ見て、山頂に鎮座する石清水《いわしみず》八幡宮《はちまんぐう》を拝《おが》んで攘夷完遂《かんすい》、討幕の願を掛けた。この時、壮介は、王政復古を願う歌を一首、詠《よ》んでいる。

〈――大君の
　御代を昔にかへさんと
　　尽す心は
　　　神も助けよ――〉

船団はゆっくりと淀川を遡《さかのぼ》る。やがて宇治川から濠川へと入っていくと、前方左手に壮士が集結する手筈《てはず》の船宿寺田屋が見えてきた。船着場には先着した浪士たちが並び、有馬新七ら本隊の到着を出迎えた。

夕刻七ツ半（午後五時）、四艘の船が次々と着岸し、寺田屋に入った。

京都の薩摩藩邸に有馬新七ら逆賊上洛の報が届いたのは、その半刻《はんとき》ほど前、夕七ツ（午後四時）ごろのことである。

知らせを受けた島津久光は、憤《いきどお》りを顕《あらわ》にした。すぐに大久保一蔵を捜したが、姿が見えない。後にわかったことだが、この時大久保はのんびりと知恩院《ちおんいん》を見物していたという。この一触即発の危機の中でなぜそのようなことをしていたのか、大久保にしかわからぬ謎《なぞ》である。逃げた、としか思えない。

久光は仕方なく、中山尚之助と堀次郎《ほりじろう》の二人を呼んだ。そして、こう告げた。

「首謀者をここに連れて参れ。もし命令に叛《そむ》くならば、その時は必要に応じた処置を取れ」

つまり朝廷のいう浪士鎮撫の命令に叛くならば上意討ちにせよという意味である。

寺田屋に赴《おもむ》く薩摩藩の折衝《せっしょう》役が選ばれた。藩の精鋭、鈴木勇右衛門《すずきゆうえもん》、大山格之助《おおやまかくのすけ》、奈良原喜八郎《きはちろう》以下の九名である。彼らは武芸に優れると同時に、不幸にも有馬新七らの志士と同じ誠忠組の盟友が五人も含まれていた。

九人は五人と四人の二手に分かれ、決死の覚悟で伏見の寺田屋に向かった。

快太郎は薩摩の志士らの潜伏先を確認して以来、自分も伏見に移った。いまは濠川の対岸の古い舟小屋に忍び込み、板の隙間から寺田屋を見張っていた。

動きがあったのは日も傾きはじめた七ツ半ごろである。船着場に四艘の船が着き、およそ一〇数人の志士が寺田屋に入った。これを機に、様子が慌ただしくなった。日没後にまた下流から船が着き、さらに一五人ほどが寺田屋の中に消えた。

これで先刻から寺田屋に潜伏していた諸藩の浪士らを含めると、総勢三十数人といったところか。いずれにしても、この船宿にそう長居はすまい。

謀《はかりごと》を決行するのは、今夜か――。

寺田屋に集結した志士は薩摩藩の誠忠組の尊攘派が三一名。支藩の佐土原《さどわら》藩士二名の総勢三三名――。

首領の有馬新七は全員を集めて薩摩伝統の五人組の編成を命じ、狙いは関白九条尚忠を襲撃して捕縛、朝彦《あさひこ》親王（朝廷の皇位継承者の一人）を擁立《ようりつ》して新政府を立てることにあると改めて確認した。その間に、長州勢が京都所司代の酒井忠義の屋敷を襲い、その首級を取る手筈になっていた。その後、各自が戦の身支度を終え、長州藩邸にも万事とどこおりなく進んでいる故を知らせる伝令が飛んだ。

決行は今夜子《ね》ノ刻（午前〇時）である。志士たちは頭に鉢巻《はちまき》を巻き、籠手《こて》、脛当《すねあて》、胴を身に着け、二階に集まって景気付けの酒を飲んでいた。だが、そろそろ宿を出ようかという宵《よい》五ツ（午後八時）ごろになって、階下に四人の客が訪ねてきた。

「有馬新七どんちゅう者はおっか。おいは同じ薩摩の者じゃ」

客の一人が、応対に出た宿の主人の伊介《いすけ》にそう告げた。久光が京の錦小路藩邸から送った九人の刺客の内の奈良原喜八郎、道島五郎兵衛《みちしまごろべえ》、江夏仲左衛門《えなつちゆうざえもん》、森岡善助《もりおかぜんすけ》の四人である。四人は伊介が止めるのも聞かず、志士の集まる二階の部屋を目指して梯子《はしご》を上がった。

「何事じゃ。有馬なぞはここにおらん！」

先に部屋を飛び出したのは、すでに酒に酔っていた橋口伝蔵《はしぐちでんぞう》である。

「おはんに用はなか。おいらは久光様の御命令を奉じて参った。有馬新七殿、柴山愛次郎殿、橋口壮介殿、田中謙助殿、別室にておいらと話されよ」

刺客の江夏仲左衛門がいった。江夏も奈良原も、知らぬ仲ではない。元は同じ誠忠組の同志である。有馬ら四人も、話そうといわれて断るわけにもいかぬ。仕方なく名指しされた四人は梯子を下り、客の四人と一階の別室に移った。

ここで、最後の談判が始まった。

「主君である久光様からの下命である。即刻、錦の屋敷に参られよ」

奈良原がいう。

「我らはいま青蓮院宮《しょうれんいんのみや》（朝彦親王）の命に尽くしておる。主君の命とはいえ、聞けもさん」

有馬の同士、田中河内介は青蓮院宮の御令旨《ごりょうじ》を持っていた。

「聞かぬというなら、腹を切りやんせ」

「切らぬ。天命を前に、ここで死ぬ訳にはいきもさん」

この時、外が騒がしくなった。有馬が何事かと思っていると、久光の命を受けた残りの五人が部屋に入ってきた。そして有馬ら四人の背後に、無言で立った。

「君命に叛くというなら、上意討ちいたす」

「やればよい」

有馬新七は、動じない。すでに、腹を括《くく》っていた。

「どうしても久光様の御命令を聞きもさんとか」

奈良原の傍《かたわ》らで道島五郎兵衛が低い声でいった。膝を立て、鞘の反《そ》りを打った。

「無礼なり。こうなれば何としても聞かん！　久光様に、そう伝えよ！」

有馬の傍らで田中謙助が一喝し、場を立とうとした途端であった。正面に座っていた道島が立ち上がり様に本差を抜き、田中に斬り付けた。

「上意！」

刃先が田中の額を割った。眼球が飛び出し、田中はその場に昏倒《こんとう》した。

それが惨劇の合図となった。

後から部屋に入ってきた山口金之進《やまぐちきんのしん》が、目の前に座る柴山愛次郎に背後から斬り付けた。柴山は左右から二度、袈裟懸《けさが》けに斬られ、首が血飛沫《ちしぶき》と共に転がった。

部屋は瞬時に修羅場《しゅらば》と化した。

目の前で同志を二名斬り殺された有馬は本差を抜いて躍り立ち、田中を殺した道島に斬り掛かった。

道島がそれを受けた。有馬の打ち込みが弾《はじ》かれ、道島がそこに斬り込んだ。それを有馬が受けて、反《かえ》す刀でまた打ち込んだ。

有馬は柳生新影《やぎゅうしんかげ》流の使い手、道島は薩摩示現《じげん》流の薔きっての達人である。どちらも一歩も引かず、凄絶《せいぜつ》な斬り合いとなった。だが、有馬が渾身《こんしん》の一撃を放った瞬間、その刀が鍔元《つばもと》から折れた。

それでも有馬は怯《ひる》まなかった。刀を捨て、素手で道島に掴《つか》み掛かった。ひと太刀《たち》受けたが、そのまま道島の体を壁に押し付けた。

「うおぉぉぉ！」

「わあぁぁぁ！」

二人共、獣のような叫びを上げて組み合った。一階の別の部屋にいた橋口吉之丞《きちのじょう》（橋口壮介の弟）がそこに駆けつけた。まだ二十歳の吉之丞は、部屋の惨劇を見て呆然《ぼうぜん》と突っ立っている。

有馬は口から血を吐きながら、吉之丞に叫んだ。

「おいごと刺せ！　おいごと刺せ！」

有馬の声に我に返った吉之丞は、やっと刀を抜いた。掛け声と共に、渾身の力を込めて有馬の背中に突っ込んだ。

「チェストォォォ！」

吉之丞の刀は二人の体を貫いた。有馬と道島は壁に串刺《くしざ》しになり、絶叫と共に血反吐《ちへど》を吐いて息絶えた。

一方、橋口壮介は、奈良原と戦った末に肩から胸まで斬られて斬死《ざんし》。たまたま厠《かわや》に下りてきた森山新五左衛門《もりやましんござえもん》も脇差《わきざし》だけで同志討ちの中に斬り込み、闘死した。この時点で尊攘派の志士は、すでに五人が倒れたことになる。

修羅場は、さらに続いた。

二階で酒を飲んでいた志士の何人かが階下の異変に気付き、様子を見に下りてきた。それを闇に紛《まぎ》れ、刺客の大山格之助、鈴木勇右衛門、同昌之助《まさのすけ》、森岡善助らが梯子下で待ち伏せていた。最初に梯子を下りた弟子丸龍助《でしまるりゅうすけ》は、戦う前に大山に刺殺された。さらに二番目に下りた橋口伝蔵も、階下から足を払われて落下。それでも立ち上がって片足で刀を抜き、鈴木勇右衛門の耳を切り落とすなど奮戦した。だが、最後は鈴木の息子の昌之助を含む数人に滅多《めった》斬りにされて、その場に息絶えた。

続いて西田直五郎《にしだなおごろう》も森岡に階下から槍で突かれて落下。それでも立ち上がって刀を抜き、森岡と刺し違えて絶命した。

さらに、二階から、抜刀した志士が続々と下りてくる。そこで、鎮撫使側の首領、奈良原が階下に立ち塞《ふさ》がって自らの刀を投げ捨てて叫んだ。

「待ちゃんせ。こんた久光様の君命や。これ以上同士討ちしてん仕方なかじゃろう」

この言葉に浪士組の束ね役の田中河内介が仲裁に入り、事態はやっと収まった。

寺田屋の一階は、血の海であった。闇の中に生き残った者が立ち尽くし、まだ死に切れぬ者の呻《うめ》き声が聞こえてくる。

それにしても、島津久光はなぜ一千余人もの軍を率兵して上洛したのか。その真意が自らの政治的野心の公武合体にしろ、王政復古にしろ、薩摩が動けば尊攘派の志士が同調しようとすることは目に見えていたはずである。にもかかわらず久光は桜田門外の変の折に引き続き二度までも尊攘派の志士の期待を裏切り、その命を徒《いたず》らに玩《もてあそ》んだ。

後に寺田屋騒動と呼ばれるこの薩摩藩士の同士討ちで闘死した者、志士側が六名。鎮撫使側一名の計七名。さらに志士側は重傷を負った者三名と京都藩邸で療養中の者一名が切腹を命じられ、藩内だけで死者は一〇名にものぼった。

すべて、愚《おろ》かな君主の身勝な野心のために無駄死にした犠牲者であった。

五

快太郎が対岸の寺田屋の異変に気付いたのは、すでに夜九ツ（午前〇時）に近いころであった。対岸から何度か物音や絶叫が聞こえたが、あたりは淡い月夜の闇で何も見えない。寺田屋の二階の障子窓には行灯の光が揺らいでいるが、人がいるのかどうかもわからない。

そのうちにまた闇を劈《さ》くような叫喚《きょうかん》と物音が聞こえた。

これは、何かが起きた……。

快太郎は舟小屋を出て、石の堤から濠川に下りた。杭《くい》に舫《もや》ってあった小船に飛び乗り、突き棒で川底を突いて対岸に渡った。

腰に脇差とルフォーショーを差しているが、たくし上げた着物の下に股引《ももひき》を穿《は》き、顔に頰《ほ》っ被《かむ》りをした船頭姿である。この出立《いでた》ちで夜半に船を操るところを見られても、誰にも怪しまれはすまい。

船着場に船を寄せて下りた。寺田屋の裏口を開けて中の様子を探ろうとした時に、二階から男が飛び降りてきてぶつかりそうになった。

暗闇で、顔がわからぬ。だが男は刀を抜いて、切り掛かってきた。

「チェスト!」

快太郎はその刃風を躱《かわ》し、腰のルフォーショーを抜いた。銃口を突き付けられて、男の動きが止まった。

「待て、美玉《みたま》殿、この方は同志じゃ」

闇の中から、もう一人男が現れた。長州浪士の吉田栄太郎であった。

「それは失礼いたした。拙者、薩摩藩士の美玉三平《さんぺい》という者じゃ……」

美玉と名告った男が刀を鞘に納め、快太郎も銃を下ろした。

「拙者、宇和島藩浪士、柴田快太郎と申す者。いったい中で何があったぞな……」

快太郎はもう一度、裏口の木戸を開けた。中は、闇である。闇の中から血腥《ちなまぐさ》い臭いと、低い声で話す気配、嗚咽《おえつ》と呻《うめ》き声が流れてきた。

「柴田殿、入らん方がええ。もう、手遅れじゃ……」

栄太郎がいった。

「手遅れとは……」

快太郎は、美玉の方を見た。

「同士討ちがあったごた。大久保一蔵が裏切り申した。あとは拙者も、わからん……」

大久保一蔵が裏切った……。

「拙者はこのことを長州の同志に知らせに行かにゃあならん」

「おいも、ここにはおれん……」

美玉はさすがに声が震えている。

「それならば、船があり申す。お乗りくだされ」

快太郎は船着場に舫ってあった小船に飛び移り、二人を乗せた。縄を解き、突き棒で川底を突いた。

水路を遡り、小船を途中で乗り捨て、深夜の京の街を三人で河原町へと走った。

この日、田中河内介の留守邸に潜伏する久坂玄瑞、前原一誠、中谷正亮、入江九一《いりえくいち》らの長州尊皇攘夷派の志士勢は、寺田屋で起きた薩摩藩士らの同士討ちの報を聞き、所司代屋敷の襲撃を中止した。

寺田屋から逃げた薩摩藩誠忠組の美玉三平は、長州藩邸に匿われた。

快太郎は栄太郎と共に、引き続き枡屋に潜伏した。

※追記
寺田屋で生き残った薩摩藩誠忠組過激派と諸藩浪士の尊攘派志士は、京都の薩摩藩邸に送られた。

翌二四日、諸藩浪士を束ね、現場の仲裁も務めた田中河内介は、藩邸の執務室で久光の側役、大久保一蔵と会っている。ここでのやりとりの一部は、田中から話を聞いた久留米《くるめ》藩士、真木《まき》和泉《いずみ》の日記に残されている。

だが、田中は、寺田屋の同士討ちの一因が、大久保の裏切りにあったことを薄々はわかっていたはずである。その田中が、大久保と島津久光の行為をどのような言葉で弾劾《だんがい》したかは定かではない。

後に田中河内介は大坂から薩摩藩士二二人、息子の田中瑳磨介《さまのすけ》、同志の千葉郁太郎《ちばいくたろう》、島原《しまばら》藩士の中村主計《なかむらかずえ》、青木頼母《あおきたのも》、秋月《あきづき》藩士の海賀宮門《かいがみやと》と共に船で薩摩に送られることになった。田中には大久保から、「貴殿らは薩摩預かりになった……」と知らされていた。

だが、海上で第二の裏切りが起きた。島津久光と側役の大久保一蔵は、船を見張る四人の目付に、海上で田中河内介を含む六人の同志全員を斬罪に処するように命じていたのである。しかもその処刑役を、かつて尊攘の同志であった薩摩藩誠忠組の者にやらせるという念の入れようであった。

この非道の役を命じられたのは、田中の盟友でもあった柴山竜五郎《しばやまりゅうごろう》であった。だが、柴山は君命といわれてもどうにも河内介らを斬れず、その役を実弟の是枝万助《これえだばんすけ》が代わった。

〈――ながらへて
　かはらぬ月を見るよりも
　　死してはらはん
　　　世々のうき雲――〉

五月一日田中河内介は辞世の句を詠んだ後に、息子の瑳磨介、甥《おい》の千葉郁太郎は船上で斬首され、亡骸《なきがら》は船から海に投棄された。さらに他三人の浪士も、決闘と称して惨殺された。この六人が殺されたことについて後に西郷隆盛は、大島《おおしま》に流されていたころ、検分役の木場伝内《きばでんない》への手紙に〈――田中河内介は中山大納言の諸大夫《しょだいぶ》で、青蓮院宮様の御令旨と申すものと錦の御旗《にしきのみはた》を捧持していた由――〉と書いている。だが六人を殺すように命じた大久保一蔵は、この御令旨と錦の御旗はいずれも偽物《にせもの》、と主張した。

田中河内介と息子の瑳磨介の遺体は小豆島《しょうどしま》に流れ着き、島民によって埋葬《まいそう》された。田中親子が漂着した海岸には事件から一五〇年が経ったいまも、二人の霊が出るという。

柴田快太郎は寺田屋騒動の後、父金左衛門に送った信書の中に、次のように書いている。

〈――薩州の島津久光公、側役の大久保一蔵なる者、朝廷に弓引く奸賊《かんぞく》に候。先の島津斉彬公の暗殺は久光公の命によるものと窺え申し候。久光公の目処《めど》は幕府乗っ取りにあり。よって今後はいかなる時局においても、薩州は信任するに価するべからず――〉

信書の内容はすみやかに家老の桑折左衛門《こおりさえもん》を通じ、伊達宗城《だてむねなり》公に伝えられた。

以上が後に〝寺田屋騒動〟として語り継がれる薩摩藩士粛《しゅくせい》清事件の顚末《てんまつ》である。

六

坂本龍馬は、九州を旅していた。

脱藩して萩で久坂玄瑞と再会した折に、薩摩の島津久光が率兵して京に向かっていることを聞いた。

長州も薩摩に呼応して挙兵する。玄瑞もこれより上洛するという。一緒に行かぬかと誘われたが、あまり興味はなかった。

それよりも長州の松陰三秀の一人、高杉晋作が、間もなく幕府使節団の随行員として長崎より千歳丸《せんざいまる》で上海に向かうという。そちらの方が興味があった。龍馬は玄瑞から紹介状を預かり、萩を発《た》ち、関門《かんもん》海峡を渡って九州へ入った。

土佐勤王党の同志、武市半平太は、同じ土佐藩の吉田東洋を討つという。長州の久坂玄瑞は薩摩の西郷隆盛に駈《か》られて、京都所司代の酒井忠義の首を取るという。そんな血腥い斬奸を繰り返すことが、真の尊皇といえるのか。

一人や二人の命を取ったり捨てたり、そんなことで天下は動かんぜよ……。

龍馬は尊攘派の藩や志士を全国から集めて同盟を結び、日本に海軍を作るという夢があった。その海軍をもって倒幕を成し、新政府を樹立して夷敵を討ち払うという確かな目的があった。そのために、いまは一人でも多くの志士に会い、同志を募って、大きな流れを作ることだ。

龍馬は福岡《ふくおか》から陸路で佐賀《さが》を抜け、長崎に向かった。港で千歳丸を見つけ、高杉晋作を探して玄瑞からの書簡を手渡した。出港前であまり長くは話せなかったが、もう一人、千歳丸に水夫《かこ》として乗り込むという五代才助《ごだいさいすけ》（友厚《ともあつ》）という男とも知り合った。

五代は幕府の長崎海軍伝習所に学んだ薩摩藩士で、英語や蘭語を話し、外洋航海術に詳しい好漢であった。龍馬が海軍を作るという夢を話すと、五代は「それならば江戸に参じて勝海舟《かつかいしゅう》に会うがよかろう……」といった。

短い時間ながら二人と意気投合し、高杉晋作には上海で西洋の回転式短銃を買い求めるように勧めた。そして四月二九日、長崎港にて千歳丸の出港を見届けた。

二人を見送った龍馬は、同郷の岩崎弥太郎《いわさきやたろう》の紹介状を持ち、長崎の豪商小曽根英四郎《こそねえいしろう》を伴って外国人居留地に向かった。この時、龍馬は居留地で誰に会い、何を語り、どのような密議を交わしたのか。龍馬とその人物は、生涯《しょうがい》その時のことを誰にも語ることはなかった。

その後、龍馬は船で有明海《ありあけ》を渡り、熊本《くまもと》に入った。熊本では傑物として知られる儒学者の横井小楠《よこいしょうなん》を沼山津《ぬやまづ》の四時軒《しじけん》（小楠の自宅）に訪ね、酒を酌み交わした。

熊本を発った龍馬は、さらに薩摩へと向かった。やはり傑物として知られる西郷吉之助に会うためである。だが西郷は徳之島《とくのしま》に島流しにされていて、会うことは叶わなかった。

龍馬はこの旅の途中で武市半平太が吉田東洋を討ったことを知った。斬ったのは、脱藩の折に龍馬を韮ヶ峠まで送った那須信吾であったという。さらに薩摩では島津久光の率兵に関わり京都伏見の寺田屋で同志討ちが起こり、有馬新七や何人もの志士が命を落としたともいう。

何を聞いても、虚《むな》しかった。一〇人や二〇人の者が斬り合ったとて、天下は変わりゃあせんだろう……。

居留地で会ったあの男はいっていた。人間には自由と権利があると。それが〝友愛〟の理念であると――。

宮崎《みやざき》の日向《ひゅうが》まで戻った時に、龍馬は唐突に強い慕情に駆られた。

江戸の、千葉佐那《ちばさな》に会いたくなった。

龍馬は江戸に向かうために、大坂行きの船に乗った。

※追記
文久二年の龍馬の九州行きに関しては、日記や書簡などその行動を解明する資料が何も残っていない。

だが、なぜ龍馬が萩で久坂玄瑞と別れて九州に向かったのか。ただ茫洋《ぼうよう》と九州を漫遊していたと考えるには無理がある。

誰かに会う目的があったと考えた方が自然である。その〝誰か〟とは、長崎にいた高杉晋作や五代友厚、熊本の横井小楠、薩摩の西郷隆盛、そして長崎出島《でじま》のトーマス・ブレーク・グラバー(スコットランドの商人、グラバー商会の設立者)であった可能性は否定できない。そう仮定しないと、その後の龍馬の行動と歴史に説明がつかないのだ。

この頁《ページ》は作者の創作である。

七の章　天誅《てんちゅう》

一

街が何やら騒がしい。

時は文久《ぶんきゅう》二年（一八六二年）七月二一日の朝、場所は京都の加茂川四条上ル《かもがわしじょう》のあたりである。

高瀬船《たかせぶね》の船宿や芸者の置屋の並ぶ先斗町《ぽんとちょう》に沿った加茂川の河原に、野次馬が集まり人垣ができていた。

何事であろう……。

柴田快太郎《しばたはやたろう》は先斗町から四条大橋を渡ろうとしている時にこの騒ぎに出合い、河原に下りていった。人垣を掻《か》き分け、前に出た。

「遠のけ、遠のけ。それよりも前に寄ってはならぬ」

奉行所の同心たちが、野次馬を押しのける。快太郎も、押された。見ると同心たちの輪の中に、奇妙なものがある。河原の石の上に乗った、晒《さら》し首である。

斬首《ざんしゅ》された首の下には、斬奸状《ざんかんじょう》がつけられていた。快太郎は同心の目を盗んで前に出て、その斬奸状を読んだ。

〈――この島田佐兵衛権《さひょうえごんのだいじょう》大尉事、大逆賊長野《ながの》主膳《しゅぜん》へ同腹致し、所謂奸曲《いわゆるかんきょく》を相巧み、天地容《い》るべからざるの大奸賊《だいかんぞく》なり。これによって、誅殺《ちゅうさつ》を加へ、梟首《きょうしゅ》せしめ候ふものなり――〉

「ほらほら、そこの者。前に寄ってはならぬと申したであろう」

同心が戻ってきて、快太郎を人垣の中に押し戻した。

「わかったわかった。そんなに目角を立てなくてもよかろう」

快太郎は人垣の外に出ると、胴乱《どうらん》から矢立《やたて》の筆と懐紙《ふところがみ》を出し、いま読んだばかりの斬奸状を書き留めた。

殺されたのは島田左近《さこん》か……。

公家《くげ》の九条《くじょう》家の青侍《あおざむらい》(家臣)で、本名は島田正辰《まさたつ》。安政《あんせい》の大獄の折には井伊直弼《いいなおすけ》の腹心、長野主膳の手先として暗躍し、京都で尊皇攘夷《じょうい》派の志士を手当たり次第《しだい》に捕縛した〝三悪人〟の一人である。将軍継嗣《けいし》問題では水戸の徳川斉昭《とくがわなりあき》らの一橋《ひとつばし》派と対立し、紀州《きしゅう》藩主徳川慶福《よしとみ》を擁立《ようりつ》。京都の闇《やみ》の首魁《しゅかい》といわれたほどの大立者である。

快太郎は島田左近に会ったことはない。だからあの晒し首を見ても、左近本人かどうかは判別がつかない。

だが、左近は京都の尊攘《そんじょう》派の浪士から命を狙《ねら》われていることを知り、安芸《あき》や彦根《ひこね》に潜伏していると聞いていたのだが。もしあの晒し首が左近のものだとしたら、いつ京に戻ってきたのか……。

河原町《かわらまち》の枡屋《ますや》に戻り、先斗町で島田左近が晒し首になっていることを主人の湯浅喜右衛門《ゆあさきえもん》に話した。

「ほう……島田左近がついに殺されはりましたか……」

喜右衛門は公家の有栖川宮《ありすがわのみや》とも懇意《こんい》で、京都の事情通である。

その喜右衛門によると、島田左近は九条家諸大夫《しょだいぶ》の宇郷重国《うごうしげくに》、奉行所目明しの猿《ましら》の文吉《ぶんきち》らと共謀して京都の尊攘派の志士らの動向を探り、幕府の井伊直弼らに密告。多くの志士や浪人の粛清《しゅくせい》に加担した。その中には戊午《ぼご》の密勅《みっちょく》を仲介したとして、安政六年（一八五九年）に中追放刑、家財没収の上で幽閉となった近藤茂左衛門《こんどうもざえもん》などもいた。当時、江戸幕府から左近らに渡った密告の賄賂《まいない》は、延《の》べ一万両にも及ぶといわれている。

「誰《だれ》が殺《や》ったのじゃろか……」

快太郎が訊《き》いた。

「わかりまへんなぁ。まあ尊攘派の志士のどなたかが殺ったのだと思いますが、少なくとも長《ちょう》州《しゅう》の方ではありまへんやろ……」

枡屋は、長州の志士や浪士の溜《た》まり場のようになっている。喜右衛門はいまも何人かの長州浪士を匿《かくま》っているが、その中から島田左近を斬奸の標的にするという話は出ていなかった。

「すると、薩摩《さつま》か……」

「有り得ますな。しかし左近は幕府からの賄賂を元手に金貸しをやって、猿の文吉がかなり阿漕《あこぎ》な取り立てをしてたと聞いとります。あれだけ怨《うら》みを買えば、誰に殺されてもおかしゅうあらしまへんやろ」

「この先は、どうなるのであろう」

「いずれにしても、これでは終わりまへんな。左近が斬《き》られたならば、いずれ仲間の宇郷重国や猿の文吉も命を狙われることになりましょうな……」

後に島田左近を暗殺した犯人は、薩摩藩の〝人斬り新兵衛《しんべえ》〟こと田中《たなか》新兵衛と他三人であったことが明らかになる。新兵衛は、木屋町《きやまち》の愛妾《あいしょう》宅へと向かう左近を襲撃。逃げる左近が善道寺《ぜんどうじ》の堀を上ろうとしたところを尻《しり》を斬り、落ちたところを四人で滅多《めった》斬りにし、首を刎《は》ねて河原に晒した。

これが文久二年より東西の都に吹き荒れる天誅《てんちゅう》の嵐《あらし》の幕開けとなった。

島田左近の暗殺からおよそ一カ月後の八月二二日、田中新兵衛は九条家下屋敷内において仲間の宇郷重国を襲撃して斬殺《ざんさつ》。その首は斬奸状をつけて松原《まつばら》加茂川の河原に晒された。

高利貸しの阿漕な取り立てと女官の強姦《ごうかん》で知られた下っぱの猿の文吉は、天誅の獲物《えもの》として尊攘派の志士や浪士に人気があった。この暗殺の役をくじ引きで引き当てたのは〝人斬り以蔵《いぞう》〟こと土佐《とさ》の郷士《ごうし》岡田《おかだ》以蔵、清岡治之介《きよおかじのすけ》、阿部多司馬《あべたじま》の三人であった。以蔵らは文吉を自宅で捕らえて三条河原《さんじょうがわら》に連行し、猿を切っては刀の穢《けが》れになるとして絞殺。死体は全裸にされた上で杭《くい》に縛られ、肛門から脳天まで串刺《くしざ》しにされて、女官を強姦した戒《いまし》めとして男根の亀頭《きとう》に五寸釘《くぎ》が打ち込まれていた。これが宇郷重国暗殺の一カ月後、閏《うるう》八月二九日のことである。

京ではこうした志士による天誅に紛《まぎ》れ、偽《にせ》の天誅や辻斬《つじぎ》りも横行した。一〇月には万里小路《までのこうじ》家の家臣、小西直樹《こにしなおき》が寺町で斬殺された。下手人は不明。屍体《したい》の首は八分目まで斬られていたという。それ以外にも物盗《ものと》りや単なる怨恨《えんこん》の人殺しも含めて、京に屍体が晒されぬ日はないというほど世相が荒れた。

一因は、やはり薩摩藩が起こした寺田屋《てらだや》騒動という陰惨な粛清事件にあったことは確かであろう。烈士有馬新七《ありましんしち》や柴山愛次郎《しばやまあいじろう》、京の尊攘派の精神的支柱といわれた田中河内介《かわちのすけ》らの惨殺に、京に集まる志士や浪士はやり場のない憤《いきどお》りを感じていた。その怒りが、天誅や辻斬りという形となって表面化したのである。

一方、一千余人の率兵、入京、藩士の同士討ちで京を混乱させた当の島津久光《しまづひさみつ》は、寺田屋事件の後の五月二一日、自らが朝廷に働き掛けて担《かつ》ぎ上げた勅使大原重徳《おおはらしげとみ》に随従《ずいじゅう》して軍勢と共に江戸に出府。幕府と交渉に当たり徳川慶喜《よしのぶ》を将軍後見職、さらに福井《ふくい》藩主松平春嶽《まつだいらしゅんがく》を幕府の政事総裁職に就任させることに成功する。いわゆる文久の改革である。

だが、勅使出府の目的を成し江戸を発《た》った八月二一日、帰京途上の東海道武蔵国橘樹郡生麦村《むさしのくにたちばなぐんなまむぎむら》にて、久光の行列の通行を妨害《ぼうがい》したとして随伴の薩摩藩士が馬上のイギリス人四人を殺傷。商人のチャールズ・リチャードソンが死亡。斬ったのは奇《く》しくも寺田屋事件で尊攘派の有馬新七らと対峙《たいじ》した奈良原喜左衛門《ならはらきざえもん》、とどめを刺したのは同じく海江田信義《かいえだのぶよし》であった。いわゆる生麦事件である。

久光は自藩の尊攘過激派の志士を粛清しておきながら、皮肉にも自身が攘夷と同等の大事件を引き起こしてしまった。そして後にこの生麦事件は日英の不平等条約の問題点を露呈させ、最終的には薩英戦争（文久三年七月二日〜七月四日）の勃発《ぼっぱつ》まで拗《こじ》れることになる。

この江戸の混乱に乗じて、京都の世相は意外な方向に動き出していた。

島津久光が江戸に去り、島田左近らが天誅で殺されて佐幕派の勢力が凋落《ちょうらく》。代わって長州、土佐の尊攘派が台頭し、朝廷に圧力を掛けはじめたのである。

その中で位を極めたのは、吉田東洋《よしだとうよう》の暗殺で藩政の主導権を握り、他藩の尊攘派の志士たちからも信望を得た土佐勤王党《きんのう》の武市瑞山《たけちずいざん》であった。瑞山は六月二八日に土佐を出立した藩主山内豊範《やまうちとよのり》の参勤交代の二千余名の大部隊に、土佐勤王党の同士数十人と共に帯同。直接江戸には向かわず、大坂《おおさか》、京都にこの大部隊を足止めし、自身は三条木屋に居を構え、長州の久坂玄瑞《くさかげんずい》らと共謀して朝廷工作の機会を窺《うかが》った。

快太郎は京に留まり、長州藩士らと密《ひそ》かに交流しながら、こうした政局の動きに関する情報を収集した。

一方で、七月二一日の島田左近の天誅に関しても、事実関係を探り続けていた。あの日、先斗町の加茂川の河原に晒された左近の首が、偽物だという噂《うわさ》が立ったからである。

元々、島田左近というのは身元のはっきりしない男であった。石見国《いわみのくに》の農民出身とも聞くし、美濃国《みののくに》の神主の子ともいわれる。それがどうして公家の九条家の下臣、島田家の養子となったのか。享年《きょうねん》も三五とか三八だとか、様々な噂があった。

元より島田左近などという者は実在しないのだという風説もあった。殺されたのは安芸から京に流れてきた歌舞伎者《かぶきもの》で、そのごろつきに九条家の家臣島田正辰が金をやり、島田左近を名告《なの》らせて京で派手に遊ばせていたのだという。その影武者の左近が身代わりに殺されて、当の島田正辰の身は安全になったというわけである。

京に秋風と共に薩摩藩士のイギリス人殺傷事件の噂が流れてきたころである。

快太郎はその日も先斗町で事情通と評判の目明し崩れの弥助《やすけ》という男に酒を飲ませ、このごろの天誅に関して何か面白い噂はないかと聞き込んだ。

弥助はさすがに京の裏事情をよく心得ていて、島田左近と宇郷重国を殺ったのは薩摩の田中新兵衛で、最近は土佐の武市瑞山と義兄弟の契《ちぎ》りを結んだらしい。次に尊攘派が天誅の標的にするのは、京都所司代の酒井忠義《さかいただあき》か、その仲間の岩倉具視《いわくらともみ》ではないかという。だが、先刻天誅にて斬殺された島田左近なる者が実は島田正辰の影武者であったのではないかと訊くと、そのことについてはあまり話したがらなかった。

酒を飲んだ後に、弥助は快太郎にこんなことを耳打ちした。

「お侍さん、酒をご馳走《ちそう》になってこのようなことをいうのも何ですが、島田左近のことはあまり嗅《か》ぎ回らへん方がようおます……」

「心配いらぬ」

居酒屋を出て弥助と別れ、提灯《ちょうちん》を片手に先斗町の石畳の通りを歩き、路地を抜け、河原町方面に向かった。時刻は五ツ半（午後九時）を過ぎていた。普段は遅くまで賑《にぎ》わうこの界隈《かいわい》も、近ごろの天誅や辻斬りの横行で物騒になり、人通りもなかった。

木屋町に出て、紅殻格子《べんがらごうし》の並ぶ暗い通りを歩いていた時である。背後から、ひたひたと草鞋《わらじ》の足音が聞こえてきた。

足音は、三人。足の運びの気配からすると、いずれも武士であろう。しばらく様子を窺ってみたが、三人は少しずつ快太郎との間合いを詰めてくる。

歩きながらそれとなく振り返ってみたが、見知らぬ男たちである。すでに、左手が差料《さしりょう》の鞘《さや》を握っている。快太郎が足を速めると、三人が右手の提灯を捨てた。

快太郎も、提灯を捨てた。目の前の路地に飛び込み、また先斗町を抜けた。人通りのない石畳の通りを走る。三人の男も無言で追ってくる。

快太郎は四条まで抜けると、四条大橋から土手を加茂川の河原に駆け下りた。先の島田左近の生首が晒されていたあたりである。

暗闇の中を手探りで走る。振り返ると、三人の男も土手を下りてきた。

逃げ切れぬ。まして逃げるつもりもなかった。

快太郎は加茂川の流れを背にして立ち、三人の男たちが追いつくのを待った。間もなく男たちがすすきの中から姿を現し、快太郎を取り囲むように三方に広がった。

「武田亀太郎《たけだかめたろう》ちゅうたあ、われか」

正面に立つ男がいった。すでに左手は鯉口《こいぐち》を切り、右手は柄《つか》を握っている。いつでも抜ける構えである。言葉からすると薩摩のようだが、どこかおかしい。

「拙者《せっしゃ》、いかにも武田亀太郎。何ゆえの狼藉《ろうぜき》か」

快太郎はこのところ、大洲《おおず》藩の武田亀太郎という偽名を使っていた。だがこの偽名を知るのは、先程まで一緒にいた弥助の他、数人の情報屋だけである。

「天誅！」

正面の男がいきなり抜刀して斬り込んできた。瞬間、快太郎は左腰から田宮《たみや》流居合術の間合いでルフォーショーを抜き、ダブルアクションで引《ひ》き鉄《がね》を引いた。

轟音《ごうおん》！

火焔《かえん》が闇を赤く染めた。一一ミリ口径の弾丸を胸の真ん中に受け、男の体が吹き飛んだ。

振り返る。右側の男も無言で斬りつけてきた。

狙わずに、撃った。

轟音と共に、刀を振りかぶる両手の指が、閃光《せんこう》の中でばらばらに吹き飛ぶのが見えた。

悲鳴。快太郎は左手を振り返り、もう一人の男を狙った。

まだ若い。弟の修知《のぶとも》と同じくらいの歳に見えた。男はただ刀を正眼に構え、呆然《ぼうぜん》として震えている。

快太郎は、若い青侍の額に銃口を向けた。

「拙者のことは忘れよ。去れ」

男は震えながら頷《うなず》き、刀を鞘に納めて走り去った。

快太郎は河原に倒れている二人の男を確かめた。月明かりでは人相がよくわからぬが、いずれも知らぬ顔である。

一人は心の臓を銃弾で撃ち抜かれ、すでに息はなかった。もう一人も両手を吹き飛ばした銃弾が頭に当たり、虫の息である。これも助からぬであろう。

成仏せよ……。

快太郎はルフォーショーをホルスターに収め、足早に河原から立ち去った。

誰かに尾《つ》けられ、潜伏する枡屋の場所を知られたくはない。快太郎は四条大橋を渡り、河原町とは逆の祇園《ぎおん》に逃げ込んだ。

銃声を聞いて夜回りの岡《おか》っ引《ぴ》きが駆けつけてきたのか、呼子《よぶこ》の音が鳴りはじめた。加茂川の対岸には、提灯の赤い光が走るのが見えた。

快太郎は、呼子の音と逆の方向に走った。だが前方から、また別の呼子の音が迫ってくる。仕方なく、闇雲に狭い路地に逃げ込んだ。

体が震え、息が荒い。武士として生きてきて二五年。覚悟はしていたつもりだが、人を殺《あや》めたのも、命を狙われたのもこの日が初めてであった。

路地は、行き止まりになった。壁を乗り越えると、白川《しらかわ》のほとりに出た。このあたりに、土地鑑はない。方向もわからずに、小さな橋を渡って川沿いに走った。

背後から、呼子の音が追ってくる。行く手にも、無数の提灯の赤い火が見えた。

万事休すか……。

だが、その時、目の前の茶屋の掛行灯《かけあんどん》の文字が目に入った。

〈――祇園富岡《とみおか》――〉

確かに、この店の名前に覚えがあった。掛行灯には、まだ灯《ひ》が入っていた。快太郎は迷わずに格子戸を開け、目の前の茶屋に逃げ込んだ。

戸を閉じ、壁を背にして息を殺す。店の奥から蠟燭《ろうそく》を片手に女将《おかみ》らしき女が出てきて、快太郎の顔を怪訝《けげん》そうに見ている。

「何のご用どすか……」

女がいった。

「拙者、伊予《いよ》の浪人、柴田と申す者。もしここに下田《しもだ》のお吉《きち》殿がいらっしゃれば、お取次ぎ願いたく……」

快太郎がいうと、女はしばし合点《がてん》がいかぬ様子であった。だが、やっと思いついたのか、大きく頷いた。

「お吉……ああ、天城《あまぎ》でごじゃりますね。少々待っとぉくれやす……」

女将がそれでも納得のいかぬ様子で、店の奥に引っ込んだ。

どうやらお吉は、ここでは天城という名前で出ているらしい。

しばらく待つと、女将が芸妓《げいこ》を一人連れて戻ってきた。寝乱れ髪に着物を羽織《はお》っただけの姿だが、あの唐人お吉に間違いなかった。お吉は快太郎を見ると、一瞬、驚きで言葉を失ったかのように立ち止まった。

「柴田様……。伊予の柴田快太郎様ではありませんか……」

我に返ったように駆け寄ってきて、快太郎に抱きついた。

「お吉殿、拙者を覚えていてくださったのか……」

「覚えていたかなんて水臭い。忘れる訳がありません。それで、こんな時間にどうなさったんですか……」

「実は、訳あって役人に追われている。今夜ひと晩、匿ってはもらえぬか……」

外は呼子の音や足音で騒がしい。

「承知いたしました。お吉にまかせてくださいませ」

お吉は戻って女将に何やら耳打ちすると、快太郎を手招いた。

「柴田様、お上がりくださいませ。こちらへ……」

「かたじけない……」

草鞋を脱《ぬ》いで上がると、二階の部屋に通された。行灯の明かりに乱れた蒲団《ふとん》がひとつ。伽羅《きゃら》の香りがつんと鼻を突いた。衝立《ついたて》の向こうには、まだ皿と徳利《とっくり》が載った折敷《おしき》が二つ、残っていた。

「ここが今夜のわちきのお部屋にござります。お客はんはもう帰ったので、心配は無用です。さ、刀はその押入れの中に。お早くお召し物を脱いで、お蒲団の中にお入りくださいませ」

「ああ、すまぬ……」

快太郎は大小の差料を外して押入れに放《ほう》り込み、着物を脱いで裸になった。ルフォーショーを枕《まくら》の下に隠し、まだ先客の温《ぬく》もりが残る蒲団の中に潜《もぐ》り込む。

お吉は快太郎の脱いだ着物を衣紋《えもん》掛けに掛け、自分も裸になると、同じ蒲団の中に入ってきた。

「お吉殿……」

「いいから。お吉にまかせて。こうしていればもしお役人が入ってきても、怪しまれずにすみますから……」

はたしてお吉のいうことが正しかった。

二人が蒲団に入って程なく、階下が急に騒がしくなった。

――御用にござる。邸内、改めさせていただく――。

役人の声が聞こえた。そのうち足音が、階段を上がってきた。

隣室の襖《ふすま》が開けられる気配がして、女の悲鳴が上がった。隣にも客と芸妓がいるらしい。さらに足音が廊下をこちらに向かってきて、襖が勢いよく開けられた。

「改めさせていただく」

五人ほどの同心が、提灯の灯で照らしながら室内を見渡した。

「何のご用ですか。せっかくよいところなのに……」

お吉が快太郎の体の上に乗って振り返り、腰を使う振りをしながらそういった。

同心たちからすれば、一目瞭然《いちもくりようぜん》の情景である。食べ終えた膳《ぜん》が二つそのままで、蒲団の中で裸の男女がまぐわっているのだから、これ以上の詮索《せんさく》は無粋《ぶすい》というものだ。

「失礼つかまつった」

同心たちが襖を閉じ、立ち去った。しばらくは他の部屋を検分していたようだが、やがて足音が階段を下りて、店を出ていく気配がした。

静かになったことを確かめて、お吉がふと安堵《あんど》の息を洩《も》らした。

「危ないところでございました。でも、もう安心……」

「かたじけない。助かり申した……」

快太郎も、息を吐いた。

二人はしばらく、そのまま肌を合わせていた。そのうちにお吉が快太郎に指を絡め、耳元で小さな声でいった。

「お吉を抱いてくださりませんの……」

快太郎は行灯の灯が映って揺れる暗い天井を見つめていた。

「すまぬ……」

「私が、汚れているからでございますか。それなら、下で湯浴《ゆあ》みをしてまいります……」

お吉が人さし指で、快太郎の胸に〝すき〟と書いた。

「すまぬ。拙者は郷里に、好きな女子《おなご》がおるぞな……」

その時、快太郎の脳裏《のうり》に、ふと妹の鞠《まり》の顔が浮かんだ。

鞠は、いまごろ何をしているのだろう……。

「つれないお方。お吉はまた、振られちゃった。でも今夜だけは、柴田様の腕の中でこうして寝かせてくださいまし……」

お吉が快太郎の腕の中に、顔を埋《うず》めた。

その夜、快太郎はなかなか寝つけなかった。

うとうととしては呼子の音で目を覚まし、またうとうととしては鞠の夢を見た。

二

数日が過ぎた。

あれ以来、快太郎は浅い眠りに悩まされていた。

夜、丑《うし》ノ刻（午前二時）ごろになると、必ず夢枕に男の影が立つのである。

先刻、快太郎がルフォーショーで撃ち殺した男たちである。一人は胸に大きな穴が開き、そのむこうに揺れるすすきと月が見えている。

右手に刀を持ったまま男は胸の大穴を覗《のぞ》き込む。そして、拙者の体に風ん吹いて寒か……拙者の心の臓はどげんいったか……と呟《つぶや》いている。

もう一人の男は両手と頭の半分がなくなっている。そしてやはり、おいの手はどげんいったか……おいの頭はどげんいったか……と呟きながら、晒し首がごろごろころがる河原を呻吟《さまよ》っている。

快太郎は魘《うな》されて目を覚《さ》ます。

息が荒い。背中と胸に、べっとりと汗をかいている。そんなことが、もう何日も続いている。

あの男たちは、何者だったのか……。

確かに薩摩の言葉を話していたが、どこかぎこちなかった。どうも、あえて薩摩を騙《かた》っていたかのような節もある。

さらに奇妙なのは、快太郎が襲われた翌日、加茂川の河原にあったはずの二人の屍体の件がまったく騒ぎにならなかったことだ。噂にすらならなかった。いったい快太郎が撃ったあの二人の屍体は、どこに消えたのか……。

もうひとつ、奇妙なことがある。あの夜の翌朝、加茂川からかなり離れた烏丸町《からすまちょう》の路地に、まったく別の男の屍体がひとつころがっていた。

殺されたのは、目明し崩れの弥助であった。あの夜、快太郎と先斗町で別れた後に、愛妾宅に向かうところを待ち伏せされたらしい。弥助は背後からひと太刀《たち》に袈裟《けさ》懸《が》けに斬られていて、その屍体に斬奸状はつけられておらず、ただ刀身の血のりを拭《ぬぐ》った懐紙が落ちていただけだという。その状況から、辻斬りの為業《しわざ》として片付けられた。

いったい何者が弥助を斬ったのか。おそらく下手人は、快太郎を襲った三人組と同じ手の者であろう。

そして島田左近の天誅に関して嗅ぎ回ったことで狙われたのだとしたら、理由は何なのか。枡屋に出入りする長州の浪士たちにそれとなく探ってみたが、理由はわからぬという。

そうなると、ひとつだけ思い当たるのは、殺された島田左近なる者はやはり九条家の家臣、島田正辰の影武者だったというあの噂である。もしその事実を隠匿《いんとく》したい者があるとすれば、九条家もしくは京都所司代の手の者か。いずれにしても、薩摩の者に命を狙われる謂《いわ》れはない。

そういえばあの夜、お吉が寝物語に面白いことをいっていた。

最近、東の関八州《かんはっしゅう》あたりから京に流れてきた浪士たちの金回りがよく、しきりに祇園あたりで芸妓を上げて遊んでいる……。

だとすればその金の出所は、九条家の島田正辰か京都所司代あたりということか。

快太郎は例の一件以来、ほとんど枡屋の自分の部屋に籠《こも》っていた。あの夜、誰に姿を見られていたかもわからぬし、あの逃した若い男が快太郎の素性《すじよう》を知っていたとも考えられるからである。いずれにしても、ほとぼりが冷めるまでは、こうして伏していた方がよい。

九月も半《なか》ばの某日――。

快太郎がいつものように部屋に籠ってルフォーショーの手入れをしていた時のことである。椿油《つばきあぶら》を差して布で磨いていると、枡屋の番頭の善三郎《よしさぶろう》が知らせに上がってきた。勝手口に、武田亀太郎を訪ねて使いの者が来ているという。

使いの者といわれても、まったく思い当たる節がない。勝手口まで下りていくと、若い僧侶《そうりよ》が一人、立っていた。

僧侶は書状を一通、携《たずさ》えていた。受け取って、開く。その文面と差出人の名前を目にした時、快太郎は目を疑うほど驚いた。

〈――柴田快太郎殿。

我、いま京の選仏寺《せんぶつじ》にあり。至急、来られたし。

和尚《おしよう》様が上洛《じようらく》なされた……。

晦巌和尚は宇和島《うわじま》の伊達《だて》氏の菩提寺《ぼだいじ》、金剛山大隆寺《こんごうさんだいりゆうじ》の住職である。快太郎の実家、柴田氏の先祖代々の墓もここにある。

もちろん快太郎は、晦巌のことをよく知っている。子供のころから墓参や法事で大隆寺に行き、悪戯《いたずら》をしては叱られた。障子に穴を開けて、座禅を組まされたこともある。書画を教えてくれたり、正月に餅《もち》をもらった思い出もある。いわば、実の祖父のような人であった。

「支度《したく》をして参ります。少々お待ちくだされ」

快太郎は一度部屋に戻り、着物を着換えて差料を差し、若い僧侶と共に選仏寺へと向かった。

選仏寺は御前通《おんまえどお》り西の北町《きたちよう》にある京都御所膝元の名刹《めいさつ》である。

快太郎は北町までの道を歩く間に、いろいろなことを考えた。

晦巌和尚はなぜ京に来たのだろう。まさか快太郎の欠落《けつらく》を咎《とが》めるためにということはあるまい。自分の偽名と所在を知っているなら、父の金左衛門《きんざえもん》か伊達宗城《むねなり》様に事情は聞いているということであろう。

元より晦巌和尚は九州や京都などを往来し、勤皇諸侯や朝廷への遣いとして宗城様の国事尽力に当たっている。いわば、快太郎と同じ伊達の密偵の一人である。今回の急な上洛も、宗城様の何らかの使命を帯《お》びてのことであろうか。

寺に入ると、晦巌和尚は本堂にいた。袈裟《けさ》も着けずに旅支度のままで、選仏寺の住職の立てた茶の湯を飲んで話していた。他に、宇和島藩士の清水真一《しみずしんいち》と金子孝太郎《かねここうたろう》の姿もあった。

快太郎は三人に一礼し、草履を脱いで框《かまち》に上がった。大小の差料を置いて畳に両手を突き、もう一度深々と頭を下げた。

「晦巌和尚様、並びに清水様、金子様、この度の上洛、ご苦労様にございます。並びに先達てのそれがしの出奔、誠に恐れ多く御座候故……」

「快太郎、まあよい、顔を上げよ。事情は宗城様より伺《うかが》っておる」

晦巌和尚の声に顔を上げると、みな快太郎を見て笑っていた。清水と金子の顔を見た時には本当に自分は欠落の罪で捕らえられて宇和島に連れ戻されるのではないかと思ったのだが、この様子だとそうではないらしい。考えてみれば清水も金子も、諸藩の様子を探る折には宗城様の密使として遣わされることが多いと聞く。

「快太郎、こちらへこい。少し我々に聞かせてほしいことがあるぞな」

清水が気安い様子で快太郎を手招いた。

「はい、どのような……」

快太郎が三人の前に座ると、選仏寺の住職は気《き》を利かせて退《しりぞ》いた。

「実は我々は宗城様の密命で、昨今の京の世相を調べに参った。それにはまず、快太郎を訪ねよとの宗城様のお達しであったぞな。まず、お前の見たままの様子を我々に話してもらえぬか」

「そのようなご事情でございましたか。拙者はまた、欠落の件を咎められるのではないかと気が気ではありませんでした。承知いたしました……」

快太郎は自分が四月に上洛した当時から、思い当たる事例をこと細かく三人に話した。

薩摩藩の島津久光の、一千余名を率兵しての入京。寺田屋騒動。久光が江戸に出府した後の京都の世相。久光が去ってからの京は、長州藩士や薩摩浪士を中心とした尊攘過激派が台頭し、公武合体派の公家《くげ》や京都所司代、京都奉行所の同心らが戦々恐々としていること。最近はその公武合体派の公家を狙った〝天誅〟と呼ばれる暗殺や辻斬りが横行し、治安が乱れていること。天誅の裏で、薩摩や土佐の浪士が暗躍していること。天誅で犠牲になった一人、島田左近の暗殺にはどうも不可解な点があること――。

「その島田左近の天誅の不可解な点とは？」

金子が訊いた。

「はい、その島田左近と申す者、巷《ちまた》では九条家家臣の島田正辰なる者の影武者にすぎぬという噂があり申す。拙者、そのあたりを探っている折、先日命を狙われ候故……」

快太郎は加茂川の河原で三人に襲撃され、その内の二人をルフォーショーで射殺したことも話した。

「まあ、良い。お前が無事で何よりぞな……」

「ところで快太郎、私からもひとつ訊きたいことがある」

晦巖和尚がいった。

「どのようなことでございましょう」

「うむ。先日、といってもうかなり前のことになるが、五月に宗城様に送った信書にこのように書いたことは覚えておるか。薩摩の島津久光、信用するべからず。前藩主の斉彬《なりあきら》公を暗殺したのは、久光なりと……」

「はい、確かにそう書いたこと、覚えております」

「その理由は如何《いか》に」

「はい、薩摩藩は斉彬公の死をコレラのためと周囲に説明しておりますが、それが安政の大獄に絡む暗殺であったことは暗黙の裡《うち》。しかし当時の老中井伊直弼の権力をもってしても、遠く薩摩の城中にまで刺客《しかく》を送り込むことは不可能。下手人は薩摩の藩内、しかも権力中枢《ちゅうすう》の周辺にあったことは明白でございましょう。

だとすれば斉彬公の毒殺が可能で最も利を得る者は誰なのか。まだ若年の養嗣子《ようしし》、自らの実子の忠義《ただよし》公に家督を継《つ》がせ、藩の実権を握った久光公以外にはおりますまい。事実、久光公は斉彬公の腹心であった西郷吉之助《さいごうきちのすけ》、斉彬公の末期《まつご》を看取《みと》った山田為正《やまだためまさ》、さらに斉彬公の遺言をよく知る家老の島津下総《しもうさ》殿をすべて放逐、処罰して粛清しております。これらはすべて、口封じにございましょう。以上の理由により、拙者は久光公とその腹心の大久保一蔵《おおくぼいちぞう》を、信用するに値せずと恐れ多くも宗城様に陳述いたしました次第にございます……」

快太郎は、それまで自分の胸の内で考えていたことを一気に申し立てた。晦巌、清水、金子の三人は、半ば驚き、半ば感心したかのように快太郎の言葉に聞き入っていた。

「見事な吟味《ぎんみ》である……。快太郎の言には、確かに一理あるぞな……」

清水がいった。

「確かに。しかし快太郎、それらを吟味するに至った理由はいかにある」

晦巌が訊いた。

「はい。拙者はいまこの地にて長州、土佐の志士、薩摩をはじめ諸藩の浪士、京の事情通の枡屋の主人湯浅喜右衛門らと親しくしております故、それらの者から聞き及んだ情報を精査して吟味いたし申し候……」

三人が腕を組んで頷いた。今度は、金子が訊いた。

「ならば快太郎、今後、島津久光はどう出ると思うか」

快太郎が答える。

「久光公は策士にございます。斉彬公を暗殺して薩摩藩を乗っ取り、次は出府して幕政に参画し、あわよくば幕府をも乗っ取るつもりでございましょう。この度の武蔵国で起こした生麦村の英国人殺傷事件も、幕府を揺さぶるには恰好《かっこう》の材料となろうかと……」

三人が頷いた。

「しかし快太郎、いま宗城公は土佐の山内容堂《ようどう》公、越前福井の松平春嶽公らと連帯し、薩摩の島津久光公を担いで幕政に乗り出す腹でおられる。それを聞いて、どのように思う。ここだけの内密な話である故、忌憚《きたん》のない意見を申してみよ」

清水がいった。

「はい。では、誠に僭越《せんえつ》ながら。山内様や松平様はまだしも、久光公との連帯は危険この上なき目論《もくろ》みかと存じます。斉彬公の暗殺や先刻の寺田屋騒動でもわかりますように、久光公は周囲の者を主君であれ下臣であれ利用するだけ利用し、不用になれば斬り捨てる冷酷なお方に候故。それに久光公は尊皇ではあっても、公武合体論者にございます。延《ひ》いては尊皇攘夷を主唱する宗城様とは相反する立処《たちどころ》でございますれば……」

「快太郎、そうではない」晦巌が途中で、快太郎の言葉を遮《さえぎ》った。「尊皇攘夷などというものは所詮《しょせん》は建前、倒幕を謀《はか》る者の口実にすぎぬ。尊皇はまだしも攘夷などがいまの日本に不可能であることは、考えるまでもなくわかることぞな。ならばここはひとつ幕政を立て直し、公武合体を成して国力を高めるのが正道であるとは思わんか」

晦巌のいうことにも一理ある。いや、それが正論であることは快太郎にもわかっていた。自分もいつの日か、宗城公や同期の土居彦六《どいひころく》、児島五郎兵衛《こじまごろべえ》を前に、今の日本に攘夷などは無理であると論じたことがあった。

あの宗城様が尊皇攘夷ではなく公武合体に動くというなら、それはそれで賢明な策であろう。それはすなわち、快太郎と改めて意を同じくしたとも解釈できる。だが、一方で、敬愛する宗城公が現実的な方策に舵《かじ》を切ったことを知り、一抹《いちまつ》の寂《さび》しさを覚えずにはいられなかった。

「それでは今後、尊皇攘夷を唱《とな》える長州の久坂玄瑞や土佐勤王党の武市瑞山はどうなりましょうか……」

今度は、快太郎が訊いた。

「土佐の山内容堂公は、吉田東洋を暗殺した武市瑞山をいずれにせよ許さぬであろう。久坂玄瑞の思想に染まった長州も、幕府に新体制が整えばただではすむまい。いずれ、我が宇和島藩が長州と戦うことにならんともいえんぞな……」

清水がいった。

いま快太郎は吉田栄太郎らの長州志士と親密である。その長州と宇和島が戦うことになるなどとは、考えも及ばなかった。

「快太郎、政《まつりごと》とはそういうものぞな」

晦巌和尚が、おっとりといった。

三

そのころ、故郷の宇和島城は久し振りに賑《にぎ》やかであった。

この年、一一月一〇日に藩主伊達宗徳《むねえ》が老中久世《くぜ》広周《ひろちか》に内伺を提出して暇《いとま》を乞《こ》い、帰国。数年振りに先々代の春山《しゅんざん》（伊達宗紀《むねただ》）、先代の宗城と共に三代が在国しての年末を迎えようとしていた。

ところが、そうもいかなくなった。

正に宗徳が帰国した日の夜四ツ（午後一〇時）になろうかというころである。突如、京より大早飛脚が宇和島城の伊達宗城の元に着いた。

宗城は晩の食事と湯浴みを終え、英国製のランプを灯して読書中であった。本を閉じ、届いた親書を見ると、あろうことか朝廷からの御沙汰書《ごさたしょ》である。息を呑《の》み、ランプの灯を明るくしてその親書を読んだ。

〈――いよいよ御勇健の程、珍賀いたし候。

先年来の御忠誠の趣は叡聞《えいぶん》に達し誠に頼もしく思う次第に御座候。

つきましては昨今の帝都の治安の悪化に鑑《かんが》み、宸襟《しんきん》を案じられることを願い、上京の上にて良策の正論をお聞かせくださると共に、王事に尽くしていただきたく――〉

宗城は朝廷からの親書を読みながら、手が震えた。朝廷は宗城に上洛するよう求め、王事に尽くしてもらいたいといっているのである。

元より宗城は晦巌和尚をはじめ何人かの家臣を京に送り、都の情勢を把握《はあく》し、盟友の山内容堂や松平春嶽と連携《れんけい》して上洛する機会を窺っていた。この突然の勅命は、宗城にとって正に我が意を得たりの吉報であった。そして何よりも、宇和島の小藩の城主である自分が参内《さんだい》の上、孝明《こうめい》天皇に拝謁《はいえつ》できることが、この上もない喜びであった。

宗城はその喜びを、日記にこう綴《つづ》っている。

〈――一読、思わず感涙した。愚劣《ぐれつ》、不肖、微力の自分への思いがけぬ勅命は冥加《みようが》至極、有り難《がた》くも畏《おそ》れ多く、立ちすくむ思いなり。身命を抛《なげう》って天朝皇国のために尽力する覚悟である――〉

御沙汰書が届いてから僅《わず》か一五日後の一一月二五日、家老桑折左衛門《こおりさえもん》が第一陣の家臣団と共に宇和島を出立。その後、宗城は三百余人を率兵し、一二月二日に魑魅魍魎《ちみもうりよう》の割拠する京に向けて発駕《はつが》した。

快太郎が宗城の率兵、上洛《じようらく》を知ったのは、桑折左衛門が宇和島を発ったころである。晦巌和尚と金子孝太郎の帰国後、京に残って寺町《てらまち》通りの透玄寺《とうげんじ》の宿坊に身を寄せていた清水真一の元に宇和島から信書が届き、快太郎にも知らされた。快太郎もこれを機に長らく世話になった枡屋を引き払い、透玄寺に移って宗城の到着を待つことになった。

長州や薩摩、土佐など数十万石の大藩は京や大坂に藩邸を持つ。だが、一〇万石そこそこの宇和島藩は都に屋敷などはない。そこで今回の宗城の率兵、上洛も、本陣を寺町四条下ルの浄教寺《じようきようじ》、下陣は透玄寺と聖光寺《しようこうじ》の三カ所に分陣することになった。快太郎の目下の役割は、その三つの寺の周辺の下調べと見回りである。

さすがに寺社の多い寺町は、先斗町や河原町よりも静かであった。道行く人々の表情も穏やかで、近くで天誅や辻斬りが起きたという噂も聞かない。

だが、それでも時折、徒党を成して闊歩《かつぽ》する尊攘派の浪士らしき姿を見掛けた。九州諸藩や水戸、土佐、長州の浪士たちである。

中には快太郎のよく知った顔もいた。呼び止めて話をすると、ただ朝廷の目に付く所を歩き回り、公武合体派の公家の近衛忠熙《このえただひろ》や、右大臣二条斉敬《にじようなりゆき》、京都所司代らに無言の圧力を掛けているのだという。

そんなある日、いつものように寺町を下回りに歩いていると、懐かしい男に声を掛けられた。枡屋の隣室にいた、長州浪士の吉田栄太郎《えいたろう》である。

「柴田殿ではござらんか。こんな所で、何をしよるか」

「おお、吉田殿ではないか。お主こそ、どうしていたぞな」

吉田栄太郎は例の寺田屋騒動の後、枡屋から長州藩の長屋に棲家《すみか》を移していた。それからもしばらくは河原町や先斗町で顔を見掛けていたのだが、六月ごろからぷっつりと消息が跡絶《とだ》えていた。長州藩の仲間に尋《たず》ねてみても、江戸に行っているらしいとしか知れなかった。

「積もる話もあり申す。どこかそのあたりでひとつ参ろう」

栄太郎がそういって、猪口《ちょこ》を傾ける仕草をした。

霜月《しもつき》にかかわらずまだ明るい時刻だったので、先斗町に向かった。栄太郎の馴染《なじ》みの煮売り屋に入り、お菜や酒を適当に注文した。

酒を呑みながら、お互いの近況を報告し合った。栄太郎は高杉晋作《たかすぎしんさく》に会うために、しばらく江戸に行っていたという。だが、一〇月一七日に京都蹴上《けあげ》で久坂玄瑞が発起人になり吉田松陰《しょういん》の慰霊祭が行われ、それに合わせてまた上京した。これを期に栄太郎は脱藩の罪を正式に許され、いまは吉田稔麿《としまろ》と名乗っているという。

「そうか、高杉殿は上海《シャンハイ》からいつ戻られた」

「七月に戻ってきた。柴田殿のいわれたとおり、ピストールを買うてきた。アメリカ国の最新式のやつじゃ」

稔麿は相変わらず高杉晋作の話をする時には嬉《うれ》しそうだった。

「それで、高杉殿はいま、どちらに?」

快太郎が訊いた。

「江戸におる。おいも明日にはまた江戸に発たにゃあならん。〝大きなこと〟があるんじゃ……」

「ほう……大きなこととは、何か。攘夷じゃろうか……」

快太郎が鎌《かま》を掛けた。

「まあ、攘夷っちゃあ攘夷じゃ。いまは詳しく話せんが……」

「やはり、攘夷か……」

高杉晋作が動くのであれば、米英の公使などの大物を狙うのであろう。

「当然じゃ。孝明天皇が自ら攘夷せよと幕府に勅命を出しとるんじゃから、列強との不平等条約を破棄しての〝破約攘夷〟よりほかに道はなかろう。高杉殿はこういうちょった。薩摩はすでに生麦において夷人《いじん》を斬殺して手柄を上げた。なのに他藩はいまも公武合体を説《と》いて攘夷には目をつぶっている。ならば我が長州だけでも薩摩に続き、藩として攘夷の実を挙げねばならぬと……」

「確かに……」

稔麿がいうのも、ひとつの正論であろう。

この度《たび》の宗城様の上洛も、表向きは孝明天皇の勅意をもって幕府に破約攘夷を迫り、その上で公武合体を目指すという大義名分がある。だが建前はともかくとして、真意としては攘夷が不可能であることは誰もがわかっている。実際に、生麦で英国人を惨殺した薩摩と幕府は、英国から途方もない賠償金を請求されているとも聞く。

井伊直弼が暗殺された後、政局を巡る世相は絶えず目まぐるしく動いていた。特に文久の年号になったこの二年ほどは、以前のように佐幕か、尊皇攘夷かと二分することはできなくなってきた。現在の公武合体思想も根底にあるものは勤皇であり、攘夷である。その意味では尊皇攘夷と何ら変わらぬ。

もし違いがあるとすれば、藩として幕府の内政に参画するのか。もしくは倒幕の上で別の天皇を担ぐか。それだけだ。

晦巌和尚はいっていた。攘夷は、倒幕のためのただの口実にすぎぬと。

考え込む快太郎の茶碗《ちゃわん》に、稔麿が酒を注《そそ》いだ。

「いまは尊攘派にとって、追い風じゃ。そうは思わんか。ならばここは、一気にやらにゃあいけん」

「確かに……」

稔麿のいうとおり、京の情勢は確かに長州、薩摩浪士の尊攘派が握っている。公武合体派の公家までその動向を怖れ、宇和島藩は元より、これから上洛、出府する諸藩の藩主の身にも少なからず危険が及ぶことになろう。

「高杉殿がいうちょった。上海を見る限り、清国《しん》は酷《ひど》い有様じゃと。清国は列強に植民地にされて切り分けられ、国民は亜片《あへん》漬けになり、いま起きとる太平天国《たいへいてんごく》の乱で国は滅茶苦茶じゃ。このままでは日本も、清国のようになる。一刻も早く、破約攘夷によって夷敵《いてき》を追い払わにゃあならんのじゃ。柴田殿は、これからどうするつもりじゃ」

稔麿に訊かれ、快太郎は戸惑《とまど》った。

「わからんぞな……」

そういって、茶碗の酒を空《あ》けた。

四

そのころ、坂本龍馬《さかもとりょうま》は江戸にいた。

時は宇和島に朝廷の御沙汰書が届いた二日後、一一月一二日のことである。

ちょうど同郷の盟友、土佐勤王党の武市瑞山が幕府への攘夷督促《とくそく》の勅使、三条実美《さんじょうさねとみ》の警護役を藩主山内豊範に命じられ、江戸に随行してきた。それを知った龍馬が宿泊先の勅使館に足を運んで旧交を温めていたところ、そこに今度は長州藩の久坂玄瑞と上海帰りの高杉晋作が品川《しながわ》からひょっこりと訪ねてきた。

龍馬にとっても玄瑞にとっても、思いがけぬ再会であった。皆それぞれが顔見知りであり、同志のような間柄ではあるが、四人が一堂に会すのはこれが初めてのことである。それならばひとつ参ろうということになり、川崎《かわさき》の萬年楼《まんねんろう》という料理屋に出向いて時ならぬ酒宴となった。

最初はそれぞれが近況を語り、故郷や、以前に会った時の思い出話になった。高杉晋作は上海にて見てきたことを語り、現地で買い求めてきた七連発の回転式短銃を龍馬に見せた。

「これは上海のアメリカ人の店で買うたピストールじゃ。お主がいうちょったように、元込めの回転式銃を買うてきた。弾は小さいが、七連発じゃ」

「どれ、見せてくれ……」

龍馬は晋作から短銃を受け取り、まじまじと見た。以前、宇和島で柴田快太郎に撃たせてもらったルフォーショーより小さいが、美しいピストールだった。銃の上に蝶番《ちょうつがい》のようなものが付いていて、引き鉄の前にある金具を下げると、中央から〝く〟の字に折れて七連発の回転弾倉が外れるようになっている。

「それならば素早く弾を込められるじゃろう」

銃身の上を見ると、〈SMITH & WESSON　SPRINGFIELD　No.1〉と刻印が打たれていた。龍馬は英語が読める。つまり、この短銃はアメリカの〝スミス・アンド・ウェッソン〟という会社がスプリングフィールドで作った、ナンバーワンというピストールである。

「これは素晴らしいピストールや。上海でいくらくらいしたぜよ……」

龍馬は短銃を晋作に返した。

「アメリカ国の金で二五ドル、日本の一両小判でおよそ六両じゃ」

晋作がそういって銃を帯に挟んだ。

「上海でもそがに高いのやか」

武市瑞山が驚いたようにいった。

「そうじゃ。だから、幕府が列強と締結した不平等条約は、一日も早く破棄しなくてはならん。

このままじゃあ、日本から金がのうなってしまうじゃろう」

久坂玄瑞がいった。

「そういうことじゃ。実はもう一挺《ちょう》、オランダ商館でも少し大きいピストールを買ってきた。そちらもいつか見せちゃろう」

最初は四人で酒を飲み、川崎名物の蛤鍋《はまぐりなべ》を突《つつ》きながら和気藹々《わきあいあい》と話していた。だが、酒が進むにつれて、やはり近頃《ちかごろ》の世相と政治論、さらに天誅と攘夷の話になった。最初にその話を切り出したのは、久坂玄瑞であった。

「実は土佐勤王党の武市君を見込んで、お話ししたいことがある。坂本君がご一緒なれば、なおのこと丁度よい。我々はいま長州の志士が中心となり、ある大きな攘夷を決行することを目論んでおる。お二人も、合流してくださらんか」

「大けな攘夷やか。どのような……」

「おいが話そう」晋作がいった。「最近、列強の公使連中が武州金澤《ぶしゆうかなざわ》（金沢八景《はつけい》）あたりでよう遊んじょる。そいつらの誰かを、殺す……」

晋作がいうには同志は自分と玄瑞の他、長州藩の大和弥八郎《やまとやはちろう》、長嶺内蔵太《ながみねくらた》、井上馨《いのうえかおる》ら全一四名。この一四人が三人、ないし四人の組に分かれて金澤を見回り、さらに横浜の異人館を襲撃し、目に付いた外国人を片っ端から斬り殺す。

決行は明後日の一一月一四日。明日、一三日の夜に、同志は神奈川の下田屋《しもだや》に集合して攘夷に備えるというものである。

さらに晋作は続けた。

「この政局を打開するには最早《もはや》、狂挙以外に道はなし。本来、外国人の殺害などは真の意味での攘夷には入らぬ。しかし薩摩の島津久光公が生麦村でエゲレス人を殺し、それが民間人であるにもかかわらず攘夷の鑑《かがみ》ともて囃《はや》されていることを察すると、一概にそうともいえぬじゃろう。実際に幕府はいま、生麦の一件の後始末に追われて窮地《きゅうち》に至っておる。つまり、このような狂挙を繰り返すことが、幕府の力を弱めて倒幕の早道になるということじゃ」

だが武市瑞山は、不快感を顕《あらわ》にした。

「いくら倒幕の早道とはいえ、闇雲に夷敵を斬るというのはいかにも早計であろう」

実はこの時、武市瑞山が中心となって全国の尊攘派の志士に働きかけ、朝廷が三条実美と姉小《あねがこう》路公知《じきんとも》の勅使を江戸に送り、将軍の上洛と攘夷奉答を迫るという策を企《くわだ》てていた。しかも瑞山は、そのために入府する土佐藩の山内豊範と勅使の警護隊長を仰せ付かっている。もし長州が横浜の異人館などを襲撃したら、すべてが水泡に帰すことになる。

「武市君、何が早計か。このままでは日本は清国のように列強の植民地となり、国財は奪われ、国民は奴隷《どれい》とされてしまう。一刻の猶予《ゆうよ》もないのだ」

玄瑞が迫る。

「武市殿も、すでに自藩の吉田東洋を斬ったではないか。それに越後の本間《ほんま》精一郎《せいいちろう》と猿の文吉、石部宿《いしべしゅく》の同心四人の天誅は武市殿の企てと聞いておる。それなのに、なぜ夷敵に対しては躊躇《ちゅうちょ》いたすか」

晋作も、一歩も譲らない。

「それに、今回の攘夷には土佐の弘瀬健太《ひろせけんた》君も参加することが決まっちょる。武市君は、それでも動かぬか」

玄瑞から土佐勤王党の同志の弘瀬健太の名前が出て、瑞山の顔に明らかな狼狽《ろうばい》の色が浮かんだ。

龍馬は三人のやり取りに、ただ蛤を黙々と食いながら耳を傾けていた。やれ攘夷だ天誅だ狂挙だと、笑止の沙汰《さた》である。外国人を一人でも斬れば、それこそ列強の思う壺《つぼ》であろう。日本の国財が消えていくだけだ。

玄瑞が、その龍馬に話の矛先《ほこさき》を向けた。

「坂本君はどうじゃ。我らと一緒にやらぬか」

龍馬はそういわれて、食っていた蛤を吹き出しそうになった。

「おれはやらん。攘夷には興味ないぜよ」

「なぜじゃ」

晋作が訊いた。

「おれは軍艦を買う。日本に海軍を作るしか興味ないぜよ……」

龍馬がまた、蛤を食いはじめた。

「そうだったな。坂本君は、以前に萩《はぎ》に来た時も軍艦を買うといっちょった」

玄瑞がそういって笑った。なぜか、場が和《なご》んだ。

「そういえば長崎で会った五代才助《ごだいさいすけ》を覚えちょるか。あの男も、上海で薩摩藩に三万七〇〇〇ドルもする蒸気船を買いよった……」

龍馬は高杉晋作がそういったのを聞いて、然《さ》もありなんと頷いた。

「おれは近々、江戸で勝海舟《かつかいしゅう》殿に会ってみようと思っとる」

勝海舟はアメリカに渡航した軍艦咸臨丸《かんりんまる》の船長であり、江戸幕府の事実上の軍艦奉行である。

その名前を聞いて、他の三人が顔を見合わせ、黙ってしまった。


その夜は、それで終わった。龍馬と瑞山は勅使館に戻って勅使の警護に付き、久坂玄瑞と高杉晋作は自分たちが泊まる品川の宿に帰っていった。

事が起きたのは、翌日である。

土佐勤王党の弘瀬健太が長州の攘夷に荷担することを案じた武市瑞山が、その計画を山内容堂に話してしまった。さらに容堂がその計画を長州藩世子の毛利定広《もうりさだひろ》に伝えて戒《いまし》めたことから、事はあらぬ方向へと動くことになった。

攘夷の前日、一一月一三日の夜のことである。高杉晋作が計画した異人館襲撃に賛同する者が、続々と神奈川の下田屋に集まりはじめた。この時点で総勢一一人を超えた。

ところが一同が酒を酌《く》み交《か》わし気勢を上げているところに、想《おも》わぬ客が乗り込んできた。長州藩の世子、毛利定広である。

「これは、若殿ではありませんか……。なぜここに……」

この不測の事態に、高杉晋作も久坂玄瑞も動揺した。

「土佐の山内容堂公から知らせを受けてここに参った。攘夷などまかりならん。即刻、企てを中止して解散せよ」

長州藩士にとって毛利定広の命令は絶対である。結局、異人館襲撃は直前で中止されることになった。

だが、高杉晋作と久坂玄瑞は、異人館襲撃を断念することを潔《いさぎよ》しとせず、次なる攘夷を企てた。

一カ月後の一二月一二日、隊長高杉晋作、副将久坂玄瑞、他井上馨、伊藤博文《いとうひろぶみ》、寺島忠三郎《てらしまちゅうざぶろう》以下十余人の長州志士が品川御殿山《ごてんやま》に建設中のイギリス公使館への放火を決行した。いわゆる〝英国公使館焼き討ち事件〟である。

その結果、完成間際の洋館は全焼。英国公使ラザフォード・オールコックは、公使館を政情不安定な江戸に置くことを断念。横浜に新たな公使館を建築することになった。

それにしてもなぜ高杉晋作はそれほどまでに攘夷の功を焦ったのか。

実は高杉晋作は上海で逗留《とうりゅう》中に体調を崩し、現地の医者に診察を受けたところ、労咳《ろうがい》と診断されていた。

当時、肺結核は特効薬や治療方法もなく、不治の病であった。高杉晋作は、自分があと何年も生きられぬことを知っていた。時間がなかったのだ。

以後、高杉晋作は、自らの命を燃やし尽くす花火のような人生を送ることになる。

一方、坂本龍馬は、江戸で平穏な時を過ごしていた。

毎日のように桶町《おけちょう》の千葉道場に通い、北辰一刀流の修行で汗を流し、師範の千葉定吉《ちばさだきち》の娘、佐奈《さな》と恋を語らった。

長州の久坂玄瑞と高杉晋作が横浜の異人館襲撃を断念し、その一カ月後に御殿山の英国公使館を焼き討ちしたことも周囲の騒ぎで知った。焼け跡は後に見物に行ったが、何の感慨もなかった。ただ建物を焼いて、何になるのか。もし完成すれば江戸で初の洋館になるはずだった英国公使館を、この目で見たかったと惜《お》しむだけだ。

だが、龍馬が武市瑞山、久坂玄瑞、高杉の前で、勝海舟に会う……といったことは、酒の上での大言ではなかった。本気だったのである。

龍馬はまず、越前福井藩主の松平春嶽と会った。自分が通う千葉道場の師範、千葉定吉が江戸の福井藩邸に剣術指南役を務めていたので、その稽古《けいこ》に弟子として帯同。松平春嶽と顔を合わせ、千葉定吉に紹介をせがんで挨拶《あいさつ》したのが始まりであった。

この時、龍馬は、自分は土佐の郷士坂本龍馬と名告り、改めて拝謁を願い出た。松平春嶽は七月に安政の大獄の蟄居《ちっきょ》を解かれ、幕政の政事総裁職に復帰したばかりの重鎮《じゅうちん》である。いわば向こう見ずな所望であった。

だが、春嶽はあっさりとこの願いを許した。

龍馬が列強から軍艦を買って海軍を作るといったことが面白かったのか。もしくは春嶽が座右の銘とする言路《げんろ》洞開《とうかい》（下の者の言葉を聞く）という主義に従ったまでなのか。いずれにしても宇和島の伊達宗城、土佐の山内容堂、薩摩のいまは亡き島津斉彬と共に四賢侯の一人といわれた春嶽ならではの粋狂であったのだろうが、龍馬としてはこの上もない幸運であった。

翌一二月五日、龍馬は、土佐の同志の間崎哲馬《まさきてつま》、近藤長次郎《こんどうちょうじろう》を伴い、もう一度、公務から帰邸後の松平春嶽を訪ねた。まさかと思ったが、春嶽は本当に拝謁を許し、部屋に通された。

春嶽は四賢侯の噂に違わず、知的で鷹揚《おうよう》、重厚な人物だった。龍馬はその前で同志を募《つの》って列強から最新式の軍艦と大砲、銃を買い、国軍としての海軍を作ろうと思っていること。その海軍を使っての日本の海防論に関する考えを、夢中で語った。春嶽はその言葉に、おっとりと笑いながら、いかにも楽しそうに耳を傾けていた。

この時、なぜか春嶽は龍馬のことを甚《いた》く気に入ったらしい。話が終わると、龍馬にこういった。

「海軍を作ることで余にできることがあれば、いつでも力添えいたそう。何なりと申すがよい」

そこで龍馬は、自分の願いを伝えた。

「ありがたきことに存じます。ならば早々ではございますが、幕府軍艦奉行の勝海舟様にお会いいたしたい所存にて、つきましてはぜひ添え書をいただきたく……」

それを聞いた春嶽は、事もなく承知した。

「容易《たやす》いこと。いま、書いて進ぜよう」

春嶽はその場で硯箱《すずりばこ》から筆を取り、勝海舟への紹介状を認《したた》めた。

その日、龍馬は春嶽の話から熊本で会った横井小楠《よこいしょうなん》が福井藩の相談役として江戸藩邸に滞在していることを知り、計らずも再会することとなった。そして例のごとく酒好きの小楠から一献誘われ、同行の長次郎らを含めての酒席となった。

ここで龍馬は小楠より、独自の大政奉還論を篤《とく》と聞かされた。つまり徳川将軍家に自主的な政権返上を迫り、新たに天皇制の新政府を樹立することが理想であるとする論である。もし大政奉還が成れば、倒幕も戦争もなく王政復古が実現する。以後、龍馬は、この大政奉還論に深く傾倒していくことになる。

龍馬が土佐の同志、門田為之助《かどたためのすけ》と近藤長次郎と共に勝海舟に会ったのは、四日後の一二月九日のことである。

夜、春嶽の添え書を手に、赤坂氷川《ひかわ》の勝邸を訪《おとの》うた。応対に出たのは、勝海舟本人であった。

「土藩の坂本君か。松平様より、拙者を刺しに来る者があるとは聞いておる」

勝海舟が、素知らぬ顔でいった。これは人を見られていると思った龍馬は、咄嗟《とっさ》に勝の戯言《ざれごと》にこう切り返した。

「我ら土佐の尊攘の志士。勝殿は開国論者とお聞きいたしますれば、ぜひお命を頂戴《ちょうだい》いたしたく申し上げ候」

龍馬がいうと、勝が楽しそうに笑った。

「面白い男だ。まあ、よい。私を殺すなら、とくと議論してからでもよかろう。お上がりなさい」

勝はそういうと、帯刀する三人の志士に背を向け悠々と邸の中に入っていった。

龍馬はその後についていきながら、考えた。勝海舟は、これまで何度も尊攘派の志士に命を狙われたと聞いている。それなのに、この器の大きさは何なのか……。

この時からである。龍馬は勝に対し、この人には絶対かなわぬ……と悟った。

「さて、議論をいたそう。何から話すか」

勝海舟は胡坐《あぐら》をかき、三人を見渡した。龍馬よりも小柄で隙《すき》だらけなのに、なぜか山のように大きく見えた。

「勝殿は開国を唱えて憚《はばか》らぬと聞き申すが、その真意はどこにおありなのか……」

龍馬が訊くと、勝はまたおかしそうに笑った。

「別に唱えてはおらんよ。ならば、攘夷とは何なのか。本当に刀を振り回して黒船や大砲にかなうと思っとるのかね」

「はあ……」

三人は、言葉もない。

「攘夷などと偉そうなことをいっても、所詮は痩《や》せ犬の遠吠《とおぼ》えよ。昔から、弱い犬ほどよく吠えると申そう。どうせ吠えるなら、自分が強くなってからにすればよい」

図星である。以前から、龍馬が思っていた疑問を端的に講説されたようでもあった。

「ならば、どうすれば強くなり申すか」

「わかっておろう。松平様から聞いておるぞ。坂本君は列強から軍艦を買い、海軍を作ると申しておるそうだな」

「いかにも。薩摩の五代才助は、上海で軍艦を買ったと聞き申す。拙者も長崎居留地のトーマス・グラバーという商人に会い、軍艦を買う旨《むね》を交渉しておる次第にて……」

トーマス・グラバーとのことを人に話すのは、この時が初めてであった。同行した為之助と長次郎も、驚いた顔で龍馬を見つめていた。

「ほう、トーマス・グラバーを知っているのか。それならば、軍艦を買うがいい。だが、軍艦は高いぞ。よしんば買えたとしても、その軍艦を誰が動かす」

「それは……」

龍馬は、痛い所を突かれたと思った。

「いくら一〇万両の大金を積んで黒船を買ったとしても、操船できねば宝の持ち腐れよ。港に浮かべて眺めていても夷敵は倒せぬぞ。さて、いかがいたす」

「確かに……」

返す言葉がなかった。

「五代君は長崎海軍伝習所の俺の門人であった。オランダ海軍の士官から航海術を学び、幕府の千歳丸《せんざいまる》にも乗船した秀抜な水夫《かこ》よ。その五代ならば、上海で軍艦を買っても動かせよう。後進も指導できよう。坂本君は、どうするつもりなのかね」

「どうにもなりません……」

龍馬は、自分の弁が立つことに自惚《うぬぼ》れていた。だが、勝海舟にはどうにも歯が立たなかった。その心中を読まれたかのように、勝がいった。

「人間、数ある中には、天の教えを受ける勘を備えている者がいる。五代君や、坂本君がそうなのかもしれぬ。しかし、一方で、事を成し遂げる者は愚直でなくてはならない。才走ってはうまくいかぬぞ」

ぐうの音も出なかった。

龍馬は思わず畳に両手を突いた。

「勝先生、私をぜひ門人にしていただきたく。お願い申し上げ候……」

頭《こうべ》を深く垂れて、そういった。

五

京は、寒い日が続いていた。

一二月に入って何度か雪が降り、寺町や河原町、先斗町の街並を真っ白に染めた。

快太郎は雪を見ると、いつも二年前の桜田門外《さくらだもんがい》の光景を思い出す。

あの朝、水戸の浪士らと彦根《ひこね》藩士が斬り合い、牡丹雪《ぼたんゆき》の積もる濠端一面を血の色に染めた。何かに憑《つ》かれたように大小を振り回し、その刃を受けて腕や顔半分を斬り落とされた者たちの絶叫と銃声が、いまも耳の奥に残って離れない。髷《まげ》を掴《つか》まれて斬首され、刀に突き刺されて雪の中に掲《かか》げられた井伊直弼の首級が、瞼《まぶた》の裏に焼き付いている。

伏見《ふしみ》の寺田屋で起きた薩摩藩士の同士討ちもそうだった。あれ以来、京では天誅と称する暗殺が横行している。そして快太郎自身も、銃で二人の賊を殺した。

尊皇と佐幕、攘夷と開国、倒幕と公武合体、いったい何が正義なのか。以前は尊皇攘夷こそが正義であると信じていたが、いまは混沌《こんとん》として右も左もわからなくなってしまった。こうして日本人同士が啀《いが》み合い、殺し合っていても、国力を弱めて夷敵に付け入る隙を与えるだけではないのか。

快太郎は、雪の中を歩きながら思う。

この無秩序《むちつじょ》な時代は、いつまで続くのだろう。おそらく京では、これから先も、公家や大名までもが天誅の標的にされよう。そして浪士や尊攘派の志士を含め、多くの血が流されることになるのだろう。

日本は、世界の列強に翻弄《ほんろう》されながら、どこに行こうとしているのか──。

一二月一二日、宇和島藩の家老桑折左衛門が率いる第一陣が京に着き、透玄寺と聖光寺に分かれて下陣を敷いた。その六日後、伊達宗城が率兵する第二陣が上洛し、寺町四条下ルの浄教寺に入り本陣を張った。京の町は、三〇〇の率兵で入京した宇和島藩の噂でもちきりになった。

快太郎はその間も、清水真一らと協力して寺町周辺の情報を集め、見回りを続けていた。尊攘派の過激派が、公武合体の命を受けて入京する宗城公の命を狙うという噂が絶えなかったからである。

〝人斬り以蔵〟こと土佐の岡田以蔵、その仲間で島田左近を天誅に処した薩摩の田中新兵衛らが狙っているという噂もあった。一方で、岡田以蔵は勅使の姉小路公知の護衛で江戸に行っているので、京にはいないという噂もあった。

何を信じ、何を疑えばよいのか。何もかもが曖昧《あいまい》で、確かなことなど何もなかった。

宗城公率いる本陣の中に、懐かしい顔があった。快太郎の父、柴田金左衛門である。

見回りがてら浄教寺の前を通り掛かった時に、山門の前に警護の宇和島藩士が何人か立ってい
た。その中の一人が、金左衛門であった。
快太郎が父に気付き目礼する。父もそれに気付き、石段を下りてきた。
「快太郎ではないか。しばらく会わぬ内に、一段と雄々しくなった。見間違えたぞ」
金左衛門は快太郎の前に立ち、何度も頷いた。
「父上も一層の壮健にあられるご様子、お悦《よろこ》び申し上げ候……」
快太郎は実の父に堅苦しく頭を下げた。いくら宗城様の警護に付いているとはいえ、表向きは
欠落の身。他の藩士の手前、あまり気安くするのも憚られる。
「積もる話もある。どこかで話そう」
金左衛門に誘われ、近くの茶屋へ向かった。
考えてみれば金左衛門は宗城公の側近の一人であり、中見《なかみ》役《やく》でもある。今回の上洛に同行する
のは、至極当然のことであった。
父によると、今回の上洛に児島五郎兵衛と土居彦六は同行していないという。五郎兵衛は江戸
におり、彦六はこの六月に妻を亡くし、今は実家に戻っている。再会を楽しみにしていたのだが、
残念であった。
家は母や弟、妹たちも、つつがなく無事である。ただ、鞠だけは、快太郎が上洛してから塞《ふさ》ぎ
込むことが多いという。今回の上洛でも女中としてでも京に来たがっていたのだが、まさかその
ような願いが通るはずもなかった。

鞠は、快太郎に会いたがっている。快太郎からの手紙が届くのを、楽しみにしている。自分が宇和島に帰る時に渡すので、鞠に手紙を書いてやってくれと父にいわれた。

快太郎は鞠の話を聞くと、なぜか切ない思いに苛《さいな》まれた。

近況の話を終えて茶屋を出ようとした時に、金左衛門が改まっていった。

「ところで快太郎、ひとつ訊きたいことがある」

「はい、どのようなことでございましょう」

「お前、もしや人を殺めたか。正直に申してみよ」

「はい、確かに……。拙者の命を狙った狼藉者を二人、この銃にて撃ち倒しました。わかりますか……」

「わかるに決まっておる。お前は、儂《わし》の息子ぞな。顔に、険相が出ておる」

「はい……」

「まあ、気に病むでない。それも武士のお役目ぞな。これから先も、またそのようなこともあろう。だが、お前だけは死ぬな。さて、儂もお役目に戻ろう……」

金左衛門は茶屋を出て、浄教寺に向かって歩き出した。快太郎は、その後を追った。

その背中が、以前より少し小さくなったように見えた。

伊達宗城は入京して休む間もなく、精力的に動いた。

二〇日には入府のために京に立ち寄った佐賀藩の前藩主、鍋島閑叟《なべしまかんそう》を捕まえて面会したのを手始めに、連日のように公武合体派の公家や、土佐藩主山内豊範など諸藩の大名を訪問。数十人の警護団を引き連れて京の街を行き来した。

年が明けて文久三年（一八六三年）正月三日には朝廷の参内が許され、鳥取藩主池田《いけだ》慶徳《よしのり》、阿《あ》波《わ》藩主蜂須賀《はちすか》斉裕《なりひろ》ら諸藩の藩主や藩世子らと共に孝明天皇に拝し、天盃《てんぱい》を受けた。

宗城は拝謁の際に天皇の前に平伏し、後に頂戴した酒肴を拝味する時には御酒を杯ではなく手の平に注いですすった。これを見た池田慶徳が「なぜそのようなことを致すのか……」と訊くと、宗城は「天盃に下賤《げせん》の口をつけることは、あまりにも畏れ多いと思ったからである……」と答えた。

一月五日、前年に将軍後見職に任じられた一橋慶喜が、将軍徳川家茂《いえもち》に先駆けて入京。朝廷との交渉に当たる前に、宗城に会って国策樹立について話し合った。

快太郎は宗城のこうした動きを、案じながら見守っていた。あまりにも目立ち過ぎるのである。いまや京都は、天誅、辻斬り、梟首が横行する修羅場《しゅらば》のごとき有様である。たとえ大名であっても、尊攘派の過激派に狙われれば無事にはすまぬ。だが、豪放な宗城は、家老の桑折左衛門や側近の清水真一がいくら具申しても、まったく意に介さぬという。

浄教寺の宿所に帰れば常に愛用のルフォーショー短銃を手元に置き、来るなら来いと嘯《うそぶ》いているとも聞く。宗城様らしいといえばそれまでだが、困ったものだ……。

だが一月一〇日、徳川慶喜が孝明天皇に拝謁する日の早朝、予期していたことが起きた。浄教寺の塀に一枚の張り紙が見つかったのである。

〈――宇和島老賊は幽閉されていたところを格別の朝恩で再出仕し、きっと国家の為に報恩するであろうと有志の者は期待したが、入京後は以《もっ》ての外《ほか》の因循偸安《いんじゅんとうあん》の説を唱え、勅命に違背して尊攘派を離間し、天下大乱の基を起こしたのは言語に絶する、不届き至極、早々に改心して謝罪しなければ、旅館に討ち入って攘夷の血祭りにいたし候――〉

文中の〝有志〟とは尊攘派の志士、〝因循偸安の説〟とは公武合体論を意味する。つまり、尊攘派による宗城への脅迫状であり、暗殺予告であった。

宇和島藩は、一大事とばかりに大騒ぎとなった。上洛中の大名に対する暗殺予告など、いくら京の世相が荒れているとはいえ前代未聞である。

急遽《きゅうきょ》、早飛脚が宇和島に向かい、山奉行の宍戸《ししど》次郎兵衛《じろべえ》が援軍を引き連れて上京した。さらに今回の率兵では選に洩れた蘭学者の大野昌三郎《おおのしょうざぶろう》までも、宗城を慕《した》って単身、京に向かった。

快太郎は、京に姿を現した大野昌三郎を見て驚いた。

「大野殿ではないか。このような所で、何をしてるぞな」

大野は快太郎や土居彦六と共に、かつては兵学者の大村益次郎《おおむらますじろう》に蘭語や英語を学んだ仲で、蘭医の楠本《くすもと》イネの家に集まる同人の一人である。今回の率兵には志願したが許しが出ず、宇和島に残っていると聞いていたのだが。

「おお、快太郎ではないか。達者そうじゃのぉ。実は俺も、宗城様の危機を聞いて居ても立ってもおられんようになってな。藩に欠落届を叩きつけて飛び出してきたぞな」

大野昌三郎は、学者とはいえ忠義の厚い男である。その自分を置いていくなどとんでもないと、怒っていた。だからといって、その忠義のために脱藩するというのもおかしなものだが。

快太郎も宗城への脅迫状が貼り出されて以来、さすがに欠落の身として慎《つつし》んでいる訳にもいかなくなった。

家老の桑折左衛門より密々に浄教寺境内《けいだい》の警固役を命じられ、中見役の金左衛門の部屋を宿所として、夜間の見回りに付くことになった。

日中は部屋で仮眠し、七ツ半（午後五時）に起きて食事をすませ、日没後の暮れ六ツ（午後六時）から境内の見回りに出る。深夜から未明、早朝に掛けて見回りを続け、明け六ツ（午前六時）に日中の当番と交代。宿所に戻り、食事を摂《と》って仮眠する。快太郎に警固役の白羽の矢が立ったのはその銃の腕を買われてのことで、左衛門からは宗城様直々のお達しだと聞かされていた。

浄教寺は、正式には多聞山鐙籠堂《たもんさんとうろうどう》浄教寺という。

浄土宗の古刹で、承安《じょうあん》年間（一一七一年～一一七五年）に平重盛《たいらのしげもり》が東山小松谷《ひがしやまこまつだに》の私邸に四八間の鐙籠堂を建立したのが始まりとされる。平家滅亡の後に立誉《りつよ》上人がこれを東洞院松原《ひがしのとういんまつばら》に移築して浄教寺の名を与え、さらに天正《てんしょう》一九年（一五九一年）に豊臣秀吉《とよとみひでよし》の地所整理により寺町通り四条下ルに移転。文久のいまに至っていた。本堂には春日《かすが》仏師の作による本尊、阿彌陀如来《あみだにょらい》像と共に平重盛像が安置され、内陣は四八燈の燈籠によって守られている。

広大な寺院である。

およそ三〇〇〇坪の境内に浄教寺の本堂、書院、大庫裏《だいくり》、内院など多くの建物の他に、同じ敷地内に京都大神宮の社殿、透玄寺や聖光寺の本堂、書院、庫裏が建ち並ぶ。さらに各寺の広大な墓所が迷路のように広がっている。

もちろんこの手広い境内を、快太郎一人で守るわけではない。毎夜、およそ三十余人の手練《てだれ》の家臣が、交代で夜回りを行う。快太郎は宗城の寝所がある浄教寺の周辺を中心に見回った。

日中は荘厳《そうごん》な名刹の境内も、深夜になれば表情を変える。月夜には墓名の縁《ふち》が月光に煌々《こうこう》と光り、影の中には目を覚ました魔物が息を潜める。土の下からは幾多の亡霊の慟哭《どうこく》と、魍魎どもの囁《ささや》きが聞こえる錯覚がある。

時折、闇の中に人影が現れる。同じ宇和島藩の警固の者である。こちらが名告れば、先方も名告る。名告らぬ者、知らぬ者がいれば、敵とみなして討ち倒す。

快太郎は深夜の境内を歩きながら、いろいろなことを考えた。あの浄教寺の壁に貼られた脅迫状に書かれていた〈――因循偸安の説を唱え、勅命に違背――〉とはいかなる理屈の邪推《じゃすい》なのか。宗城様は勅命にて上洛し、孝明天皇に拝謁した上で公武合体に尽力されているのだから、この上ない尊皇に他ならぬではないか。

その宗城様を〈――不届き至極――〉と断罪し、〈――攘夷の血祭りにする――〉と暗殺を予告するのは、あまりにも理不尽であろう。長州か薩摩、もしくは土佐の浪士かは知らぬが、いくら尊攘派の志士を騙るとはいえ許し難き憤りを覚える。

――尊皇攘夷などというものは所詮建前、倒幕を謀る者の口実にすぎぬ――。

晦巌和尚の言葉を思い出す。あの時はわからなかったが、いまは理解できるような気がした。あの坂本龍馬も吉田稔麿も久坂玄瑞も武市瑞山も、尊攘派などはただ功名を焦るだけの烏合《うごう》の衆にすぎぬのか。王政復古などと嘯いてはみても、闇雲に暗殺と梟首を重ねる餓鬼《がき》の群れにすぎぬのか――。

わからぬ……。

若かりしころには尊皇攘夷の志《こころざし》に燃え、いまも自らの手で斬奸、夷敵を討つことを本懐とする快太郎であったが、その心が大きく揺らぎはじめていた。

墓所から大庫裏を回り、宗城の寝所のある書院まで戻ってきた。四角《よすみ》にそれぞれ一人ずつ、警護の者が立っている。快太郎が名告ると、四人も順に名告ってお互いを確認する。

書院の明かり取りの窓から行灯の灯が洩れているところを見ると、宗城様はまだ本でもお読みになられながら起きていらっしゃるのだろう。そう思っていたばかりの時に、警護の呼応の声を聞きつけたのか、縁側の雨戸が開いた。

「快太郎がおるのか」

行灯の光の中に、寝間着姿の宗城公の影が立った。

「はい、快太郎にございます」

快太郎が答えた。

「姿を見せよ」

宗城がいった。

「承知いたしました……」

快太郎は影から出て宗城の前に進み、石庭に膝を突いて頭を垂れた。

「快太郎、お役目ご苦労である。それで、鹿《しか》はおったか」

宗城が、戯言《ざれごと》をいった。

「鹿は、おりません。もし見つけましたら、ここに追って参ります」

快太郎が返すと、宗城がおかしそうに笑った。

「わかった。銃を用意しておこう。楽しみじゃ」

「それよりも宗城様、ここに立たれていては危のうございます。いつ賊がやって来るやもしれませぬ。それにこの寒さ、お風邪《かぜ》を召されては大事にございます」

「快太郎、案ずるな。儂はそれほど弱くはないぞ。もし賊が参るなら、儂が直々に討ち取ってつかわそう」

「確かに。宗城様の腕をもってすれば、賊も抗《あらが》う術《すべ》もなく屈しましょう」

武士として豪放、豪胆な方である。考えてみれば宗城様も武芸の達人、快太郎が知る限り銃の腕前も右に出る者はおらぬだろう。

「快太郎、父の金左衛門が京にいる内に、孝行を致せ。儂はもう休むぞ。いずれまた戎山《えびすやま》にて共に鹿を追おう。達者でな」

「有難きお言葉。殿もお達者にお過ごし下さいますよう……」

雨戸が閉まり、宗城が寝所に下がった。

快太郎も、影の中に消えた。

六

文久三年に入っても、攘夷と天誅、暗殺の続く殺伐とした時世となった。

一月二二日には儒学者の池内大学《いけうちだいがく》が、土佐藩郷士の岡田以蔵らに天誅と称して斬殺された。土佐藩の元藩主、山内容堂が上洛のために大坂に立ち寄った折に談議し、八ツ半（午前三時）に自邸に駕籠《かご》で帰る所を待ち伏せされたのである。屍体の耳朶《じだ》は切り取られ、二四日に京の公武合体派の公家、中山忠能《なかやまただやす》、正親町《おおぎまち》三条実愛《さねなる》の邸に投げ込まれた。

一月二八日には、公卿千種有文《くぎょうちぐさありふみ》の雑掌《ざつしょう》、賀川肇《かがわはじめ》が自邸にいるところを十数名の浪士に襲われ、斬殺された。天誅の理由は和宮《かずのみや》降嫁（孝明天皇の妹、和宮親子《ちかこ》内親王と一四代将軍徳川家茂の結婚問題）にて尽力したからだという。賀川は斬首され、その首は上洛したばかりの徳川慶喜の宿所のある東本願寺《ひがしほんがんじ》の門前にころがっていた。また両腕も斬り取られ、千種家と岩倉家に、斬奸状と共に投げ込まれた。

こうした世相の中で土佐の山内容堂をはじめ、福井藩の松平春嶽、薩摩の島津久光など、公武合体派の諸侯が次々と上洛。そして三月四日、江戸幕府第一四代将軍の徳川家茂が、老中水野忠精《みずのただきよ》、板倉勝静《いたくらかつきよ》、若年寄の田沼意尊《たぬまおきたか》らを伴い、三千余りの大軍を率兵して入京した。三代将軍の家光《いえみつ》以来、二二九年振りの将軍上洛であった。

快太郎も、さすがに警護の合間に将軍上洛の行列を見に行った。三千の兵の行進は、京を揺るがすほど壮観であった。

三月七日、参内――。

家茂は義兄に当たる孝明天皇に拝謁した。だが、この義兄との面談は、けっして友好的なものではなかった。外国人嫌いの孝明天皇は家茂に攘夷の実行を頑《かたく》なに迫り、ついにその期限を五月一〇日に決定。これを家茂に承知させ、全国の諸侯にも布令を出してしまったのである。

この決定に、入京中の公武合体派の諸侯は呆然とした。

三月一四日に再上洛したばかりの島津久光はこれに憤慨し、長州藩を後《うし》ろ楯《だて》とした尊攘過激派の台頭を押さえる使命を投げ出して帰藩。同行した大久保一蔵も、天誅を怖れて逃げ出した。さらに宗城が頼みの綱《つな》と信じた松平春嶽までも幕府の政事総裁職を辞め、江戸に帰ってしまった。

こうした春嶽の動きに対し、宗城は憤りを隠さず、日記にこう記している。

〈――不思議なり。これまでの松平春嶽公とは思えず――〉

この公武合体派の動きを追い風と捉えたのが、藩論を尊皇攘夷に統一した長州藩であった。

五月一〇日攘夷期日、長州藩は馬関《ばかん》海峡（下関海峡《しものせき》）を突然、封鎖。航海中の列強の艦船に対し、無差別に砲撃を加えはじめたのである（下関事件）。

最初に標的となったのはアメリカの商船ペンブローク号であった。長州藩の見張りが田ノ浦《たうら》沖に停泊する外国船を発見し、藩内でこれを攻撃するかどうかの協議に入った。藩主の毛利元周《もとちか》は尻ごみするが、いまや藩の実権を握る尊攘過激派の久坂玄瑞らに押し切られ、砲撃が開始された。まさかの不意打ちを食ったペンブローク号は、上海に逃走して難を逃れた。

二三日、今度はアメリカ商船が襲われたことを知らぬフランスの通報艦キャンシャン号が、横浜から長崎に向かう途中、馬関海峡を通過中に長州藩の砲台から突然、砲撃を受けた。キャンシャン号は数発を被弾して破損。事情がわからない船長は話し合いのための使者をボートで下関に送ったが、長州藩兵の銃撃を受けて書記官が負傷。水兵四名が死亡した。

さらに三日後の二六日、オランダ東洋艦隊のメデューサ号が長崎から横浜に向かう途中、やはり馬関海峡で長州藩から無通告で砲撃を受けた。このメデューサ号にはオランダ外交代表のディルク・デ・グラーフ・ファン・ポルスブルックが乗艦していた。ポルスブルックはフランスのキャンシャン号が砲撃されたことは知っていたが、オランダは鎖国時代からの日本の友好国であり、まさか自分たちが攻撃を受けるとは考えてもいなかった。しかもこの時、メデューサ号は、長崎奉行所発行の馬関海峡航行許可証を所持していたのである。その後、メデューサ号は長州藩の蒸気船、癸亥丸《きがいまる》と砲撃戦になり、一七発を被弾して船体を大きく損傷。四名の死者を出して周防灘《すおうなだ》に逃げ込んだ。

こうした長州藩による欧米の艦船への一方的な暴虐《ぼうぎゃく》は、明らかな国際法違反であった。だが、この攘夷を知った孝明天皇は大いに喜び、事もあろうか長州に勅褒《ちょくほう》の沙汰を出してしまった。

この長州藩と久坂玄瑞の暴虐は、あまりにも無謀であった。

六月一日、アメリカの軍艦ワイオミング号が馬関海峡に入り、長州藩側の軍艦壬戌丸《じんじゅつまる》を砲撃。

さらに庚申丸《こうしんまる》、癸亥丸らと激しい撃ち合いになった。この海戦で長州側の壬戌丸、庚申丸は撃沈。発亥丸は大破となり、下関側の砲台も艦砲射撃により大半が破壊された。

六月五日にはフランス東洋艦隊の軍艦セミラミス号とタンクレード号が陸上に残る砲台に猛砲撃を加えた。さらに陸戦隊を送り、前田《まえだ》、壇ノ浦の砲台を占拠した。

このアメリカとフランスによる僅か二日間の報復攻撃で、長州藩海軍は事実上、壊滅。長州藩の向こう見ずな試みは、結果として列強の力を見せつけられただけで終わった。

伊達宗城は、こうした闇雲な攘夷に胸を痛めた。このようなことが起きれば、これまで公武合体の実現に尽力した諸侯の苦労が、水泡に帰すことになる。

元々、公武合体論には大きな矛盾《むじゅん》がある。攘夷を望む孝明天皇と開国やむなしと考える幕府を合体させること自体が、無理なのだ。宗城を含め、公武合体論を唱える諸侯は朝廷に対して尊皇を表明し、攘夷に賛同するが、それが現実的にはきわめて難しいことをわかっている。

尊皇攘夷が倒幕のための建前ならば、公武合体もまた幕府存続、全面開国のための時間稼ぎの詭弁《きべん》にすぎぬのか……。

宗城は三月二七日、孝明天皇が定めた攘夷の期限を待つことなく帰藩した。

その後は本隊と入れ替わりに河原治左衛門《かわらじざえもん》、小梁川主膳《こやながわしゅぜん》に京都守衛撰士隊長を命じ、数十人の士官と兵を残して京の警護に当たらせ、次の上洛に備えることになった。

※追記

宗城の帰藩と共に、柴田快太郎も京都から姿を消した。

宇和島藩が公武合体派と知れた以上は、快太郎もまた尊攘過激派から命を狙われることになる。同じく藩を欠落した大野昌三郎と二人で九州に渡り、このころ長崎に戻っていた楠本イネを頼って身を寄せた。

快太郎は長崎にて、二つの報に接した。

ひとつは長州藩がアメリカ国、フランス国、オランダ国の艦船を馬関海峡で一方的に砲撃し、列強のたった一隻《せき》(正確には三隻)の軍艦の報復に長州軍が壊滅したという報である。やはり、いまの日本の軍備では欧米には歯が立たないことが明らかになった。この列強からの報復は長州だけに止まらず、いずれ大坂や薩摩、江戸にまで及ぶのではないかという噂が立ったが、長崎港や出島《でじま》の周辺はそのような様子もなく、静かだった。

もうひとつは五月二〇日、京で破約攘夷派、尊攘過激派の公家として知られる姉小路公知が、三人の刺客《しかく》に襲われ斬死したという報である(朔平門外《さくへいもんがい》の変)。奇妙なことに刺客の一人は同じ尊攘過激派の薩摩藩士、天誅であの島田左近を加茂川に梟首したと噂された田中新兵衛であった。つまり、尊攘過激派側もけっして一枚岩ではなく、内輪揉めが起きているということか。

田中新兵衛はその後、襲撃現場に落ちていた刀から刺客の一人と断定され、仲間の仁禮《にれ》源之丞《げんのじょう》と共に捕縛された。だが奉行所の沙汰には一言も供述することなく、自ら割腹して喉《のど》の頸動脈《けいどうみゃく》を突き、果《は》てたという。

快太郎はその報に接した時の思いを、こう綴っている。

〈――天誅は、斬るも斬られるも哀れなり――〉

七

宇和島に宗城公帰藩の報が流れたのは、四月初旬のことである。

鞠はその日を指折り数えながら、楽しみに待っていた。

兄サマガ、カエッテクルゾナ……。

それから毎日、鞠は和霊《われい》神社に出掛けて快太郎を待った。母の悦子《えつこ》から、宗城公の行列は和霊神社にお参りしてから宇和島城に入城すると聞いていたからである。

鞠は、快太郎が〝キョウト〟という街に行っていることを知っていた。父サマも、宗城公にお供して、〝キョウト〟に行った。だから宗城公が〝キョウト〟から帰藩するなら、快太郎も、きっと一緒に戻ってくると信じていた。

もうすぐ兄サマに会える……。

快太郎が宗城公の行列に並んで帰ってくるなら、どうしてもその姿を見たかった。ひと目でもいいから、会いたかった。

四月一三日、その日はいつもと様子が異なった。朝から家の中が慌ただしい。外の様子も、騒がしい。姉の房《ふさ》に訊くと、今日、宗城様と父サマが京都から帰ってくるという。

母サマと兄弟たちが、みな総出で出迎えに行った。鞠も一番お気に入りの着物を着て、ついていった。

和霊神社の周辺は、いつもと違って賑やかだった。まるでお祭りのように、沿道の両側に人が出ていた。みんな、宗城公の行列をひと目見ようとする街の人たちだった。人の列は、街道の先から和霊神社の前を通り、宇和島城までずっと続いていた。

もうすぐ、兄サマに会える……。

鞠は、胸が高鳴った。

間もなく遠くに、先頭の供頭と毛槍《けやり》を持つ奴《やっこ》の姿が見えた。その後ろに騎馬兵と警固の徒士《かち》、宗城様の大名駕籠が続き、さらに三〇〇人の歩兵が槍と銃を持って行進してきた。

「片寄れ……片寄れ……」

供頭の声が聞こえてくる。宗城公の駕籠が近付いてくるにつれて、沿道の人々が路上に膝を突いて平伏した。鞠も回りの人を見て、真似《まね》をした。

「片寄れ……片寄れ……」

鞠は頭を下げながら、行列を眺めた。目の前を、前後六人の輿夫《よふ》に担がれた宗城様の駕籠が通り過ぎていく。こんなに綺麗で大きな駕籠は、これまで一度も見たことはなかった。

駕籠の後ろに続く徒士の中に、父サマの金左衛門の姿があった。父サマは沿道に迎え出た鞠と、母サマや家族の姿に気付き、こちらを見て小さく頷いた。

宗城公の駕籠が行き過ぎると、回りの人たちが立った。鞠もそれに倣《なら》って、立ち上がった。目の前を、三〇〇人の兵が行進していく。鞠はその中に、快太郎の姿を捜した。きっと、兄サマは銃を担いでいるに違いない……。

だが、兄サマは見つからなかった。銃を担ぐ士官の中にも、槍を持つ足軽の中にも、快太郎はいなかった。そのうちに、三百余名の行列の最後の一人が、鞠の前を通り過ぎていった。

兄サマは、帰ってこなかった……。

堪《こら》えきれなくなって、涙が溢《あふ》れ出てきた。

鞠は居ても立ってもいられなくなり、その場から逃げ出した。

「鞠、どこに行くの！」

母サマの声も耳に入らなかった。泣きながら、走り続けた。どこまでもどこまでも、遠くに行きたかった。

気がつくと鞠は、樺崎《かばさき》の浜にいた。遠くに、樺崎の砲台が見えた。

鞠は砂浜に座った。いつか、ずっと前に、兄サマや他の兄弟たちとここにきたことがある。姉の房たちと、貝殻を拾って遊んだ。兄サマが漁師から船を借りてきて、皆を沖に連れていってくれた。

でも、いまは一人だった。広い浜に、鞠一人だった。

遠くに、宇和海を行き来する船が浮かんでいた。

あの船に乗れば、兄サマに会いに行けるのだろうか……。

膝を抱え、そんなことを考えながら、涙が涸《か》れるまで泣いた。

八の章　新選組《しんせんぐみ》

一

快太郎《はやたろう》が長崎《ながさき》にいたのは、文久《ぶんきゅう》三年（一八六三年）六月の半《なか》ばまでである。

元々、長崎まで出向いたのは宇和島《うわじま》藩御用達《ごようたし》商人の有田屋彦助《ありたやひこすけ》に会うことが目的のひとつだった。

この年の年末から、伊達宗城《だてむねなり》公は二度目の上洛《じょうらく》を予定していた。その際に宗城公は、初めて英国式の銃隊を編成し、これを率兵して京に上がる意向であった。快太郎は、その銃隊のための洋式銃を購入して宇和島に送るようにと家老の桑折左衛門《こおりさえもん》から命じられていた。

藩の要求は、新型の英国製エンフィールド銃を二〇挺《ちょう》。だが、アメリカで南北戦争が始まり、日本でも長州《ちょうしゅう》藩と列強による下関《しものせき》事件が勃発《ぼっぱつ》したいま、エンフィールド銃は一挺も手に入らなかった。有田屋と共に大浦《おおうら》の外国人居留地まで出向き、何とか旧型のミニエー銃の中古を六挺、掻《か》き集めるのがやっとだった。

快太郎はその六挺をすべて分解、点検、壊れている箇所を修理し、使える銃五挺に組み直した。

それをすべて試射した上で、余った一挺分の部品と共に宇和島に向かう船に積み込んだ。それでも藩の銃隊で使っている火縄銃や、日本製のゲベール銃と比べれば、遥《はる》かに命中精度が高く威力もあった。

この時、快太郎は、有田屋の紹介でトーマス・グラバーという男に初めて会った。以前、土佐《とさ》の坂本龍馬《さかもとりようま》から話を聞いたグラバー商会という武器商人である。

グラバーは、南山手町《みなみやまてまち》の海を見下ろす丘の上の、まだ真新しい八角形の洋館に住んでいた。背の高い、青い眼《め》をしたスコットランド人で、鼻の下に濃い髭《ひげ》を蓄《たくわ》えていた。年齢は、快太郎と同じくらいだろう。

グラバー邸には、洋服を着た奇妙な日本人が一人いた。男は、五代友厚《ごだいともあつ》と名告《なの》った。言葉の訛《なまり》からすると、薩摩《さつま》人であろう。

これまでに学んだ片言の英語と五代友厚の通訳で挨拶《あいさつ》をし、紅茶を飲みながら少し話すことができた。その中で、いくつかのことがわかった。

まずグラバー商会が、かつて快太郎が横浜《よこはま》で訪ねたことのあるジャーディン・マセソン商会の代理店であること。同じようにアメリカ製やイギリス製の武器も扱うが、いまはアメリカで市民戦争（南北戦争）が起きているので手に入りにくいこと。その戦争が終われば、また大量に日本に入ってくるであろうということ。それらの銃に関しては、すでに長州藩や薩摩藩から注文が入っていること——。

快太郎は、不思議だった。すでに長州藩はアメリカ、フランス、オランダなどの列強と事実上の戦争状態に入っている。薩摩藩も、横浜の生麦《なまむぎ》で英国人を殺した件で、いつイギリスと戦争になるかわからぬと聞く。それなのになぜこのスコットランド人の武器商人は、長州藩や薩摩藩に武器を売るのか。どちらの味方なのか——。

快太郎は、試しに懐《ふところ》から巾着《きんちゃく》を出し、その根付《ねつけ》を外してグラバーに見せてみた。例の定規《じょうぎ》に根発子《こんぱっす》、アルファベットの〝G〟の文字が入った真鍮《しんちゅう》のボタンである。

そして訊《き》いた。

「これは〝フリーメイソン〟のマークですね。あれと同じ……」

グラバー家のバテレンの祭壇《さいだん》の棚にも、まったく同じ図柄の青銅の盾《たて》が飾られていた。

「そうです。確かにこれは我々〝メイソンリー〟のシンボルです」

グラバーは、自分もメイソンの一人であることを認めた。

「〝フリーメイソン〟とは何なのでしょうか」

「簡単に言えば、〝フラタニティ・アソシエイション〟です。つまり、友愛のための共同体、〝友愛結社〟というような意味になります」

五代が説明した。

「日本人にもメンバーはいますか」

快太郎が訊くと、グラバーは少し考え、こう答えた。

「いまはいません。キリスト教徒でなければ、〝フリーメイソン〟に入会できないのです。しかしこれからは、日本人のメイソンも次々に生まれるでしょう」

グラバーは、さらにこんな話を続けた。

今年の春、長州藩の藩士たちが、ここを訪ねてきた。イノウエ、イトウ、エンドウ、ヤマオ、ノムラの五人である。彼らはグラバーの紹介状を持って横浜に向かい、ジャーディン・マセソン商会の協力を得て、いまイギリスに留学している。目的はイギリスで航海術を学び、現地のロッジでフリーメイソンに入会することだ。

五代によると、その長州藩士とは井上聞多《いのうえもんた》（馨《かおる》）、伊藤俊輔《いとうしゅんすけ》（博文《ひろぶみ》）、遠藤謹助《えんどうきんすけ》、山尾庸三《やまおようぞう》、野村弥吉《のむらやきち》の五人だとのことである。実際にこの五人は、長州藩より洋行の内命を受け、文久三年五月一二日にチェルスウィック号で横浜を出港。上海《シャンハイ》を経由してイギリスに向かっている途中であった。

快太郎はこの話を、いささか意外に感じた。長州藩は昨年の一二月一二日、高杉晋作《たかすぎしんさく》や久坂玄瑞《くさかげんずい》らの尊攘過激派が品川《しながわ》の御殿山《ごてんやま》で英国公使館焼き討ち事件を起こしている。しかも五人の内の二人、井上聞多と伊藤俊輔は、その焼き討ちに加わっていた首謀者である。

さらに長州藩は、五月一〇日に馬関《ばかん》海峡を封鎖し、以後アメリカ、フランス、オランダの艦船に無通告で砲撃している。それなのになぜ、この時期に、長州藩士が五人もイギリスに留学しているのか。

もしグラバーと五代の話が事実ならば、長州の五人は昨年末に英国公使館を焼き討ちし、年が明けて春に長崎のトーマス・グラバーを訪ねてイギリスへの留学を相談し、ジャーディン・マセソン商会を紹介されて横浜に行き、長州と列強との下関戦争が勃発した二日後に英国船で日本を発《た》ったことになる。

これは、おかしい。何か、裏があるような気がした。

最後に、グラバーがいった。

「あなたがもし英国に留学したいのならば、私が手配することができます。もしあなたの藩が軍艦や大砲、銃を必要とするならば、私から買うことができます。そしてもしあなたがメイソンになりたいのならば、長崎の崇福寺《そうふくじ》に住むフルベッキというアメリカ人の英語教師に会って話を聞くとよいでしょう」

快太郎は有田屋と共に紅茶を飲み干《ほ》し、二人に礼をいってグラバー邸を辞した。


翌日、快太郎は崇福寺を訪ねた。

崇福寺は長崎の鍛冶屋町《かじやちょう》にある唐人寺である。門も本堂もすべて朱で塗られ、金と極彩色で煌《きら》びやかに装飾を施《ほどこ》された奇妙な寺であった。

訪《おとな》うと、唐人の住職が出てきて流暢《りゅうちょう》な日本語で対応した。

フルベッキという英語教師に会いたいと来意を告げた。だが、フルベッキは留守《るす》だった。間もなく薩摩藩と英国との間で戦争が始まるので、家族と共に上海に避難したという。

「なぜ、フルベッキ先生に会いたいのですか」

住職が訊いた。

「フリーメイソンという友愛結社についてお教えいただきたく、参り申した」

快太郎はそういって、巾着の根付のボタンを住職に見せた。

住職はボタンの定規と根発子、アルファベットの〝G〟の文字のシンボルマークをしばらく見つめていた。やがて、小さく頷《うなず》いた。

「私は何も教えることはできません。しかし、あなたがもしフリーメイソンについて知りたいのならば、フルベッキ殿の弟子《でし》の大隈重信《おおくましげのぶ》に会うとよろしい。彼は、佐賀《さが》藩の義祭《ぎさい》同盟の方です……」

義祭同盟とは、佐賀藩の政治結社である。尊皇倒幕の志士の集団としても知られ、その中心人物に大隈重信という者がいることは耳にしたことがあった。だが、その大隈が、フルベッキという英語教師の弟子であるというのは、意外であった。

快太郎は住職に礼を述べ、異国のような唐人寺を後にした。いよいよ迫りかけたフリーメイソンの謎《なぞ》が、また遠のいていった。

その七日後、文久三年七月二日未明――。

イギリス艦隊のパール、アーガス、レースホース、コケット、ハボックの五隻が鹿児島湾に潜入し、薩摩藩の蒸気船、天佑丸《てんゆうまる》、白鳳丸《はくほうまる》、青鷹丸《せいようまる》の三隻を襲撃して拿捕《だほ》。船長などを捕虜《ほりよ》として桜島《さくらじま》沖まで曳航《えいこう》し、これを機に薩英戦争が勃発した。薩摩藩もこれに対し英国の旗艦ユーライアラス、戦艦パーシュースを砲撃するなど応戦した。

その後、イギリス側は拿捕した三隻を焼却して沈没させ、折しも暴風雨の中で双方による激しい砲撃戦が開始された。イギリス海軍は薩摩藩の砲台や市街地を破壊。一方イギリス海軍は艦船大破一隻、中破二隻、戦死者六三名という大きな被害を出し、七月四日に薩摩から撤退《てったい》した。

薩英の戦争は、僅《わず》か三日で終戦を迎えた。

※追記
快太郎が長崎の崇福寺に訪ねたフルベッキとは、アメリカのキリスト教阿蘭陀《オランダ》改革派宣教師のグィド・ヘルマン・フリドリン・フェルベック（一八三〇年一月〜一八九八年三月）である。文久三年当時の日本はキリスト教の布教が禁止されていたため、フルベッキは宣教師とフリーメイソンの会員という身分を隠して唐人寺に居住。英語教師として布教と日本の情報収集を行っていた。そのフルベッキの日本側の協力者に、佐賀藩の大隈重信と副島種臣《そえじまたねおみ》、薩摩藩の五代友厚、公家《くげ》の岩倉具視《いわくらともみ》らがいた。

快太郎は、長崎に滞在したおよそ二カ月間に得た情報から、不穏なものを感じ取っていた。

第一に、五月一二日に英国留学のために横浜を発った長州藩の五人である。もし彼らの乗った英国船チェルスウィック号がまず上海に向かったのだとしたら、船長はアメリカ船やフランス船が砲撃されたことも知らずに馬関海峡を通ったはずである。それなのになぜ、その英国船は長州藩に砲撃されることなく無事に通過できたのか。

第二に、長崎の商人トーマス・グラバーや英語教師のフルベッキは、何者なのか。日本で何を企《くわだ》てようとしているのか。おそらく彼らも、下関戦争や薩英戦争の裏で何らかの糸を引いているに違いない。

この長崎で得た情報の印象について、快太郎はこう書き残している。

〈――フリーメイソンなる結社、得体が知れぬ。不審なり。彼らは列強のどの国にも属さず、長州藩や佐賀藩と示し合わせ、日本を乗っ取る気配あり――〉

快太郎がこの時に感じた疑問は、その後、少しずつ現実のものとなっていく。

二

文久三年八月七日、快太郎は京に戻ってきた。

僅《わず》か三カ月の間に、京都の空気は大きく変わっていた。

街の中は、長州と列強との間に起きた下関事件と、薩英戦争の噂《うわさ》で持ちきりだった。先斗町界隈《ぽんとちょうかいわい》の煮売り屋や居酒屋で飯を食っていても、米英仏蘭の列強はいつ京に攻め入ってくるのかと、そんな不安の声がどこからともなく聞こえてきた。

街を歩いていても、行き交《か》う者たちの気配がどことなく違った。以前は道の中央を我が物顔で闊歩《かつぽ》していた尊攘派の浪士らの姿は影をひそめ、代わって京都所司代や奉行所の役人たちが幅を利《き》かせている。一時は威勢を振るった尊攘派と、鳴りをひそめていた公武合体派の立場が、この三月の間に転じてしまったかのようであった。

他にも、異色の志士の集団を見掛けた。浅葱《あさぎ》色に白い袖口《そでぐち》のだんだら模様の羽織を着た男が数人ずつ連れ立ち、どこか殺気立ちながら、街を巡警するように徘徊《はいかい》している。奉行所の役人たちと挨拶を交わし、尊攘派の浪士たちも道を譲るところを見ると、ただのごろつきの集団ではあるまい。

いったいあの志士たちは、何者なのか……。

快太郎は京の街を歩きながら、どこに行く当てもなく、ふと河原町《かわらちょう》の枡屋《ますや》に足を向けてみる気になった。前年の暮れに伊達宗城公が上洛し、宇和島藩が公武合体派と知れ渡ってからは、主人の湯浅《ゆあさ》喜右衛門《きえもん》とも疎遠《そえん》になっている。元より枡屋は、長州藩をはじめとする尊攘過激派の巣窟《そうくつ》である。

だが、快太郎は、表向きは宇和島藩を欠落《けつらく》した浪士の身である。訪ねてみれば、まさか殺されることもあるまい。

快太郎は枡屋の裏口から訪うた。下男が出てきて、すぐに主人を呼びに行った。喜右衛門は快太郎の姿を見ると、驚いたようにその場に立ち尽くした。

「湯浅殿、お久し振りにございます」

快太郎が挨拶をすると、喜右衛門も我に返ったように口を開いた。

「これは柴田《しばた》様……。よくぞご無事で……」

どうやら快太郎は、天誅《てんちゅう》にあって死んだと噂になっていたらしい。

「しばらく長崎の方に行って参り申した」

「そうでしたか。それより、ともかくお上がりくださいませ。人に見られるとまずうございますのでな……」

以前にいた部屋に通され、喜右衛門が茶と菓子を運んできた。隣の部屋に、人の気配はない。

「長州の方々は？」

快太郎が差料《さしりよう》を外し、喜右衛門に訊いた。

「はい、いまは皆様、萩《はぎ》に帰られてございます。下関で、西洋列強との戦争が始まりましたので……」

「吉田稔麿《よしだとしまろ》殿もでございますか」

「はい、長州藩の高杉晋作《たかすぎしんさく》様が奇兵隊《きへいたい》という部隊を創設したとかで、そちらの方に参加したようでございます……」

喜右衛門によると、奇兵隊とは長州の藩士以外の浪士、武士、庶民からなる混成部隊で、稔麿以外の長州浪士も続々と萩に帰って奇兵隊に入り、いま下関戦争で列強と戦っているという。

「それで納得がいき申した。京の街では尊攘派の威勢が凋落《ちようらく》したように見受けられましたが、そういえば長州藩の志士や浪士を一人も見掛けませんでした……」

「長州だけではありまへん。土佐藩でも大変なことが起きておりまする……」

喜右衛門によると、土佐藩の山内容堂《やまうちようどう》はそれまで黙認してきた土佐勤王党《きんのうとう》を突然、弾圧。吉田《よしだ》東洋《とうよう》暗殺の下手人の吟味を命じ、勤王党幹部の平井収二郎《ひらいしゆうじろう》、間崎哲馬《まさきてつま》、弘瀬健太《ひろせけんた》らが捕縛されて切腹を命じられ、六月八日に自害した。快太郎は面識がなかったが、いずれも土佐藩の尊攘派の志士として名を知られた者たちである。

「すると、武市《たけち》瑞山《ずいざん》殿はどうなりましたか。確か昨年、藩の上士格に出世されたと聞いておりましたが……」

保守的な土佐藩内での郷士《ごうし》から上士格への昇進は、異例である。しかも瑞山は他藩応接役にも任じられ、藩主山内豊範《とよのり》の名で朝廷に向けた建白書を起草しているという噂もあったが。

「武市様の出世は、そもそも土佐勤王党から切り離すための山内容堂様の計略にございましょう。四月に容堂様に会うために土佐に帰られたと聞いておりますが、以来、京都には戻ってへんようどす。もう、こちらには戻られへんかもしれまへんな……」

一時は吉田東洋を討ち、尊攘派の寵児《ちょうじ》として一世を風靡《ふうび》した武市瑞山も、命運が尽きたということか。もっとも瑞山が、岡田以蔵《おかだいぞう》らを操り多くの天誅に係《かかわ》っていたことも土佐藩は暗黙の内に承知していたはずである。山内容堂公がその気になれば、土佐勤王党も武市瑞山も、ひと捻《ひね》りに取り潰《つぶ》すことは造作《げ》もあるまい。

それにしても実に恐ろしきは山内容堂公なり。宗城様は容堂公を府政の盟友として親しくしておられるが、ある意味では薩摩の島津《しまづ》久光《ひさみつ》にも並ぶ策士に他ならぬ。

だが、土佐勤王党といえばもう一人、あの男がいる……。

「湯浅殿、このごろの京都で、坂本龍馬という男の噂を耳にいたしませぬか。その男も武市瑞山殿の盟友として、土佐勤王党に係っていたはずなのですが……」

快太郎が訊くと、喜右衛門は首を傾《かし》げた。

「さて、坂本龍馬でございますか。いつか久坂玄瑞様のお話でそのような方のお名前が出たような気もしますが、この京都では噂をお聞きいたしまへんなあ……」

　快太郎は昨年の三月、共に藩を欠落した折に韮《にら》ヶ峠《とうげ》にて落ち合い、長浜《ながはま》で別れて以来、龍馬とは一度も会っていない。噂も聞いていない。

　いったいあの男は、どこに消えてしまったのか——。

「ところで柴田様。ここに参られる途中。壬生《みぶ》浪士組には会わしまへんどしたか……」

　喜右衛門が訊いた。

「壬生浪士組というと、いかような……」

　以前に京都にいた時には聞いたことがない名前である。

「柴田様は、昨年の寺田屋《てらだや》騒動の折に、田中河内介《たなかかわちのすけ》と共に九州浪士組を組織した清河八郎《きよかわはちろう》を覚えておりはりますか」

　清河の名は長州藩の吉田稔麿の話にもよく出ていた。当時、島津久光の率兵は倒幕のためという噂を広め、事の次第《しだい》を大きくした張本人である。寺田屋騒動の前に有馬新七《ありましんしち》らの尊攘過激派に追放されたと聞く。どちらかといえば、如何様師《いかさまし》という印象がある。

「清河が、どういたしましたか」

「あの男が、またやらかしましてや……」

　喜右衛門によると、尊攘派の浪士組の結成に失敗した清河八郎は今度は幕府を騙《だま》し、江戸で将軍守護のためと称して浪士たちを集めはじめた。この浪士たちを京に移動させ、壬生の新徳寺《しんとくじ》を根城として新たな浪士組を結成した。

ところがこれが、とんだ食わせ物だった。清河は最初、浪士らに将軍警護のための組織と説明していた。それを上洛の後に、実は倒幕、尊攘のための浪士組であったといいくるめようとしたのである。これに賛同したものは清河と共に江戸に戻ったが、反発した二四名が京に残り、京都守護職の会津《あいづ》藩主、松平容保《まつだいらかたもり》預かりとして親幕派の浪士組を結成した。これが壬生浪士組である。

「それは浅葱色に白い袖口のだんだら羽織を羽織った浪士たちではありませぬか」

確かに、それらしき浪士の集団を京の街で見掛けた。

「そうどす。柴田様も見ましたか。その連中どす……」

喜右衛門が話を続けた。

頭取（局長）は水戸《みと》藩浪士の芹沢鴨《せりざわかも》という男で、六月三日、大坂に下った折に、小野川《おのがわ》部屋の力士と悶着《もんちゃく》を起こして暴行。一人を斬《き》り殺している。副頭取はいまのところ近藤勇《こんどういさみ》という天然理心《てんねんりしん》流宗家四代目を襲名する使い手で、すでに壬生浪士組の中で仲間割れを起こし、三月には結城《ゆうき》藩浪士の殿内義雄《とのうちよしお》なる者を惨殺したという噂がある。その右腕の土方歳三《ひじかたとしぞう》なる者も同じ天然理心流の凄腕《すごうで》で、この三人に畏《おそ》れをなして尊攘派の浪士もおいそれと京の街を歩けなくなった。

「最初は清河と仲たがいした二四人でしたが、いまは五〇人はおりますやろ。何にしろ奴《やつ》らには会津藩という後ろ盾がありますさかい、金があるし好き勝手にできる。まったく始末の悪い連中でおます……」

それで尊攘派の浪士らが影をひそめ、代わって京都所司代や奉行所の役人たちが虎の威を借りて幅を利かせていたということか。

「先程、人に見られるとまずいと申されたのは、その壬生浪士組のことでございましたか」

快太郎がいった。

「左様にございます。私は長らく尊攘派の志士の方々を援助して参りましたので、すでに壬生浪士組から目を付けられているやもしれまへん。もし柴田様が枡屋に出入りしているところを見られでもすると、命を狙《ねら》われることにもなりかねまへん」

そういうことか。それで枡屋には、いまは浪士が誰《だれ》もいないのか……。

「それで、その壬生浪士組と袂《たもと》を分かった清河八郎は、どうなりましたか」

「朝廷に建白書を出して受理されたまではよかったのですが、江戸で殺されたと聞いておりますな……」

清河八郎は四月一三日、麻布《あざぶ》の赤羽橋《あかばねばし》で佐々木只三郎《さ さ き たださぶろう》ら幕府側の刺客《しかく》六人に襲われ、暗殺されたという。それまでに浪士組の軍資金調達のために商家に押し込むなど、散々悪事をはたらいていたらしい。それが事実ならば、自業自得《じごう》といったところか。

「それで長州藩の方々もここにおられなくなったわけですか……」

「それもあります。そして何より、いまはお国の方が大変な時ですから……」

実際に、先斗町の界隈を歩いていても、長州藩らしき志士や浪士の姿は一人も見掛けなかった。

「そういえば、長崎で奇妙な話を耳にいたし申した。下関で戦争が始まった五月一〇日の二日後に、長州の藩士五人がエゲレス国に留学するために横浜を出港したとか……」

「私も長州の方から聞いております。確か、その五人の中に品川の英国公使館を焼き討ちした井上聞多様と伊藤俊輔様も入っているとか。長州の方々も、不思議だといっておりました……」

やはり、知っていたか。誰が聞いても奇妙であろう。

「何か、裏があるぞな……」

「わかりまへん。しかし吉田稔麿様が京都を発つ時に、ちょっと意外なことをいってはりましたな。もしかしたら長州はエゲレス国と同盟を結び、他の夷敵《いてき》を討って新政府を立てることになるやもしれへんと……」

長州がエゲレス国と同盟を結ぶ――。

「それは、どのような訳ぞな」

「よくはわかりませんが、このような訳かと……」

喜右衛門が、考えながら説明した。それによると、エゲレス国は他の列強を出し抜いて、何とか日本に取り入ろうとしているのではないか。

これまで日本に開国を迫り、先手を打って修好通商条約を結んできたのはアメリカ国であった。ところがそのアメリカの国内で市民戦争が始まり、日本どころではなくなった。その隙《すき》を狙って日本との国交を優位に進めようと考えたのがイギリスである。それならば攘夷をやりたがっている長州に米、仏、蘭の列強を討たせ、英国は漁夫の利を得ようという算段ではあるまいか。

喜右衛門のいうにも一理ある。つまり下関戦争のどさくさに長州藩士を自国に留学させて教育し、やがて日本に樹立する親英国の傀儡《かいらい》政府の人材を育てようという算段か。もちろん長州がその新政府の実権を握るならば、両者にとって利益がある。

「そういえば、オロシア国の軍艦が対馬《つしま》に上陸して侵略しようとした時にも、海軍を出動させて追い払ったのはエゲレス国だったぞな……」

「はい、確かに、そのように聞いております。しかし柴田様が京都をお留守にしていた五月から六月にかけて、不思議な出来事がありましてや……」

「どのような」

「幕府老中の小笠原長行《おがさわらながみち》が、エゲレス国から借り入れた汽船に千数百名の兵を率兵して海路上京し、尊攘派を一掃して京を武力制圧するという噂がありましてや。結局、六月一日に大坂に上陸したものの、上京を差し止められたんどす……」

当時一四代将軍の徳川家茂《とくがわいえもち》は上洛中で、京にて尊攘派の人質のように扱われた。結局、小笠原長行は家茂の身柄を取り戻すことには成功したが、本来の目的である京都の武力制圧という目的は失敗に終わった。

「小笠原長行は、確か唐津《からつ》藩の世嗣《よつぎ》でしたな。その小笠原長行に、どうしてエゲレス国が船を貸したのか……」

唐津藩は公武合体派であり、藩論を尊皇攘夷に統一した長州とは対立する関係である。もしエゲレス国が長州を利用しようとして幕府の転覆《てんぷく》を謀《はか》ろうとするなら、なぜ唐津藩、しかも老中の小笠原長行の話に乗ったのか。その理由がわからぬ。

「まあ、エゲレス国としては、表向きは幕府の味方ということにしておきたいのだと思いますが……」

そして七月一二日、長州藩家老の益田右衛門介《ますだうえもんのすけ》が率兵して入京。御所《ごしょ》の周囲を制圧し、孝明《こうめい》天皇を警固。朝廷と京都を事実上の支配下に置いた。

「ところで湯浅殿は、〝フリーメイソン〟という言葉を聞いたことはありませぬか。拙者《せっしゃ》もよくわからんのですが、列強諸国に跨《また》がる宗教、……いや、結社のような組織で、すでに長崎あたりにはかなり入ってきているようなのだが……」

あのトーマス・グラバーという武器商人も、長州の五人が英国に留学する目的のひとつは、フリーメイソンに入会することだといっていた。

もしエゲレス国が日本を独占して植民地にするとしても、表向きに国として動く訳にもいくまい。そうなると、フリーメイソンが何らかの役を担うのではないか――。

だが、喜右衛門は、首を傾げた。

「ふりい……めいそん……どすか……。聞きまへんな……」

長州の志士との話の中でも、そのような結社の名前は一度も聞いたことはないという。

快太郎は、暗くなるのを待って枡屋を出た。

風のない、不穏な夜であった。

今夜の宿を探さねばならぬ……。

足は自然と、先斗町の方に向いた。

三

文久三年八月一三日、幕政を揺るがす騒動が起きた。

土佐勤王党の残党、寺田屋騒動の生き残りの吉村虎太郎《よしむらとらたろう》らを中心とする尊攘派の義軍、天誅組が大和《やまと》の国で決起。孝明天皇の侍従、尊攘過激派の公卿《くぎょう》として知られる中山忠光《なかやまただみつ》を主将に担ぎ、四〇名の兵を擁《よう》して大坂から海路で幕府天領五條《ごじょう》（現・奈良県五條市）を目指した。

一五日、軍勢は堺《さかい》に上陸。一六日には高野《こうや》街道を進んで狭山《さやま》に入り、狭山藩と交渉してゲベール銃を得るなどの軍備を整え、ここで河内勢の一三名が合流。翌一七日は観心寺《かんしんじ》に入り〈――七生賊滅天後照覧――〉と大書きされた幟《のぼり》を立てて楠木正成《くすのきまさしげ》の首塚に拝礼。その勢いを借りて五條に入り、代官所に攻め入った。

攻撃は凄惨《せいさん》を極めた。一三人しか所在しない代官所を銃隊が威嚇《いかく》、槍《やり》隊が突入し、代官の鈴木《すずき》正信《まさのぶ》以下四人を斬殺《ざんさつ》、一人が自刃。代官所を焼き払った。さらに一八日には桜井寺《さくらいじ》を本陣として、斬殺した五人を梟首《きょうしゅ》。五條を〝天朝直轄地〟と称して御政府を旗揚げした。いわゆる〝天誅組の変〟である。

ところが同一八日、京都においてもうひとつの重大事案が発生した。公武合体派の公家、朝彦《あさひこ》親王が、長州藩を中心とする尊攘派の政治的失脚を画策。これに薩英戦争で苦戦し攘夷が不可能と知った薩摩藩の島津久光と、京都守護職に任じられた会津藩の松平容保らが共謀して京都御所に乗り込んだ。

さらに長州藩兵が守護していた堺町御門を薩摩藩兵が急襲し、これを制圧。御所の全九門を閉ざして宮廷を占拠し、翌一九日には長州藩と共に尊攘急進派の公家七人（三久実美《さんじょうさねとみ》、三久西季知《さんじょうにしすえとも》、四条隆謌《しじょうたかうた》、東久世通禧《ひがしくぜみちとみ》、錦小路頼徳《にしきこうじよりのり》、壬生基修《みぶもとなが》、澤宣嘉《さわのぶよし》）が京都から追放されて西国に下った（七卿落ち）。いわゆる〝八月一八日の政変〟である。

この突然の政変で、前日に五條に新政府を立てた天誅組は義軍としての正当性を失い、僅か一日の天下で逆賊とされた。京都守護職の松平容保が周辺の彦根《ひこね》藩、津《つ》藩などの諸藩に追討令を発令し、天誅組は敗走して壊滅した。

快太郎はこの天誅組の変から八月一八日の政変、さらに天誅組壊滅の動きを、京都で知った。だが、京にいながら伝聞や風説書《ふうせつがき》（小雑誌）で伝わってくる情報は混沌《こんとん》として錯綜《さくそう》し、実際のところ何が起きているのか正確には把握《はあく》し辛《づら》かった。ただ、確かなことは、朝廷から尊攘過激派の長州藩が追放され、公武合体派の会津藩、薩摩藩が実権を握ったということであろう。

この変動で勢いを得たのが、八月一八日の政変の警備にも駆り出されて殊勲を立てた会津藩預かりの壬生浪士組である。浪士組は松平容保から新たな隊名を拝命した。

ここに晴れて、新選組《しんせんぐみ》が誕生した。

九月――。

新選組の隊員の数はすでに四〇名を超えていた。

だが、会津藩預かりの京都守護隊とはいえ、所詮《しょせん》は清河八郎の口車に乗って集まった烏合《うごう》の衆である。京の警備の一方で、新選組は様々な問題や事件を引き起こした。

政変の五日前の八月一三日には頭取の芹沢鴨以下およそ三〇名の隊士が京の生糸《きいと》問屋、大和屋《やまとや》に押し入り、主人の庄兵衛《しょうべえ》に金策を強要。これを断られたとして、店に放火。隊員が店を取り囲んで火消を排除し、一晩かけて大和屋の建物と生糸の在庫を炭になるまで焼き尽くした。

そして九月一六日、大雨の降る日の深夜のことである。後に新選組の名を世に知らしめる凄惨《せいさん》な事件が起きた。

水戸藩浪士、新選組の初代筆頭局長となった芹沢鴨は、いわば破《は》天荒《てんこう》な無頼漢《ぶらいかん》であった。本名は、木村継次《きむらつぐじ》という。水戸藩上席郷士の芹沢家の出身で、神道無念《しんとうむねん》流剣術の免許皆伝《めんきょかいでん》を名告《なの》る。

常に〈――尽忠報国之士芹沢鴨――〉と書かれた鉄扇《てっせん》を持ち歩き、気に入らぬ者あらば誰かれかまわずそれで殴《なぐ》りつける。それでもだめなら愛刀の備後《びんご》三《み》原《はら》守家《もりいえ》正家《まさいえ》の二尺八寸を抜いて無造作に斬り捨てる。暴れ者揃《ぞろ》いの新選組の中でも抜きん出た兇漢《きょうかん》として仲間からも畏《おそ》れられていた。

元より芹沢鴨は、無類の酒好き、女好きとしても知られていた。酒癖《さけぐせ》が悪く、泥酔《でいすい》の末に大坂相撲《ずもう》の力士を斬り殺したのも鴨である。つい先日も傍惚《おかぼ》れした小寅《ことら》という芸妓《げいぎ》が肌を許さなかったといって激高した末に置屋に乗り込み、店を滅茶苦茶に破壊。小寅ともう一人の芸妓を引きずり出して素裸にし、鋏《はさみ》で髪を丸刈りにするという狼藉《ろうぜき》を働いたばかりであった。

この日も芹沢鴨は新選組の全隊員を引き連れて、京一の花街として知られる島原《しまばら》の角屋《すみや》に繰り出した。会津藩から出ている八月一八日の政変の慰《い》労金《ろうきん》を手に芸妓を総揚げし、酒池肉林のどんちゃん騒ぎの大宴会を催《もよお》した。

宴《うたげ》は夜遅くまで続いたが、芹沢はそれでも飲み飽きず水戸の天狗党《てんぐ》のころからの同志の平山五郎《ひらやまごろう》、平間重助《ひらまじゅうすけ》の二人を誘って角屋を抜け出した。これに部下の沖田総司《おきたそうじ》、土方歳三も加わって、屯所の八木源之丞《やぎげんのじょう》邸に戻って飲み直そうということになった。

上機嫌の芹沢は、その席に愛妾《あいしょう》のお梅《うめ》を呼んだ。

このお梅というのは四条堀川《しじょうほりかわ》の商家、菱屋《ひしや》の愛妾で、芹沢がこれに傍惚れし、主人を威《おど》して強奪した女である。そこに平山も馴染《なじ》みの桔梗屋《ききょうや》の芸妓のお栄《えい》、平間は輪違屋《わちがいや》の糸里《いとさと》を呼んで、これに土方と沖田を交え、八木邸の母屋《おもや》の一〇畳間で酒宴がはじまった。

気心の知れた者同士の、和気藹々《わきあいあい》とした場となった。

土方と沖田は芹沢や平山、平間を煽《おだ》て上げ、しきりに酒を勧めた。三人も調子よくこれを受けて、一人、また一人と酩酊《めいてい》しはじめた。やがて三人が泥酔したところでまず沖田が席を外し、場がお開きとなった。

奥の一〇畳間に蒲団《ふとん》を二つ敷き、真中に屏風《びょうぶ》を立て、土方は女たちに手伝わせて芹沢と平山を寝かせた。二人とも完全に酔い潰れていて、蒲団まで運ばれても気付かぬほどである。平間は糸里を連れて、玄関の脇《わき》の四畳半に入って勝手に寝てしまった。

外はいつの間にか、土砂降りの大雨になっていた。

酒宴の場に残ったのは、土方歳三ただ一人である。

あたりには食べ残しの料理の皿が乗った折敷《おしき》や、空いた酒の徳利《とっくり》、芹沢や平山が脱《ぬ》いだ羽織や着物が散乱していた。土方は三人に付き合って飲んだ振りをしていたが、それほど酔ってはいなかった。

土方は座ったまま、行灯《あんどん》の火を見つめていた。

街を歩けば道行く芸妓も娘も皆、振り返るというほどの美青年である。背が高く、顔つきも一見して優しい。だが、いま行灯の火を見つめる目は氷のように冷たく、形相《ぎょうそう》は鬼が宿ったかのように険しい。

隣室からは芹沢鴨と愛妾お梅の情交の喘《あえ》ぎ声と、嗚咽《おえつ》が洩《も》れていた。平山は、すでに眠っている。やがて芹沢も情交を終えて、高鼾《たかいびき》をかきはじめた。

土方は愛刀、和泉守兼定《いずみのかみかねさだ》の二尺三寸一分の赤鞘《あかざや》を摑《つか》み、すっ……と席を立った。

行灯の火を消し、黙って部屋を出た。


この時、新選組の派閥《はばつ》は大きく二つに分かれていた。

頭取の芹沢鴨と水戸勢を中心とする芹沢派と、組長の近藤勇と天然理心流勢を中心とする近藤派の二派である。土方も沖田も、元は近藤勇の腹心である。その二人が何故《なぜ》に芹沢派の三人の酒宴に同席したのか――。

土方は部屋を出ると縁側から中庭に降り、土砂降りの雨の中を屯所のある坊城通の離れに走った。濡《ぬ》れ縁に上がると、黒装束《くろしょうぞく》に覆面《ふくめん》姿の男が三人、待っていた。先に座を外した天然理心流の使い手、沖田総司。同じく、山南敬助《やまなみけいすけ》。伊予松山《いよまつやま》藩浪士の原田左之助《はらださのすけ》の三人である。

屯所には他の隊員はまだ帰っていなかった。八木邸は母屋の家の者もすでに寝静まり、聞こえるのは外の雨音ばかりである。

「首尾は」

原田左之助が声を殺して訊いた。

「芹沢と平山は泥酔して、女を同衾《どうきん》して高鼾で眠っている。平間も、寝たようだ……」

土方はそういいながら濡れた着物を脱ぎ、自分も用意してあった黒装束に着換えた。

「女はいかがいたすか」

山南が訊く。

「殺すことはあるまい。だが、邪魔になれば致し方ない」

土方が覆面をつけた。沖田、原田、山南の三人が無言で頷く。

「では行こう。間もなく四ツ半（午後一一時）になる……」

四人で大雨の中庭を横切り、母屋に走った。縁側から上がり、広間に進む。出た時と、何も変わっていない。奥の一〇畳間の寝屋からは、芹沢鴨と平山五郎の鼾が聞こえてくる。

土方は広間を横切り、襖《ふすま》の隙間から部屋を覗いた。部屋の真中に屏風があり、その両側に蒲団が二つ。それぞれに素裸の男女がひと組ずつ、折り重なるように眠っていた。

振り返って広間の入口に戻ると、他の三人がすでに鞘の返しを打って待っていた。土方は三人を見渡し、声を殺した。

「部屋の左側の蒲団に鴨、右側に平山がいる。鴨は誰が殺《や》るか」

「鴨は拙者が殺ろう」

沖田総司がいった。

「よかろう。それならば鴨は俺と沖田、平山は山南と原田……」

指示すると、全員が無言で頷いた。

「行くぞ」

土方が腰の和泉守兼定を抜くと、他の三人も刀の鞘を払った。

広間を横切り、襖を開け、一気に切り込んだ。

土方と沖田は、芹沢鴨に向かった。屏風を蹴《け》り倒して二人が寝る蒲団の上に被《かぶ》せ、その上に飛び乗って滅多《めった》刺しにした。

「うわぁぁぁ……」

刀を突きたてられた芹沢が、獣のように吠《ほ》えながらころがり出てきた。枕元《まくらもと》の脇差を取って鞘を払い、二人に斬りつけた。その刃先が沖田の顔に掠《かす》り、傷をつけた。

芹沢はすでに、全身に深手を負っていた。だがそのまま廊下に出て、八木家の母子《おやこ》が眠っている隣室に逃げ込んだ。

背後では原田左之助が裸で寝ている平山五郎を斬りつけた。平山は目を覚《さ》ます間もなく、一刀で首が飛んだ。たまたま厠《かわや》に立っていたお栄は、部屋の惨状を見て大雨の中に逃げ出した。

山南と原田も、芹沢を追った。途中、深手を負ったお梅が目に入った。山南がこれを見かねて介錯《かいしゃく》し、首を刎《は》ねた。

隣室に逃げ込んだ芹沢鴨は、暗闇《くらやみ》の中で文机《ふづくえ》に躓《つまず》いて寝ていた八木家の息子の上に転倒した。女房のマサの悲鳴が上がる。そこに抜刀した土方と沖田が追いついてきて、その上からかまわずに斬りつけた。さらに後ろから山南と原田も追いつき、これに加わった。

「ぎゃぁぁぁぁぁ……」

断末魔の叫びを上げてころげ回る芹沢に、四人は寄って集《たか》って滅多斬りにした。

間もなくその声も聞こえなくなり、芹沢は斬死した。

「平間はどこだ」

「玄関を入った所の四畳半で寝ているはずだ」

「行こう」

部屋では巻き添えを食って足を斬られた八木家の息子と、女房のマサが泣き叫んでいた。

土方、沖田、山南、原田の四人は、かまわずに平間の部屋に向かった。

だが、平間は騒ぎに気付き、この時すでに同衾していた糸里と共に逃げていた。

四人が部屋に押し込むと、蒲団は蛻《もぬけ》の殻であった。

「平間を捜せ……」

土方は脱ぎ捨ててあった平間の羽織で愛刀の血のりを拭《ぬぐ》い、鞘に納めた。

四人で雨の中に平間を追った。

結局、平間重助は京から姿を消したまま、見つからなかった。

翌日、新選組隊長の近藤勇は、会津藩の京屋敷に次のように届け出た。

〈――昨夜、大会議の後、賊のために筆頭局長の芹沢鴨、屯所にて横死を遂げ候――〉

事件は長州藩の仕業《しわざ》とされ、事件はこれにて一件落着となった。

四

快太郎が新選組の芹沢鴨の死を知ったのは、翌九月一七日のことである。

京の街中が、その噂で持ち切りであった。

あらましは、この日の夕刻あたりから出回りはじめた風説書によって明らかになってきた。

それによると昨夜遅く新選組の屯所のひとつ八木邸が何者かに襲撃され、筆頭局長の芹沢鴨と、部下の平山五郎、さらに芹沢の愛妾のお梅が斬死した。平山とお梅は首を刎ねられ、中でも芹沢は鱠《なます》のように滅多斬りにされていた。

下手人は長州藩の残党ではないかという。街で風説書をいくつか買い求めて読み比べてみたが、内容はどれも似たり寄ったりであった。

だが、不審の念を覚えた。

確かに八月一八日の政変の折には、芹沢鴨も壬生浪士組を擁《よう》して御所の警備に出動したとは聞いている。それでも長州藩と直接悶着があったという噂はない。しかも京の街では、ここのところ長州藩の残党らしき者などまったく見かけない。

それに殺された芹沢と平山は、新選組きっての使い手として知られていた。その二人が、屯所の八木邸の中で暗殺されたのだ。ごく当たり前に考えて、内部の事情をよく知る者の仕業と考えるのが当然であろう。

快太郎は街で風説書を立ち読みしながら、そんなことを考えた。

その夜、快太郎は久し振りに祇園富岡《ぎおんとみおか》に上がった。

天城《あまぎ》——下田《しもだ》のお吉《きち》——と酒を飲みながら、昨夜の出来事について話した。

「新選組どすか……。いろいろお噂は耳にいたしますが、壬生の方々は祇園ではなく島原で遊びはるさかいね……」

しばらく会わぬうちに、お吉の京言葉もすっかり板に付いてきた。

「どんな噂が耳に入る」

快太郎が訊いた。

「あい……。殺された芹沢はんは、酒乱で乱暴なお人だとか。でも、本当に畏《おそろし》いのは組長の近藤勇はんの右腕の、土方歳三はんだとか……」

近藤と土方の名は、湯浅喜右衛門の話の中にも出てきていた。

「誰がいつ、そのようなことを話したのだ」

「あい、確か七月ごろでしたか。長州の方々がここでお遊びになりはった時に。久坂玄瑞はんと、桂小五郎《かつらこごろう》はんと、他に吉田稔麿はんというお方がいはったと思う……」

吉田と久坂はよく知っている。桂小五郎の名も、長州きっての剣豪、傑物の一人として耳にしたことはある。

「お吉は土方歳三の顔を、見知っておるのか」

快太郎が訊いた。

「あい。とても男前のお方でござりますよ。柴田様と同じくらいに……」

お吉がそういって快太郎にしなだれ、猪口《ちょこ》に酒を差した。

「そうか、それなら少しばかり頼みがあるぞな」

「あい、柴田様の頼みなら何でも……」

「明日の昼間、拙者に付き合ってはくれぬか。行ってみたいところがある」

「嬉《うれ》しい。柴田様と一緒なら、お吉はどこにでも参ります……」

お吉が快太郎に抱きつき、唇を吸った。


翌九月一八日――。

芹沢鴨と平山五郎の葬儀が、壬生の屯所の前川邸《まえかわ》にて神式で行われた。

神式で行われた理由は、芹沢が生前水戸学の徒であったことによる。

葬儀には新選組の全隊士の他、会津藩の関係者や町の名士など大勢が参列した。中には愛妾のお梅を殺された商家の菱屋太兵衛《たへえ》や、芹沢鴨の二人の実兄の顔もあった。

二つの棺《ひつぎ》の前で、新選組隊長の近藤勇が堂々と、涙声で弔辞《ちょうじ》を読み上げた。

葬儀が終わると二つの棺を担いだ葬列が前川邸を出て、遺体を埋葬する壬生寺へと向かった。

浅葱色に白いだんだら模様の羽織を着た葬列は、隊長の近藤勇を先頭に静々と街を進んだ。

快太郎は町人風情《ふぜい》の着物を着込み、お吉を連れて、沿道で葬列を見送る人垣の中にいた。先頭の大柄な男が隊長の近藤勇であることはすぐにわかった。その後方に四人ほどの幹部らしき男が従い、さらにその後ろに二つの棺、隊員の列が続く。

先頭が、快太郎とお吉の前に差し掛かった。

皆、一様に表情が険しい。隊長の近藤は、目を赤く腫《は》らしている。だが、どこか芝居がかった驕慢《きょうまん》さを感じた。

「土方歳三はどの男だ」

快太郎が小声で訊いた。

「三列目……こちら側の背の高い人……。その向こうの若い人が、確か沖田総司……。あとはわからない……」

お吉が耳元で答える。

快太郎は土方歳三を事細に眺めた。

背が高いとはいっても、快太郎よりは三寸ほど低いだろう。確かにお吉のいうとおり、美しい顔立ちをした見栄《みば》えのする男だった。だがその目は冷たく、据わっていて、悲しいのか怒っているのか、何を考えているのかわからないところがある。

横を歩く沖田総司という男は小柄で、まだ子供のように見える。ただ漫然と歩いているようでいながら、その足の運びに隙がない。おそらくかなりの使い手であろう。鼻の下に、小さな傷がある。

その時、沖田という男が横を歩く土方に何やら小声で話し掛けた。顔が、笑っている。土方は小さく頷き、何かをいい返した。そして、かすかな笑みを浮かべた……。

仮にも葬儀の折に見せる表情ではない。

その時、快太郎は察した。芹沢鴨と平山五郎を暗殺したのは、この男たちではあるまいか。そして暗殺を指令したのは、おそらくあの先頭を行く近藤勇という男だ——。

やがて葬儀の長蛇の列は、先頭が壬生寺の門を潜《くぐ》った。だが、その最後尾は、まだ屯所の前川邸の門を出ぬほどであった。

「お吉、参ろう。先斗町に出て、鱧《はも》でも食おう」

「あい……」

お吉が快太郎の腕を取って、歩き出した。

※追記
近藤勇は芹沢鴨暗殺の九日後の九月二五日、正式に新選組の局長に就任した。副長は近藤の右腕、土方歳三。同じく、山南敬助。一番隊の隊長には若き沖田総司を据え、天然理心流の使い手

を中心に新たな組織を敷いた。

さらに翌二六日には壬生の屯所内で御倉伊勢武《みくらいせたけ》、荒木田左馬之助《あらきださまのすけ》、楠小十郎《くすのきこじゅうろう》を長州藩の間者として斬殺し、粛清。局長近藤勇による強権支配が始まった。

五

船が波に傾くと、行く手の水平線も斜めに流れる。

冷たい水飛沫《みずしぶき》を含む潮風が心地好《よ》い。

背後では力強い蒸気機関が巨大な動輪を轟々《ごうごう》と回し、空には海鳥の群れがかん高い声で鳴きながら飛び交っていた。

こうして波を切る蒸気船の舳先《へさき》に立って水平線の彼方《かなた》を眺めていると、世俗の煩《わずら》わしい出来事などどこ吹く風と忘れそうになる。

文久三年一一月一〇日――。

坂本龍馬は江戸から大坂に向かう順動丸《じゅんどうまる》の船上にいた。

いま、船は相模《さがみ》湾の洋上を南西に向かっていた。右手には伊豆《いず》の下田、彼方には霊峰富士が聳《そび》える。左手には大島《おおしま》と利島《としま》、さらに遠くの島々の島影が霞《かす》んでいる。しばらく前から船に従う海鳥の群れはどこから来て、どこに飛んで行くのだろうかなどと、そんなことを考えていた。

思い返してみると、龍馬は勝海舟《かつかいしゅう》と会ってからこの一年、いろいろなことを経験した。

年が明けてから師の勝海舟が江戸城内で将軍辞職論（大政奉還論）を発言し、それが切っ掛けとなって龍馬も幕府旗本の大久保一翁《おおくぼいちおう》に会い、これからの日本の国政のあり方を学んだ。さらに福井《ふくい》藩主の松平春嶽《しゅんがく》、その客分の横井小楠《よこいしょうなん》らと話す機会も増え、いつしか龍馬の思想は尊皇攘夷ではなく、公武合体でもなく、いわゆる大政奉還論へと大きく傾いていった。

一方、龍馬は、幕府軍艦奉行並勝海舟の部下として、大型船、特に西洋の最新式の蒸気船の機関や操船技術についてありとあらゆることを学んだ。

文久三年の正月一三日には、勝海舟と共に初めて幕府の順動丸に乗り、夜に兵庫を出港。江戸の品川へと向かった。この船には土佐藩の高松太郎《たかまつたろう》、千屋寅之助《ちやとらのすけ》、望月亀弥太《もちづきかめやた》の三人も乗船していた。

順動丸はイギリスが一八六一年に新造した商船ジンギーを勝海舟が気に入り、文久二年(一八六二年)に幕府が一五万ドルで購入した外輪式蒸気船である。全長約七七メートル、全幅八・六メートル、深さ五・一メートル、排水量四〇五トンの鉄製の船体を持つ商船で、大砲二門を備えていた。この航海から龍馬は、順動丸により、西洋式蒸気船についての多くを学ぶことになる。

この時の航海の三日目、一月一五日、順動丸は時化《しけ》のために伊豆の下田に寄港した。たまたまその日、前土佐藩主の山内容堂が江戸より海路上洛途上、大鵬丸《たいほうまる》にて同じ下田に避難して宝福寺《ほうふくじ》に投宿していたことも、龍馬にとって幸運であったのかもしれない。

勝海舟が下田に入港したと報《しら》せを受け、山内容堂は順動丸に使者を遣わし、酒席に誘った。これを受けて勝海舟は、書生二人を連れて宝福寺に赴いた。

この時に海舟と容堂の間で、土佐藩を脱藩した坂本龍馬と元土佐勤王党の部下たちの話が出た。

海舟は、彼らの脱藩の罪を赦免《しやめん》し、自分に預けてほしいと懇願《こんがん》した。するると容堂はあまり飲めない海舟に対し、朱の大杯に酒をなみなみと注《つ》いだ。そして、この酒を飲み干してみよと、難題を吹き掛けた。

だが勝海舟は、これを一気に飲み干した。海舟の頼みを聞かざるをえなくなった山内容堂は、自らの腰扇に瓢箪《ひようたん》を戯画し、その中に〈――歳酔三百六十回　鯨海酔侯《げいかいすいこう》――〉と書いて海舟に手渡し、龍馬らの脱藩の罪を赦《ゆる》したという。

順動丸は翌一六日の早朝に下田を出港し、その日の夕刻には品川に入った。そして七日後の一月二三日には上洛する松平春嶽、目付の杉浦梅潭《すぎうらばいたん》らを乗せて品川を出帆。大坂へと向かった。龍馬が大久保一翁と初めて会ったのも、この大坂行きの船上であった。

龍馬は日々怱忙《そうぼう》として、充実していた。この時の気持ちを、五月には姉の乙女《おとめ》への手紙にこう綴っている。

〈――この頃《ごろ》は天下無二の軍学者勝麟太郎《りんたろう》（勝海舟）という大先生に門人となり、ことの外かわいがられて候にて、客分のようなものになり申し候。近きうちには大坂より十里あまりの兵庫という所にて海軍を教え候所（神戸海軍操練所）をこしらえ、また四〇間、五〇間もある船もこしらえ、弟子どもも四、五百人も諸方より集まり候事、私初め栄太郎《えいたろう》（高松太郎・龍馬の甥《おい》）なども この海軍所にて稽古《けいこ》学問いたし……（中略）。少しばかりエヘンどうだ、という顔を、内緒でしております（後略）。

〈文久三年五月一七日　乙女宛《あて》――〉

龍馬は尊敬する勝海舟に可愛《かわい》がられ、特別扱いされて、夢にまで見た〝海軍のこと〟ができることが嬉しくて仕方がなかった。

実際に龍馬は、勝海舟の期待に応《こた》える働きをした。乙女に手紙を書いた五月には勝海舟の命令で京都から陸路越前《えちぜん》に向かい、松平春嶽に会った。勝海舟に代わって私塾である海軍操練所の資金援助を交渉し、福井藩から一千両（五千両ともいう）を借用する約束を取り付けてきた。

龍馬には、大きな目的があった。まず日本に、西洋列強にも負けぬ強い海軍を作る。それが叶《かな》えば、次に西洋列強にも通用する新しい国家を作る。目的を果たすには国のため、天下のために力を尽くす。

ともかく、目的に向かって、龍馬は一歩ずつ確実に進んでいた。

だが、けっして順風満帆とはいえなかった。順動丸を操船して海の上にいても、新しく海軍操練所ができる神戸にいても、京や江戸にいる時にも、周囲から不穏な風説が耳に入ってくる。

長州藩がアメリカ国、フランス国、オランダ国との間に始めた下関事件。昨年の生麦事件がこじれた末に起きた薩英戦争。八月一八日には京都で政変が起こり、龍馬の師である勝海舟、横井小楠、そして松平春嶽らが目論《もくろ》む国是七条や大政奉還は、また遠のくことになった。

さらにかつての土佐勤王党の同志についても、聞くに耐えぬ報が飛び込んでくる。山内容堂の命によって平井収二郎、間崎哲馬、弘瀬健太の三人は切腹。天誅組として挙兵した吉村虎太郎は、戦死。竹馬の友であった武市半平太《はんぺいた》をはじめ主だった党員は、すべて土佐に戻されて投獄されたと聞く。

こうして海の上で波に揺られていると、すべては別の世界の出来事のように思えてくる。だが、すべては現実に起きているのだ。いま、青空に浮かんでは消えるかつての仲間たちの笑顔に、二度と会うことはない。

想《おも》ってみても、虚《むな》しいだけである。

もしこうしている時に日本と列強との戦争が起これば、自分も男子として戦って死ぬだけだ。だが、たかが郷士だからといって、生かすも殺すも主君の山内容堂の胸先三寸などというのはまっぴら御免ぜよ。

文久三年一一月、坂本龍馬二九歳の秋の一頁《いっページ》である。

※追記

年が明けて文久四年二月、龍馬は土佐に帰国せよという藩命を無視。再度の脱藩を果たした。

そしてその足で、勝海舟と共に長崎に向かった。

九の章　池田屋事件《いけだや》

一

伊達《だて》宗城《むねなり》に二度目の大命が下ったのは、文久《ぶんきゅう》三年（一八六三年）一〇月のことであった。御供頭取の家老、桑折左衛門《こおりさえもん》以下、上士およそ二〇〇人、足軽一〇〇人。その他馬九頭と馬廻《うままわ》り二〇人、料理人五人、草履《ぞうり》取り二人の三〇〇人以上を率兵しての上洛《じょうらく》であった。

行列は一〇月一七日に松山《まつやま》藩を通過し、波止浜《はしはま》から藩船に乗って広島《ひろしま》藩の尾道《おのみち》に上陸。山陽道を京へと向かった。この時、宗城は銃隊に初めてエンフィールド銃、ミニエー銃を配備し、英式銃隊二小隊を率いていた。

同時に大命が下った島津《しまづ》久光《ひさみつ》は一万五〇〇〇人、山内容堂《やまうちようどう》は一五〇〇人、松平春嶽《まつだいらしゅんがく》も一〇〇〇人を率兵しての上洛となった。

一一月二日、伏見《ふしみ》着。二日には京都に入り、前回と同じ寺町四条下ル《てらまちしじょう》の浄教寺《じょうきょうじ》と透玄寺《とうげんじ》、聖光寺《せいこうじ》に分陣して投宿。前後して上洛した島津久光、松平春嶽、松平容保《かたもり》、山内容堂と共に朝廷内に参与会議を結成した。

快太郎《はやたろう》はこの時も、陰ながら宗城の警護についた。

だが、前年の暮れに宗城が初の上洛を成した時とは、京の情勢は大きく変わっていた。八月一八日の政変によりそれまで威勢を張った長州《ちょうしゅう》藩は京を追われ、尊攘《そんじょう》過激派の諸藩の浪士や志士も京都見回り組や新選組《しんせんぐみ》の威光に脅《おび》えて表立った振舞もできなくなっていた。いまや朝廷も薩摩《さつま》と会津《あいづ》の庇護《ひご》下に入り、それに同調する公武合体派の伊達宗城や松平春嶽、後見職の一橋慶喜《ひとつばしよしのぶ》の身柄も、安泰とはいわぬまでも暗殺を畏《おそ》れるほどの危機感はなくなった。

それでも政局は依然として混乱が続いていた。その要因のひとつが、宗城と同時期に上洛した薩摩藩の島津久光であった。

この年の七月に勃発《ぼっぱつ》した薩英戦争で予想以上に善戦した薩摩藩は、二万五〇〇〇ポンド（六万三〇〇〇両）の賠償金と扶助料付きの軍艦購入などを条件に一〇月五日、イギリスと講和を成立。その勢いを借りて島津久光は一万五〇〇〇もの大軍を率兵して上洛、攘夷《じょうい》の英雄として京を席巻した。結果としてかつて快太郎が信書にて伊達宗城に予言したとおり、少なくとも朝廷内においては政権の主導権を握った形になっていた。

これに不快感を示したのが、年が明けて文久四年（一八六四年）の正月一五日に入京した幕府将軍の徳川家茂《とくがわいえもち》であった。

家茂は二一日に参内《さんだい》するなり、孝明《こうめい》天皇からこうお叱《しか》りを受けた。

――古《いにしえ》より中興の大業を為《な》さんとするや、それ人を得ずんばあるべからず（中略）当時、会津中将（松平容保）、松平前侍従（松平春嶽）、伊達前侍従（伊達宗城）、土佐《とさ》前侍従（山内容堂）、島津少将（島津久光）の如《ごと》きは忠実純情、思慮宏遠を以《も》って国家の枢機《すうき》（重要な政務）を任ずるに足《た》る。朕《ちん》これを愛すること子の如き。願わくば汝《なんじ》（徳川家茂）これに親しみ、ともに計れよ――。

つまり孝明天皇は、あろうことか幕府将軍である家茂に、「朝議参与の五人は政務を任せてもよいほど優れた者たちなので、お前も親しんで協力しろ……」というわけである。これを家茂と幕府側が、面白かろうはずがない。中でも家茂が特に疎《うと》ましく思っていたのが、生麦《なまむぎ》事件で幕府に散々迷惑を掛け、薩英戦争の賠償金二万五〇〇〇ポンドを借りたまま返そうとしない島津久光であった。

当時、朝廷と幕府はいくつかの大きな懸案を抱えていた。八月一八日の政変で京を追われた長州藩処分問題、同じく七卿《しちきょう》落ち問題、横浜《よこはま》鎖港問題などである。

中でも複雑だったのが、横浜鎖港問題である。幕府は天皇の攘夷勅命《ちょくめい》に準じて、すでに開港していた横浜港を閉鎖すると主張。フランスに横浜鎖港談判使節団を派遣していた。

欧米の列強との間で開国の条約を結んでいるにもかかわらず、いまさら主要港のひとつである横浜港を閉鎖するなどという無理難題がまかり通るはずがない。久光、宗城など五人の参与はこれを取り下げるように計らったが、家茂は無理を承知で頑として受け入れようとしない。特に後見職の一橋慶喜は、横浜鎖港を頑迷に主張し続けた。これには参与五人も呆気《あっけ》にとられるしかなかった。

理由は、馬鹿ばかしいほど単純であった。家茂と慶喜は政局がすべて薩摩の島津久光の主導権の元に動き、自分たち幕府がないがしろにされることが許せなかったのである。つまり、妬《ねた》みであった。

結局、この幕府側の出鱈目《でたらめ》な対応が元で、せっかく結成した参与会議は解体することになる。

「慶喜の所業、実に不可解なり……」

宗城は幕府の対応に絶望して参与を辞任。年号が変わり、元治《げんじ》元年（一八六四年）四月一一日に宇和島《うわじま》に帰国した。

快太郎は京を後にする三百余名の隊の後ろ姿を、遠くから、郷愁《きょうしゅう》にかられながら見送った。

二

坂本龍馬《さかもとりょうま》が長崎《ながさき》に向けて順動丸《じゅんどうまる》にて神戸《こうべ》を発《た》ったのは、元治元年の二月一四日のことである。船長は勝海舟《かつかいしゅう》。龍馬は海軍塾の塾頭として一三人の門人を率い、九州を目指した。この時は下関《しもの せき》事件の余波で関門海峡を通過することができず、一行は豊後《ぶんご》の佐賀関《さがのせき》に入港。陸路で九州を横断し、阿蘇《あそ》を抜けて二月二〇日に熊本《くまもと》に着いた。

この時、師の勝海舟は、まだ機能していた参与会議からある密命を受けての長崎行きであった。ちょうど長崎に来ているオランダ総領事のディルク・デ・グラーフ・ファン・ポルスブルックに交渉し、間もなく開始されるであろう列強連合軍による下関総攻撃を阻止《そし》せよ、という命令である。

これをいい出したのは、将軍後見職の徳川慶喜であった。慶喜は片や横浜を鎖港して西洋列強を排除しろと主張しながら、一方ではオランダ、フランス、アメリカの艦船を無通告で砲撃した長州にこれ以上は報復するなといっているわけである。これは命令を受けて長崎に向かった勝海舟からしても、何とも不道理な話であった。

勝海舟は熊本から島原湾《しまばら》を船で渡り、予定どおりポルスブルックに会った。交渉の結果、勝はポルスブルックから、幕府が関門海峡の封鎖を二カ月以内に解除するならば連合軍は下関を攻撃しないという譲歩を取りつけた。だが、幕府は長州藩の説得に失敗し、結果的に後の四国連合艦隊（イギリス九隻、オランダ四隻、フランス三隻、アメリカ一隻）による下関攻撃を阻止することができなかった。

一方、龍馬は別の目的のために一人熊本に居残った。

ある事件が元で士道忘却の罪に問われ、熊本に帰郷して沼山津《ぬやまづ》で蟄居《ちっきょ》の身となっていた横井小楠《よこいしょうなん》を見舞うためである。龍馬がこの山間《やまあい》の荒屋を訪《おとな》うのは、二度目のことであった。

「横井先生、どいてこがなことになったぜよ」

龍馬は勝海舟から預かってきた見舞金一〇両を小楠に渡した。

「あ〜ん、まあ、何じゃかんじゃあったっですよ……」

小楠が金を拝《おが》むように手にして袂《たもと》に入れた。そして、いった。

「女房に酒ば用意さするけん、ひとついこうばい」

酒好きの小楠が妻の津世子《つせこ》に酒と肴《さかな》を用意させ、いつものように一杯やりながらの話となった。

龍馬ももちろん、嫌いではない。だが、話してみると、小楠が国元に戻されて蟄居の身となった理由も元はといえばこの酒であった。

話は一年以上も前の文久二年（一八六二年）一二月一九日にまで遡《さかのぼ》る。この日、小楠は肥後藩の江戸留守居《るすい》役、吉田《よしだ》平之助《へいのすけ》の別邸を訪れて、同じ肥後藩士の谷内蔵允《たにくらのすけ》、都築四郎《つづきしろう》らと酒宴を張った。

いつものようにしこたま飲んで酔いが回ったところでまず谷が帰り、残った三人で更に飲もうということになった。そこに、三人の刺客《しかく》が押し込んだ。吉田と都築はこの刺客と闘ったが、酩酊《めいてい》した小楠は刀も取らずに丸腰で逃げ出して、そのころ客分として世話になっていた福井藩邸に助けを求めて逃げ込んだ。

「儂《わし》も刀を取って闘おうとしたとばい……。ばってん手に届くところにのうて、そんでもって福井藩邸から別の刀を持って吉田の家に戻ったと……」

ところが、すでに刺客は帰った後で、吉田と都築は負傷していた。吉田はその傷が元で後に死亡した。

「確か刺客は肥後勤王党《ひごきんのうとう》の足軽どもだったとか……」

龍馬もその話は江戸で聞いていた。だがこの事件が、後に大事になった。肥後藩庁はこれを武士にあるまじき敵前逃亡とし、士道忘却の罪で福井藩に小楠の身柄の引き渡しを迫ったのである。

松平春嶽はこれを拒《こば》み、小楠の身柄を福井に移して匿《かくま》った。だが小楠が起草した挙藩上洛が直前で挫折《ざせつ》し、文久三年八月に帰藩。切腹こそ何とか免《まぬが》れたものの、一二月一六日に知行召上げと士籍剝奪《はくだつ》の処分を受け、沼山津の四時軒《しじけん》にて蟄居の身となっていた。

「まあ、ひとついこう……」

小楠が龍馬の茶碗《ちゃわん》に酒を注《さ》す。

「それでは先生もおひとつ……」

龍馬が徳利《とっくり》を取って、小楠に返杯する。

横井小楠はこのような状況に置かれても、飄々《ひょうひょう》として屈託《くったく》がない。金がなく、刀剣や諸名士の書まで質に入れ一家六人が食うや食わずであっても、家に酒だけは切らさない。龍馬が勝海舟から預かってきた金は、その小楠の窮状《きゅうじょう》を助けるための援助金である。

二人はこの時、酒杯を傾けながら様々なことを語り合った。

龍馬は小楠に、神戸海軍操練所の進捗《しんちょく》状況について報告した。それを聞いた小楠は、自分の考える日本の海軍のあり方について龍馬に伝授した。

「……天朝と幕府の命令において兵庫に海軍を起こせるならば、これは好機でありましょうな。神戸ならば、大坂湾の海防にも理想的ばい。ばってんもし国軍としての海軍を作るならば勝先生はまず朝廷の意向に沿って維新の令を出して、大綱を天下に布告した方がよかです。大綱の第一は総督官となる勝先生に海軍の全権を与えて、幕府には口出しをさせんことです。その上で長崎に伝習所を設けて、洋人の教官を呼び迎えて三年ほど伝習せしめればよかです……」

いくら士籍を剝奪されて蟄居の身とはなっても、横井小楠は小楠であった。

「そうなると、軍艦はどうしたらええですか。自国で作るか。それとも列強から蒸気船を買うか……」

「いずれ作るにしても、まずは列強から買うのが常套《じょうとう》でござろう。買うとすれば、やはりエゲレスの蒸気船ばい……」

「やはり、エゲレスか。薩摩藩の五代友厚《ごだいともあつ》も、上海《シャンハイ》でエゲレスの蒸気船を買うてきたと聞いちょる。実はこれから、勝先生も居留地のスコットランド人の商人からエゲレス製の軍艦を買うように交渉するという話があるぞな……」

「おぉ、それは楽しみ、楽しみたい」

小楠は、酒を飲みながら海軍の話をするのが楽しそうだった。龍馬も、小楠の話を聞くのが楽しかった。

小楠はこの日に話したことを海軍問答書にまとめて龍馬に託した。

数日後、龍馬はそれを手に、勝海舟の待つ長崎へと向かった。


龍馬が長崎に着いたのは、三月二〇日である。

翌日、龍馬は勝海舟と連れ立って、長崎の外国人居留地に船で向かった。

二年振りに訪れる居留地の風景は、大きく変わっていた。大浦《おおうら》の海岸一帯の埋め立てはさらに進み、それでもまだ造成を待ちかねたように船着場の周囲には列強各国の領事館や商社、倉庫などの大きな建物が先を争って建築を進めている。

船で来る途中に湾の左手に見えた出島《でじま》のオランダ人居留区、その奥の唐人居住区、手前のロシア人居住区には、すでに立錐《りっすい》の余地もないほど家や商館が建ち並んでいた。商業地区の上の丘にも、洋館が点々と、軒を連ねている。視線を海に移せば、イギリス、アメリカ、フランス、オランダの巨大な商船や蒸気船が、湾を埋め尽くすほど所狭しと浮かんでいた。港の倉庫の前に接岸して荷の積み下ろしをしているのも、すべて外国船である。

この大浦の居留地に日本初の外国人公共団体ができたのが文久元年（一八六一年）。さらにこの年に長崎商工会議所（欧米の外国人だけで運営される会議所）が設立。その後も大浦周辺に住む外国人の数は日ごとに増え続け、すでに居留地内だけで五〇〇人とも六〇〇人ともいわれている。近年は居留地内に外国人が経営するホテル、レストラン、バー、食料品店、酒屋、雑貨屋、洋服屋、床屋《とこや》、果《は》ては各宗派の教会や消防団、警察のような自警団まであり、完全に町の機能を持ち、上海の租界《そかい》のような自治区ともいえる行政が敷かれはじめていた。

船着場で船を下りて、龍馬は勝海舟と共に大浦の海岸通り——通称パイン・バンド——（松並木通り）を歩いた。こうして居留地の中を歩いていても、自分が本当に日本にいるのかどうかもわからなくなってくる。道を行く者も、外国人ばかりである。

だが、ここまで来てしまえばもう止められぬということはわかる。長崎は、日本は、これからどこに向かおうとしているのか——。

今回、勝海舟と龍馬が外国人居留地に入った表向きの目的は、あくまでも視察であった。当時、たとえ幕府の役人であっても居留地に入るためには、長崎の奉行所にその所用の内容を届け出る決まりがあったためである。

だが、二人にはこの時、まったく別の目的があった。居留地の南山手のひと際高い丘の上に建つグラバー邸を訪ね、主人のトーマス・グラバーと、そこに匿われているある日本人に会うためである。

大浦川を渡り、新しい埋め立て地区に入る。四七番地まで来ると、そこに窓の小さな奇妙な家――ロッジ――があった。石の門柱には、あの定規《じょうぎ》と根発子《こんはっす》、その中に〝G〟の文字が入るフリーメイソンの紋が刻まれている。

その家の角から南山手へ続く道を上がっていくと、森に囲まれた閑静な住宅地になる。周囲に立つ家は、瀟洒《しょうしゃ》な洋館ばかりである。

やがて家々も途《と》絶《だ》え、道は深い森へと入っていく。その森の樹木の陰に、鳥撃ちと呼ばれる銃を持った外国人や日本人の若者が立っていた。彼らはみな、この丘の上に住むトーマス・グラバーの私兵である。

だが、鳥撃ちは龍馬と勝海舟の姿を見ても、何もいわない。ただ黙って道を通す。今日、二人がここを訪ねてくることが、すでに伝わっているためである。

やがて真新しい門を通り、さらに森を抜けて丘の上に出ると、急に風景が開けた。長崎の市街地を見下ろす高台には一〇門の最新式のアームストロング砲が並び、その中央に白亜の洋館、オクタゴンハウス（八角形の家）が建っていた。その周辺にも、私兵の姿があった。

「まるで要塞《ようさい》だな……。ここからならば、いつでも長崎の街を砲撃して焼き尽くすことができるではないか……」

初めてグラバー邸を訪れた勝海舟が、感嘆の息を洩《も》らした。

「前に来た時には、ここに大砲なんぞなかったぜよ……。それに、家ももっと小さかったのだけんども……」

グラバー邸は、二年前に龍馬が訪れた時と大きく様子が変わっていた。龍馬は洋館に歩み寄り、ドアノッカーを鳴らした。しばらくしてドアが開き、中から白いシャツに毛のカーディガンを羽《は》織《お》った日本人の男が現れた。

「おお、これは坂本どんやなかとですか。そして、勝先生、よくいらっしゃいました。お懐かしい、お会いしたかった……」

男はそういって二人の手を交互に握り、広い家の中に招き入れた。

顔立ちのはっきりとした男である。しかも、背が高い。洋服を着て靴を履《は》き、腰のベルトには回転式短銃を差しているので、一見して外国人のようである。

男は、かつての長崎海軍伝習所のころの勝海舟の弟子、薩摩藩士の五代友厚であった。龍馬とも文久二年に長州藩の高杉晋作《たかすぎしんさく》と上海に渡航する直前に、長崎港に停泊中の千歳丸《せんざいまる》の前で立ち話をして以来なので、およそ二年振りの再会である。

なぜ薩摩藩士の五代友厚が、長崎のグラバー邸にいるのか――。

前年の七月二日に勃発した薩英戦争の折、薩摩藩は三隻の外国蒸気船をイギリス海軍に拿《だ》捕《ほ》され、失った。その時に五代は三隻の内の一隻、天佑丸《てんゆうまる》（旧イングランド）に船長として乗船し、脇元浦《わきもとうら》に碇泊《ていはく》中、松木弘安《まつきこうあん》と共にイギリス側の捕虜《ほりよ》となった。

その後、五代は英艦隊司令官のキューパー提督により尋問を受け、横浜港に送られた。だが、イギリス側通訳の清水卯三郎《しみずうさぶろう》の計らいにより釈放。薩摩藩から捕虜になったことを処罰されるのを怖れて帰国せず、清水卯三郎の武蔵国《むさしのくに》羽生村《はにゅうむら》の実家や親戚《しんせき》などを転々として匿われていた。

だが、年が明けて五代は偽名の通行手形を使って長崎に渡り、トーマス・グラバーの元に身を寄せた。元より五代とグラバーは文久元年に薩摩藩が初の外国蒸気船イングランド（天佑丸）をイギリスから購入した時からの仲である。その後、五代が薩摩藩家老の小松帯刀《こまつたてわき》から七万両という大金を預けられ、上海でイギリスの軍艦を買い付けた時に仲介したのがグラバー商会だった。以来、五代はことあるごとにグラバーを訪ね、薩摩藩の軍備増強を相談。軍艦買い付けの時にはジャーディン・マセソン商会の船で上海に一緒に渡航したこともあった。

前年の薩英戦争の勃発直前にも、五代はキューパー提督との仲裁を依頼するためにこのグラバー邸を訪れていた。結局、イギリス艦隊が長崎に寄らず薩摩に直接向かってしまったために、五代の目論見《もくろみ》は外れることになったのだが。

実は開戦当日の未明も、五代はイギリス側と交渉する手立てを模索しながら商船三隻を脇元浦に避難させていた。そこにイギリス艦隊のアーガス号船長のムーア中佐が兵員と共に襲撃し、宣戦布告もなきままに二隻を拿捕。五代らが捕虜になったという経緯があった。

「手紙をもらった時には驚いたぜ」

勝海舟がいった。

五代が武蔵国を出て長崎の大浦居留地に向かうことを知らせた唯一の人間が、勝海舟であった。

「先生、積もる話があります。その前にまず、私の好《よ》き友人であり同志でもあるトーマス・グラバーを紹介させてください……」

五代が振り返ると、広い部屋の奥のソファーから、背の高いスコットランド人の青年が立ち上がった。そして、流暢《りゅうちょう》な日本語で挨拶《あいさつ》した。

「勝センセイ、ハジメマシテ。私ガ、トーマス・グラバーデス……ソシテ坂本ドノ、オヒサシブリデス」

勝が、グラバーの差し出した手を握った。

「ナイス・トゥ・ミート・ユー。私が幕府軍艦奉行の勝海舟と申す」

勝海舟が逆に英語を用いて挨拶し、場が和《なご》んだ。

「ともかく皆様、座りましょう」

五代の案内により、四人がひとつのテーブルを囲んだ。グラバーがスコッチウィスキーの封を切り、ハバナ産の葉巻を全員に配った。ウィスキーを味わい、葉巻にマッチで火をつけて燻《くゆ》らせながら、勝海舟、五代友厚、坂本龍馬、そしてトーマス・グラバーの四人による歴史的な会談が始まった。

話は五代の上海での体験談に始まり、グラバーによる英国製軍艦、アームストロング砲、エンフィールド銃の商品としての説明と売り込みをまじえ、最後には今後の日本の海軍のあり方や江戸幕府の処遇にまで及んだ。

今後、江戸幕府をどうするのか。タイクーン（将軍）ではなく、ミカド（天皇）による新たな政権を樹立することが日本には必要なのではないか。そのためには倒幕なのか、大政奉還なのか。いずれにしても新たな政権は、イギリスにとって友好的なものであることが望ましい――。

会談は夕食を挟み、深夜にまで及んだ。

そしてこの日に話され、四人によって交わされた約束は、同席した全員が後世まで秘匿《ひとく》することになる。

三

元治元年、京の情勢は風雲急を告《つ》げた。

二月一六日の酒席で参与の一人、徳川慶喜が暴言を吐いたことが原因で参与会議が崩壊。二五日の土佐藩の山内豊信《とよしげ》を皮切りに、三月に入ると薩摩の島津久光、越前の松平慶永《よしなが》、宇和島の伊達宗城が、次々と京を見捨てるように軍勢の大半を引き連れて帰国していった。

この京都の政治的空白を好機と見たのが、前年の八月一八日の政変で京を追われ、留守居役三人以外の在京を禁じられた長州藩と、その周辺の尊攘過激派であった。

中心となったのは政務座役として京詰めを命じられた久坂玄瑞《くさかげんずい》と、長州藩失脚後も京に潜伏(後に留守居役)した桂小五郎《かつらこごろう》である。二人は八月一八日の政変で七卿落ちした三条実美《さんじょうさねとみ》、久留米《くるめ》藩士の真木保臣《まきやすおみ》、長州藩の来島又兵衛《きじままたべえ》らが唱える〈——武力をもって京に進発し長州の無実を訴える——〉という進発論に同調こそしないまでも、長州藩復権の道を探った。

快太郎が長州藩に不穏な気配があることに気付いたのは、宗城公が帰国してしばらく経《た》った元治元年五月の初旬ごろのことだった。先斗町《ぽんとちょう》の界隈《かいわい》を飲み歩いている時に、長州藩士らしき男の姿を何人か見かけた。中には河原町《かわらまち》の枡屋《ますや》に出入りしていた、肥後藩の宮部鼎蔵《みやべていぞう》の姿もあった。

何やら怪しげなものを感じた。長州藩士は八月一八日の政変により追放されて、留守居役など三人以外の在京を禁じられているはずだが……。

訝《いぶか》しく思った快太郎は、しばらく長州藩の周辺を探ってみることにした。まずは木屋町《きやまち》の長州藩邸を当たった。

だが、長州藩邸は閑居と化していた。何回か周囲を歩いて動きを見張ってみたが、出入りしている藩士は久坂玄瑞と桂小五郎、あとは助役の乃美織江《のみおりえ》という者だけである。

次に快太郎は、河原町の枡屋を探ってみた。もし長州から藩士や浪士が大挙して京に潜入しているのであれば、必ず主人の湯浅喜右衛門《ゆあさきえもん》が枡屋に匿うはずである。

枡屋も、長州藩邸と同じように静かであった。だが、何度か近辺を見回る内に、快太郎は枡屋に小さな異変があることを察した。

夜になると、二階の隠し部屋の明かり取りの窓から行灯《あんどん》の光が洩れている。男の押し殺すような話し声や、笑い声が聞こえてくることもある。日中に出入りの御用聞きが来て、夕刻に届けられる食料や酒の量も枡屋の主人と番頭、下男一人の分としては多すぎる。

以前、快太郎も投宿したあの隠し部屋に、いまも誰《だれ》かいるのだ。やはりここが、長州藩とそれに共感する諸藩の尊皇攘夷派の志士の潜窟《せんくつ》のひとつか……。

快太郎は、長州藩の残党と共に、寺田屋《てらだや》事件の後は鳴りをひそめた薩摩藩浪士の残党や、天誅《てんちゅう》組の変と山内容堂の弾圧で壊滅した土佐勤王党《きんのうとう》の残党に関しても情報を集めた。彼らは本当に絶え果てたのか。それともまだこの京のどこかに、一派の残党が潜伏しているのか――。

五月も中ごろのことである。

快太郎が久し振りに祇園《ぎおん》の富岡《とみおか》に上がって酒を飲んだ時に、お吉《きち》がふと面白いことをいった。

薩摩の浪士の揉《も》め事が起きたあの伏見の寺田屋に、また別の志士が投宿しているらしい……。

快太郎が、それは薩摩の者かと訊《き》くと、お吉は違うらしいという。それならどこの志士かと訊くと、土佐の浪士だという。それならば土佐勤王党の残党かと訊くと、それもわからぬという。

ただお吉がいうには、その浪士の素性《すじょう》も名もわからぬが、かなりの大物であるとのことであった。

要領を得ない。仕方なく、快太郎はその翌日に、伏見まで足を向けてみることにした。


伏見を歩くのは、久し振りであった。

水郷に船宿が軒を並べ、川に十石船《じっこくぶね》が行き来する静かな風景は、燦々《さんさん》と降り注ぐ初夏の陽光に輝いていた。

だが、この風景を見ると、どうしてもあの二年前の夜の光景が脳裏《のうり》に蘇《よみがえ》る。寺田屋の裏木戸を開けた時の血腥《ちなまぐさ》い空気や、薩摩浪士の断末魔の絶叫を忘れることができない。

快太郎はまず伏見稲荷《いなり》に参拝し、船宿が並ぶ川沿いの通りを歩いた。寺田屋は、まだそこにあった。まるで何事もなかったかのように、二年前と同じように二階建ての宿が川沿いの柳並木の中に佇《たたず》んでいた。

快太郎は寺田屋の少し手前で足を止めた。懐かしい……。

宿の前に出された縁台に、浪士風情《ふぜい》の大柄な男が一人と、若い女が座っている。二人で団子でも食っているらしい。一見、夫妻のようだが、あれがお吉のいう土佐の浪人であろうか。

その時、男の方と目が合った。どこか見憶《みおぼ》えのある男である。

まさか……。

よく知っている男であった。快太郎が、歩み寄る。男の方も気が付いて縁台を立ち、満面に笑みを浮かべてこちらに歩いてきた。

「これは龍馬殿ではないか。なぜ、京都におられるぞな」

「快太郎こそ、なぜここに。まさかここで会うとは思わざったぞ」

男は、坂本龍馬であった。二人が顔を合わすのは文久二年（一八六二年）の脱藩の折、伊予《いよ》の長浜《ながはま》で別れて以来なので、二年振りのことになる。

「龍馬殿、ご無事であられたか。会いたかったぞな」

「こちらこそ。快太郎こそどいておったか。いや、まさかここで会うとは」

二人はお互いの肩を摑《つか》んで笑い、再会を喜び合った。

「積もる話もあり申す。これから、ひとつ、いかがか」

快太郎から酒に誘うのは、珍しいことである。

「望むところぞよ。その前に、紹介したい女がおる。おりょう、ここへ来い」

龍馬が振り返って呼ぶと、縁台に座っていた女が小走りにこちらにやってきた。

「坂本の妻にございます……」

女が膝《ひざ》に手を揃《そろ》え、深く頭を下げてそういった。

「実は、二日前に内祝言を上げ申した。俺《おれ》の妻の、おりょうだ。こちらは宇和島藩浪士、柴田快太郎殿だ。脱藩の折、俺を手引きしてくれたお方ぜよ……」

龍馬が頭を掻《か》きながら、照れたようにそういった。

その日は夕刻から寺田屋の広間を借り切り、龍馬と快太郎、おりょうの三人で時ならぬ酒宴となった。

快太郎も酒は好きだが、気心の知れた仲間と盃《さかずき》を交《か》わすのも久し振りである。龍馬とはそれほど付き合いが深い訳でもないが、それにしてもこのような酒は昨年、長州の吉田稔麿《よしだとしまろ》と飲んで以来であろう。

おりょうは、男同士の酒の席に交えて肩の凝《こ》らない女だった。本名は楢崎龍《ならさきりょう》という。元は長州の士分の出だが、勤王の志士であった父が安政《あんせい》の大獄で捕らえられた後に病死し、その後は七条新地の旅館で仲居をしていたという。龍馬とは、天誅組の残党など土佐藩浪士の隠れ家で賄《まかな》いをしていた母の貞《さだ》を通じて知り合った。

「こいつ、俺と同じ〝龍〟という字が名前に入る。まあいつ死ぬかわからん俺にはちょうどよかろうと思い、貰《もろ》うちょくことにしたぜよ」

龍馬が酷《ひど》いことをいっても、おりょうは笑いながら二人の茶碗に酒を差す。そのような女なので、武勇伝もなかなか男まさりで面白い。

父が亡くなり生活が困窮し、妹が大坂に売られた時のことである。おりょうは一人、刃物を片手に大坂に出向いて女郎屋に乗り込み、啖呵《たんか》を切って妹を取り返してきたという。以前、惚《ほ》れ込んでいた千葉《ちば》道場の千葉佐那《さな》との仲がどうなったのかは聞けもせぬが、龍馬のような男にはやはり、おりょうのような女の方が合っているのかもしれぬ。

「ところで快太郎、京都の様子はいかがか」

「昨年の八月一八日の政変以来、情勢は大きく変わり申した。いま長州は都を追われ、会津と薩摩の久光公、それに土佐の山内容堂殿と我が藩の宗城様の天下ぞな……」

快太郎は自分の所感を語った。

あの八月一八日の政変は、会津藩主松平容保の謀《はかりごと》ではなかったのか。かねてから中央の政権乗っ取りを狙《ねら》っていた島津久光を巧《たく》みに手懐《てなづ》けて従わせ、たった一日の隙《すき》を狙って朝廷から長州藩と尊攘派の七卿を追放してしまった。そのために、前日に五條《ごじょう》を襲撃して五條御政府を立ち上げた土佐の天誅組も、たった一日の天下で賊軍に貶《おとし》められることとなった。

「あの天誅組の変で、勤王党の仲間の吉村虎太郎《よしむらとらたろう》と那須信吾《なすしんご》の二人も討ち死にしたと聞いている。二人とも真っ直《す》ぐな、良い男だったぜよ……」

龍馬が茶碗の酒を口に含む。表情から、笑いが消えた。

「そういえば、土佐勤王党は大変なことになっていると聞いておるが……」

快太郎がいった。

「うむ。山内容堂が利用するだけ利用して、裏切った。平井収二郎《ひらいしゅうじろう》も、間崎哲馬《まさきてつま》も、弘瀬健太《ひろせけんた》も、みな詰め腹を切らされて死んだぜよ。武市半平太《たけちはんぺいた》も、いずれ殺されよう……」

龍馬の顔に、苦渋《くじゅう》の色が浮かぶ。傍《かたわ》らのおりょうが、心配そうに龍馬を気遣う。

「だが、長州はまだ死んではおらんぞな。近々、また何か大きなことが京で起きよう」

いま長州の残党が、続々と京に集結してきている。

「知っちゅう。実は三日前だったか、長州の久坂玄瑞に会った……」

「久坂殿に……。何といっておったぞな」

「ここだけの話だが、近く肥後藩の宮部鼎蔵らが主導して、長州を挙兵上洛させようという話が出ちょるらしい。まあ、久坂や桂小五郎は慎重なようやが……」

長州が挙兵上洛ともなれば、京は戦場になろう。

「肥後の宮部鼎蔵殿はよく知っている。京の枡屋喜右衛門が匿う浪士の一人ぞな。だが、挙兵とはいっても、いま長州軍も高杉晋作殿が組織した奇兵隊も、お国元の列強との戦争で手いっぱいであろう……」

「それはわからんぜよ。俺は長州の来島又兵衛も出兵を主張していると聞いた。そうなると、遊撃隊が上がってくることになるかもしれん……」

来島又兵衛は長州の銃隊の長である。長州が京の守護職にあった時には猟師を中心とした狙撃隊を組織し、朝廷の守備に当たっていたが、八月一八日の政変の後に萩《はぎ》に帰ったと聞いている。その来島がまた遊撃隊なるものを率いて上洛してくるとなると、現守護職との間で激戦となるであろう。

「龍馬殿、その遊撃隊なるものがどのような銃を使うのか、ご存知あるまいか。火縄銃なのか。

洋式銃なのか……」

快太郎が訊いた。

「わからん。だが、三月に長崎に出向いた折に居留地でトーマス・グラバーに会ったのやが、長州からまとまった数の洋銃の注文を受けているというちょった。もしそれが間に合ったら、来島又兵衛も洋銃を使うのかもしれんぜよ……」

あのグラバーから買ったとなると、エンフィールド銃か、ミニエー銃であろうか。

「そうか。龍馬殿もグラバーに会われたのか。あちらは、いかがだったぞな」

「二年前に一度行って、今回は幕府軍艦奉行の勝海舟殿をお連れした。ちょうど、薩摩の五代友厚もおったぜよ。快太郎のことも知っちょうというとったぜよ……」

長崎の話になって、龍馬にまた笑顔が戻った。

龍馬が幕府軍艦奉行の勝海舟に師事し、新しくできる神戸海軍操練所の塾長になったという話は意外であった。だが、もはや尊皇攘夷の時代ではないということを、龍馬も悟《さと》ったというわけか。考えてみれば三年前に初めて宇和島で会った時から、龍馬は海軍を作るのが必定だと語っていた。

「ところで快太郎、以前フリーメイソンという列強の結社のことを話したのを覚えちょるか」

龍馬が快太郎の顔色を探るようにいった。

「覚えとるぞな。これであろう……」

快太郎がそういって、腰の巾着《きんちゃく》の根付《ねつけ》を見せた。例のハリスの真鍮《しんちゅう》のボタンである。

「それだ、それだ。これを見ちくれ」

今度は龍馬が、自分の巾着の中から何か小さなものを取り出して快太郎に見せた。

「これは……」

快太郎が、それを手に取った。西洋の銀の指輪である。ハリスのボタンとは意匠《いしょう》が少し違うが、やはり丸い台の部分に定規と根発子、その中央にアルファベットの〝G〟の文字が彫《ほ》られていた。

「フリーメイソンの指輪ぜよ」

「これを、どこで手に入れたぞな」

快太郎が指輪を返すと、龍馬がそれをまた巾着に仕舞った。

「グラバーに貰うた」

龍馬がどこか得意気に、意味深な笑いを浮かべた。

「まさか……」

「これは五代友厚とグラバーに聞いた話ぜよ……」

龍馬がそう前置きをして、まるで絵空事のような話を語りはじめた。

数年前のことになるが、長崎の出島《でじま》に住むある英国人の家に、日本初のフリーメイソンの〝分家〟――ロッジという――が開設された。そのロッジが昨年、文久三年の秋ごろに、大浦の外国人居留地の海岸通り四七番地に移された。このロッジはスコットランドのフリーメイソンの〝本家〟――グランドロッジという――の未承認の〝分家〟だが、望めば日本人であっても仮の入会が認められ、〝本家〟のフリーメイソンと同等の身分が与えられる。この〝分家〟のロッジはいずれ〝本家〟から正式に承認され、そうなればここで入会した日本人も正会員に昇進する。もしくはスコットランドやイギリス、アメリカの〝本家〟に申し出て手続きをすれば、正会員となることが認められる。

もしフリーメイソンに入会が許されれば、様々な特典が与えられる。ひとつは現在、日本にいるトーマス・グラバーやジャーディン・マセソン商会のウィリアム・ケズィック、英国公使のハリー・スミス・パークスらと〝友人〟として交流することができる。会員はグラバー商会やジャーディン・マセソン商会から軍艦や大砲、銃などの武器を優先的に購入することができ、もしそれらの〝支店〟を開設するならば出資を受けることができる。またイギリスへの留学を望むならば、援助される。ただし、自分がフリーメイソンの会員であることは掟《おきて》として秘密を厳守しなくてはならない――。

「これまでに、誰か日本人でそのロッジとやらに入会した者がおるのか……」

快太郎が訊いた。

「俺の知っている限りでは長州から五人。薩摩から二人。他は知らんぜよ」

長州の五人というのは、英国に留学した伊藤博文《いとうひろぶみ》らのことか。だとすれば長州藩がアメリカ、フランス、オランダと戦争下にありながら、グラバー商会から銃を大量に購入できたということも頷《うなず》ける。

薩摩の二人というのはわからぬが、もしかしたら一人はあの五代友厚か。五代は上海に行った折、グラバーの紹介でイギリスの蒸気船を二隻、薩摩藩のために買ったと聞いている。

龍馬が話し終えて茶碗の酒を呷《あお》った時に、快太郎はひとつ鎌《かま》を掛けてみた。

「ところで龍馬殿は、フリーメイソンになられたのか」

すると龍馬は、口の中の酒を吹き出した。

「そやき、いうたろう。掟がある。秘密じゃ。それはいえんぜよ……」

龍馬がそういって笑った。

だが、自分はそうだといっているようなものである。

「そうか。もう少し飲まねばいわんか」

快太郎も笑った。

「いや、なんぼ飲んでもいわんぞ。それより快太郎、お前も早く身を固めろ。好いちょる女子《おなご》はおらんのか」

「うん、まあな……」

快太郎は苦笑して、頭を掻いた。

浪人の身であれば、龍馬のように妻を娶《めと》ることなど考えたこともない。だが、その時、故郷に置いてきた鞠《まり》の顔がふと脳裏に浮かんだ。まだ嫁に行ったという話は聞いていぬが、いまごろはどうしておるのだろう……。

久々の龍馬との酒宴は、掛け値なく楽しかった。

翌日、龍馬は、おりょうを寺田屋の女将《おかみ》お登勢《とせ》に預け、神戸へと旅立った。

間もなく、龍馬と勝海舟の積年の夢であった神戸海軍操練所が発足するという。快太郎はおりょうと共に、龍馬を船着場まで見送った。

「快太郎、恥ということを打ち捨ててこの世は成るべし。義理などに身を縛られて命を落とせば何もできん。無駄に死んではつまらんぜよ」

龍馬がそういって、快太郎の肩を摑《つか》んだ。

「龍馬殿もな。またいつか一緒に飲める日を、楽しみにしとるぞな」

快太郎も、龍馬の肩を摑んだ。

龍馬が十石船に乗り、川を下っていく。

快太郎とおりょうは、その姿が見えなくなるまで手を振った。

※追記

快太郎はその後、最近の京における長州藩の動きと坂本龍馬に聞いた話を信書に綴《つづ》り、鞠への私書を添えて宇和島の父、柴田金左衛門《きんざえもん》宛《あて》に送った。

〈――（前略）長州藩の残党に不穏《ふおん》な動きあり。肥後の宮部鼎蔵が主導して、長州を挙兵上洛させる謀ありと聞く。その挙兵の主力は長州が守護職にあった時に狙撃隊《そげきたい》を率いた来島又兵衛で、すでに遊撃隊と称す数百の兵を率いて京都周辺に潜伏している畏れあり。この遊撃隊は、長崎のスコットランド人武器商人グラバーより購入したエンフィールド銃、もしくはミニエー銃を装備

しているものと思われ候《そうろう》――〉

長州藩は早くからオランダ式西洋銃陣を取り入れ、その責任者をかつて宇和島藩にいた大村益次郎《おおむらますじろう》が務《つと》めている。大村殿ならば、勝機がなくば遊撃隊に挙兵はさせまい。

だが、後にこの信書が、快太郎の運命を大きく動かすことになった。

四

五月も下旬のある日、快太郎は意外な光景に遭遇した。

枡屋の表の格子戸《こうしど》が開き、菅笠《すげがさ》に脚絆《きゃはん》姿の小柄な男が出てきた。腰には道中差しを差している。恰好《かっこう》だけを見ればいかにも商人の旅姿だが、笠の下からあたりの様子を探る身ごなしに隙がない。

どこか怪しく思い、快太郎は少し距離を置いて男の後を尾《つ》けた。男は尾行されていることに気付かずに、河原町通りを長州藩邸の方に歩いていく。

しばらく後を追ううちに、快太郎は奇妙なことに気が付いた。あの道中差し、男の赤鞘の脇差には確かに見覚えがある。そう思って見ていると、男の後ろ姿がよく知る者に似ていた。

あの男、長州藩の吉田稔麿ではないか。確かいまは下関に帰っているはずだが、いつ京に戻ってきたのか……。

声を掛けようかと思ったが、躊躇《ためら》った。そのうちに男は三条通りを先斗町の方に曲がった。そしてしばらく行くと、右手にある一軒の旅館に入っていった。

快太郎はその場で立ち止まり、しばらく待って旅館の前まで行った。

池田屋《いけだや》か……。

快太郎は旅館の前をさり気なく行き過ぎ、先斗町を迂回《うかい》して、寺町四条にある宇和島藩宿所の透玄寺に向かった。

後に日付を調べると、これが五月二九日の午後のことである。快太郎は宿所でこのところの長州藩の不穏な動きを信書に認《したた》め、それを宇和島藩の伊達宗城の元に送った。

だが、この時、河原町の枡屋に目を付けていたのは快太郎だけではなかった。

六日後の六月五日、枡屋と池田屋を舞台にして、京都を揺るがす大事件が起きることになる。


このころ、壬生《みぶ》浪士隊改め新選組は、京の町を正に騎虎の勢いで席捲《せっけん》していた。

幹部は局長の大御番頭取と呼ばれる近藤勇《こんどういさみ》。副長の大御番組頭に土方歳三《ひじかたとしぞう》と山南敬助《やまなみけいすけ》。副長助勤の大御番組沖田総司《おきたそうじ》、永倉新八《ながくらしんぱち》、斎藤一《さいとうはじめ》、武田観柳斎《たけだかんりゅうさい》、藤堂平助《とうどうへいすけ》など九名。その他、調役兼監察役六名、勘定方九名、平隊士三九名の全六六名という体制である。

その全員に前年の秋から〝斬《き》り捨て御免〟の特権が与えられ、京都府中のみならず大坂に至るまでの徒《かち》取締方が命じられた。この役を平たくいえば京からの尊攘過激派の殲滅《せんめつ》、長州藩の残党狩りであった。

その新選組に長州藩に関する不祥の情報がもたらされたのは、京から薩摩の島津久光や宇和島の伊達宗城が去った五月の終わりごろのことである。

ある日、加茂川《かもがわ》の東側で不審な浪士二人を捕縛し、これを拷問《ごうもん》にかけたところ、次のように白状した。

――四月の末から五月にかけて、長州の残党や浪士が商人や僧、医者などに変装して大挙して京や大坂に入り込んできている。その数は京に四十余人、伏見に一〇〇人、大坂に五〇〇人以上。そ奴《やつ》らは大坂、伏見の船宿や府内の三条、河原町あたりの旅館や寺町《てらまち》あたりの寺社に潜伏し、長州藩の復権を狙っている。祇園通りの商家に最近雇われた丁稚《でっち》や、三条通りの旅館に膳所《ぜぜ》藩士とか水口《みなくち》藩士と称して泊まっている者も、ほとんどが長州藩士である――。

これが事実ならば、一大事である。

さらに翌日になって、新選組監察の山崎烝《やまざきすすむ》、島田魁《しまだかい》らからも、耳寄りな情報が上がってきた。

――肥後藩士の宮部鼎蔵以下の尊攘派浪士が、縄手《なわて》通り三条下ルの加茂川沿いの旅館小川亭《おがわてい》を集会所として密議を謀《はか》っている――。

宮部鼎蔵は、長州藩の武力をもっての京への上洛を主張する進発論の主唱者である。

月が変わって六月一日、新選組がこの小川亭を見張っていたところ、手配中の一人、宮部の下僕の忠蔵《ちゅうぞう》という男が出てきた。男を尾《つ》けると、忠蔵は肥後藩が宿陣とする南禅寺《なんぜんじ》に向かっていく。これを捕らえて宮部の居場所を問い詰めたが、口を割らない。

仕方なく南禅寺の桜の木に縛りつけておいたが、新選組は一計を案じてこの忠蔵の縄を解き、放ってみた。すると忠蔵はまたしても尾けられていることに気付かず、河原町の枡屋に逃げ込んだ。

新選組の局長、近藤勇と副長の土方歳三は、この情報を元に探索隊を使って枡屋を内偵した。それによると枡屋に潜伏している長州藩士や諸藩浪士は七名から八名。その中には肥後藩の宮部鼎蔵などの大物もいる。しかも枡屋主人の湯浅喜右衛門は土蔵に洋銃などの武器弾薬を大量に隠し持っているという。

尊攘過激派の大物と、大量の武器弾薬。これが事実ならば、結末は火を見るより明らかである。最早《もはや》、一刻の猶予《ゆうよ》もない。近藤と土方は、これらの情報を元に一計を巡らした。すなわち、枡屋襲撃である。

六月五日、早朝——。

新選組の一番隊長沖田総司、二番隊長永倉新八、その他原田左之助《はらださのすけ》、井上五郎《いのうえごろう》をはじめとする隊員二十余名が、音もなく枡屋を包囲した。

事前に、沖田と永倉の間で次のようなやり取りがあった。

一番隊は表口より、二番隊は裏口より、呼子笛の音を合図に一気に攻め入る。長州藩の者、枡屋主人の喜右衛門なる者を見つけた場合には、できうる限り生きて捕らえよ。だが、大人しく従わぬ者はその限りではない。逃げる者、抜刀する者は斬り捨てよ——。

沖田総司はその場に残り、永倉新八は部下を引き連れて裏口に回った。そして、呼子の笛が鳴るのを待った。

だがこの時、枡屋内に潜伏していた対島藩の多田荘蔵《ただしょうぞう》、肥後藩浪士の松田重助《まつだじゅうすけ》ら七人は、すでに外の異変を察し、番頭の案内で抜け道から枡屋を脱していた。一人、邸内に残った喜右衛門は長州藩士や諸藩の尊攘派浪士の血盟状などの機密書類を台所に運び、朝食を煮炊きしている竈《かまど》の火に焼《く》べた。

沖田総司は傍らの原田左之助に目で合図を送った。

左之助が黙って頷き、呼子笛を吹いた。これを合図に沖田総司は愛刀の六代目加州《かしゆう》住藤原《ふじわらの》清光《きよみつ》を抜刀し、十数名の隊士と共に枡屋の表口から突入した。

永倉新八も、呼子の笛の音《ね》を聞いた。

同時に抜刀し、裏口の戸を蹴破《けやぶ》り、先頭で斬り込んだ。

沖田は抜刀したまま一階の店や倉庫、各部屋を回った。襖《ふすま》を開け、斬り込む。だが、どの部屋も蛻《もぬけ》の殻である。

長州藩士どころか、枡屋の主人や家族、使用人の姿もない。部屋に敷いてある蒲団《ふとん》には、まだ温《ぬく》もりが残っていた。

いったい、どこに消えたのか――。

永倉隊は枡屋の裏手から邸《やしき》に侵入し、土蔵や庭に面した部屋を見回った。

永倉新八は階段を見つけ、二階に上がった。奥に、隠し部屋のような部屋が二つ。そもそも永倉は長州人がいても捕らえるつもりなどいささかもなく、部屋にいる者は全員斬り捨てるつもりで襖を破って踏み込んだ。

だが、ここも蒲団は敷かれたままで、蛻の殻だった。部下と共に二階には誰もいないことを確かめ、階段を下りた。

一階に下りた所で、沖田総司と顔を合わせた。

「首尾は」

「下には誰もおらん。上は、どうだ」

「二階も、誰もいない。長州人め、いったいどこに逃げたのか……」

その時、一階の奥を調べていた沖田の部下二人が、駆け戻ってきた。

「台所に、男がおった。枡屋の主人だと思うが……」

沖田と永倉が、家の奥に走った。

台所に出ると、数人の隊員が一人の商人風の男を取り囲んでいた。男はすでに後ろ手に手鎖を掛けられ、竈の前に跪《ひざまず》かされていた。

「こ奴、密書を焼こうとしておった」

原田左之助が、男の首に抜き身の刀を添えたままいった。竈の前には、焼け残りの書類の束が積まれている。水を掛けられているが、ほとんど灰になっていた。

「拙者《せっしゃ》が代わろう」

沖田総司が前に進み出て、原田と代わった。男の首に清光の刃を当て、こう訊いた。

「お前、名を何という」

「……枡屋喜右衛門でおます……」

男は血の流れる口元に、笑いを浮かべている。

「それは通り名であろう。俺は本名を訊いておる。名告《なの》れ」

沖田は刀身の背で、男の首をとんとんと叩《たた》いた。

「ああ……本名どすか……。湯浅喜右衛門におます……」

男が笑いながら、あざとい京弁でいった。

沖田の顔から、血の気が引いた。

「ならば湯浅喜右衛門、ここに長州藩士を匿っておると聞いたが、そ奴らはどこへ行った。手引きして逃がしたか」

「……さて……長州の方でおますか……。そのような方は、知りまへんなあ……」

「うそぶくか。それならば、斬る」

沖田は清光の刀身を返し、振り上げた。

「沖田、待て」

永倉が。それを止めた。

「ならば、どうする」

沖田が刀を鞘に納めた。

「局長と副長への土産《みやげ》にいたそう。壬生の屯所に連れ帰って、甚振《いたぶ》ればよい」

永倉が男の手鎖を摑み、引き立てた。

五

快太郎は寺町の茶漬屋で、朝飯を食っていた。

茶漬とはいっても飯に白だしの汁をかけたもので、京風の水菜の漬物と共に気に入っていた。宿所にしている透玄寺に近い四条通りにある茶漬屋で、ほとんど毎日のようにここで朝飯を食っている。

「今日も暑い一日になりそうだな……」

客は快太郎一人だけである。茶漬を掻《か》き込みながら、馴染《なじ》みの店の主人とそんなことを話していたところだった。急に四条通りが騒がしくなった。

「何事ぞな……」

快太郎が箸《はし》を止めて葦簀《よしず》の外を振り返った。

「さて、何ぞあったんでございますやろか……」

主人が外の様子を覗《のぞ》き見た。快太郎も残った茶漬と漬物を急いで掻き込み、店の外に出た。

四条通りの祇園の方から、弥次馬《やじうま》の集団が背後を振り返りながらこちらに近付いてくる。近所の店や家々からも通りに人が出てきて、何事かと様子を見守っている。

——新選組だ……新選組だ——。

遠くから、そんな声が聞こえ始めた。また新選組が、何か事を起こしたのか……。

そのうちに弥次馬の波が割れて、浅葱《あさぎ》色のだんだら羽織を着た集団が姿を現した。新選組である。蠅《はえ》を追うように弥次馬の群れを払いのけながら、全員が肩で風を切るようにこちらに向かってくる。

先頭にいる若い男は、名を知っている。局長の芹沢鴨《せりざわかも》葬儀の時に、怪しげな様子を見せていた沖田総司とかいう若い男だ。他にも見た顔はあったが、名前は知らぬ。

それにしても、いくら京で名が売れたからといって大した威勢である。昨年の芹沢鴨の葬儀の風景を思い出したが、あの時よりも賑《にぎ》やかであった。この男たちは志《こころざし》も大層なものだが、目立つことはことさらに好むらしい。

快太郎は茶漬屋の前で腕を組み、主人と並んで冷やかし気分で行列を眺めていた。そのうちに、行列の真中あたりに男が一人、引っ立てられているのがわかった。どうせまた、どこかに潜伏していた尊攘派の浪士でも捕縛し、壬生の屯所に連行して嬲《なぶ》り殺しにでもするのであろう。

捕らえられた男は後ろ手に手鎖を掛けられて、背後から棒で突かれ足を引きずりながら歩かされている。大店《おおだな》の商人風の男である。俯《うつむ》いた顔がひどく腫《は》れ、血を滴《したた》らせながら歩いているために人相はよくわからぬ。

まさか……。

男が、ふと顔を上げた。やはり快太郎のよく知る男であった。

この京において最も世話になった男、湯浅喜右衛門ではないか……。

喜右衛門が、ふとこちらを見た。両目は腫れてほとんど塞《ふさ》がれ、鼻は折れていた。それでも快太郎と目が合うと、かすかに頷き、笑みを浮かべたかのように見えた。

「さっさと歩かんか！」

後ろから棒で突かれ、喜右衛門がよろけた。そしてまた俯き、後ろ手に引っ立てられたまま、快太郎の前を通り過ぎていった。

「あれはこの先の枡屋の喜右衛門やおへんか。いったい、何をやったんやろう……」

傍らの茶漬屋の主人が、そういって首を傾《かし》げた。

快太郎は何も答えずに後退《あとじさ》り、四条通りから路地に姿を消し、足早にその場を歩き去った。

いったい湯浅喜右衛門に、何が起きたのか。長州藩士らと通じ、尊攘派の浪士らを匿っていることが発覚したのか。それとも、大量の銃と武器を隠し持っていたことが露見したのか。

いずれにしても、新選組が喜右衛門を連れてどこに向かったのかはわかっている。四条通りをあのまま真っ直ぐ行けば、壬生の奴らの屯所がある。

屯所に行くか。いや、その前に、やらなくてはならないことがある。

六

土方歳三は、湯浅喜右衛門の捕縛を知り、沖田と永倉を連れてすぐに河原町の枡屋に向かった。

枡屋を調べた隊員の一人から、庭の土蔵で大量の銃器などの武器を発見したと聞かされたからである。

枡屋に着き、まず土蔵を開けた。ここには槍《やり》が二十数筋、弓が十数張、矢がおよそ五〇〇本。

他にも木砲が四挺に、火薬や砲弾、甲冑《かっちゅう》まで並んでいた。土蔵の広さからすると、もっと多くの武器が隠されていたであろう。

問題は、母屋《おもや》の一階にあった隠し倉の方だった。戸を破って中に入ってみると、ここには壁一面に銃架が並んでいた。だが、立て掛けられていたのは洋式銃――エンフィールド銃――が三挺だけで、あとは短銃が数挺残っているのみであった。

「あやつら、何を考えていたのだ……」

永倉が、驚いたようにいった。

「だが、持ち出された跡がある。土方殿、いかがいたすか……」

沖田が土方の方を見た。

銃の隠匿《いんとく》は、御法度《ごはっと》である。すべての銃は幕府から許可を得た諸藩とその銃隊によって厳重に管理されていて、新選組ですら持つことを許されていない。朝廷に近い京都の商家から十数挺の銃が発見されただけでも、一大事であった。

「大八車を持ってきて屯所に運ぶか。それとも、所司代か会津藩に届けるか……」

「このままにしておくわけにはいかぬ……」

土方は何もいわず、倉の棚に残っていた短銃を一挺、手に取った。フランス製の軍用拳銃、ルフォーショーM1854である。

これが音に聞く西洋の回転式拳銃か。素晴らしい……。

土方はしばし、手の中のルフォーショー銃の美しさと力強さに見とれた。これがあれば、槍や刀を持った六人の相手と戦っても負けぬ――。

「副長、それをどうするのだ」

永倉が急《せ》かした。

「銃は会津藩に届けよう。倉と土蔵に封印しておけ。だが、この短銃はいただいておこう」

土方はそういうとルフォーショーを革のホルスターに入れて腰に巻き、その下の棚から弾の入った箱を三つばかり摑んで羽織の袂に入れた。

「土方殿、そのようなものをいかがいたすのですか。我ら新選組は、剣に生きる武士であろう」

沖田は、土方が短銃を手にしたことが不満なようだった。剣に生きる者からすれば、銃は卑怯《ひきよう》な手段である。

「沖田、まあそういうな。俺はお前や局長ほど剣が得意ではないのでな。それに、いまに我々にも、これが必要になる時が来る」

土方が腰のルフォーショーをぽんと叩き、笑みを浮かべた。


新選組が新たに借り受けた綾小路坊城《あやのこうじぼうじょう》通りの屯所に戻ると、局長の近藤勇が蔵で待っていた。

「おう、土方。遅かったではないか。それで、いかがであった」

近藤が竹刀《しない》を手にしたまま振り返った。

「銃は原田（左之助）にいって、会津藩邸に届けさせた。それで、どうだ。こやつ、吐いたか」

土方は蔵の床に褌《ふんどし》一丁の裸でころがっている湯浅喜右衛門のざんばら髪を摑み、顔を引き上げた。すでに近藤に散々痛めつけられたようで、顔は人相もわからぬほど腫れ上がり、背中や尻《しり》は肉が破れていた。それでも呻《うめ》き声を上げながら口から血の泡を吹いているので、まだ生きているということだ。

「名前だけは、吐いた。本名は古高俊太郎《ふるたかしゅんたろう》というらしい」

近藤によると古高俊太郎なる者は近江《おうみ》の国の出身で、いまは枡屋の養子になり、筑前福岡《ちくぜんふくおか》藩御《ご》用達《ようたし》の馬具屋を生業《なりわい》にしている。だが、匿っていた長州藩士や、尊攘派の肥後藩士の宮部鼎蔵のことを訊いても知らぬ存ぜぬで、何も話さぬという。

「おい、古高俊太郎とやら。長州人たちはどこに逃げた。吐いてしまった方が楽になるぞ」

土方が青黒く腫れ上がった顔を覗き込み、そういった。

「……長州人なぞ……知りまへん……。あっしは……ただの……商人でおます……」

喜右衛門はそういって、血の滴る口元に笑みを浮かべた。

「強情な奴だ」

土方が髪を摑んだ手を離すと、喜右衛門の頭がごとんと土間に落ちた。

「そこの書類は、何が書いてあった」

土方が框《かまち》に積まれた書類を指さし、近藤に訊いた。

「まあ手紙や血判書、名簿のようなものだ。血判書には長州の桂小五郎や吉田稔麿の名もあるが、半分以上は焼けてしまっているので読むことができん……」

「わかった。それならば、おれが代わろう」

土方がそういって、だんだら柄の羽織を脱《ぬ》ぎ、二本の差料と共に傍らの部下に渡した。

「土方、その短銃はどうした」

近藤に訊かれ、土方は腰のルフォーショーの銃把に触れた。

「ああ、これか。これはそこの枡屋喜右衛門の倉から頂いてきた。なかなか、良かろう。近藤殿もいるなら持って来さすぞ」

「俺はいらん。虎徹《こてつ》（長曽祢《ながそね》虎徹）があればよい。それより土方、その男を殺すではないぞ」

「承知しておる」

新選組は幕府より斬り捨て御免の特権を許されているが、それはあくまでも尊攘過激派の一員として治安を乱し、罪を犯した者に限られる。罪状の明らかでない商人を殺したとでもなれば、場合によっては後で問題になる。

土方は周囲の部下に指示を出した。

「永倉、井上、その男を後ろ手に縛り上げろ。斎藤と伊東《いとう》はその縄を梁《はり》に掛けて吊《つ》り上げろ。井上と藤堂、お主らも手伝え」

喜右衛門は即座に縛り上げられ、梁に掛けられた縄の一方が引かれて、体が宙に浮いた。逆にねじられた肩が外れ、喜右衛門が苦痛の悲鳴を上げた。

土方が竹刀を取り、剝《む》けた肉の上からさらに打った。血が迸《ほとばし》る。

「お前らは何を謀議していた！　長州人をどこに逃がした！　あの銃はどこから手に入れた！白状いたせ！」

だが、喜右衛門はざんばら髪を横に振る。ただ啼《な》くように呻きながら、口から血の涎《よだれ》を垂れ流す。

「白状いたせ！　長州人はどこに行った！」

土方はさらに責める。だが、喜右衛門は歯を食い縛る。

「白状いたせ！　その方が楽であろう！」

土方は、力まかせに喜右衛門を滅多打ちにした。それでも喜右衛門は何もいわない。そのうちに頭をもたげ、洞《うつ》ろな目で土方を見ると、血の唾《つば》を土方に吐きかけた。

「こやつ、何をするか……」

土方は喜右衛門の顔を竹刀で力まかせに打った。喜右衛門はがくりと首を折り、気を失った。

「こやつ、強情であろう」

近藤は框に座り、笑っている。

「それならそれで、やり方はある……」

土方は手拭《てぬぐ》いで顔の唾を拭《ぬぐ》い、部下に命じた。

「水を掛けて目を覚《さ》まさせろ。そして、体を返して梁に逆《さか》さにいたせ」

「逆さに、でござるか」

部下が訊いた。

「そうだ。足を梁に縛れ。その足裏に、五寸釘《くぎ》を打ち込め」

土方がそういって、冷酷な笑いを浮かべた。

部下たちが台に乗り、喜右衛門の体を逆さにした。いわれたとおりに、足を梁に縛り付けて吊るした。

ちょうど足裏が、天井を向く。その両足裏に、錆《さ》びた五寸釘を打ち込んだ。

喜右衛門が、この世のものとも思えぬ絶叫を上げた。

「それでよい。五寸釘は少し足裏に出るようにしておけ。誰か、百目蠟燭《ひゃくめろうそく》を二本、持ってこい」

「それは面白い」

沖田総司が、どこからか百目蠟燭を二本、探してきた。一本の重さが一〇〇匁《もんめ》（三七五グラム）もある大きな蠟燭である。土方は踏み台の上に乗り、これを喜右衛門の両足裏に突き出ている五寸釘に刺して立てた。

「そこの燭台《しょくだい》を取れ」

土方は沖田から燭台を受け取り、その火を二本の百目蠟燭に移し、踏み台から下りた。

「さて、これでよかろう。この男が泣きながら白状するのを見物するとしよう」

土方が腕を組み、逆さ吊りの喜右衛門を眺める。

「土方、お前も酷な男よ……」

さすがの近藤も、苦笑いしながら事の成り行きを見守っている。

しばらく待つと、百目蠟燭が熔《と》けだした。苦痛で喜右衛門の両足が震える度に、二本の百目蠟燭から大量の蠟が流れ落ちる。その灼熱《しゃくねつ》の蠟が喜右衛門の足から太股《ふともも》、尻や褌の中の睾丸《こうがん》にまで伝う。

「ぎゃあぁぁぁぁ……」

逆さ吊りにされて顔を真赤にした喜右衛門が、あまりの熱さに絶叫した。苦痛で体を捩《よじ》ると、さらに灼熱の蠟が熔けて喜右衛門の体を伝い、その跡が赤く焼けただれはじめた。

土方は、その光景を笑いながら眺めていた。

「そろそろいわんか。足も尻も、皮が剝けてしまうぞ」

「……知らん……私は、何も知らん……。ぎゃあぁぁぁぁぁ……ぁ……」

喜右衛門の声が途絶えた。

「どうした。死んだのか」

近藤が訊いた。

「わからん……」

土方が、喜右衛門の手首で脈を取った。そしていった。

「まだ生きているようだ」

「だが、これ以上やれば死ぬぞ。一度、下ろせ」

近藤が周囲の部下に命じた。一人が踏み台に上がって百目蠟燭を消し、斎藤が剣を抜いて縄を切った。

喜右衛門の体が音を立てて、壊れた木偶《でく》のように床にころがった。

「少しやり過ぎたかもしれん。これだけ責めても吐かぬとなると、少しまずいことになる……」

近藤が床の喜右衛門を見下ろし、顔を顰《しか》めた。

新選組がいくら守護職預かりであり、会津藩から斬り捨て御免の特権を与えられていたとしても、ただ武器を隠し持っていたというだけで福岡藩黒田《くろだ》家御用達の商人をこれだけ痛め付けて自白も取れぬとなればただではすまぬ。だが、土方は平然として笑っている。

「まあ、気に病むな。自白したということにしておけばよかろう」

「何とする」

近藤が訊く。

「こうしよう。長州人らが六月下旬の強風の日を選び、御所に火を放ち、松平容保様以下の佐幕派大名や公卿を暗殺する謀議があった。それらの長州人をこの湯浅喜右衛門は店に匿って手引きし、武器を与え、天皇を拐《かど》わかして長州に連れ去ろうとしていた。こ奴がそう白状したことにすればよい」

「なるほど……。土方、お主はさすがに抜け目ない……」

「話は決まった。ここにいる全員が証人だ」

土方がそういって周囲を見渡した。全員が、黙って頷いた。

「よし、松原《まつばら》、武田、お主らはいま土方がいったように書き留めて、会津藩邸に届け出よ。沖田、斎藤、お主らは隊士を集めよ。我々はこれより、京内に潜伏する長州人狩りを行う」

近藤がいった。

七

枡屋の湯浅喜右衛門が新選組に拉致《らち》されたことを長州藩邸に知らせたのは、対馬藩の志士、多田荘蔵であった。

多田らはこの日、枡屋に潜伏していたが、新選組の急襲を知って邸の北側から高瀬川《たかせがわ》の舟入りに脱出。枡屋の下男の手引きで仲間数人と共に船に乗り、長州藩邸に駆けつけた。

この時、およそ四〇〇〇坪ともいわれる長州藩邸の長屋には、すでに一〇〇名以上の長州藩士や諸藩の攘夷派の志士が潜伏していた。屋敷の留守居役筆頭は乃美織江である。いつ京都所司代の一斉手入れがあるやと戦々恐々としていた六月五日の早朝に、新選組による枡屋襲撃の報が飛び込んできたのである。

藩邸は騒然となった。

新選組とやら、何様のつもりか。すぐにでも壬生の屯所を襲撃して、我らの同志、湯浅喜右衛門殿を取り戻そうではないか。

長屋に潜伏している藩士や浪士が怒りをあらわに気勢を上げた。

そこにさらに、枡屋から逃げてきた肥後藩の宮部鼎蔵が追いつき、藩邸にいた吉田稔麿の元に駆け込んできた。二人は連れ立って、留守居役の桂小五郎と乃美織江のいる執務所に向かった。

「我らはこれより新選組の壬生屯所に討ち入り申す次第にて、長州藩からも何人か加勢の者を出してはもらえまいか……」

宮部がいった。だが、乃美も桂も難渋を示した。

「いま軽挙いたせば藩に禍《わざわい》を招くばかりである。この屋敷にはいま百数十名もの藩士と諸藩浪士が伏しており、それが新選組もしくは会津藩の知るところにでもなれば、甚《はなは》だ大事になろう。ここはひとつ、慎重にお控え願いたい」

乃美が、説得した。

「我らには、長州の復権という大きな志があろう。ここは、堪《こら》えてくれんか……」

桂がいった。

「しばらく、考えさせていただきたい。他の者とも、相談してみたいので……」

宮部がそういって、二人は一旦《いったん》引き上げた。そして小半刻《こはんとき》もせずに、また乃美と桂の元に戻ってきた。

「湯浅喜右衛門殿の奪回は、諦《あきら》めることにいたした。新選組屯所への討ち入りは、取り止《や》めることになり申した……」

宮部がいうと、乃美はほっと胸を撫《な》で下ろした。

これにて一件落着かと思われた。だが、宮部も吉田も喜右衛門の奪回を断念したわけではなかった。

主唱者となったのは、藩邸留守居役の桂小五郎であった。吉田稔磨と宮部鼎蔵を呼び、こう告げた。

「吉田、宮部殿、壮士の者に声を掛けてくだされ。今夜、宵五ツ、三条通りの池田屋にて集合のこと。喜右衛門殿の奪回について、話し合いを致そう」

「承知いたし申した」

これを合図に、ある者は乃美に所用があると告げ、ある者は目を盗み、一人また一人と長州藩邸を抜け出した。

そのころ快太郎は、京の街を走り回っていた。

まず最初に、宇和島藩が宿所とする寺町四条下ルの浄教寺に寄った。ここには本隊が帰国後も、京都守護隊として三十余名が家老河原治左衛門《かわらじざえもん》の下に駐屯していた。

「河原殿、大事にございます……」

快太郎は河原の宿所を訪ねた。

「快太郎ではないか。いかが致した……」

河原は、怪訝《けげん》な顔をした。快太郎は同じ敷地内の透玄寺を宿所としているが、表向きは欠落の身。本陣のある浄教寺を訪ねることは滅多になく、河原とも顔は合わせない。

「実は、報告いたさねばならぬことがあり申す。今朝早く、京都守護職預かりの新選組が福岡藩御用達の薪炭商《しんたん》、枡屋に踏み込み、主人の湯浅喜右衛門なる者を捕縛いたし、この者を壬生の屯所に連れさり申し候故……」

「枡屋とな。それがいかが致したぞな……」

河原は枡屋と聞いても、合点がいかぬ様子である。無理もない。枡屋のことは信書にて宗城には報告したことはあるが、同門の藩士といえど他の者に話したことは一度もなかった。

だが、いまはそんなことをいっている場合ではない。快太郎は枡屋が長州藩士や諸藩の攘夷派浪士の溜まり場になっていたこと。主人の湯浅喜右衛門自身も志士の一人であり、諸藩の浪士を匿っていること。また西洋銃などを大量に隠し持っていたことなどを詳《つまび》らかに説明した。

「問題は、その数十挺の洋銃と、大量の弾薬ぞな。京都守護職の松平様が押さえたのならよいが、もし長州藩の手に入っていれば大変なことになり申す」

快太郎が二年前に枡屋の隠し倉の中で見ただけでも、エンフィールド銃がおよそ一〇挺。ミニエー銃が五挺。さらに十数挺の回転式短銃が棚の上に並んでいた。もしそれらの銃と弾薬が長州を中心とする尊攘過激派の手に渡ったとしたら、この京における各藩の力関係が大きく傾く畏れがある。

「加えて長州は、やはり洋銃を配備する来島又兵衛の遊撃隊が京に迫って潜伏しているという噂もあり申す。もしそれだけの火力を長州が揃えるならば、旧式の火縄銃やゲベール銃を配備する会津藩や桑名《くわな》藩では、太刀《たち》打ちできぬかもしれません……」

快太郎の訴えに、河原は真剣に耳を傾けていた。そして、いった。

「快太郎、なぜそれほど重要なことを今まで申さんかったぞな。二年前に聞いておれば……」

「宗城様への信書には認め申した。それ以上は……」

快太郎はあくまでも、宗城の密偵である。

「承知した。もう、よい。これより会津藩に遣いを出そう……」

河原がそういって、溜息《ためいき》をついた。

次に快太郎は、枡屋に向かった。

屋敷の周囲には、何があったのかと人集《ひとだか》りがしていた。店の表通りも裏の高瀬川の側にも、会津藩士と京都所司代の役人が見張りに立っていた。屋敷の中にも、何人か改めの者が入っている様子である。

だが、新選組の姿は見えない。奴らはもう枡屋の調べを終えて全員、屯所に引き上げたということか。

しばらく様子を見守った。裏手に回ると、枡屋に近い七ノ舟入りに京都所司代の知っている与力が立っていた。前島辰五郎《まえじまたつごろう》という男である。快太郎が宗城上洛の際に警護についていた折、辰五郎がよく連絡係として浄教寺を訪れていたので顔見知りとなった。

「これは前島殿、お役目ご苦労でござる」

快太郎は気軽に声を掛けた。

「おぉ、宇和島藩の柴田殿ではござりませんか。なぜここに……」

所司代の者も、相手が公武合体派の会津、薩摩、土佐、福井、桑名、そして宇和島の藩士なら ば警戒せずに話す。

「なに、長州の潜伏先の枡屋に新選組が踏み込んだと聞いて、留守居役の河原殿に様子を見てくるようにと申しつかったぞな。何でも、主人の枡屋喜右衛門は銃と弾薬を大量に隠し持っておったとか……」

鎌を掛けると、前島は気安く応じた。

「大量とはいっても、旧式のゲベール銃が三挺だけでおますけどな。他に木砲が三挺、槍が数本、火薬が少々、商人の隠し持つ武器など、その程度のものやろう」

前島は呑気《のんき》に笑っている。だが、そうなると、あの大量の洋銃はどこに消えたのか。やはり、新選組が踏み込む前に長州藩、もしくは宮部鼎蔵などの浪士が運び出したということか……。

「それで、新選組は何人ほど捕縛いたしたぞな。主人の湯浅喜右衛門なる者は壬生の屯所に連行されたと聞いたが……」

「なぁに、捕縛されたのは湯浅喜右衛門だけて聞いてんで。あとは、蛻の殻やったらしいで」

つまり、吉田稔麿も宮部鼎蔵も無事だということか……。

「すまぬな。河原殿に伝えねばならぬので、拙者は戻る。そのうち、先斗町あたりでひとついこう」

「それはよい。ぜひひとつ」

「では、また」

快太郎は前島と別れ、店の表通りに戻った。そのまま河原町通りを抜け、三条通りの池田屋へと向かった。

池田屋に着いたのは九ツ半（午後一時）ごろである。

訪うと、帳場から主人の惣兵衛《そうべえ》という男が応対に現れた。

「長州藩の吉田稔麿殿はおられぬか」

快太郎が訊いた。

「吉田……様でございますか。そのようなお方は、知りまへんなあ……」

惣兵衛が、白《しら》を切った。

知らぬはずはない。池田屋は長州藩御用達の旅館である。それに先日、快太郎はこの池田屋に吉田稔麿が出入りするのを見掛けている。

「それならば、待たせていただこう」

快太郎が框に上がって座り込むと、惣兵衛が困った顔をした。だが、快太郎が梃子《てこ》でも動かぬと知ると、仕方なしに女房にお茶を淹《い》れさせて持ってきた。

半刻（約一時間）ほど、待った。

これ以上、待っても無駄か。長州藩邸の方に行ってみるかと思った時である。突然、玄関から慌てて駆け込んできた者がいた。吉田稔麿であった。

快太郎が、框から立った。

「吉田殿、お待ち申した」

「柴田殿……なぜここに……」

「ちょっとお話があり申す。そちらへ……」

快太郎はそういって、戸惑う稔麿を台所の奥の三畳間に連れ込んだ。

「枡屋の湯浅喜右衛門殿のことは聞いており申そう。いかがいたすぞな」

時間がない。率直に、訊いた。

稔麿は一瞬、目を逸《そ》らしたが、溜息をつき、頷いた。

「知っちょる。今朝、新選組に踏み込まれて、逃げ遅れ申した。柴田殿は、どこで聞いたか」

「朝方、四条通りの茶漬屋で飯を食っている時に、壬生の方に連れて行かれる喜右衛門殿を見掛けたぞな」

「喜右衛門殿は、どのような様子じゃったか」

「すでにかなり責められたご様子、縄に繋《つな》がれて歩いてはおったが、痛ましいお姿だったぞな……」

「やはり、そうか……」

稔麿の表情に、苦汁の色が滲《にじ》んだ。

「それで、これからどのように致す。喜右衛門殿を取り戻すのか。それとも……」

だが、稔麿は目を伏せた。

「まだわからん。これから皆で話し合おうと思っちょるが……」

この時、稔麿は、白の帷子《かたびら》に黒の羽織という姿であった。いわずとも、わかる。死地に赴《おもむ》く衣《い》裳《しょう》であろう。

「拙者に何かできることがあれば……」

快太郎がいった。だが稔麿は、首を横に振った。

「忝《かたじけ》ない。じゃが、湯浅殿のことは我々で何とかいたす……」

稔麿は、快太郎が公武合体派の宇和島藩の者であることを知っている。

「わかり申した。湯浅殿のご無事をお祈りいたす……」

快太郎も、引き下がるしかなかった。

話を終えて池田屋を出ようとした時、稔麿が表通りまで追ってきた。

「柴田殿、実はひとつ、頼みがあるんじゃが……」

快太郎が振り返る。

「何でも申してくれ」

「柴田殿は以前、船を操っておったな。もしできるならば今宵五ツ（午後八時）までに、この池田屋の裏の三ノ舟入りに高瀬舟を一艘《そう》、用意しておいてくれんか……」

「お安いご用、承知いたした」

快太郎はそれだけで、今夜、何が起きるのかを察した。

「忝ない……」

快太郎は稔麿と別れ、寺町へと走った。

八

先に動いたのは、新選組である。

時は元治元年六月五日、この年の祇園祭の宵の宮の前日であった。京の街には、午後からぱらつくような雨が降りはじめていた。

局長の近藤勇は枡屋の古高俊太郎——湯浅喜右衛門——の自白を元に近く長州を中心とする尊攘過激派の謀反《むほん》があるとして、黒谷《くろだに》の会津本陣に取締りの協力を願い出た。さらに隊士を集めて身支度を整えるように命じ、目立たぬように三〜四人の小隊に分かれて屯所を出ると、祇園神社の前にある祇園町会所に集合した。

その数、三四名。近藤は隊士を、二つの隊に分けた。

第一隊は局長の近藤勇を隊長とし、沖田総司、永倉新八、藤堂平助などの精鋭一〇名。第二隊は副長の土方歳三が隊長を務め、井上源三郎、原田左之助、斎藤一など全二四名。その全隊員を前に、近藤は出動に際して訓示を行い、命令を下した。

「皆の者、よく聞け。長州人を中心とする諸藩尊攘派の浪人は祇園祭りが挙行される六月七日、御所に放火するとの報《しら》せあり。さらに会津藩の松平容保公をはじめとして各藩の公武合体派の藩主や公家を殺害し、天皇を攫《さら》って長州に連れ去るとの謀ありという。よって我々はこれより二隊に分かれ、長州人が大挙隠伏すると思われる祇園新地の縄手通り一帯、さらに旅館が密集する三条通りの三条小橋周辺を捜索するものといたす。長州人を見かければすみやかに捕縛せよ。ただし、抗《あらが》う者あれば切り捨てよ……」

新選組の隊士は、すでにおのおのが鉢金《はちがね》（鉢の形をした兜《かぶと》）を被り、鎖帷子《くさりかたびら》を着込み、いつでも出動できる状態だった。だが会津藩兵の応援隊はいくら待っても到着しない。痺《しび》れを切らした土方は、自分の隊の隊士に出動を告げた。できれば手柄を新選組が独り占めしたいという思惑もあった。

土方隊の二四名は、打ち合わせどおりに加茂川東岸の祇園新地へと向かった。四条通りから丸山を抜け、縄手通りの弁天町《べんてんちょう》、常盤町《ときわちょう》、中之町《なかのちょう》、川端町《かわばたちょう》の一帯である。この一画には数百軒の茶屋や料理屋がひしめき合い、路地が迷路のように入り組んでいた。ここには宮部鼎蔵が宿泊しているとされる小川亭や諸藩の浪士が集まる魚品《うおしな》、豊後屋《ぶんごや》など、浮浪の賊の潜伏場所が二〇カ所以上はあると目されていた。

ある者は鎖帷子を着込み、またある者は槍を手に、揃いのだんだら羽織を羽織って街をのし歩く土方隊の姿を見て、夕暮時の祇園界隈《かいわい》は色めき立った。この朝には、河原町の枡屋が手入れを受けたばかりである。次は、何が起きるのか――。


祇園富岡の芸妓《げいぎ》、天城《あまぎ》ことお吉は、背後の喧噪《けんそう》な空気に振り返った。ちょうど風呂《ふろ》の帰りで、富岡に戻る途中であった。

四条通りの祇園神社の方面から、浅葱色の羽織を着た新選組の一団が歩いてくる。先頭は、あの土方歳三だった。しかも、二十数名の隊士全員が、戦支度である。

この祇園の花街に、何が起きるのか……。

急に怖くなり、富岡へと走った。

土方歳三は町会所を出ると、まずは四条通り左手の一力《いちりき》を訪《おとの》うた。一力は、祇園きっての名茶屋である。

「頼もう。京都守護職預かり新選組の改めである」

土方がいった。

「お役目ご苦労様にございます」

対応に出たのは一力の女将で、土方以下数人がすみやかに店内に請じ入れられた。だが一力はまだ今宵の仕度の最中で、客はほとんど上がっていなかった。それも大店の商人ばかりで、怪しい気配もない。

「次に参る」

土方は一力を出て、次の嶋村屋《しまむらや》、向かいの井筒《いづつ》、中之町の近江屋《おうみや》を改めた。さらに縄手通りに入って隊を井上隊と本隊の二つに分け、旅館魚品、小川亭、豊後屋、長州藩士の出入りが疑われる三縁寺《さんえんじ》などの寺社を次々と当たった。だが、長州藩士も諸藩の浪士も、不逞《ふてい》の輩《やから》は一人も見当たらぬ。どこの宿も、蛻の殻であった。

土方隊が捜索する祇園新地一帯に潜伏する長州藩士や浪士は、一〇〇人以上とも二〇〇人以上ともいわれていた。一人も見つけられぬ訳がない。

いったい奴らは、どこに消えたのか……。

半刻ほど遅れて、近藤隊も町会所より出動した。四条大橋を渡り、高瀬川沿いに木屋町《きやまち》通りを北に向かった。

間もなく対岸に、この朝に古高俊太郎を捕縛した枡屋が見えた。その後にも対岸には四カ所の舟入りと土佐藩邸、彦根《ひこね》藩邸の壁が続く。通りの右手には、木屋町の由来ともなる材木屋や道具屋が軒を連ねていた。だが近藤勇はそれらに目もくれず、三条通りへと急いだ。

この時、三条大橋から三条小橋に至る三条通りの両側には、大小数十軒もの旅館がひしめいていた。北側に大津屋《おおつや》、ふで屋、編笠屋、十文字屋《じゅうもんじや》、炭屋、池田屋、中屋《なかや》、亀屋《かめや》など十数軒。南側にも七軒。加茂川沿いにも八軒。そして三条小橋の上に立って北を望めば、対馬藩邸、加賀藩邸の先に長州藩邸の広大な屋敷が見える。

三条通りから長州藩邸までは、二〇〇間（約三六五メートル）もないであろう。しかも藩邸の敷地は、高瀬川の一ノ舟入りに面している。夜間に船を使って行き来すれば、造作もない距離である。

以前からこの三条通り周辺に、長州藩や諸藩の浪士が潜伏する宿があるという噂はあった。近藤は、少数精鋭でそこを叩く腹積もりであった。

だが、いくら精鋭とはいえこの時の近藤隊の隊士は僅か一〇名。宿に潜伏していてもせいぜい数人程度であろうと、高を括《くく》っていたことは事実である。

木屋町通りを三条小橋まで来た時である。高瀬川を渡った対岸の三条通り三軒目の旅館の二階から、明かりが洩れているのが見えた。それが池田屋であった。

近藤は、これを怪しいと思った。すぐさま部下の隊士の浅野《あさの》藤太郎《とうたろう》、奥沢栄助《おくざわえいすけ》、安藤早太郎《あんどうはやたろう》、谷万太郎《たにまんたろう》、武田観柳斎、新田革左衛門《にったかくざえもん》の六人に池田屋の周囲を固めて見張るように命じた。

あとは、土方隊の到着を待つばかりである。

この時、時刻はすでに五ツ半（午後九時）を過ぎていた。


池田屋の二階には、長州藩士、諸藩の浪士など、三〇名近い志士が集まっていた。

一同の頭目は肥後藩浪士、三条実美の従士の宮部鼎蔵。さらにその弟の春蔵《しゅんぞう》など、肥後勤王党の志士が計五名。長州藩士、および浪士が吉田稔麿、有吉熊次郎《ありよしくまじろう》、山田虎之助《やまだとらのすけ》、佐伯稜威雄《さえきいずお》など計六名。土佐藩の出身者が神戸海軍操練所の塾生の望月亀弥太《もちづきかめやた》、土佐勤王党の石川潤次郎《いしかわじゅんじろう》、北添佶摩《きたぞえきつま》など計五名。その他、播磨《はりま》藩、豊岡藩、伊予松山藩など諸国浪士や志士が一四名の計三〇名である。

長州藩の桂小五郎は宵五ツ半前に集会所に顔を出したが、この時には誰も来ていなかった。主人の惣兵衛に「後ほど出直して参る……」といい残して池田屋を出ていき、戻っていなかった。桂はこの時、対馬藩邸で留守居役の大島友之允《おおしまとものじょう》に会ってくるといった。

池田屋に集まった三〇人は、皆多かれ少なかれ湯浅喜右衛門に世話になった者たちである。ある者は脱藩上洛して行く当てもなく宿を求め、ある者は路銀や差料を借り受け、またある者は命からがら逃げ込んでは匿われた。血はつながらなくとも実の兄や親のような存在であった。宮部鼎蔵や同志の松田重助は、新選組に踏み込まれる直前まで枡屋に潜伏していた仲である。

酒を飲みながら、激論を交わした。

湯浅殿に何が起きたのか――。

本当に新選組の壬生の屯所に囚《とら》われているのか――。

生きているのか、すでに殺されたのか――。

助け出すには、どうするか――。

加島屋《かじまや》（大坂の豪商）を通して新選組と話が着けられぬものか――。

無理であろう。壬生の屯所に、この人数で斬り込むしか手段はない――。

議論は白熱した。

だが、長州藩が今後、朝廷内においていかに復権するかに話が及ぶことはあっても、まさか祇園祭に乗じて御所に火を放つとか、松平容保を暗殺するなどという話は誰からも出なかった。まして この池田屋が今宵、新選組の襲撃を受けるなどとは、まさか誰も考えていなかった。

いや、一人だけ議論の渦中にいながら、いいようのない不安に駆られている者がいた。長州藩士、松陰門下の吉田稔磨である。

今夜、何かが起きる……。

それにしてもこの会の主唱者である桂小五郎は、どこに行ったのか――。

近藤勇は池田屋の様子を周辺の旅館や居酒屋に聞き込みながら、土方隊と会津藩兵の到着を待った。

それによると池田屋は三条通りに面した間口三間半、奥行き一五間（二七メートル）の縦長二階建の宿で、一階に四部屋、二階に六部屋あるという。階段は玄関を入って式台の裏手にひとつ、右手の吹き抜けに沿って行くと奥にもひとつ。どうやら長州人と諸藩浪士の浮浪の賊は、その二階に集まって謀議をこらしているらしい。

隣の中屋の主人によると、集まっている人数はせいぜい一〇人ほどではないかという。池田屋の裏には狭い裏庭があり、その先が高瀬川の三ノ舟入りに面している。舟入りの左奥には岩国《いわくに》藩邸があり、向かいには対馬藩邸がある。そこに長州人が逃げ込んでは面倒なので、裏庭には奥沢と安藤、新田の三名を配して固めてある。

近藤隊は、さらに待った。

だが、遅い……。

池田屋を包囲して半刻にもなるというのに、土方隊も会津藩兵もまだ着かぬ。

何を手間取っておるのか。時刻はすでに夜四ツ（午後一〇時）になろうとしていた。

痺れを切らした近藤は、傍らの沖田総司、永倉新八、藤堂平助の三人にいった。

「もう待てぬな。どうせ敵はおっても七、八人であろう。我ら四人だけで討ち入る」

「承知」

「承知致した」

全員が羽織の裾を払って刀を外に出し、池田屋に向かった。

正面を谷、浅野、武田の三人が見張っていた。

「これより中を取り調べる。逃げる者あれば捕えよ。裏の奥沢らにも伝えよ」

近藤は三人にそう命じ、沖田、永倉、藤堂を連れ、四人で池田屋の正面入口から入っていった。

この時、近藤は、長州の者共と斬り合いになってもかまわぬと思っていた。相手が一〇人近くいれば四人ではいかにも不利だが、近藤は自分と精鋭の隊士の剣の腕、そして愛刀長曽祢虎徹の業に絶対的な信頼を寄せていた。

しかも新選組は、ここのところ室内での戦闘の訓練を積んでいた。長州人ごときが一〇人潜んでいても、負ける訳がない。まさか三〇人もの長州人、諸藩浪士がこの池田屋の二階に集まっていようとは、思ってもみなかった。

帳場には誰もいなかった。

だが、土間に入ると、異様な光景が目に入った。正面の式台の壁に、数挺の銃と槍が立てかけてあった。しかも、見たところ銃はすべて洋銃である。

「頼もう」

近藤が声を上げると、奥から主人の惣兵衛が慌てて出てきた。

「今宵は御用改めである。手向かい致すにおいてはこの新選組が容赦なく斬り捨てる」

近藤がいった。

「あわわわわ……」

〝新選組〟と聞いて、惣兵衛が慌てて奥へ逃げた。

「待たぬか！」

四人が草鞋《わらじ》のまま式台に踏み込み、その後を追った。

「皆様、新選組の旅客改めにございます」

惣兵衛が表階段の下から叫んだ。近藤はそれを拳骨《げんこつ》で殴り倒し、宿の奥へと向かった。

吉田稔麿は階下からの惣兵衛の声を聞いた。

――皆様、新選組です。お逃げくだされ――。

稔麿はこの時、池田屋二階の表通り側、八畳間と四畳の続きの広間にいた。この部屋にいたのは他に宮部鼎蔵など一四人。瞬時に話が止み、全員が腰を上げ、刀を抜いた。稔麿も、抜いた。

「ここは斬り抜けて、逃げよ。後ほど、長州藩邸にて会おう」

誰かがいった。

奥の階段から、何者かが駆け上がる足音が聞こえてきた。

二階に一番乗りしたのは、沖田総司である。

腰の加州清光《かしゆうきよみつ》を抜きながら上がったところは、吹き抜けの回廊であった。左手の四畳半に数人、奥の八畳間と四畳の続き部屋にも数人、長州藩士や浪士が抜刀して立っていた。

だが、暗くて顔もわからぬ。

中の一人が、沖田に斬り掛かった。だが沖田は、難なくこの者を斬り捨てた。

ここに近藤が上がってきた。

「無礼すまいぞ」

近藤は大声で一喝し、腰の長曽祢虎徹を抜いた。長州藩士、浪士の一陣が、部屋に散開する。

近藤と沖田は、その中に斬り込んだ。

前座敷の表階段からは、永倉新八が駆け上がった。

二階に上がると、十数人の長州藩士と浪士が立ち塞がった。永倉は播州住手柄山氏繁《てがらやまうじしげ》の二尺四寸を抜き、青眼に構えて一陣に斬り込んだ。

広間は蜂《はち》の巣をつついたような騒ぎになった。数人が、永倉に向かってきた。刀を合わせ、闇に火花が散った。三人ほど、斬った。

だが致命傷を与えられず、長州藩士らは散り散りに逃げ惑った。

「待たんか！」

永倉は一階に駆け下りる数人を追った。

二人が、表玄関に向かった。だが、外には槍の達人、谷三十郎が待ち構えていた。慌てて引き返してきた一人を永倉は一刀の元に斬り伏せ、さらにひと太刀加えて止《とど》めを刺した。もう一人は谷が槍で仕留めた。

背後からは、さらに敵が向かってくる。永倉は身を翻し、また玄関から池田屋の中に飛び込んでいった。

藤堂平助は、一階中央の中庭で逃げてくる敵を待ち伏せた。

この時まだ二一歳の藤堂は、上総介兼重《かずさのすけかねしげ》二尺四寸二分を抜いて待った。そこに奥の階段から、近藤と沖田に追われた数人が駆け下りてきた。敵は二手に分かれ、一団は裏庭へ、一団が表玄関に向かってきた。

その中の二人が、藤堂の待つ中庭に下りてきた。藤堂は北辰一刀流、天然理心流の達人である。二人を相手に斬り合った。だが愛刀の兼重は、度重なる打ち合いで刃こぼれし、折れた。最後は手槍で戦い、二人を討ち倒した。

激しい斬り合いで息が上がった。それに、暑い。汗を拭おうと鉢金を取ったところを、永倉に追われてきた敵に斬りつけられた。

額から顔を割られ、絶叫した。


沖田は獅子《しし》奮迅《ふんじん》の働きをした。

二階の奥の間で瞬く間に二人を斬り殺し、一階に逃げる敵を追った。だが、階段を降りたところで立ち眩《くら》みがし、崩れるように座り込んだ。

刀で体を支えて起きようとしたが、立てなかった。倒れ込み、その場で意識を失った。


近藤勇は二階中央の二間続きに数人を追い詰めた。

その中央に仁王立ちになり、八面六臂《はちめんろっぴ》の敵と斬り結んだ。

長曽祢虎徹が暗がりの中で敵の剣と交わり、火花が散った。近藤自身も、敵の刀を受けた。だが、虎徹も鎖帷子を着込んだ近藤の体も、大した傷は受けなかった。

近藤はここで三人を斬り倒し、逃げた敵を追った。階段を下りたところに、沖田が倒れていた。闘死したものと思ったが、負傷はしていない。

「ここで待っておれ」

近藤は沖田をそのままにして、逃げる敵を追った。一階の奥の間に追い詰め、斬って斬って斬りまくった。

永倉新八は玄関先で一人斬り殺し、さらに池田屋にとって返して逃げる敵を追った。縁側沿いに雪隠に逃げ込もうとする者を見つけ、これを後ろから斬り殺した。敵を捜しながら、池田屋の奥へと進む。中庭を見ると、仲間の藤堂平助が倒れていた。

「平助、いかがいたした」

永倉は藤堂を助け起こした。額から顔にかけて、真っ二つに割られていた。

「血が入って、目が見えぬ……」

中庭には敵が二人、斬死していた。

「平助、よくぞ戦った。ここにおれ。助けを呼んでやる……」

永倉が立とうとしたところに、隠れていた敵が斬りかかってきた。

寸前のところで躱《かわ》したが、柄《つか》を握る左手に刃先を受けて傷を負った。血が吹き出すのもかまわず、永倉は相手に斬り返した。

敵がそれを躱す。逆に、斬ってかかってきた。その刃先が、永倉の羽織の胸を薄く切った。なかなかの使い手であった。

だが、相手がまた小手を取りに来た瞬間に一撃、面に打ち込んだ。これが敵の左頬に当たり、首まで斬り下げ、血飛沫《ちしぶき》を上げて倒れた。永倉はその上に被さるように刀を振り下ろし、首を刎《は》ねた。

土間に当たった刀が折れた。気が付くと親指の付け根の肉を削ぎ落とされ、血が滴っていた。だが、永倉は傷にかまわず、落ちていた敵の刀を拾うとそれを握って旅館の奥へと向かった。

途中、沖田総司が蹲《うずくま》っていた。傷は負っていない。階段の下では満身創痍《そうい》の宮部鼎蔵が、自ら腹を割って果てていた。

これで、味方は局長の近藤と二人だけだ。

永倉は奥で戦う近藤と敵の斬り合いの中に、飛び込んでいった。


裏庭には新選組の安藤、奥沢、新田の三人が槍を構えて待ち受けていた。

そこに近藤と沖田に追われた長州藩士、浪士数人が逃げてきた。その中にはすでに深手を負った吉田稔麿がいた。

だが、土佐藩の望月亀弥太、この日偶然に池田屋を訪れていた野老山吾吉郎《ところやまあきちろう》、藤崎八郎《ふじさきはちろう》らはかなり酔っていたがほとんど無傷だった。望月、野老山、藤崎は、起死回生の突破口を求めて新選組の三人と猛然と斬り合った。

この時、もう一人、背後の三ノ舟入りから上がってくる影があった。暗がりで顔はわからぬが、長身の船頭姿の男である。

背水を守っていた新選組の一人が、気配に気付き振り返った。人影は居合一閃《いっせん》、それを斬り捨てた。

同時に、土佐藩の三人が残る二人に斬りつけ、それを倒した。

「どなたか知らんが、忝ない」

望月が、人影に礼をいった。

「かまわぬ。お逃げくだされ」

人影は、黒帯で覆面《ふくめん》をしていた。

「吉田殿は……」

「拙者が何とかいたす。早く行ってくだされ」

「すまぬ……」

土佐の三人は対馬藩邸の壁沿いに、河原町通りの方へ逃げていった。

吉田稔麿は肩から背にかけて深手を負い、裏庭に蹲っていた。男が肩を貸し、それを助け起こした。

「忝ない……。あんたは、まさか……」

吉田が刀で体を支えながら、立った。

「それより、早くこちらへ」

男は吉田を支えて裏庭を横切り、舟入りに舫《もや》ってあった船に乗せた。

池田屋からは、まだ斬り合いの騒ぎが聞こえてくる。突き棒で船が舟入りを離れ、高瀬川に出ると、その騒ぎの音と声が次第に遠のいていった。

九

そのころ桂小五郎は、三本木《さんぼんぎ》の吉田屋《よしだや》という茶屋にいた。

愛人の幾松《いくまつ》という芸妓を揚げて、二人でしっぽりと酒を飲んでいた。

「桂はん……今夜はお忙しなかったんちゃうんですか……」

傍らの幾松が、桂の猪口《ちょこ》に酒を差す。

「いや、心配いらん。わしがおったら、かえって面倒なことになる……」

桂がそういって、酒を飲む。猪口に酒を差す幾松の表情に、不安がかすめた。

幾松は、この三本木あたりでは売れっ子の芸妓の一人である。元々は武家の出の娘で、それだけに頭も良く、勘の働くところがある。

「戻らんでええんどすか?」

「幾松、案ずるな。わしが今夜ここにいたことは、内密にしておけ」

「あい……」

そこに先程、遣いに出した幾松の付人の芸妓が戻ってきた。

慌てた様子である。襖を開けるなり、桂に報告した。

「三条の池田屋はんに、新選組が討ち入りはったようでごじゃります。大変な騒ぎになっとりますえ……」

それを聞いた幾松の顔に、動揺の色が浮かんだ。

「そうか。すまぬがもうひとつ、遣いを頼まれてくれぬか」

桂は矢立を手に取り、懐紙《ふところがみ》に簡単な信書を一筆、認めた。

〈――乃美織江殿。
池田屋に新選組、討ち入り申し候。浪士の者、藩邸に逃げ帰っては不都合故、これよりすべての門を閉じ、誰も入れぬよう手回しいただきたく申し上げ候――〉

桂はその手紙を折り畳み、一朱銀と共に芸妓に渡した。

「これを長州屋敷の乃美織江様に。門番の者に桂からだといえばわかる。急いでな」

「あい……」

若い芸妓は笑みを浮かべて手紙と駄賃を受け取り、廊下を走っていった。

「ほんまに大丈夫なんどすか……」

幾松が不安そうに、酒を差す。

「案ずるな。今夜はここに泊まるぞ」

桂が、猪口の酒を空けた。

土方隊が池田屋に着いたのは、四ツ半（午後一一時）近くになってからである。

まず二手に分かれた井上源三郎隊の一一人が先に着き、一拍遅れて土方歳三率いる本隊の一三人が到着した。

すでにこの時点で、池田屋の中での戦闘が始まって半刻近くが経過していた。三条通り側を谷万太郎、浅野藤太郎、武田観柳斎が守り、玄関の前には敵の死体が転がっていた。その横に、額を割られた藤堂平助と顔面蒼白《そうはく》の沖田総司が寝かされている。周囲には、何事かと人集りがしていた。

「中はどうなっとる。池田屋には何人、入っておるのか」

井上が武田に訊いた。

「近藤局長と永倉新八、おそらく二人だけでござろう。裏庭の方にも三人いるはずだが、そちらはわからぬ」

「何ということか。我々も加勢するぞ。皆の者、続け！」

井上は腰の奥州白河《おうしゅうしらかわ》住兼常《かねつね》を抜くと、原田左之助、島田魁、斎藤一らの部下一〇人を従え、池田屋の闇の中に踏み込んでいった。

だが、土方歳三は動かなかった。

松原忠司《ちゅうじ》、伊木《いき》八郎《はちろう》、近藤勇の甥《おい》の近藤周平《しゅうへい》らの部下に池田屋の表と裏を囲って敵の退路を断つように命じ、自分は三条通り正面に陣取って高みの見物と決め込んだ。

近藤局長もよく斬り合いの渦中に飛び込むものよ。

たかが勲功《くんこう》のために命を懸けるなど、馬鹿ばかしくて滑稽《こっけい》である。

快太郎は高瀬舟の上に立ち、浅い川底を船棹《ふなざお》で突いた。

静かな高瀬川の流れを下る。遠くにはまだ池田屋の喧騒が聞こえ、対岸の料理屋の腰窓に客が体を乗り出して騒ぎを眺めていた。

「吉田殿、傷の具合はいかがぞな」

稔麿は深手を負っていたが、何とか船遊びの客を装い、船底に渡した板に座っていた。

「せわぁない……。それより柴田殿に助けられるとは……。この恩は、忘れん……」

せわぁない、とはいいながら、稔麿は座っているのがやっとというほど苦しそうであった。

「それで、船をどこに着けるぞな」

快太郎が訊いた。

「……長州屋敷へ……」

稔麿が苦しげにいった。だが長州藩邸は、池田屋よりも上流である。

「もっと遠くへ逃げた方がよいのじゃないか。よければこのまま河原町まで川を下って、拙者が宿所としている浄教寺に助けを求めてはいかがか……」

寺に逃げ込めば、まさか新選組の追手も無体なことはできまい。

「……いや、拙者は事の成り行きを藩に戻って乃美織江殿に今宵の経緯を報告せにゃあならん……。ぜひ、長州屋敷へ……。お頼み申す……」

稔麿は、頑《かたく》なであった。

「承知いたした。それならば、船を一ノ舟入りに着け申そう。そこからならば、長州屋敷の裏口も目の前でござろう……」

「忝ない……」

快太郎は船棹で船を反転させ、上流へと向かった。

ここのところ雨が多かったからか、高瀬川の流れはいつもより少し速かった。その流れの中を、快太郎が操る高瀬舟はゆっくりと遡《さかのぼ》る。

「柴田殿……」

振り返ると、稔麿が快太郎を見上げていた。

「何か」

「……拙者は藩の役目に追われ、妻を娶《めと》る気もなく過ごしてきた……。柴田殿に、妻と子はおるか……」

「いや、おらんぞな……」

快太郎はそういって、また川底を船棹で突いた。

「ならば、好いちょる女子はおるか……」

稔麿が訊いた。

快太郎は少し考え、こう答えた。

「おる、ぞな……」

その時、故郷の鞠の顔が脳裏に浮かんだ。なぜか知らぬが、無性に会いたくなった。

「……そりゃええ……。俺も、萩に帰れば好いちょる女子がおるんじゃ……。このことがすんだら、嫁にもらうかと思っちょる……」

快太郎はまた、振り返った。闇の中で、稔麿の顔がかすかに笑っているように見えた。

間もなく船は、池田屋の前を通る。そこからさらに、二〇〇間ほど遡り、角倉《すみのくら》屋敷の手前の一ノ舟入りに入った。対岸の道を隔てた向こう側が、長州藩邸である。

快太郎は藩邸の側に、船を着けた。すぐそこに、藩邸の裏門が見えた。

稔麿が、快太郎に支えられて立った。石積みの護岸に掛かっている梯子《はしご》を、快太郎の手を借りてやっと上がった。

快太郎の手に、稔麿の血がべっとりと着いた。暗くてわからぬが、思ったより深手を負っているようであった。

「……柴田殿……もうここでよい……。行きなさんせ……」

稔麿が、荒い息をしながらいった。

「そこの門までお送りいたそう」

「いや、ここでよい。それよりこれを……」

稔麿は腰の佩刀《はいとう》の鞘から小柄《こづか》を抜き、快太郎に差し出した。

「これは……」

「大した物ではござらぬ……。お礼に差し上げる故、受け取りなんせ……。もしご入り用でなければ……いずれ萩に行かれる折あるならば……千代《ちよ》という女に渡してくだされ……。松下村塾《しょうかそんじゅく》で尋ねれば、わかり申す……」

「承知いたした」

快太郎は稔麿の手から、小柄を受け取った。

「では、これにて……」

稔麿は踵《きびす》を返し、傷を負った肩口を押さえ、長州藩邸の裏門へと歩いていった。よろけながら、時に立ち止まり、苦しそうに。

快太郎は、船で岸を離れた。舟入りから高瀬川に出ると、船はゆっくりと下流へと流されていった。

やがて稔麿の姿が、岸の柳の木の影に消えた。

それが快太郎が稔麿を見た最後だった。


吉田稔麿は、京都長州藩邸の裏門を見上げた。

門は、閉じられていた。表門よりも小さな門のはずなのに、いつもよりも高く、そして大きく見えた。

門を引いたが、閂《かんぬき》がかかっていた。だが、中に門番がいるはずだ。稔麿は、血みどろの拳《こぶし》で門扉を叩いた。

「吉田にござる……。門を開けよ……」

しばらく、待った。

――どこの吉田か――。

門の中から、門番の声が聞こえた。

「……吉田稔麿である……。いま、池田屋から戻った……。門を開けてくれ……」

声を絞り出すように、いった。

――開けられん――。

「何故じゃ……。わしゃあ吉田稔麿ちゃ……。早う開けてくれ……」

――だめじゃ……。もう誰が戻っても開けるなというお達しなんじゃ……。だから、開けるわけにゃあいかんのじゃ――。

稔麿は、何が起きたのかわからなかった。

「どうしてじゃ……。池田屋で会合中に、新選組に襲われたんじゃ……。同志が、何人も死んだ……。俺も、深手を負っておる……。頼むから、開けてくれ……」

――だめじゃ……。開けられんのじゃ。許してくれ――。

門番の声は、すすり泣くように震えていた。

「……ならば、乃美殿か桂殿に……」

その時、表の河原町通りの方から騒がしい人の声と足音が聞こえてきた。

稔麿が振り返る。角倉屋敷の方から一ノ舟入りにかけて、多数の提灯《ちょうちん》の火が揺れていた。手槍や銃を手にした十数人の集団が、呼子の音と共にこちらに向かってくる。

——あそこさ誰かいんぞ——。

——長州の奴だべ——。

会津藩兵だ……。

稔麿は裏門を諦め、逃げた。

——逃げっど。早ぐ捕まえろ——。

必死に、走った。高瀬川沿いに、長州藩邸の裏から加賀藩邸の裏の二ノ舟入りに出た。舟入りの向こうに、対馬藩邸が見えてきた。あの屋敷に逃げ込めば、匿ってもらえるかもしれん……。

だが、足がふらついた。意識が朦朧《もうろう》として、走れぬ……。

——あそこだ。早ぐ捕まえろ。殺せ——。

振り返った。会津藩兵の一団が、もうそこまで迫っていた。

必死に、走った。だが、対馬藩邸の裏まで来たところで、追いつかれた。

稔麿は、壁を背にして立った。腰から、剣を抜いた。白い提灯の火が闇の中に広がり、稔麿を取り囲んだ。

——殺せ！　殺せ！　殺せ！　殺せ！——。

最早、これまで……。

「うわぁ……」

稔麿は最後の気力を振り絞り、揺れる提灯の火に向かって斬り込んだ。

その体を無数の手槍が貫いた。

痛い！

死ぬなら、萩に帰してくれ……。

そう思った時に、意識が消えた。

吉田稔麿、斬死《ざんし》――。

享年二四歳であった。

一〇

どこかで一番鶏《どり》が鳴いた。

それを合図に、京の街に白々と夜が明けはじめた。

だが、新選組はまだ池田屋の周辺にいた。局長の近藤勇が血飛沫を浴びた羽織姿で三条小橋の上に仁王立ちになり、何者も寄せ付けぬ構えであたりに気を配る。周囲には遅れて駆けつけた会津藩兵や桑名藩兵がいた。三条通りの池田屋の入口には副長の土方歳三が立ち、他の者は建物の表と裏を囲んで逃げる者を見張っている。

だが、一刻ほど前に建物の中に捜索に入った折、武田観柳斎が二階の天井裏から落ちてきた賊を斬り殺して以来、敵は一人も見かけていない。いま血の池のごとき池田屋の中にころがっているのは、長州人らの屍体《したい》だけである。

土方が、橋の上の近藤の元に歩いてきた。

「近藤殿、まだ屯所には戻らぬのか」

「まだだ。屯所に戻れば次は我々が長州人どもに襲われるやもしれぬ。それに、会津藩兵共をここに入れて手柄を横取りされるわけにはいかぬ……」

近藤は後ろ鉢巻きを巻いた赤鬼のごとき形相《ぎょうそう》に、笑いを浮かべた。

この男はおよそ半刻ほどにわたり池田屋の中で壮絶に斬り合いながら、奇跡的に無傷だった。だが今回の騒動で、隊士にも死者と重傷者を出している。

会津藩兵の応援が池田屋に着いたのは、戦いもほぼ収まった夜九ツ（午前〇時）にもなってからである。その会津藩兵に手柄を横取りされたとあっては、隊士たちにも示しがつかぬ。奴らは逃げた長州人でも追って、残党狩りでもやっておればよい。

「何人ほど逃した」

土方が訊いた。

「わからぬ。斬った手応えはあったが、討ち逃した者もおる」

「まあ、これで長州人も少しは静かになるであろう。あとは会津藩兵にまかせておけばよい」

どこからか、逃げた賊を追う呼子の音が聞こえてきた。

※追記
やがて、この池田屋事件の全貌《ぜんぼう》が明らかになった。

長州藩側は広岡浪秀《ひろおかなみひで》（長州藩）、吉田稔麿（長州藩）、宮部鼎蔵（肥後藩）、松田重助（肥後藩）、

石川潤次郎（土佐藩）、伊藤弘長《いとうひろなが》（土佐藩）、北添佶摩（土佐藩）、望月亀弥太（土佐藩）、福岡祐次郎《ふくおかゆうじろう》（松山藩）、大高又次郎《おおたかまたじろう》（林田藩《はやしだ》）の一〇名が闘死、もしくは重傷を負って自刃。池田屋から脱出したが、後に会津藩に捕縛された者、二十余名。この中には池田屋主人の入江《いりえ》惣兵衛のような町人や、久坂玄瑞に間違われて捕縛された長州屋敷手子《てご》の木村甚五郎《きむらじんごろう》、四条中之町の近江屋で飲んでいて会津兵と揉め、惨殺された同じく長州屋敷手子の吉岡庄助《よしおかしょうすけ》。その巻き添えで会津藩兵に斬り殺されて蹴落とされた近江屋女将のマサなどがいた。捕縛された志士のほとんどが後に六角《ろっかく》獄舎《ごくしゃ》に送られ、斬首もしくは獄死した。

対する新選組は裏庭を守っていた奥沢栄助が闘死。この時重傷を負った安藤早太郎、新田革左衛門の二人も一カ月後に死亡した。また市内掃討の激戦により、会津藩五名、彦根藩四名、桑名藩二名と、池田屋で闘った新選組以上の犠牲者を出している。

そして後に〝池田屋事件〟と呼ばれたこの出来事が、京都を歴史的な危機に巻き込む騒乱の引き金を引くことになる。

一〇の章　京都炎上

一

池田屋《いけだや》騒動の二日後、六月七日の早朝のことである。

京都の長州《ちょうしゅう》藩邸の通用門から、飛脚に変装した一人の男があたりの様子を窺《うかが》いながら走り出た。男は、大坂《おおさか》方面へと向かった。

男の名は有吉熊次郎《ありよしくまじろう》、若手の長州藩士である。先日の池田屋騒動の折には集会に出ていたが、新選組《しんせんぐみ》の急襲と同時に真っ先に池田屋を脱出し、門が閉じられる前に長州藩邸に逃げ込んだ幸運な者の一人である。

熊次郎は久坂玄瑞《くさかげんずい》が長州家老の浦靱負《うらゆきえ》に宛《あ》てた信書を一通、持っていた。信書には、六月五日に池田屋で起きた騒動の顚末《てんまつ》が認《したた》められていた。

池田屋で、何が起きたのか。その騒動で、誰《だれ》と誰が殺されたのか――。

熊次郎は祇園《ぎおん》祭りの準備が整う京の街を駆け抜け、伏見《ふしみ》から大坂に向かう船に乗った。

その後も船を乗り継《つ》ぎ、六月一二日の早朝に長州に帰藩。信書と共に自らが証人となり、藩に池田屋騒動の惨状を伝えた。

二

祇園御霊会《ごりょうえ》（祇園祭）は、京都の夏の華である。

東山《ひがしやま》の祇園社（八坂《やさか》神社）の祭礼として貞観《じょうがん》年間（八五九年〜八七七年）に神泉苑《しんせんえん》にて初の御霊会が始まり、以来一〇〇〇年の歴史を持つといわれる日本三大祭のひとつでもある。

元治《げんじ》元年（一八六四年）六月七日――。

今年も宵山《よいやま》（前祭《さきのまつり》）が始まった。祇園の大通りに飾《かざ》り立てられた山鉾《やまほこ》が巡って華美を競い、沿道の大店《おおだな》、旧家は家の前に伝来の屛風《びょうぶ》や家宝を飾って栄華を誇る。加茂《かも》川《がわ》に出ればこれも京の夏の風物詩の川床《かわどこ》が並び、囃子《はやし》や笛太鼓《ふえだいこ》の音に誘われる人の波が夜を徹《てつ》して後を断たない。

快太郎《はやたろう》はお吉《きち》と共に長い列に並んで祇園社に参拝《さんぱい》し、四条《しじょう》通りから縄手《なわて》通りの人ごみの中を歩いていた。

「まあ、綺麗《きれい》……」

山鉾を見て、お吉が感嘆の息を洩《も》らした。快太郎も声こそは出さぬが、山鉾の飾りや旧家の前に出された家宝の山を見て、素直に見事だと思う。思い返してみれば一昨年は祇園祭の季節に京都にいたはずなのに、雑事に追われて、見物した覚えもなかった。

もう、京に来て三年目になる……。

そういえば傍《かたわ》らのお吉も、もう二四になるはずである。最近は派手《はで》な芸妓《げいぎ》の装《よそお》いもしなくなり、それでいて艶《つや》っぽく、大人の女としてすっかり落ち着いた風情《ふぜい》になってきた。

「三条《さんじょう》通りまで出たら川を渡って先斗町《ぽんとちょう》に出よう。川床に空《あ》いてる席を見つけて鮎《あゆ》でも食おう」

「あい……」

お吉がうれしそうに、快太郎に腕を絡めた。

三条の近くまで来ると、祭りの人出も少し疎《まば》らになった。それでも祇園祭の宵山は華やかで、人々の表情にも世相の不安を打ち消そうとするかのような活気があった。

だが、あの池田屋の騒動からまだ二日しか経《た》っていない。いまも肥《ひ》後藩浪士の潜伏場所だった旅館小川亭《おがわてい》の前を通ったが、会津《あいづ》藩兵が数人、槍《やり》と火縄銃を持って警戒《けいかい》に当たっていた。街中を歩いていても、至るところで池田屋騒動の残党を狩る会津藩や桑名《くわな》藩の討伐《とうばつ》隊の姿を見かける。

今宵の快太郎は宇和島《うわじま》藩の合印《あいじるし》の白筋が袖《そで》に入った調練羽織《ばおり》を羽織っている。このなりで芸妓を連れていればまさか会津藩兵や新選組に咎《とが》められることもないが、いつもの浪人姿ではとても祭見物もできぬほどの物々しさである。

それにしても池田屋騒動は、どうなったのか。昨日、街で買い求めた風説書には長州人側が闘死一〇名（実際は九名）、逃走十余名。新選組側が闘死一名、重傷者三名と書かれていた。新選組側の死傷者四名の内の一名は、快太郎が裏庭にて斬《き》った者であろう。

さらに風説書によると、会津藩、新選組は池田屋から逃走して街に隠伏する長州人らの残党十余名を討伐するとのこと。いったい何人が捕縛され、誰が殺されたのか。快太郎は馴染《なじ》みの情報屋を何人か捕まえて探りを入れてみたが、長州藩の杉山松介《すぎやままつすけ》と肥後藩の宮部鼎蔵《みやべていぞう》が死んだようだという以外は何もわからなかった。

あの夜、吉田稔磨《よしだとしまろ》は無事だったのか。そして長州の巨魁《きょかい》、久坂玄瑞や桂小五郎《かつらこごろう》はどうなったのか——。

三条大橋で加茂川を渡った。夕刻の陽光に輝く川面《かわも》の右手の先斗町側を見ると、まだ川岸の料理屋の川床に席の空きがあるようである。

「快太郎様、早く早く。良い席がなくなってしまいます」

お吉が急《せ》かす。

「まあ、そう慌てるな」

快太郎も仕方なく足を速めた。だが橋を渡って川岸に下りようとした時に、先斗町の通りの入口に風説書売りが立っていた。どうやら、今日の午後に出たばかりの新しい風説書を持っているらしい。

「ちょっと待ってくれ。あれを一枚、買っていく」

「快太郎様はここで待っとぉくれやす。私が買《こ》うてまいります」

お吉がそういって、風説書売りの方へ小走りに走っていった。

間もなく、お吉は風説書を一枚買って快太郎の方へ戻ってきた。

「はい、快太郎様、これ……」

「すまぬ」

快太郎は風説書を受け取り、歩きながら読みはじめた。

やはり、今日の午後に出たばかりの新しい風説書であった。だが、読みはじめてすぐに、快太郎はその場に足を止めて立ち尽くした。

〈――会津藩への聞書によると、六月五日の宵から翌六日にかけて京三条小橋の池田屋にて起きた騒動の顚末は、長州人側が討留七人、手疵《てきず》四人、召捕二三人。召捕の内の闘死六人。新たにわかった死者は以下のとおり。肥後人、宮部鼎蔵、松田重助。土佐人、石川潤次郎《いしかわじゅんじろう》、望月亀弥太《もちづきかめやた》、伊藤弘長《いとうひろなが》。長州人、広岡浪秀《ひろおかなみひで》、吉田稔麿――〉

まさか、あの吉田稔麿が、死んだ……。

あの夜、わざわざ高瀬川《たかせがわ》を遡《さかのぼ》り、長州藩邸裏の一ノ舟入りまで送ったのに、なぜ……。

だが、さらに風説書を読むと、吉田稔麿は六日早朝、対馬《つしま》藩邸裏の二ノ舟入りあたりで、槍と刀により滅多《めった》斬りされた死体が見つかったと書かれていた。いったい稔麿に何が起きたのか……。

苦しかったであろう。痛かったであろう。

そう思うと、涙がこぼれてきた。

「快太郎はん……どないしはりました……」

お吉が快太郎の異変を察し、気遣った。

「いや何でもない。鮎を食いに行こう……」

快太郎はお吉が差し出した染絵の手拭《てぬぐ》いで涙を拭い、先斗町へと歩き出した。

三

桂小五郎が長州屋敷に戻ったのは、池田屋騒動から二日後の夜である。

留守居役助役《るすいやくすけやく》の乃美織江《のみおりえ》は驚いた。乃美はすでに桂は池田屋で死んだものと思い、そのように報告した信書をこの日の早朝に京を発《た》った有吉熊次郎に持たせたばかりであった。

「無事であったのか……」

幽霊でも見るような乃美に、桂はこう答えた。

「池田屋にゃあおったが、屋根を伝って対馬屋敷に逃げたんじゃ。宿所におった大島友之允《おおしまとものじょう》殿に繋《つな》いでもらい、匿《かくま》ってもらっとった……」

その後、祇園祭の宵山で会津藩の警備が手薄になるのを待ち、対馬屋敷を抜け出して長州屋敷に帰ったという。

だが、これは桂小五郎の嘘《うそ》である。

騒動の夜、池田屋にいた誰一人として桂小五郎の姿を見ていない。池田屋から対馬屋敷まで、伝って逃げられる屋根など存在しない。それに六月五日の池田屋騒動の当日は、対馬藩の大島友之允は江戸にいて京屋敷を留守にしていた。

桂小五郎は、池田屋騒動の最中にどこで何をしていたのか。本当のことは、誰にもわからなかった。

池田屋の一件を切っ掛けに、長州藩邸は火薬に火を付けたような騒ぎになっていた。

会津藩と新選組なる賊徒《ぞくと》の輩《やから》、いったい何様のつもりか。

長州藩の怒りは至極当然であった。元はといえば長州のみが孝明《こうめい》天皇の勅命《ちょくめい》を遵守《じゅんしゅ》して攘夷《じょうい》を決行、下関《しものせき》にて外国船を砲撃したのだ。それを勅命に従わぬ公武合体派の大名どもが逆に長州を賊軍扱いし、騙《だま》し討ちのごとく朝廷から追い出した。

中でも許せぬのは昨年の八月一八日の政変を策謀した会津藩の松平容保《まつだいらかたもり》と、その言に勾引《そその》かされて結託した薩摩《さつま》藩の島津久光《しまづひさみつ》である。この両名の為《な》すことあまりにも非道なり。許さるべからず。

この度の池田屋騒動についても正義が長州にあるは明らか。会津側の主張は偽言《ぎげん》にすぎず、長州藩士はいかに枡屋《ますや》の古高俊太郎《ふるたかしゅんたろう》を奪還すべきかと相談していただけで、朝廷に火を放つなどは毛頭考えてもいなかった。それを新選組のような凶漢を用いて集会を襲撃させるとは、極悪非道の行いなり――。

長州藩は池田屋での一件により、広岡浪秀、吉田稔磨の二人を殺され、佐伯稜威雄《さえきいずお》、佐藤市郎《さとういちろう》の二人が会津藩に囚《とら》われている。いずれも浪士ではなく、正式な長州藩士である。藩士が汚名を着せられて惨殺され、囚われたとあっては、藩の立場として黙っているわけにはいかぬ――。

中でも怒りを顕《あらわ》にしたのは、久坂玄瑞であった。死んだ広岡浪秀と吉田稔磨はいずれも長州藩の同世代の僚友《りょうゆう》であり、幼きころからの竹馬の友でもあった。中でもひとつ歳下《としした》の稔磨は同じ松下村塾《しょうかそんじゅく》の吉田松陰《しょういん》の弟子であり、実の兄弟以上の存在でもあった。その掛替《かけが》えのない二人を、会津兵と新選組は犬のように嬲《なぶ》り殺しにしたのである。

久坂玄瑞は藩邸に運び込まれた吉田稔麿の無惨な亡骸《なきがら》を見て、男泣きに泣いた。そして泣き尽くして涙も涸《か》れ果てた時、鬼の形相《ぎょうそう》に変わった。

「会津の松平容保、薩摩の島津久光、そして新選組の近藤勇《こんどういさみ》とやらの極悪非道、許すまじ。目に物を見せてくれよう……」

それまで玄瑞は、攘夷急進派の三条実美《さんじょうさねとみ》、真木和泉《まきいずみ》、来島又兵衛《きじままたべえ》らの主張する進発論には慎重な立ち場を取ってきた。まして長州藩が挙兵上洛《じょうらく》ともなれば、ひとつ誤れば朝廷に刃《やいば》を向けたとされ、逆賊の汚名を着せられぬとも限らぬ。

だが、もう黙ってはおれぬ。ここは武力をもってしても、長州藩の名誉を回復すべし。


この京都藩邸の怒りは、地元の長州藩に飛び火した。

池田屋騒動から七日後、六月一二日に密使有吉熊次郎より事の成りゆきを知った長州藩は、騒然となった。藩士二人が汚名の上に斬殺《ざんさつ》され、それを黙したとあっては武士道の名折れ。最早《もはや》、挙兵上洛の上、決起以外に道はなしということになった。

まず動いたのは藩主の世子、毛利元徳《もうりもとのり》の実兄、長州藩永代家老の福原越後《ふくはらえちご》であった。

寡黙《かもく》で果断、温厚として知られる越後ではあったが、この度の会津藩による池田屋の狼藉《ろうぜき》には堪忍袋の緒が切れた。

六月一七日、越後はおよそ二〇〇〇の藩兵を率いて三田尻《みたじり》港を出立。海路にて京を目指し、二二日に大坂に入った。

ここで越後は藩兵を宣徳《せんとく》、尚武《しょうぶ》、八幡《はちまん》、義勇、集義、忠勇と名じた六隊に編成。これを率いて二四日、船にて淀川《よどがわ》を遡って伏見藩邸に入り、兵を天王山《てんのうざん》、寶寺《たからでら》、大念寺《だいねんじ》、観音寺《かんのんじ》に分けて陣を敷いた。さらにすでに京に潜伏していた志士一五〇名をここに集結させ、長州より同行した遊撃隊長来島又兵衛を一三〇名の隊士と共に嵯峨野《さがの》（朝廷の西方）の天龍寺《てんりゅうじ》に送った。

さらに越後は編成六隊の内一隊を山崎《やまざき》に配置。これで長州は北の鞍馬山《くらまやま》、東の比叡山《ひえいざん》を背にし、京の街と朝廷をほぼ包囲したことになった。

京は、風雲急を告《つ》げた。

四

真夏の京の様相は、鬱々《うつうつ》とした緊迫感に満ちていた。

すでに長州の軍勢が京に入り、会津藩に報復するための本陣を敷いたことは誰もが知っていた。その会津藩のみならず周辺の薩摩、土佐《とさ》、桑名、宇和島の公武合体派の諸藩、京都所司代や京奉行に至るまで、朝廷の周辺は異様な雰囲気の中で戦々恐々とした日々を送っていた。

それは道行く人々も同じである。このままでは、いずれ戦が起きるであろう。だとすれば、それはいつなのか。

戦になれば、長州藩は朝廷と街に火を放つという伝聞がある。そうなれば京は、焼け野原になるであろう。両軍の兵だけでなく、町民もたくさん死ぬことになる。

いったい京は、どうなるのか。

六月二六日――。

その日は朝からよく晴れて、茹《う》だるような暑い一日となった。

柴田《しばた》快太郎は伏見の藩邸に長州の軍勢が入ったと聞きつけて、早朝に寺町《てらまち》の透玄寺《とうげんじ》を出て様子を見に向かった。

伏見は夏の暑さにも増して異様な熱気に包まれていた。街はすでに長州の兵に占拠《せんきょ》されたかのようで、長州藩邸の周辺は他藩の者が近付くことさえ憚《はばか》られる有様である。会津藩兵や、所司代の者も見掛けない。気勢を上げる長州藩兵に怖《おそ》れをなして出歩く者も少なく、そのかわりに大八車に所帯道具を載せて街から避難する町民の姿を多く見掛けた。

この長州の軍勢がもし京に押し寄せたら、どうなるのか。それは火を見るよりも明らかである。

快太郎は伏見を早々に引き上げ、船で河原町《かわらまち》に戻ってきた。

透玄寺の自室に入り、早速、今日見てきた様子を日誌に認めようと思っていた時である。隣の浄教寺《じょうきょうじ》から、宇和島藩守備隊の使いの者がやってきた。銃隊で快太郎が教えていた仁助《じんすけ》という若者である。

「柴田殿、清水《しみず》殿がお呼びぞな」

「清水殿とは、清水真一《しんいち》殿のことか」

快太郎が訊《き》いた。清水は、宇和島に戻っているはずだが。

「そうだ。清水真一殿だ。今日、宇和島から京に着いたぞな」

「わかった。仕度《したく》をして、すぐに行くと伝えてくれ」

清水真一は宗城《むねなり》の腹心の密使の一人である。その清水がまた京に送られてきたのならば、何か大事が起きるということか。

快太郎が着物を着替えて浄教寺に行くと、まだ旅支度も解かぬ清水と上甲貞一《じょうこうさだいち》が待っていた。上甲も、宗城がよく使う連絡係の一人である。寺の庭から二人に挨拶《あいさつ》をしたが、快太郎は表向き欠落《けつらく》の身なので、上がってよいものなのかどうか何ともばつが悪い。

「おう、快太郎。久し振りぞな。そこでかしこまっておらずにこちらに上がれ」

清水も上甲も、笑っている。

「それでは……」

快太郎は改めて一礼し、二人がいる部屋に上がった。

「実は快太郎、宗城様からお前に直々のお達しがある」

「お達し、でございますか……」

「そうだ。まず、これを読んでみよ」

清水がそういって、一通の書状を差し出した。

「はい……」

快太郎が書状を受け取った。表に、上意書とあった。

それにしても宗城から欠落の身である快太郎に直々の上意とは、いったい何事であろう……。

書状を、開いた。

〈――上意
至、柴田快太郎。
京都在薩摩軍銃隊へ奉公し、賊軍の有事に際して尽力《じんりょく》することを命ずる。
伊達《だて》宗城――〉

「これは……」

薩摩軍銃隊への奉公とはいかなる意味なのか。つまり、京において薩摩兵として長州と戦えということなのか……。

上甲貞一が説明した。

「快太郎、訝《いぶか》しく思うのも無理はない。宗城様は以前のお前が送った信書に書かれていた、長州は来島又兵衛の遊撃隊が出撃してくるということを、大変に危惧《きぐ》しておられる。長州銃隊は、我が藩と同じ大村益次郎《おおむらますじろう》殿が指南した軍である。しかも遊撃隊が最新式の洋銃を備えているとなれば、いくら多勢を誇る会津藩、薩摩藩の官軍といえど苦戦するは必至。そこで宗城様は、お前に薩摩軍の助《すけ》っ人《と》として官軍に加勢してほしいと申しておられる」

「しかし……。拙者《せっしゃ》は宇和島藩の者なれば……」

「快太郎、忘れたか。お前はいま、欠落の身であるぞな。ならば、仮に薩摩に仕官したとしても不都合はなかろう。それにこの話はすでに、薩摩の島津久光公と京都藩邸にも通じておる」

清水がいった。

「はい……」

快太郎は目を閉じ、しばし考えた。

自分は、薩摩も島津久光という男も信用していない。まさかその配下の薩摩軍に奉公しろとは。しかももし長州と一戦交《まじ》えることにでもなれば、自分の師である大村益次郎殿に刃を向けることにもなる。だが、宗城様の上意ともなれば従わぬ訳にはいかぬ……。

「しかし……」快太郎が続けた。「おそらく薩摩軍は自藩で製造したゲベール銃と火縄銃を配しているのでしょうが、拙者は使い馴《な》れておらんぞな。この腰のルフォーショー一挺《いっちょう》を持って薩摩に加勢したとしても、期待に沿える働きができるかどうか……」

「そのことなら、心配はいらん。そこにある」

清水が指す方を見ると、床の間《とこのま》の前に長い木箱がひとつ置かれていた。大きさからして、中に銃が入っていることは明らかである。

「これは……」

「開けてみよ」

快太郎が床の間に歩み寄り、木箱を手に取った。重い。やはり、銃である。蓋《ふた》に墨で〝エンフィールド銃５２１〟と書いてある。

まさか……。

箱紐《はこひも》を解《ほど》き、蓋を開けた。中に、黒光りする美しいエンフィールド銃M1853が一挺、入っていた。

木箱からエンフィールド銃を取り出し、手に持った。銃床の木目にも、見覚えがある。真鍮《しんちゅう》の肩当ての底を見ると、木箱の蓋と同じ〝521〟と刻印が打たれていた。

間違いない、これは宇和島に置いてきた、あのエンフィールド・ライフルだ……。

「快太郎、その銃に見覚えがあるであろう。お前が戎山《えびすやま》の鹿猟《しかりょう》で用いていた、あのエンフィールド銃ぞな」

清水真一も、宇和島ではよく一緒に鹿猟を楽しんだ。宗城の猟仲間の一人である。

「しかし、この銃がなぜここに……」

「宗城様が、その銃を京に持っていって快太郎に渡せとおっしゃられた。だから、俺《おれ》と上甲とでここまで運んできた。えらく重かったぞな」

清水がそういって笑った。

つまり、この銃を用いて官軍のために戦えということか。

「弾は、ございますか」

快太郎が訊《き》いた。

「この浄教寺に、銃隊が置いていったプリチェット弾が一〇〇発ほど残っている。好きなだけ持っていけ。お前が長崎から買ってきたミニエー銃のものだが、口径が同じなのでそのエンフィールド銃にも使えるであろう」

清水のいうとおり、フランス製のミニエー銃もイギリス製のエンフィールド銃も、いずれも五七七口径（直径一四・六ミリ）の円錐形《えんすいけい》プリチェット弾である。紙製薬莢《やっきょう》の中の火薬の量は多少違うが、使えぬことはない。

「快太郎、まだ何やあるか」

「宗城様の上意ぞな。腹を決めろ」

清水と上甲が促した。

「承知いたしました。しかし、薩摩藩に赴《おもむ》くにあたりいくつかお願いがございまする」

「何だ。申してみよ」

「では……。ひとつはこのお役目を果たすにあたり、事が終わり次第、できれば拙者の藩籍をお戻しいただけませぬか。叶《かな》うならば薩摩の者としてではなく、宇和島藩士として戦いとうございます……」

正直な気持ちであった。そして事が終われば、宇和島に帰りたい。

「わかった、快太郎。儂《わし》が間もなく宗城様への信書を持って宇和島に帰るので、そう申し伝えておく。他には」

「ありがたきこと。もうひとつはさしあたっての支度金を少々と……」

「それは承知しておる。桑折《こおり》殿から一〇両、預かってきた。他に、何やある。いいからすべて申してみよ」

「はい、実は女の通行手形をひとつ、ご用立ていただきたく……」

女性用の通行手形と聞いて、清水と上甲が顔を見合わせた。

「何故《なにゆえ》に。さては快太郎、お前、女でもできたな」

二人が笑った。

「いや、そのような訳では……」

何とも、ばつが悪かった。

「まあよい。武士の情《なさけ》、深く訳は訊くまい。そのくらいのことなら俺が何とかしてやろう。それだけか」

清水は、まだ笑っている。

「はい、それだけでございます……」

「では快太郎、その女の通行手形なるものはいま用意してやろう。お前は四日後の七月一日朝、そのエンフィールド銃を持って薩摩屋敷に赴け。先方から、迎えが来る。薩摩の軍賦役《いくさくばりやく》（司令官）は西郷吉之助《さいごうきちのすけ》という男だ。では、宇和島藩の名に恥じぬよう、力を尽くしてこい。武運を祈る」

「かしこまりました……」

快太郎は両手を畳《たたみ》に付け、深く頭を下げた。

五

その夜、快太郎はふらりと祇園の富岡《とみおか》を訪れた。

「あら、柴田様、このような早い時間にどうなさったんですか」

お吉はそういいながらも、快太郎の顔を見て嬉《うれ》しそうである。

「今日は、客があるのか。もし空いているなら、久し振りに上がらせてもらいたい」

「空いております。最近は京も物騒やし、お客はんなどそうそうありゃしまへん。でも、お吉はまだ仕度もできてまへんし……」

時刻はまだ七ツ半（午後五時）にもなっていない。お吉は風呂から帰ったばかりの姿で、髪も結っていなかった。

「そのなりでよい。化粧《けしよう》などいらぬ。上がらせてもらうぞな」

快太郎はそういって草履《ぞうり》を脱《ぬ》いだ。


化粧などいらぬといったのに、お吉は口に紅だけはさしてきた。

着物は白麻地に紅葉筏《もみじいかだ》の浴衣《ゆかた》である。

髪には小さな赤い珊瑚玉《さんごだま》の簪《かんざし》が一本。どこかで見覚えがあると思ったら、快太郎がお吉と初めて会った翌日に、下田《しもだ》の小間物屋で買い求めたものである。

芸妓というよりそのあたりで見かける町娘のようななりだが、それがかえって艶《つや》っぽく、小粋《こいき》であった。

「ところで快太郎はん、今日はどないしはりましたの。お吉を呼んでお座敷に上がるなんて珍《めずら》しい……」

お吉がそういって快太郎の猪口《ちよこ》に酒を注《つ》いだ。

「そうだったか……」

快太郎が、頭を搔《か》きながら酒を飲む。

「そうどすえ。いつもはうちを誘い出して外で会うばかり。何かええことでもあったんどすか」

「まあ、そんなところだ」

そういえば何日か前にお吉を誘った時も、先斗町で鮎を食っただけで終わった。この茶屋の座敷に上がって飲むのは、本当に久し振りである。

窓から涼しい風が入り、軒に吊《つ》るした風鈴がちりりん……と鳴った。蚊遣《かや》りから流れる松葉を燻《いぶ》した匂《にお》いが、つんと鼻をつく。

「ところでお吉、これからいかがいたすつもりだ……」

鱧《はも》を口に放《ほう》り込み、さりげなく訊いた。

「いかがいたすって、何のことどす……」

お吉は猪口に酒を注ぎながら、それとなく白《しら》を切る。

「先程、お吉も申したであろう。最近は京も物騒で、お客も減ったと……」

快太郎の言葉に耳を傾けながら、お吉は自分の猪口にも酒を注ぐ。

「そうでございますね。でも、お吉はここしかいる所などあらしまへんし……」

最後の言葉を搔き消すように、軒の風鈴がまた、ちりりん……と鳴った。

「間もなく、長州と官軍の間で戦争が起きる。この京が戦場となれば、街は火の海となろう。この祇園も、安全ではない……」

「わかってます……」

「両軍の兵だけでなく、男も女も、多くの者が死ぬことになろう。いまのうちに、京から逃げた方がよい……」

「逃げるって、どこへですか……。私を京都に連れてきてくれはった松浦武四郎《まつうらたけしろう》様は、いまは蝦夷地《えぞち》に行かれて連絡も取れまへん。お吉は本当に、ここより行く所はあらしまへんのどす……」

「京におれば、死ぬかもしれぬぞ」

「それなら快太郎様、私を身受けして一緒に逃げてくださいませ……」

風鈴が、鳴った。

猪口の酒を空けるお吉の顔に、一筋の涙がつっ……と伝った。

「すまぬ。それはならぬ……。おれはこれより宗城様の上意にて、官軍の兵として長州軍と戦わねばならぬ……」

事実であった。だが一方で、それが弁解にすぎぬことも自分でわかっていた。

「どうせ、そうどすやろ……。快太郎はんには、好きな方がおられるし……」

お吉は自分の猪口に酒を注ぎ、それをひと口で飲み干《ほ》した。

快太郎も、酒を口に含んだ。

「お吉、悪いことはいわぬ。ここはひとまず、下田へ帰れ……」

「……無理をいわんといて……。芸妓の私が、下田までの路銀を持ってるわけあらへんですやろう……。それに女子《おなご》の私が、通行手形もなしに下田まで帰れるわけがあらへんでしょう……」

「それなら、ここにあるぞな……」

快太郎はそういって、筒袖の袂《たもと》から一〇両分の為替《かわせ》と宇和島藩発行の通行手形を出し、それをお吉の前に置いた。

「これは……」

「路銀と通行手形ぞな。一〇両ある。これだけあれば、下田でやり直せよう。手形の身分は嘘だが、宇和島藩が発行したものなのでどこの関所も通れるぞな……」

通行手形の裏書きは〈――伊予宇和島藩士柴田快太郎内お吉――〉となっていた。

「こんなのって、酷《ひど》い……」

お吉はそういいながら通行手形を胸に抱き、声を詰まらせて泣いた。

「お吉、下田に帰れ。前に、好きな男がいたと申しておったろう。その男と世帯を持って、幸せになれ……」

快太郎がいった。

「……快太郎はん……ひとつ、お願いがあります……」

「何だ、申してみよ」

「今夜、一度でいい……。お吉と契《ちぎ》りを結んで下さいまし……。そうしたらお吉は、下田に帰ります……」

俯《うつむ》くお吉の頰《ほお》から涙が一滴、ぽたりと猪口の中に落ちた。

二日後――。

快太郎はお吉を大坂まで送り、港で下田方面に向かう船を探した。たまたま翌日、清水《しみず》まで行く船にまだ席があるというので、一人分の乗船券を買った。

清水まで着けば、下田はもうそれほど遠くない。陸路を行っても、船を乗り継いでもあとは何とかなろう。

その夜は大坂港の近くに船宿を取り、二人で泊まった。宿は京から逃げる客で混み合っていて、商人三人と相部屋になったが、快太郎とお吉はひとつの蒲団《ふとん》に抱き合って眠った。

翌朝は早く起きて、二人で港に向かった。港で握り飯と香の物の弁当を買い、お吉に持たせた。最後にもう一度、お互いの体温を確かめ合うように抱き合った。お吉はしばらく快太郎の胸に顔を埋《うず》めていたが、やがて体を離し、涙を拭って笑顔を見せた。

「さようなら……」

「達者でな……」

それが二人の、最後の言葉だった。もう二度と会えぬことは、お互いにわかっていた。

お吉は快太郎の手を放し、船に駆けていった。ほどなくして出港の鐘が鳴り、船を舫《もや》っていた綱が解かれた。

快太郎は岸壁に立ち、船の出港を見守った。

船が、岸壁を離れていく。お吉は他の客と同じように中棚の上に立ち、快太郎を見つめていた。

お吉の口が、何かをいったように見えた。だが、その声は他の客の惜別《せきべつ》の声と風の音に掻き消され、聞こえなかった。

やがて船の帆が上がり、船は少しずつ陸から遠ざかっていった。

お吉の姿が、小さくなっていく。

それが快太郎が見た、お吉の最後の姿だった。

六

七月一日、快太郎は宗城に命じられたとおり京の薩摩藩邸に向かった。

エンフィールド銃一挺と銃弾三〇発、その他軍装品一式はすべて宇和島藩銃隊の物を揃《そろ》え、それを供の仁助に運ばせた。

服装も宇和島藩銃隊中士の訓練装束《しょうぞく》、まだ真新しい白い筒袖と裁着袴《たつつけばかま》を着込み、その上には袖に三本の白筋の合印が入った火事羽織をはおった。腰には父の金左衛門《きんざえもん》から頂戴《ちょうだい》した肥前吉貞《ひぜんよしさだ》と備中大与五国重《びっちゅうおおよごくにしげ》を佩刀《はいとう》し、愛用のルフォーショー銃を差していた。

この装束で戦うならば、死も畏《おそ》れることない。

門前で宇和島藩士柴田快太郎と名告《なの》り、来意を告げた。最初、門番は快太郎の軍仕度を見て驚いていたが、すぐに門を開けた。話は通っていたのだろう。

ここで供の仁助を帰し、快太郎は門を潜《くぐ》った。

薩摩の京屋敷に入るのはこれが初めてだが、何と広大で風格ある藩邸であろう。京にこれだけの屋敷を持てる薩摩藩の豊かさに、あらためて驚嘆するばかりである。片や小藩の宇和島は京に藩邸もなく、浄教寺の軒先を借りて陣を張っている。

まず最初に軍賦役の西郷吉之助と会った。

噂《うわさ》では聞いていたが、希《まれ》に見る偉丈夫であった。体格は背も幅も、快太郎よりもひと回り大きい。顔も鬼のような異相だが、表情は穏やかだった。

「あたが宇和島藩の狙撃の名人の柴田どんか。話は聞いちょっ。まあ、気楽にやりたもんせ」

西郷は大らかな笑顔でそういった。確か寺田屋《てらだや》騒動に前後して島津久光に造反。長いこと沖永《おきのえ》良部《らぶ》島に遠島になっていたと聞いたが。今年の春に赦免《しゃめん》召還され、すぐに上洛して薩摩軍の軍賦役に納まるのだから、見てのとおり噂に違わぬ大物なのであろう。

快太郎はまず仁禮《にれ》源之丞《げんのじょう》なる男に引き合わされ、その銃隊に組み込まれることになった。

仁禮は、まず快太郎が手にしている銃に気が付いた。

「こんた、エゲレス国のエンフィールド銃じゃなかと……」

「いかにも。エンフィールド銃ぞな。薩摩にはまだ入っとらんか」

「エゲレスとん戦争ん折に何挺か手に入れたが、それだけじゃ。おいもまだ、撃ったことはなか。そいに、そん腰に差しちょっ短銃はないや。外国んか？」

「これはフランスのルフォーショー回転式銃ぞな」

快太郎がホルスターからルフォーショーを抜き、手の中で回転させて銃把を向けると、仁禮はそれを手に取って感嘆の息を洩らした。

「凄《すご》か……。話には聞いちょったが、見ったぁ初めてじゃ……」
先程、この屋敷の中に入った時の驚きに一本取り返したようで、少し鼻が高くなった思いであった。

宇和島藩は前藩主の伊達宗城が開明的で、江戸幕府から追われていた蘭学者の高野長英《たかのちょうえい》や、兵学者の大村益次郎を重用。弘化《こうか》四年（一八四七年）には四貫目モルチール砲や自藩製造によるゲベール銃を配備した蘭式銃陣を編成し、藩兵の近代化が進められてきた。さらに文久《ぶんきゅう》二年（一八六二年）以降は銃陣を英国式に切り換え、ごく少数ながらフランスのミニエー銃やイギリスのエンフィールド銃など前装施条銃の試用や配備が行われてきた経緯があった。

だが、元治元年のこの年、その他の諸藩は江戸幕府をはじめとして、旧火縄銃や一部ゲベール銃を用いた旧式銃隊に頼っていた。大藩である薩摩も自藩で反射炉を持ち、大砲やゲベール銃は大量に生産してはいたが、最新式の洋銃はまだまったく配備されていなかった。薩摩藩が前年の薩英戦争で洋銃の威力を目の当たりにし、英式兵制の重要性に目覚《めざ》め、五代友厚《ごだいともあつ》が長崎のトーマス・グラバーを介して、四三〇〇挺ものエンフィールド銃――薩摩ではイギリスミニエーと呼んだ――の買い付けに成功するのは翌慶応《けいおう》元年（一八六五年）のことである。

西郷吉之助は、快太郎を客分として待遇《たいぐう》した。
夜は西郷と仁禮、家老の小松帯刀《こまつたてわき》らの酒宴があり、快太郎も招かれた。その席で酒を酌《く》み交《か》わしながら、いろいろな話をした。

「すると長州には、もう洋銃が配備されちょっかもしれん訳でごわすか……」

西郷が酒を飲みながら、おっとりといった。この男は常に鷹揚《おうよう》に構えて穏やかだが、何を考えているのかわからぬところがある。

「柴田どんは、ないごてそう思うとな」

小松帯刀が訊いた。この男はまだ若いが、眼差《まなざ》しが鋭く、いかにも利発そうであった。

「先刻、新選組が改めた河原町の枡屋に、数十挺の洋銃が隠してあったのを見たことがあるぞな。しかし、会津藩が改めに入った時には、洋銃は三挺、しかもゲベール銃しかなかったと聞いているぞな」

「すっと、残りん銃は……」

仁禮が首を傾《かし》げる。

「枡屋は、長州や諸藩の尊攘過激派、六月五日の池田屋騒動で闘死した宮部鼎蔵らを匿っていた。そうなれば、枡屋にあった洋銃がどこに流れたかはおよそ察しがつくぞな。それに長州軍の来島又兵衛率いる遊撃隊は、すでに長崎のグラバー商会から買った洋銃を配備しているという噂もあるぞな……」

快太郎がそういって、酒を飲んだ。

「来島又兵衛ちいえば先刻、副城公様《ふくじょうこう》（島津久光）ん命を狙《ねろ》うた男や……」小松が腕を組んで考える。「じゃどん柴田どん、ないごてあんたは長州や枡屋んこつにそげん詳しかとな」

「それは……」

快太郎が返答に窮《きゅう》したとみるや、西郷が豪快に笑った。

「よかよか。おいどんは久光様から、柴田どんな宗城様の隠密やったち聞いちょっ。いずれにしてん、問題はその来島又兵衛の遊撃隊ちゅうこつか……」

「左様……」

快太郎は、自分が薩摩藩に〝隠密〟として伝わっていることに驚いた。まったく、宗城様らしい。だが、これで、なぜ自分が薩摩軍に預けられたのかが理解できたような気がした。

「つまり、来島又兵衛せえ倒せば他は問題なかちゅうこっじゃろう。ならば事が起これば、我々薩摩軍がそん遊撃隊と対すりゃええ」

西郷がそういって、おっとりと笑った。

「じゃどん、せごどん。遊撃隊は一〇〇人とも二〇〇人ともいわれちょっ。そいに、どこに攻めてくっかもわからん……」

小松がいった。

「したらおいの隊は少数精鋭で行動しちょって、遊撃隊が現れたやそけ駆けつくればよいじゃろう」

仁禮がそういって傍らの快太郎の肩をぽんと叩《たた》いた。

やがて酒も底を突き、誰かが芋焼酎《いもじようちゆう》なるものを持ち出してきた。快太郎も焼酎は何度か飲んだことがあるが、芋は初めてであった。匂いがきつく、かなり強い焼酎だったが、小松帯刀のやり方を真似《まね》て水で割って飲むとこれがまたなかなか妙味《みようみ》であった。

西郷隆盛は、蟒蛇《うわばみ》のごとく酒が強かった。やがて一人、また一人と酔い潰《つぶ》れても、笑顔で淡々と焼酎を飲み続ける。快太郎も酒の強さには覚えがあったが、馴れぬ芋焼酎を飲んだせいかさすがに酔いが回ってきた。

最後に二人だけが残った時に、西郷と快太郎はこんな話になった。

「宇和島の伊達宗城公は世に稀《まれ》な賢公と知れ渡るが、実んところどれほど凄かとな。柴田どんはどう思うちょるか……」

西郷に不躾《ぶしつけ》に訊かれ、快太郎はこう切り返した。

「大藩の島津斉彬《なりあきら》公が名君として知られ、日本初の蒸気船をお造りになられたが、小藩の宗城公は外国人の手を借りずに日本初の純国産蒸気船を造り申した。それだけの見識のあられる方ぞな。人物もまた傑物であられるぞな」

快太郎はあえて久光ではなく、先代の斉彬と比べた。その意図を察したらしく、西郷は大きく頷いた。

「いずれ一度、宗城公にお会いせんならんな。そん時は柴田どん、力添えをお願いすっかもしれもはん」

西郷は茶碗《ちゃわん》の焼酎を飲み干し、楽しそうに笑った。

七

七月に入り、長州軍の動きはより活発になった。

八日、中老の児玉小民部《こだまこみんぶ》がおよそ三〇〇の兵を率いて萩《はぎ》より山崎に到着。翌九日には、家老の国司信濃《くにししなの》も五〇〇を率兵して入京し、児玉隊に合流して陣を張った。

この動きに慌てたのが朝廷と幕府である。一橋慶喜《よしのぶ》は八日の段階で薩摩藩に山崎への出兵命令を出した。だが西郷吉之助と小松帯刀は、「薩摩は皇居守護に専念いたすべし……」として出兵を見合わせた。

これを受けて朝廷は在京の諸公卿《くぎょう》、諸藩代表による重臣会議を召集。この席で一橋《ひとつばし》慶喜は平穏に事を処すべしと主張し、結果として討伐を見合わせ、長州軍に一七日までに京を退去するよう幕府が命令を下すことで決議を調整した。

だが、長州がこの幕命を聞くわけがなかった。

七月一一日、国司信濃隊は山崎を発して嵯峨天龍寺に移動。逆に天龍寺にいた福原越後隊、来島又兵衛の遊撃隊は入れ替わるように山崎に移動した。さらに一三日には家老益田右衛門介《ますだうえもんのすけ》が六〇〇の兵を率いて八幡に入り、ここに陣を張った。

これで長州軍の布陣は伏見に福原越後隊の五〇〇名、嵯峨天龍寺に国司信濃隊の九〇〇余名、八幡に益田右衛門介隊およそ六〇〇名、山崎周辺に久坂玄瑞隊、入江九一《いりえくいち》隊、寺島忠三郎《てらしまちゅうざぶろう》隊など計六隊一〇〇〇名が集結し、計三千余名が朝廷を包囲する形となった。

こうした長州軍の動きは逐一《ちくいち》薩摩藩邸にもたらされ、客分として長屋にいた快太郎の耳にも入ってきた。西郷吉之助をはじめとする司令部の動きも慌ただしく、もはや戦争は避けられぬという緊張に溢《あふ》れ、兵士たちの気勢も上がった。

その中で快太郎は、自分一人が周囲から取り残されたような想《おも》いに苛《さいな》まれていた。宇和島藩でもなく、薩摩の兵に合じて戦うこと。そしてかつての同志である長州勢と戦うことがそうさせるのであろう。

誰のために、何のために戦うのか……。

いくら自問自答しても、その答えは見つからなかった。

七月一五日――。

快太郎は薩摩の京屋敷の長屋にて、三通の書簡を認めた。一通は最近の薩摩軍の動きと西郷吉之助なる人物について報告した宗城への信書。もう一通は父と母、弟や妹への遺書。最後の一通は鞠《まり》への私書である。

私書にはこう綴《つづ》った。

〈――鞠へ。

達者にしておることと願い候《そうろう》。兄はいつも君のことを思う。間もなくこのお役目が終われば、宇和島に戻る。父や母を大切に、兄の帰りを待て。

鞠に会える日を楽しみにしている。

兄　快太郎――〉

自分で綴っておいて、不愛想な手紙だと思った。もう鞠も、一八になる。そろそろ漢字も読み書きできるようになったことであろうか。

それにしても一日に遺書と再会を約束する私書の二つを書くとは、滑稽《こっけい》である。まあ、戦で死したとしても、次の盆には故郷宇和島に帰ることに変わりはないのだが。

その日の午後、快太郎は外出の許可を取って浄教寺に向かい、上甲貞一に三通の書簡を託した。

これで、覚悟はできた。

快太郎は、これまで桜田門外《さくらだもんがい》の変、寺田屋騒動、池田屋騒動、数多くの天誅《てんちゅう》の現場を目《ま》の当たりにしてきた。自らが命を狙《ねら》われたこともある。

戦になれば、武士として、一介の兵として死ぬことはかまわぬ。だが、刀で切られ、槍で突かれて死ぬのは嫌だった。

できれば銃で心の臓を撃たれ、ひと思いに死にたい……。

そう思った。

八

七月一七日、夕七ツ（午後四時）――。

八幡に駐留する益田右衛門介の元に、山崎周辺に陣を張る長州各隊の指揮官、将校が続々と集結した。

久坂玄瑞、入江九一、来島又兵衛、寺島忠三郎、真木和泉、青木《あおき》良春《よしはる》、品川《しながわ》彌二郎《やじろう》など総勢二十余名。今後、在京の長州軍は朝廷と幕府、佐幕派の諸藩にいかに対するかについて最終談議が行われた。

この時点ですでに、幕命を受け入れて京から退去するという選択肢《せんたくし》は万にひとつも有り得なかった。その上で早くから進発論を主導してきた来島又兵衛は、こう主張した。

「今の朝廷内で実権を握るのは、会津藩である。ならば即刻にでも会津藩を倒し、奸賊《かんぞく》松平肥後守（容保）を討ち取るべし」

久坂玄瑞、入江九一らの慎重派は、これに反対した。

「いまの我が藩の第一の目的は、藩主の毛利敬親《たかちか》様と元徳様の名誉回復、それに昨年八月一八日の政変で京を追放となった三条実美以下、七人の諸卿の復権であろう。ならば会津を討つのは時期尚早《しょうそう》、むしろ裏目に出る畏れがある」

「しかもいまは、敬親様も元徳様も在京しておられぬ。会津藩に対して武力をもって攻撃いたすならば、せめて若様の入京を待つべきではないか」

この時、毛利元徳はすでに萩を発ち、京に向かう道中であった。

だが、益田右衛門介を中心とする主戦派は、来島又兵衛の強硬論に同調した。

「会津と松平容保、さらに薩摩を倒して朝廷の信任を得れば道が開けること必定《ひつじょう》。元より正義は我ら長州にあり。これ以上は、待てぬ」

元より長州藩は下関戦争の折にも、消極策を取ろうとする藩主親子に対し、主戦派が決定権を握って攘夷を強行してきた経緯があった。若君の毛利元徳が入京すれば、結局は武力を行使する機を失いかねない。それならば元徳が着く前に、事を起こしてしまえという思惑《おもわく》もあった。

結果として主戦派が強硬論を押し通し、翌一八日子《ね》ノ刻（午前〇時）を期して全軍京都御所に進軍。松平容保を討ち取ることを議決し、在京長州軍の各方面に通達が出された。

〈――命令の主旨《しゅし》
松平肥後守を討ち取り申し候。
七月一八日、子の刻に全軍出陣のこと。
御所内の御花畑（凝華洞《ぎょうかどう》・松平容保宿所）に押し入る。
御所内のこと故、戦闘の際には大砲、小銃の撃ち方など充分に心得て行うべし。
以上、かねて申し渡したとおり軍法を守りて勝利を得るよう心砕《くだ》くこと

以上――〉

この通達を機に、長州全軍はすみやかに挙兵の準備に入った。

一方、会津藩を中心とする近衛《このえ》軍側は、長州軍の動きが活発化しはじめた七月初旬から、御所とその周辺の警備を強化しはじめていた。

京都御所はおよそ三万三〇〇〇坪以上（約一一〇〇〇〇平方メートル）もの広大な敷地を持つ天皇御陵《ごりょう》である。南北朝時代の元徳《げんとく》三年（一三三一年）に開所され、以来、代々の天皇の御所として、また日本の政務の中心としての役割をはたしてきた。

天皇の居住地である内裏《だいり》は安政二年（一八五五年）に再建されたもので、南北に長い長方形の敷地の中央よりやや北西に位置している。内裏には正殿の紫宸殿《ししんでん》、旧正殿の清涼殿《せいりょうでん》、小御所、御学問所、御常御殿《おつねごてん》、迎春《こうしゅん》、御涼所《おすずみしょ》、皇后宮御常御殿、若宮御殿、飛香舎《ひぎょうしゃ》など無数の建物が配置され、外郭《がいかく》と内郭の二重の壁で堅固に守られている。外苑《がいえん》にも大宮《おおみや》御所、仙洞《せんとう》御所、近衛邸をはじめ、白雲《しらくも》神社、厳島《いつくしま》神社、宗像《むなかた》神社の三社が配されて、森や池、山が織りなす池泉庭園を成している。

外郭は北を玄武町《げんぶちょう》、東を寺町《てらまち》通り、南を丸太町《まるたまち》通り、西を烏丸《からすま》通りに面し、ひと際《きわ》高い壁で囲まれている。会津藩、薩摩藩をはじめ、諸藩の軍勢が警固するのはこの外壁である。外壁には北に今出川《いまでがわ》御門。東に石薬師《いしやくし》御門、清和院《せいわいん》御門、寺町《てらまち》御門。南に堺町《さかいまち》御門。西に乾《いぬい》御門、中立賣《なかだちうり》御門、蛤《はまぐり》御門、下立賣御門の計九カ所に門がある。

近衛軍の総指揮を取る一橋慶喜は、諸藩の軍を以下のように配備した。

今出川門	久留米《くるめ》藩兵
乾門	薩摩藩兵
中立賣門	筑前《ちくぜん》藩兵
蛤門	会津藩兵
下立賣門	津《つ》藩兵
堺町門	越前《えちぜん》藩兵

石薬師門　阿波《あわ》藩兵
清和院門　土佐藩兵
寺町門　肥後藩兵

以上九門の中で内裏と近衛邸に近い西側の烏丸通りに面した乾門、中立賣門、蛤門の三カ所に長州が仇敵《きゆうてき》とする会津と薩摩の隊を配したことは、両藩に一物《いちもつ》ある一橋慶喜の思惑があろうか。

さらに御所内郭の各門には、建春門《けんしゆんもん》に紀州藩兵、建禮門《けんれいもん》に松代《まつしろ》藩兵、その西南に水戸《みと》藩兵、唐門《からもん》に会津藩兵、清所門《せいしよ》に桑名藩兵を配した。これで全近衛兵守備隊、全軍でおよそ三二〇〇名。予備兵およそ二万二〇〇〇名の、計二万五〇〇〇名。長州の三〇〇〇名を、遥《はる》かに上回る兵力となった。

この時、乾門を守る薩摩軍は西郷吉之助が指揮する本体のおよそ三三〇。快太郎も仁禮隊の一員として、七月一六日の朝からこの持ち場に詰めていた。

何日も薩摩藩の兵と共に寝起きしていると、顔見知りや言葉を交わす者もできてくる。中には快太郎の元に自前の芋焼酎を提《さ》げてきて振る舞ったり、物珍しそうにエンフィールド銃を見せてくれといってくる者もいる。桜田門外の変で井伊直弼《いいなおすけ》を斬殺した有村次左衛門《ありむらじざえもん》や、寺田屋事件の惨状を知る快太郎には当初馴染めぬものがあったが、親しくなれば薩摩の兵も素朴《そぼく》な好漢の衆であった。

快太郎が薩摩軍に合流してから親しくなった一人に、薩摩銃撃隊随一の名手として知られる川《かわ》路《じ》正之進《しょうのしん》（利良《としよし》）という男がいた。目鼻だちのはっきりとした小柄な男で、他の藩兵と一風異なり、あまり薩摩訛《なまり》のない聞き取りやすい江戸弁を話す。訊けばちょうど快太郎と同じころに、先代の島津斉彬の供をして江戸にいたことがあったという。

銃隊の小隊長を務《つと》めるだけあり、川路もやはり快太郎が持つ銃に興味を示した。

「仁禮殿から聞いてはいたが、それがエゲレス国のエンフィールド銃でござるか……」

「持ってみなさるか」

快太郎はエンフィールド銃と川路が持つ銃を交換し、見せ合った。川路は薩英戦争の時に英兵が残していったエンフィールド銃を見たことがあり、これが二度目だという。だが、手にするのは初めてらしく、エンフィールド銃の細部を熟視し、構えたり、銃口から施条《しじょう》が刻まれた銃身の中を覗《のぞ》き込んだりして、しきりに感嘆の息を洩らしていた。

「これは凄い……」

川路の銃は薩摩藩がオランダのゲベール銃を模して作った前装式管打ち式銃だが、これもなかなかよくできていた。機関部の動きは洋式銃に匹敵《ひってき》するほど正確かつ滑《なめ》らかで、力強い。仕上げはエンフィールド銃ほど美しくはないが、鉄の質もよく、銃身の精度も高そうであった。もしこのゲベール銃の銃身に施条を刻《きざ》む技術があれば、ミニエー銃やエンフィールド銃に近い威力と命中精度が得られることであろう。

その日は夜遅くまで、川路と語り合った。

銃のことや、江戸のことや、お互いの故郷のことなどをいろいろと話し合った。

西から風が吹き、二人の間に生温かい大気を運んできた。


七月一七日――。

薩摩藩、土佐藩、久留米藩は、〈――長州藩兵の入京を阻止《そし》すべし――〉との建白書を朝廷に提出。これを受けて朝廷は再度、長州軍に〈――本日中に撤兵《てっぺい》せよ――〉とする最終命令を下した。だが長州軍に、依然として退去する気配はなかった。

近衛軍総司令官の一橋慶喜は、東本願寺《ひがしほんがんじ》に布陣して全軍の指揮を取っていた。

〈――長州藩兵撤兵せず――〉の報を受け、この時点で長州軍の御所襲撃を覚悟した。

ならば、こちらから先手を打つべし。

翌一八日――。

一橋慶喜は近衛隊全軍に長州討伐の命令を下した。命令を受けた各隊は兵力を守備隊と攻撃隊に分け、夜を待って長州軍が布陣する伏見、嵯峨、八幡、山崎の各地に向けて出陣した。

薩摩藩軍銃撃隊の仁禮小隊二〇名も、膳所《ぜぜ》藩兵、越前藩兵らと共に嵯峨攻撃隊に加わった。

快太郎はエンフィールド銃を担《かつ》ぎ、これに従軍した。

歴史の針が、動き出した。

九

一八日深夜子ノ刻――。

日付が一九日に変わると同時に、長州全軍が続々と出陣した。

まず行動を開始したのは、嵯峨天龍寺の国司信濃隊と来島又兵衛隊であった。

国司隊参謀は桂小五郎、佐久間佐兵衛《さくまさへえ》。兵力はおよそ五〇〇名。エンフィールド銃など洋銃一〇挺を含む鉄砲隊四〇人を配し、野戦砲二門を備えていた。

来島隊の副指揮は児玉小民部。兵力は四〇〇名。中でも来島が直接指揮する遊撃隊一三〇名はミニエー銃やエンフィールド銃を中心に小銃五〇挺、野戦砲四門を備える長州藩最強の精鋭部隊であった。

国司、来島の両隊は天龍寺前に集合して隊列を整え、左右縦隊となって御所に向けて行軍を開始した。だが、太秦《うずまさ》村を通過したところで一橋慶喜隊の斥候《せっこう》がこの大軍を発見。御所の本隊へと報告に走った。

このころ伏見の福原越後隊も伏見藩邸を出陣し、伏見街道を北上していた。

総指揮は福原越後、他に将校熊谷勇記《くまがやゆうき》、吉田岩雄《よしだいわお》以下一一名。兵力五〇〇名。小銃五〇挺に砲二門を備える主力部隊である。福原隊は河原町の長州藩邸に待機する長州勢や諸藩浪士と合流し、松平容保が宿舎とする凝華洞を目指した。

久坂玄瑞、入江九一、寺島忠三郎が指揮する山崎隊五〇〇名も予定どおり出陣、西国街道《さいごく》を京に向かった。今後は御所南の堺町御門で福原隊と合流。門を突破して元関白の鷹司輔熙《たかつかさすけひろ》に談判し、朝廷への最後の嘆願を申し入れる計画であった。

もし嘆願が受け入れられぬならば、自刃あるのみ――。

同時刻、京都御所――。

このころ朝廷は、慌ただしい空気に包まれていた。

深夜にもかかわらず一橋慶喜、松平容保、右大臣徳大寺公純《とくだいじきんいと》、関白二条斉敬《にじようなりゆき》、内大臣近衛忠熙《このえただひろ》が続々と参内《さんだい》。急遽《きゆうきよ》、長州藩対策について協議が行われた。

「最早、長州軍の蜂起《ほうき》は必定なり。おそらくは今日、明日にも各地で挙兵、出陣し、この御所を襲撃することになろう……」

一橋慶喜が会議でそう発言した時である。蛤門に伏見から早馬が着き、内裏に伝令の兵が駆け込んできた。

本日、子ノ刻、長州軍福原越後隊、伏見より出陣――。

孝明天皇以下、その場にいる全員が息を呑《の》んだ。

「松平中将……いかがいたすか……」

天皇が、守護職の松平容保の顔色を窺《うかが》った。

「然《しか》るに、各門の守りを固め……」

そこに、さらなる伝令が着いた。太秦村に偵察に出ていた一橋隊の斥候であった。

嵯峨天龍寺に投宿していた国司信濃隊五〇〇、来島又兵衛隊四〇〇、出兵。左右縦隊となり、大挙して御所に向かっている模様――。

長州軍が、一斉蜂起した……。

全員、蒼白《そうはく》となった。


国司信濃隊は太秦村の帷子《かたびら》ノ辻《つじ》を左に曲がり、ここより来島又兵衛隊と別行動を取った。

途中、何度か近衛軍の巡廻隊《じゅんかいたい》と出会ったが、先頭から末尾まで二〇〇間以上（約四〇〇メートル）もある長蛇《ちょうだ》の大軍に啞然《あぜん》として見送るだけだった。

国司隊は妙心寺《みょうしんじ》の北側を抜け、一条《いちじょう》通りに出て東進。さらに堀川《ほりかわ》から南下して御所西側の中立賣門を目指した。そして暁《あかつき》七ツ（午前四時）ごろに室町《むろまち》に達し、中立賣門の手前で来島隊が着くのを待った。

ところがこの時、室町通りから一橋軍の巡廻隊が進んでくるのが見えた。

総勢、およそ六〇名。国司隊は御所の壁に沿って整列し、これをやり過ごした。

御所の壁に沿って道を開ける国司隊の目の前を、巡廻隊が通り過ぎていく。相方に緊張が走る。

桂小五郎も、その場にいた。指揮の国司信濃の方を見る。だが、動く気配はない。事前に、敵は松平肥後守だけに絞り、他藩の隊には取り合わぬようにとの取り決めがあったためである。

ところが中立賣門まで達した巡廻隊が突如《とつじょ》、反転。銃隊が国司隊に向かって射撃体勢を取った。

「撃てー！」

銃声が鳴った。桂小五郎の目の前で、隊士が次々と血飛沫《ちしぶき》を上げて倒れた。

「撃ち返せ！　突撃！」

国司信濃が叫ぶ。長州軍の銃隊も即時射撃体勢を取り、これに応戦。巡廻隊に向け野戦砲を発射し、抜刀して突撃した。

兵力に勝る国司軍は瞬く間に巡廻隊を粉砕《ふんさい》。生き残った一橋兵は烏丸通りを南へ敗走した。国司軍はその勢いを借りて、一気に中立賣御門に総攻撃を仕掛けた。

元治元年七月一九日明け六ツ（午前四時三〇分頃）、京に戦火勃発《ぼっぱつ》――。


薩摩軍仁禮小隊は丸太町通りを京に向かって行進していた。

仁禮隊は嵯峨の長州軍討伐に加わっていた。だが、亀山《かめやま》まで来た所で伝令が追いつき、すでに国司隊と来島隊は天龍寺を出陣。二手に分かれて御所に向かったことを知り、引き返す途中であった。

花園《はなぞの》まで戻ってきた時に、快太郎は遠く御所の方から砲声を聞いた。

一発……二発……三発……。

仁禮隊の全員が、その場に足を止めた。

長州軍の攻撃が、始まった……。

「全隊速歩、前進！」

仁禮が号令を掛け、全兵が動き出した。快太郎も、それに続いた。

血が滾《たぎ》った。

だが、頭は奇妙に冷静であった。


来島又兵衛の遊撃隊と児玉小民部隊は堀川を渡り、二手に分かれた。

来島隊は攻撃の要衝《ようしょう》となる御所西側の蛤門を目指し、下長者町《しもちょうじゃまち》通りを一路東進した。

途中、前方右の中立賣門の方角から数発、大砲の炸裂音《さくれつおん》が聞こえた。来島又兵衛は、この音で開戦を知った。

「全軍、銃を構えよ！　速歩前進！」

馬上の来島が号令を発し、軍配を振るった。遊撃隊の精鋭一三〇名は腰に銃を構え、喊声《かんせい》と共に突撃した。

間もなく正面前方に、蛤門が見えた。松平容保の宿所、凝華洞に最も近いのがこの蛤門である。

御門脇《わき》の築地《ついじ》には会津藩兵の一瀬《いちせ》五郎《ごろう》隊、林権助《はやしごんすけ》隊、鉄砲隊のおよそ二〇〇名が守備についていた。

「狙えー、撃て！」

指揮官の号令と共に、距離およそ三〇間（約五五メートル）まで引きつけたところで来島隊に一斉射撃を加えた。御門正面の下長者町通りは轟音《ごうおん》と共に白煙に包まれ、来島隊の先鋒《せんぽう》にいた十数名が次々と倒れた。

「怯《ひる》むな！　鉄砲隊、撃ち返せ！　大砲を前に持て！」

馬上の来島が号令を上げる。

鉄砲隊二〇名が前に出て、撃ち返した。弾を込める前に次の二〇名が前列に出て、さらなる一斉射撃を加えた。会津藩兵が、蜘蛛《くも》の子を散らすように逃げた。

これを見た来島は、腰から白刃を抜いた。

「全員、突撃！」

来島又兵衛は手にした大刀を馬上で振りかざしながら、逃げ惑う会津藩兵の中に先頭で斬《き》り込んだ。

両軍、壮絶な乱戦となった。至近距離から撃ち合い、斬り合って、相方の兵が次々と倒れた。白煙の中で銃声と絶叫《ぜっきょう》が入り交じり、蛤門の前は見る間に血の海となった。

そこに中立賣門を落とした国司隊が会津藩兵の側面から襲った。この攻撃で一層形勢不利となった会津軍は、外苑内に逃げ込んで蛤門を閉じ、中から応戦を始めた。

これを見た来島又兵衛は、砲隊に命令を下した。

「砲隊二門、前へ！　門を狙え！」

野戦砲二門が前に出され、蛤門に向けて据えられた。

「構わぬ。撃てー！」

来島の号令と同時に、二門の野戦砲が次々と火を吹いた。轟音と共に、御門の周辺にいた会津藩兵と門扉が吹き飛んだ。

　そこにさらに、南の築地塀を乗り越えて外苑に侵入した長州軍児玉隊が、敗走する会津軍の側面に襲い掛かった。前方の来島隊、北の国司隊、南の児玉隊の攻撃に壊滅状態となった会津軍は、内塀の唐門に殺到して御所内に逃げ込んだ。

「松平肥後守を討て！　凝華洞に向かえ！」

　来島又兵衛の号令と共に、遊撃隊、国司隊、児玉隊の主力は松平容保の宿所である凝華洞に襲い掛かった。門を撃ち砕き、邸内に討ち入った。だが、凝華洞は蛻《もぬけ》の殻《から》だった。

「松平を捜せ！　あの奸賊《かんぞく》の首を取れ！」

　来島又兵衛は馬上で鬼神のごとく荒れ狂い、凝華洞を打ち壊した。

　この時、午前五時三〇分――。


　松平容保はすでに前夜から宮中に詰めていた。

　一橋慶喜をはじめ諸藩の指揮官と共に、宮中守護の任に当たっていた。

　外からは絶え間ない銃声と、宮中を揺るがす大砲の炸裂音《さくれつおん》が聞こえてくる。そこに、次々と各守備隊からの伝令が飛び込んできた。

　中立賣門陥落《かんらく》、突破……。

　下立賣御門、同じく突破……。

　蛤門崩壊、長州軍来島又兵衛隊御所内に侵入……。

会津軍壊滅、唐門から御所内に撤退……。

会議の場に、重苦しい空気が流れた。

「どうにか、ならぬのか……」

松平容保が沈痛な声を出した。

だが、誰も何もいわない。いや、唯一、案を出した者がいた。薩摩藩の伊地知正治《いじちまさはる》である。

「幸いにも我が薩摩軍のみは乾門にて長州軍を撃退し、被害も些少《さしよう》の模様。よろしければ、薩摩軍の主力を激戦の唐門へと差し向けいたす所存……」

これを聞いて、松平の表情に僅《わず》かながら希望の色が浮かんだ。

「願えるか……」

「承知。拙者が軍を率いて唐門に向かい申す」

伊地知は傍らの差料《さしりよう》を取って腰に差し、急ぎ宮中を出ていった。

乾門を守っていた西郷吉之助指揮下の薩摩軍本隊は、散発的な長州軍の攻撃を受けるもほぼ無傷だった。

そこに宮中から、伊地知正治が着いた。

「せごどん、会津軍が危なか。蛤門が落ちて、長州軍が御所になだれ込んどる」

「ないじゃと！」

西郷の大きな目が、さらに丸くなった。

「これより蛤門に向け、会津を助けっ！」

「承知した！」

西郷は本隊三三〇の内の三〇〇を率い、蛤門に向かった。その中に、銃撃隊小隊長の川路正之進もいた。

間もなく前方の唐門付近に、会津軍を追い詰める長州軍が見えた。

蛤御門までおよそ五〇間（約九〇メートル）まで迫ったところで、先頭の西郷が足を止めた。左手、唐門のあたりで、会津兵と白兵戦を繰り広げる長州軍が見えた。

「鉄砲隊、前へ。長州軍を狙え」

川路の銃撃隊が前に出た。

「せごどん、こん距離から撃ったや会津兵にも当たっど」

伊地知がいった。

長州軍と会津兵、一橋兵は、入り乱れて戦っている。まだ日も昇りきっていぬこの時刻では、両軍兵の見分けもつかぬ。

「構うことなか。撃て！」

西郷の命令と共に、銃隊の前列二〇名が一斉に射撃した。銃声と共に、長州兵がばたばたと倒れた。

「突撃！」

「掛かれ！」

西郷と伊地知の号令で、槍隊と抜刀した攻撃隊三〇〇が長州軍の側面から襲い掛かった。

長州軍の銃隊も、これに撃ち返す。その一弾が西郷の腕に当たった。だが西郷はこれに怯むことなく川路正之進の銃撃隊に命令した。

「騎馬武者の来島又兵衛を狙え！」

両軍、壮絶な銃撃戦となった。


薩摩軍の別動隊、仁禮源之丞が指揮する嵯峨討伐隊は、御所西側の烏丸通りを南に下っていた。

快太郎も、その中にいた。エンフィールド銃を胸に構え、速歩で乾門に向かった。

御所の中からは、地を揺るがすような砲声と銃声が聞こえてくる。気が逸《はや》った。

乾門の手前まで来た時に、前方の中立賣門のあたりに敵の一隊が見えた。これが長州軍の桂小五郎隊であった。

「全隊停止！　銃隊、前へ！」

快太郎も前に出て、膝《ひざ》を突き、エンフィールド銃を構えた。

「撃て！」

号令と同時に撃った。何人かの敵兵が倒れた。

だが、だめだ。この高さからでは、正確に狙えぬ……。

「全隊、前進！」

仁禮の号令と同時に、全隊が掛け声と共に長州軍に突撃した。

いかん、これでは余計に狙いづらくなる……。

快太郎は周囲を見渡した。目の前に、御所外壁の築地塀が聳《そび》えていた。前方には、中立賣御門の屋根が見えた。

あの上からなら、狙える……。

そう思った瞬間にはエンフィールド銃を肩に掛け、築地塀に飛びついた。

「あた、ないをすっつもりやなあ。狙われっど！」

快太郎を見ていた薩摩兵が、下から叫んだ。

「かまわん！」

快太郎は塀瓦の上を、中立賣門を目指して駆けた。

気付いた長州兵が、快太郎を狙って撃った。弾が、風を切る音と共に体の至近を掠《かす》めた。だがこの距離で、旧式の火縄銃やゲベール銃で当たるわけがない。

左手の一條邸《いちじょう》屋根の先まで行くと、眼下に全貌《ぜんぼう》が開けた。

快太郎は、ここで築地塀の上に身を伏せた。塀の外、烏丸通り側では長州軍の小隊と仁禮隊の間で白兵戦が始まっている。長州兵は蛤門の方に撤退をはじめたが、背後から桑名藩兵に挟み撃ちにされ、退路を塞《ふさ》がれている。

塀の内側、外苑内では長州軍と薩摩軍本隊、会津藩兵の壮絶な銃撃戦、白兵戦の乱戦が繰り広げられていた。その中で甲冑《かっちゅう》に身を包んだ一騎の騎馬武者が、飛び交う銃弾をものともせずに鬼神のごとく荒れ狂っていた。長州軍の指揮官である。

快太郎はその獅子奮迅《ししふんじん》の戦いを見て、直感的に思った。

あの荒武者が音に聞く来島又兵衛に相違ない……。

快太郎は塀瓦の上に素早く膝を立て、弾薬の薬包を食い千切り、火薬をエンフィールド銃の銃身に流し込んだ。鉛《なまり》に脂が塗られたプリチェット弾を槊杖《さくじょう》で押し込む。撃鉄を起こし、雷管を被《かぶ》せ、騎上で荒ぶる武者の胸に狙いを定めた。

距離はおよそ一〇〇間（約一八〇メートル）……。この距離ならば外さぬ……。

仏説摩訶般若波羅蜜多心経《ぶっせつまかはんにゃはらみたしんぎょう》……。

引《ひ》き鉄《がね》を引いた。

轟音！

五七七口径のプリチェット弾は高速で廻転しながら、騎馬武者の胸に吸い込まれていった。

命中した。武将の体が血飛沫と共に吹き飛び、もんどり打って落馬した。

武将は倒れたが、手にしていた刀で支え、体を起こした。胸の傷を見て、助からぬと思ったのだろう。そのまま躊躇《ちゅうちょ》することなく腹を刺し、自刃した。

長州遊撃隊隊長、来島又兵衛、戦死。享年《きょうねん》四八歳――。

快太郎はエンフィールド銃に次弾を込め、次の敵兵を狙った。引き鉄を引く。轟音と共に、敵兵の体が吹き飛んだ。

これを機に、長州軍と近衛軍との形勢逆転がはじまった。

この時、午前六時――。

久坂玄瑞、入江九一、寺島忠三郎らが指揮する長州軍山崎隊は前日の四ツ半（午後一一時）に出陣して下山。西国街道を北上して京都御所を目指した。

途中、各地で砲撃音や銃声を聞いた。目指す御所南端の堺町御門に到着した時には、すでに蛤門周辺の激戦は終焉《しゅうえん》を迎えようとしていた。

堺町門は、静かだった。周辺には筑前《ちくぜん》兵の守備隊がいたが、門は閉じられていた。

久坂玄瑞と入江九一には、松平容保討伐の他に重要な使命があった。長州藩を代表しての、朝廷への嘆願要請である。

そこに、烏丸通りの方から何人かの長州兵が逃げてきた。久坂らの隊を見つけ、蛤門で起きたことを報告した。

「薩摩軍と戦うて、児玉隊、遊撃隊が壊滅いたしした。来島又兵衛隊長が、自刃した……」

来島又兵衛、戦死――。

その報を聞いて、山崎隊の全隊員に動揺が疾《はし》った。すでに、一刻の猶予《ゆうよ》もない。

「全隊、突撃！」

久坂の喚起と共に、山崎隊は堺町門に突撃した。だが、友軍不利の戦況を知り、士気が上がる訳もなかった。筑前兵守備隊とのお互いに探り合うがごとき戦いに一進一退し、堺町門を突破することは叶わなかった。

仕方なく久坂玄瑞、入江九一、寺島忠三郎、真木和泉の四人は半数の兵を連れて離れた場所から塀を乗り越え、外苑内に侵入。関白の鷹司輔熙邸の裏口から邸内に潜入し、五〇〇名の兵が周囲を取り囲んだ。

「鷹司様はおられませぬか」

三人は静まり返る邸内の襖《ふすま》を片端から開け放ち、鷹司輔熙を捜した。時折、外から、散発的な銃声が聞こえてくる。屋敷の奥の執務所の襖を開けた時、鷹司はそこで何人かの女官と共に蹲《うずくま》っていた。

「鷹司様、長州藩政務座役の久坂玄瑞にございます。本日は不躾をお許しいただき、お願いがあって参上つかまつり申し候……」

久坂が入江、寺島と共に畳に両手を突いて深々と頭を下げた。

「い、いったい、何事の狼藉じゃ……」

鷹司が、震えながらいった。

「先刻、朝廷に嘆願書を奉じた折、我が藩の思い天子様に届かず。つきましてはこの機に及び再度、嘆願いたしたく。鷹司様にぜひ参内付随《ふずい》の上にてお口添えいただきたく……」

だが、鷹司輔熙はこれを断った。

「ならぬ。もう戦は始まっておるのだぞ。この期《ご》に及んで嘆願など無理に決まっておろう」

「そこを何とか……」

だが、三人が頭を下げた隙に、鷹司が逃げた。背後の兵がそれを止めたが、関白を相手に乱暴はできぬ。結局、鷹司は長州兵を振り切り、屋敷の外に飛び出していった。

これで、万策尽きたか……。

そう思った時だった。一発の砲声と共に、鷹司邸の表門に面した一画が吹き飛んだ。会津藩から大砲を借りてきた越前兵が、鷹司輔煕の無事を確認し、屋敷への砲撃を開始したのである。

「全員、撤退！」

だが、さらなる砲撃、さらに銃声が続いた。鷹司邸は瞬《また》く間《た》に半壊した。その中を、女官が悲鳴を上げて逃げ惑う。

「屋敷を出よ！」

「全員、反撃！　山崎で会おうぞ！」

久坂玄瑞、入江九一、寺島忠三郎、真木和泉の各指揮官は鷹司邸の表口と北口の二手に分かれて脱出し、筑前兵の守備隊に突撃。活路を開くべく白兵戦に持ち込んだ。

最初は長州山崎隊が優勢であった。長州兵の気迫に、元々戦意の薄い越前兵は大砲を放り出し、這々《ほうほう》の体で退散した。

そこに、烏丸通りで桂小五郎隊を撃破した桑名藩の兵藤八左衛門《ひょうどうはちざえもん》隊の百余名が援軍に駆けつけた。久坂玄瑞は銃隊を前に出して銃撃戦に持ち込んだ。

「撃てー！」

この時、久坂隊の用いた銃は、枡屋の湯《ゆ》浅《あさ》喜《き》右衛《え》門《もん》が隠し持っていたエンフィールド銃とミニエー銃である。旧式の火縄銃やゲベール銃しか持たぬ桑名隊と越前隊を瞬く間に粉砕。あたりは死屍《しし》累々《るいるい》の有様となった。

「堺町門より退却！　山崎に戻るぞ！」

突破口は開けた。久坂は一度山崎まで戻り、軍勢を立て直すつもりであった。だが、そこに、井伊直憲《なおのり》の予備兵三〇〇、さらに越前藩の本隊およそ二〇〇が駆けつけ、消耗《しょうもう》した長州軍に一斉射撃を加えた。

これは、ひとたまりもなかった。久坂玄瑞も腹に銃弾を受け、戦えなくなった。仕方なく、久坂は生き残った兵を引き連れて再度、鷹司邸の中に逃げ込んだ。

邸の中には、やはり北門から撤退してきた入江九一と寺島忠三郎がいた。寺島は頭に銃弾を受け、瀕死《ひんし》の深手を負っていた。

「裏口を抜けて、堺町門に出よう……」

「だめだ。いま、真木の隊が応戦しているが、そちらは彦根《ひこね》藩兵に囲まれている……」

「ならば、このまま唐門に攻め込むか……」

だがその時、会津藩の生き残りの二〇〇名が、大砲四門と共に鷹司邸に進撃してきた。さらに一橋慶喜自らが率いる一橋軍が南の丸太町通りに進出。長州山崎隊の退路を断つために周辺の町家に次々と火を放った。

久坂隊、入江隊、寺島隊、真木隊の生き残りは、これで完全に包囲された。間もなく、会津藩兵による猛烈な砲撃が始まった。さらに一橋軍が爆裂弾を投げ込み、半壊した鷹司邸が炎上した。

最早、これまでか……。

久坂は自分の腹の傷を見て、もう生きられぬことがわかっていた。

萩藩の藩医の倅《せがれ》としてこの世に生まれ、早くに両親を亡くした。父の跡を継いで藩医を目指し、若いころには九州に遊学した。そこで肥後藩の宮部鼎蔵に出会い、尊皇攘夷の思想に目覚めて武士となった。萩に帰ってからは松下村塾で生涯《しょうがい》の師である吉田松陰に学び、高杉晋作《たかすぎしんさく》や吉田稔麿、ここにいる入江九一や寺島忠三郎など、良き仲間にも巡り会えた。

気がつけば、自分はいつの間にか、藩の尊皇攘夷派の精神的支柱に祭り上げられていた。だが、それが本当の自分の姿だったのか。それなのに、なぜこんなことになったのか。後悔がないといえば嘘《うそ》になる……。

血を吐いた。撃たれた腹が痛む……。苦しい……。

入江九一が歩み寄ってきた。

「玄瑞、確かか」

砲撃を受け、屋敷が揺れた。

「九一か……。俺はもう、駄目だ……」

「何をいうか。しっかりせい」

火が、こちらに迫っていた。

「それより、頼みがある……」

「何だ、申してみよ」

「いま世子君が萩よりこちらに向かわれている……。京に入れば、官軍に捕らわれよう……。松平は、世子君を絶対に許すまい……。

九一……お前は如何《いか》なる手段によってもこの包囲を脱し、世子君に伝えよ……。絶対に、京には近付かぬようにと……」

久坂はそこまでいって、また血を吐いた。

「あいわかった。玄瑞、安心せい。確かに引き受けた……」

「頼んだぞ……。行け……」

「すまぬ……」

入江九一が立ち、火の中に走り去った。

久坂玄瑞は、周囲を見渡した。火が、迫っている。近くに、頭を撃たれた寺島忠三郎が倒れていた。

「……忠三郎……生きちょるのか……」

久坂が声を掛けると、血だらけの寺島が何とか体を起こした。

「……生きて……おる……」

寺島の顔が、かすかに笑ったように見えた。

「どうだ……忠三郎……。俺と、刺し違える力は残っちょるか……」

「ある……」

寺島が、ゆっくりと腰の刀を抜いた。

久坂も自分の刀を抜き、寺島ににじり寄った。そして、膝を突き合わせて向き合った。

「忠三郎、行くぞ……」

「ああ……。玄瑞、お前とならば、本望じゃ……」

「せい！」

掛け声と共に、お互いの腹を突いた。血飛沫を吹き、倒れた。直後、二人の上に天井が焼け落ちた。

元治元年七月一九日、午前七時三〇分、希代の傑物、久坂玄瑞、戦死。享年二五歳――。

同じく寺島忠三郎、戦死。享年二二歳――。


入江九一は、火炎の中を走った。

自分だけでも生きて山崎に戻らねばならぬ――。

京におけるこの経緯を、せめて世子君に伝えなくてはならぬ――。

だが火炎を抜け、塀を越えて外に出た時であった。眼の前に、槍を構えた越前兵が立ちはだかった。

「ぎゃっ！」

槍で、顔を突かれた。

穂先は入江の目から脳を貫通し、その場に昏倒《こんとう》した。

周囲に越前兵が集まり、滅多切りにされた。

入江九一斬死《ざんし》。享年二八歳――。

一〇

中立賣御門に近い烏丸通り沿いの町屋に、新しく火の手が上がった。

そのあたりに長州兵の残党が逃げ込んだという噂が流れ、会津藩兵が火を放ったのである。南の堺町御門の方からは炎上した鷹司邸とその先の町屋から、いまも轟々《ごうごう》と炎と黒煙が上がっている。

快太郎は唐門の前で弾薬箱に座り、街のあちらこちらから立ち上る煙をぼんやりと眺めていた。傍らには、弾の尽きたエンフィールド銃が立て掛けてある。唐門や蛤門の周辺には長州兵の屍《しかばね》が累々と散乱し、負傷した会津兵や薩摩兵が呻《うめ》きながら、大八車で次々と運ばれていく。

「柴田どん、あんたん戦いぶりを見ちょった。長州兵をどしこ倒したと」

近くに座る西郷吉之助が、部下に傷の手当を受けながら訊いた。

「さて……」

快太郎は築地塀の上から、三〇発用意してきたエンフィールド銃の弾が尽きるまで狙撃し続けた。そのうちの八発が敵に命中し、半分を討ち取ったとして四人……。

さらに敵に狙われて塀を下り、白兵戦に加わってルフォーショー拳銃を撃ちまくった。外しもしたし、弾が当たって逃げた者もいるが、ここで三人から四人……。

快太郎が続けた。

「おそらく、七人か、八人か……」

それだけの戦いをして、快太郎はまるで銃弾や刀が避けていったように、自分は掠り傷ひとつ負っていなかった。

西郷が笑った。

「正に、一騎当千とはこんことや。さすがに伊達宗城公が宇和島一ん射撃の名手ちゅうだけんこっはあっ。ところで、あそけ倒れちょっのがだいかわかっか」

西郷が指さす方を見ると、一人の鎧《よろい》武者が倒れていた。胸には大口径の銃で撃たれた大穴が開き、腹には自刃した刀が突き刺さったままになっていた。誰かが介錯《かいしゃく》したのか、傍《そば》にころがる首が煙の立ち上る空を見つめている。

「遊撃隊の隊長、来島又兵衛じゃろう……」

快太郎が、ぼそりといった。

「そうじゃ。来島又兵衛じゃ。あん男をだいが撃ったか知っちょっか。皆は、川路正之進がやったちゅうちょっ。じゃどん、そいにしては、胸の銃創が大きすぎるじゃろう……」

西郷が首を傾《かし》げた。

快太郎は、川路をよく知っていた。築地塀の上から、彼の戦い振りも見ていた。

川路隊は五〇間から三〇間の距離で、長州藩の遊撃隊と撃ち合った。快太郎は一〇〇間の距離から来島又兵衛を狙った。

目の良い自分がエンフィールド銃を用い、一〇〇間の距離から馬上で動き回る来島又兵衛を撃ち落としたのだといっても、誰も信じはしないだろう。この銃はそれだけ遠くの敵の体に大穴を開ける威力があるのだと説明しても、理解はされぬだろう。

もしかしたら快太郎がエンフィールド銃の引き鉄を引くと同時に、川路も来島又兵衛を狙って撃ったのかもしれぬ。そのゲベール銃の弾が、至近距離から当たったのかもしれぬ。周囲の者が来島又兵衛を撃ったのは川路正之進だというなら、それでよい。

「撃ったのは、川路殿でござろう……」

「そうか。柴田どんがそうじゃちゅうなら、そうなんじゃろう。じゃどんこん火事は、どげんなんじゃろうか……」

西郷が不安そうに、燃えさかる周囲の炎を見渡した。


殺伐《さつばつ》とした京都御所に、一陣の熱い風が吹いた。

最初、鷹司邸に上がった火の手はやがて南の堺町の放火、西の烏丸通り周辺の火災と一体になり、いまや火消も手を付けられぬほど燃え盛っていた。

さらには河原町の長州藩邸を狙った薩摩軍の砲撃により、隣接する本能寺《ほんのうじ》が炎上。敗戦の報を知った留守居役の乃美織江が叛乱《はんらん》の証拠隠滅のために藩邸に放火し、これも炎上した。また伏見の長州屋敷から出陣した福原越後隊は、京に向かう途上に一本松《いっぽんまつ》の手前で待ち伏せする大垣《おおがき》藩兵と遭遇して交戦。激しい銃撃戦、砲撃戦となり、ここにも火の手が上がった。

各地の火は折からの北東の強風に煽《あお》られ、やがて巨大な生き物のように京都市中を広く焼き尽くした。

この火災の類焼を恐れた六角獄舎《ろっかくごくしゃ》では、囚人の逃亡を怖れて未決囚およそ三〇人が斬首された。その中にはかつて快太郎が見た、枡屋の壁に書かれていた歌の主、福岡《ふくおか》藩の志士平野国臣《ひらのくにおみ》、天誅《てんちゅう》組の変で囚われた水郡善之祐《にごりぜんのすけ》、池田屋事件に関連して投獄された湯浅喜右衛門こと古高俊太郎がいた。

坂本龍馬《さかもとりょうま》と勝海舟《かつかいしゅう》は、五月に開設されたばかりの神戸《こうべ》海軍操練所にいた。二人はまだ、京で池田屋事件が起きたことも知らない。まさか、京都御所に長州軍が攻め入るなどとは考えてもいなかった。

だが、この京の大火のことを、後に勝海舟はこう書き残している。

〈――長州の兵隊が宮闕《きゅうけつ》を犯したのは元治元年七月一八日であったが、おれは例のごとく神戸の海軍仮局に居たところ、夜になると京都の方の空が真赤に見えた。これは何か変わったことがあるに相違ないと思って、観光艦に出帆の準備をさせておいたら、果たして翌日大坂から飛脚が来て、長州藩が順逆を過ったために、昨夜、蛤御門や、竹田《たけだ》街道や、伏見表で戦争があったといふ事を知らせた。（後略）――〉

これはおそらく、七月一九日夜の記述であろう。それにしても京の大火は、およそ一六里（正確には六三キロメートル）も離れた神戸からも見えたことになる。

だが、勝海舟も坂本龍馬も、この後に蛤御門の変と呼ばれる長州藩と官軍の責任を自分たちが問われ、やっと設立した神戸海軍操練所が閉鎖されることになろうとは、この時は思ってもみなかったことだろう。

この天明《てんめい》の大火（一七八八年）以来の京の大火はほぼ三日三晩にわたり燃え続け、七月二一日にやっと鎮火した。その被害は市中全域の五割以上が類焼。焼失戸数二万七五一七戸、内公卿邸一八戸、藩邸、武家屋敷など六七四戸、神社六四戸、仏閣一一五戸にも及んだという。またこの大火による死者は三四〇名、七四四名が負傷したと記録に残されている。

この火事で京都の主だった建物は大半が焼失。日本の首都としての機能も、経済的基盤も失って壊滅した。以後、一〇年、いやそれ以上にもわたり、京に暗黒の時代が訪れることになる。

生き残った京の人々は、この歴史的大火を〝どんどん焼け〟（どんどん焼けたの意）、もしくは鉄砲焼けと呼び、後世に長く語り継ぐこととなった。

終章　郷愁《きょうしゅう》

一

京に、いつの間にか初秋の風が吹いた。

柴田快太郎《しばたはやたろう》もいまや着慣れた浪士姿に戻り、エンフィールド銃を肩に掛けて寺町《てらまち》から河原町《かわらまち》のあたりを歩いていた。

何か、目的があった訳ではない。ただ、長いこと暮らした京の姿を、少しでも目に止めておこうと思っただけである。

京は、一面の焼け野原であった。丸太町《まるたまち》通りから南には、ほとんど建物は残っていない。加茂川《かもがわ》の対岸は焼け残ったが、寺町や河原町の周辺もほとんど焼き尽くされていた。

京の象徴《しょうちょう》でもあった多くの名刹《めいさつ》、古刹も、戦火に呑《の》まれた。織田信長《おだのぶなが》の墓がある本能寺《ほんのうじ》、東本願寺《ひがしほんがんじ》、六角堂《ろっかくどう》、天龍寺《てんりゅうじ》、それに宇和島《うわじま》藩が宿所とする浄教寺《じょうきょうじ》も焼失した。快太郎がいつもぶぶ漬けを食っていた茶漬屋も、よく飲んだ煮売り屋も、先斗町《ぽんとちょう》のあたりの居酒屋も、世話になった枡屋《ますや》もすべて焼き尽くされてわからなくなっていた。このあたりで焼け残ったのは広い敷地と塀に囲まれた加賀《かが》藩邸、角倉《すみのくら》屋敷などのいくつかの屋敷と、いまも振り返れば遠方に臨む京都御所の二条城《にじょうじょう》くらいのものである。

快太郎は、荒涼《こうりょう》とした焼け野原を歩く。

すでに鎮火して数日が経《た》つというのに、風は火に焼き尽くされた家々や人の死臭を運んでくる。自分の家があった場所なのか、焼け跡の竈《かまど》で煮《に》炊《た》きをする女がいた。炭になった家の柱に菰《こも》を掛けて、その日陰で休む家族がいた。蒲団《ふとん》もない地べたの上に寝かされている老人がいた。その周囲で、煤《すす》だらけの顔をした子供たちが走り回って遊んでいる。

なぜ、こんなことになってしまったのだろう。元はといえば、長州《ちょうしゅう》軍を追い立てるために近《この》衛《え》兵の会津《あいづ》藩兵や薩摩《さつま》藩兵が町屋に火を放った。逃げる長州藩も、火を放った。そして両軍とも後先のことなど何も考えずに何百発もの大砲と、何万発もの鉄砲を街中で撃ちまくった。そんなことをすれば京の街はどうなるのか。考えるまでもなく、わかっていたはずだ。

愚かなことだ……。

先斗町あたりの飲み屋や川床《かわどこ》も、ほとんど残っていなかった。だが、祇園《ぎおん》神社（八坂《やさか》神社）の参道の四条《しじょう》大橋は、からくも焼け残っていた。

快太郎は、橋を渡って対岸に向かった。橋の上から見ると、加茂川の河原にも廃材や菰の天幕が累々《るいるい》と並び、焼け出された者たちが野宿していた。そのあちらこちらから、煮炊きの煙が立ち上っている。

快太郎は対岸から河原に降り、天幕の間を覗《のぞ》きながら歩いた。ぶぶ漬け屋の親父《おやじ》やお吉《きち》の仲間の芸妓《げいぎ》など、顔見知りの者を捜すためである。だが、誰《だれ》もいない……。

やがて二条《にじよう》大橋のあたりまで来た時である。菰の天幕の中に座っている男に目が止まった。いまは乞食《こじき》の態《なり》をしているが、確かに見覚えがあった。

快太郎は、男の前に立った。

「桂殿《かつら》ではござらぬか」

男が、ゆっくりと目を上げた。間違いない。やはり長州藩留守居《るすい》役の一人、桂小五郎《こごろう》であった。

「なぜ、わかり申した……」

「以前、枡屋におった時に、吉田稔磨《よしだとしまろ》君と一緒のところを見たことがあるぞな」

桂が、ああ……という顔をした。

「最早《もはや》、これまでか……」

桂がまた、項垂《うなだ》れた。市中ではいまも、官軍や新選組による長州残党の討伐《とうばつ》が続いている。桂もここまで何とか逃げたが、もう力尽き果てたということか。

「まあ、よいではないか……」

快太郎は肩からエンフィールド銃を下ろし、桂の横に座った。

「なぜ、撃たぬ……」

桂がいった。

「いまさら拙者《せっしゃ》がお主を撃ったところで、意味はなかろう。それにこの銃には、弾が入っていない……」

今回の蛤《はまぐり》御門の一件で、長州藩は四〇〇人もの死者を出した。近衛側は一〇〇名、会津藩兵だけでも六〇人も死んだ。その四日後には朝廷は藩主毛利《もうり》敬親《たかちか》に追討令を出し、今後長州藩は他藩からさらに追い詰められることになろう。

いまここで桂小五郎一人を討ったとて、何にもならぬ。もうこれ以上、人が死ぬのを見たくはなかった。

「そうか……。四〇〇人も死んだのか……。来《き》島又兵衛《じままたべえ》と、久坂玄瑞《くさかげんずい》が死んだことは、風説書を読んで知っちょったが……」

「他に、入江九一《いりえくいち》と寺島忠三郎《てらしまちゅうざぶろう》も死んだと聞いとるぞな。それに、真木和泉《まきいずみ》殿も天王山《てんのうざん》に逃げて、新選組《しんせんぐみ》に討たれたと聞いとる……」

快太郎がいうと、桂は悲しそうに笑った。

「そうか……。入江も寺島も真木も、みんな死によったか……。皆、俺《おれ》が殺したようなものだ……。だが、俺はまだ、ここでは死ねん……」

そのひと言で、快太郎は池田屋騒動に始まる今回の一連の出来事の真相を悟った。

その時、ふと気が付くと、二人の目の前に女が一人、立っていた。どこかの芸妓であろうか。切れ長の目をした、美しく、どこか粋《いき》な風情《ふぜい》の女だった。

女は手に風呂敷《ふろしき》包みをひとつと竹の水筒を持ち、二人を心配そうに見つめていた。

「松子《まつこ》、心配はいらぬ。こちらへ来い」

桂が呼ぶと、女はかすかに頰笑《ほほえ》み、こちらに歩いてきた。

「三本木《さんぼんぎ》の幾松《いくまつ》と申します……」

女は〝幾松〟と名告《なの》り、快太郎に丁寧《ていねい》に辞宜《じぎ》をした。やはり、芸妓であるらしい。

「いつもすまぬな。握り飯か」

桂が、女に訊《き》いた。

「あい、お握りと、糠漬《ぬかづけ》、それと、お茶を……」

女がそういって、河原の石の上に風呂敷を解《ほど》いた。中に竹の包みがあり、それを開くと小さな握り飯が一〇個、並んでいた。

「あんたも食わんか」

桂が、握り飯を勧めた。

「いや、拙者はよい……」

「そういわずに、一緒に食おう。我ら二人では食い切れぬ。食ってくれ」

そうまでいわれれば、断るのも無粋《ぶすい》というものである。それに、実のところ歩き詰めで、腹も減っていた。

「では、ひとついただく。忝《かたじけ》ない……」

快太郎は竹の包み込の中から握り飯をひとつ取り、頬張《ほおば》った。飯も、糠漬も美味《うま》かった。

「ところで貴方《あなた》は、名を何という……」

桂が握り飯を食いながら、訊いた。

「申し遅れた。拙者、伊予《いよ》宇和島の住人、柴田快太郎と申す……」

快太郎が自分の水筒から水を飲みながら、答える。

「お主が、柴田快太郎か……。噂《うわさ》は聞いとる。あの時、蛤門の塀の上からその銃で、来島又兵衛の遊撃隊と撃ち合うておったじゃろう……」

快太郎は、握り飯を食う手を止めた。

「見ておったのか……」

「ああ……。わしもあの時、蛤門の外におったんじゃ……」

桂がそういいながら、飯を食った。

一〇個の握り飯が、瞬《また》く間になくなった。

快太郎と桂は河原の上にごろりと横になり、秋の雲が流れる高い空を見上げた。

つい先日、銃火の中で戦った相手と、こうしてのんびり話していることが不思議であった。

「さて、拙者はもう行こう……」

快太郎が起き上がり、体を伸ばした。

「もう行くのか」

「ああ、行く。ついては桂殿、ひとつ頼みがあるのだが……」

快太郎はそういって、腰の胴乱《どうらん》の中から一本の小柄《こづか》を出した。

「これは……」

桂がそれを受け取った。

「池田屋《いけだや》騒動の折、吉田《よしだ》稔麿《としまろ》殿に、託された。故郷の萩《はぎ》に立ち寄ることがあれば、千代《ちよ》という方に渡してほしいと……」

「千代……」

桂が、不思議そうに小柄に見入った。

「千代殿は、松下村塾《しょうかそんじゅく》で尋ねればわかると申されていたが……」

快太郎がいうと、桂は思い当たるように頷《うなず》いた。

「わかった。千代というのは、入江九一の妹じゃ。あの稔麿と、千代がなあ。

承知いたした。確かに、頼まれたぞ」

それは桂小五郎という男が、もう一度、故郷の萩に帰ろうという、ひとつの決意のようにも受け取れた。

「では、拙者はこれにて。馳走《ちそう》になった」

快太郎はエンフィールド銃を手にし、立った。

「達者でな。見逃してくれたこと、忘れん」

「拙者も、松子殿の握り飯の味、忘れん。またいずれ、どこかで会おう」

快太郎は銃を肩に掛け、踵《きびす》を返した。

行くとはいっても、当てがあるわけではなかった。

このまま、宇和島に帰るか……。

そう思うと、足は自然に南へと向いた。

※追記

七月二三日、長州藩毛利敬親と元徳《もとのり》の父子は御所を銃撃、砲撃した罪で朝敵とされ、孝明《こうめい》天皇は幕府に対し長州追討の勅命《ちょくめい》を下した。

翌二四日、幕府は薩摩《さつま》藩、肥後《ひご》藩、福岡《ふくおか》藩など西国二一藩に出兵を発令。第一次長州征討が開始された。同二九日に帰藩した上甲貞一《じょうこうさだいち》が、宇和島藩も出兵を命じられたことを報告。これを受けて藩主伊達宗徳《だてむねえ》は総勢八〇〇〇人の出兵を準備して松山《まつやま》に向かったが、宇和島藩が長州を攻撃することはなかった。

結局、第一次長州征討は名ばかりのものに終わった。

だが、前年の文久《ぶんきゅう》三年に馬関《ばかん》海峡で砲撃を受けた西洋列強の各国は、長州藩のこの窮状《きゅうじょう》を見逃さなかった。

イギリスは馬関海峡の封鎖により莫大《ばくだい》な経済的損失を受けたとして、長州藩に対して報復措置《そち》を取ることを決定。フランス、オランダ、アメリカと四国連合艦隊を組んで馬関海峡に遠征。八月五日から七日にかけて計一七隻の軍艦で馬関（現下関《しものせき》）、彦島《ひこじま》の砲台を砲撃して破壊。さらに連合軍は陸戦隊を上陸させて市街地と軍事的要所を占拠し、奇兵隊を含む長州軍を壊滅させた。いわゆる下関戦争である。

以後、長州藩は武力による列強への攘夷《じょうい》の一切を断念。倒幕に向けて、新たな道を模索していくことになる。

二

南国、伊予の宇和島にも、秋風の吹くころになった。

空には淡い雲が流れ、周囲の山々もかすかに色付きはじめていた。

鞠《まり》は今日も、和霊《われい》神社の大鳥居の前に立っていた。お堀に架かる太鼓橋《たいこばし》の上から、遠い法華津《ほけつ》峠《とうげ》へと続く街道の彼方《かなた》をぼんやりと眺めていた。

鞠は毎日早く起きて、母サマの煮炊きを手伝う。朝食の後は家を掃除《そうじ》して、弟や妹の子守をする。昼食の後は田都味《たづみ》道場に通って剣道の修業をし、帰りには少し遠回りをして和霊神社に立ち寄る。もう長いこと、それが習慣になっていた。

兄サマが京から戻る時には、きっとこの街道を歩いて帰ってくる。鞠は、そう信じていた。だから時間がある時には必ず和霊神社の大鳥居の前の太鼓橋の上に立ち、兄サマの帰りを待った。

何日か前に、兄サマが手紙をくれた。その手紙に、兄サマは鞠のことを思っていると書いてあった。もうすぐ宇和島に帰るとも書いてあった。だから鞠は、今日もこうして兄サマの帰りを待っている。

だけど、兄サマは、鞠のことがわかるだろうか……。

鞠は兄サマと、もう二年半も会っていない。兄サマが京に発《た》った時はまだ一六だったが、いまはもう一八、年が明ければ一九になる。

実際に鞠は、あのころとは自分が思う以上に容姿が変わっていた。いまはもう少女の面影《おもかげ》はない。大人の、美しい一人の女に変貌《へんぼう》していた。

実際に鞠の美しさは、周囲の目を引いた。こうして大鳥居の前の太鼓橋の上に立っていても、道行く人が皆、振り返るほどであった。

最近は、宇和島藩の中でも鞠の美しさは評判になっていた。鞠が素性《すじよう》も知れぬ異人の女であると知りながら、上士の家柄からの縁談もいくつか舞い込んだ。宇和島で三指に入る商家の主人からの縁談もあった。だが、鞠は父サマにいって、その縁談をすべて断ってもらった。

鞠は、兄サマのところにお嫁に行く……。

兄サマは、いまの鞠を見たらどう思うだろう。きっと、前よりももっと好きになってくれるに違いない……。

秋の陽《ひ》は短い。こうして太鼓橋の上に立っている間にも、陽は西に傾きはじめていた。もうすぐ、陽が暮れる。

今日も兄サマは帰ってこなかった。私も、もう家に戻らないと……。

鞠がそう思った時だった。街道の方から西陽の中を誰かが歩いてきた。

最初は遠くて、誰の人影かはわからなかった。だが、次第《しだい》に近くなるにつれて、それが編笠《あみがさ》を被《かぶ》った武士であるらしきことがわかってきた。

肩幅が広く、背が高い。羽織《はおり》を着て、裁着袴《たつつけばかま》を穿《は》いていた。

彫《ほり》の深い顔立ちに、見覚えがあった。意外だったのは、髭《ひげ》を蓄《たくわ》えていたことである。

だが、どんなに遠くからでも、何年会わなかったとしても見間違うはずがない。

兄サマ……。

鞠はそう思った刹那《せつな》、太鼓橋を駆け下り、遠くの人影に向かって走っていた。

峠《とうげ》を下ると、潮の香りがつんと鼻を突いた。

他の海とは違う。懐かしい宇和海の匂《にお》いである。

快太郎は、長い旅を続けてきた。だが、その旅も間もなく終わる。

家に帰ったら、父と母は喜ぶであろう。弟や妹たちは、大きくなっただろうか。長女の房《ふさ》は、今年の春に嫁《とつ》いだと聞いている。

そして鞠は、どんな娘になっただろう……。

皆で囲む夕食の食卓を想《おも》うと、ぐう……と腹が鳴った。今夜は久しぶりに、美味《うま》い魚が食えそうだ。

遠くに、和霊神社の大鳥居と太鼓橋が見えてきた。家はもう、すぐ近くだ。

太鼓橋の上に、人影が立っていた。

こちらを見ている。女のようだ。

やがて女は太鼓橋を駆け下り、そして快太郎の方に走ってきた。

風になびく女の長い髪が、西からの陽差しの中で輝く。駿馬《しゅんめ》のように、美しい女だった。

誰だろう……。

だが、快太郎にはわかっていた。

鞠、だ……。

快太郎は立ち止まり、両手を広げた。

「鞠！」

「兄サマ！」

快太郎の胸の中に、鞠が飛び込んできた。

二人の影が、西陽の中でひとつになった。

了

※後記
過去帳によると、快太郎が宇和島に帰郷したのは元治《げんじ》元年（一八六四年）九月二〇日のことである。そのおよそ二カ月後の一一月二六日、快太郎と鞠は祝言を上げた。

長らく続いた私の高祖父、柴田快太郎の伝説はここで終わる。だが、快太郎に関する過去帳への記述、書簡、自筆の日誌は、まだ未整理のまま数多く残されている。いずれそれらの文書を読み解き、後の快太郎の冒険と鞠の物語を私の手で書き記す時が来るかもしれない。

今回は、ひとまずここで筆を置くこととしたい。

令和三年一月吉日
柴田哲孝

参考文献

『桜田門外ノ変（上）（下）』　吉村昭（新潮文庫）
『逆説の日本史19　幕末年代史編Ⅱ　井伊直弼と尊王攘夷の謎』　井沢元彦（小学館文庫）
『唐人お吉物語』　竹岡範男（文芸社）
『静岡県の歴史散歩』　静岡県日本史教育研究会（編）（山川出版社）
『愛媛県の歴史散歩』　愛媛県高等学校教育研究会地理歴史公民部会（編）（山川出版社）
『古地図で楽しむ伊予』　愛媛県歴史文化博物館（編）（爽ＢＯＯＫＳ）
『宇和島藩領　高山浦幕末覚え書　ある古文書所持者がしたこと』　田中貞輝（創風社出版）
『宇和島藩（シリーズ藩物語）』　宇神幸男（現代書館）
『伊達宗徳公在京日記』　宇和島伊達文化保存会（監修）／近藤俊文・水野浩一（編纂）（宇和島伊達家叢書）
『幕末最後の賢侯　伊達宗城　世界を見据えた「先覚の人」』　神川武利（ＰＨＰ文庫）
『ふぉん・しいほるとの娘（上）（下）』　吉村昭（新潮文庫）
『龍馬の手紙』　宮地佐一郎（講談社学術文庫）
『龍馬史』　磯田道史（文春文庫）
『坂本龍馬の正体』　加来耕三（講談社＋α文庫）
『坂本龍馬』　松浦玲（岩波新書）

『坂本龍馬が超おもしろくなる本』 龍馬と幕末を愛する会（扶桑社文庫）
『寺田屋騒動』 海音寺潮五郎（文春文庫）
『池田屋事変始末記』 冨成博（新人物文庫）
『新選組・池田屋事件顚末記』 冨成博（新人物往来社）
『新撰組顚末記』 永倉新八（新人物文庫）
『新選組と刀』 伊東成郎（河出書房新社）
『燃えよ剣（上）（下）』 司馬遼太郎（新潮文庫）
『酔って候』 司馬遼太郎（文春文庫）
『幕末』 司馬遼太郎（文春文庫）
『幕末戦記 蛤御門の変』 三木敏正（海文舎印刷株式会社）
『増補 幕末百話』 篠田鉱造（岩波文庫）
『幕末維新 消された歴史』 安藤優一郎（日経文芸文庫）
『もう一つの「幕末史」 〝裏側〟にこそ「本当の歴史」がある！』 半藤一利（三笠書房）
『武器と防具 幕末編』 幕末軍事史研究会（新紀元社）
『絵で見る幕末日本』 エメェ・アンベール／茂森唯士（訳）（講談社学術文庫）
『写真のなかの江戸 絵図と古地図で読み解く20の都市風景』 金行信輔（ユウブックス）
『レンズが撮らえた 幕末明治日本紀行』 小沢健志（監修）／岩下哲典（編）（山川出版社）
『レンズが撮らえた 幕末明治日本の風景』 小沢健志・山本光正（監修）（山川出版社）

『レンズが撮らえた　F・ベアトの幕末』　小沢健志・高橋則英（監修）（山川出版社）
『一外交官の見た明治維新（上）（下）』　アーネスト・サトウ／坂田精一（訳）（岩波文庫）
『氷川清話』　勝海舟／江藤淳・松浦玲（編）（講談社学術文庫）
『高杉晋作　吉田松陰の志を継いだ稀代の風雲児』　童門冬二（PHP文庫）
『五代友厚　士魂商才』　佐江衆一（ハルキ文庫）
『横井小楠　維新の青写真を描いた男』　徳永洋（新潮新書）
『石の扉　フリーメーソンで読み解く世界』　加治将一（新潮文庫）
『龍馬の黒幕　明治維新と英国諜報部、そしてフリーメーソン』　加治将一（祥伝社文庫）
『幕末　維新の暗号（上）（下）　群像写真はなぜ撮られ、そして抹殺されたのか』　加治将一（祥伝社文庫）
『幕末　戦慄の絆　和宮と有栖川宮熾仁、そして出口王仁三郎』　加治将一（祥伝社文庫）
『西郷の貌　新発見の古写真が暴いた明治政府の偽造史』　加治将一（祥伝社文庫）
『使ってみたい　武士の日本語』　野火迅（朝日文庫）
『江戸の糞尿学』　永井義男（作品社）
『歴史人　2012年7月号　真説　坂本龍馬』（KKベストセラーズ）
『歴史人　2020年6月号　土方歳三の真実』（KKベストセラーズ）
『幕末維新史年表』　大石学（編）（東京堂出版）
『読める年表　日本史　改訂第11版』　川崎庸之・原田伴彦・奈良本辰也・小西四郎（総監修）（自由

国民社）

その他、柴田家の過去帳、柴田快太郎の日誌、書簡など。

本書は書き下ろしです。

著者略歴

柴田哲孝（しばた・てつたか）
1957年東京都生まれ。日本大学芸術学部中退。2006年『下山事件 最後の証言』で第59回日本推理作家協会賞（評論その他の部門）と第24回日本冒険小説協会大賞（実録賞）をダブル受賞。2007年『TENGU』で第9回大藪春彦賞を受賞する。他の著書に『GEQ』『国境の雪』『デッドエンド』『下山事件 暗殺者たちの夏』『ISOROKU 異聞・真珠湾攻撃』などがある。

© 2021 Shibata Tetsutaka
Printed in Japan

Kadokawa Haruki Corporation

柴田哲孝

幕《ばく》末《まつ》紀《き》

*

2021年5月18日第一刷発行

発行者 角川春樹
発行所 株式会社 角川春樹事務所
〒102-0074 東京都千代田区九段南2-1-30 イタリア文化会館ビル
電話03-3263-5881（営業） 03-3263-5247（編集）
印刷・製本 中央精版印刷株式会社

本書の無断複製（コピー、スキャン、デジタル化等）並びに無断複製物の譲渡及び配信は、著作権法上での例外を除き禁じられています。また、本書を代行業者等の第三者に依頼して複製する行為は、たとえ個人や家庭内の利用であっても一切認められておりません。
定価はカバーに表示してあります
落丁・乱丁はお取り替えいたします

ISBN978-4-7584-1378-7 C0093
http://www.kadokawaharuki.co.jp/